都市初心

开晓◇著

安徽师范大学出版社
ANHUI NORMAL UNIVERSITY PRESS
·芜湖·

图书在版编目(CIP)数据

都市初心 / 开晓著.—芜湖:安徽师范大学出版社,2021.2
ISBN 978-7-5676-4760-2

Ⅰ.①都… Ⅱ.①开… Ⅲ.①长篇小说—中国—当代 Ⅳ.①I247.5

中国版本图书馆CIP数据核字(2020)第026599号

都市初心　　开　晓◇著
DUSHI CHUXIN

责任编辑:房国贵
责任校对:潘　安
装帧设计:张　玲
责任印制:桑国磊
出版发行:安徽师范大学出版社
安徽省芜湖市北京东路1号安徽师范大学赭山校区
网　址:http://www.ahnupress.com/
发 行 部:0553-3883578　5910327　5910310(传真)
印　刷:江苏凤凰数码印务有限公司
版　次:2021年2月第1版
印　次:2021年2月第1次印刷
规　格:700 mm × 1000 mm　1/16
印　张:21.5
字　数:341千字
书　号:ISBN 978-7-5676-4760-2
定　价:68.00元

序

开晓先生可能在当今文坛上是不怎么熟悉的名字，但其实他在20世纪90年代就有近百万字作品面世，而且那时他不仅有文学作品，还发表了有关美学理论等方面的论文，只是那个时候他用了多个笔名。后来，他的写作中断了，据他说想下海摸爬滚打一番，更真切地体验一把生活，所以后来就看不见他的作品了。他这个体验生活将近20年。在大家以为他不会回来的时候，他说如今又重新回到了书案前，提起了笔。

如今他重新拾起笔墨，从中国人对“立功”“立德”“立言”的人生层次划分来看，他是回到了“立言”的路上，这是一个方面；但在我看来，他更多的是找到了人生的某个“密约”。这个“密约”，他曾经失落过，现在他找回来了，他需要履行这个“密约”，把人生的某种隐秘书写出来，昭示给读者。长篇小说《都市初心》就是这么来的，是这次回归的第一部作品。

《都市初心》有两条主要线索。第一条线索围绕沙洲市星辰集团董事长许怀远展开。许怀远从以往的房地产成功经验出发，超预算高价拿地，拿下了沙洲市核心地段的一个地块。他想通过这个项目实现企业从增量开发到存量运营的转型，同时想让自己登上事业巅峰。他高价拿地，震动沙洲房产界，也引发了政府的不满。因为沙洲市主要领导对这个地块同样寄予了厚望，他们也想通过这个地块引进战略新兴产业，使之成为整个城市产业升级的一个亮点。市领导梁文龙则片面认为房地产商只是利用城市高速发展所形成的短期供应不足，发了横财。或许从利国利民的角度来讲，他并不认同这群人，也不相信星辰集团能够做好这个项目。梁文龙对许怀远不看好，甚至还调整城市资源，增加许怀远的操作难度；而许怀远认为自己按照市场规律发展自己的企业，具有天然的合理性，不理解梁文龙的立场。这两种力量开始博弈，其中还掺杂了其他个别领导出于私心的交易，刻意引导梁文龙与企业对立。这使许怀远面临更大的难度。一系列的事件让星辰集团资金危急，最后还被某基金公司设局下套，使企业面临更大的风险。

作品的第二条线索围绕高层白领吴越、米灿、张天民的情感线展开，他们或者因为精神空虚纯粹追求欲望，在欲望方面不能自拔；或者因为心灵迷茫而寻找生命意义，却将欲望当作终极寄托。最后，引发一系列灾祸、变故。

在这两条线索的冲突之下，众多人物被带了进来，整部作品描画了21世纪都市各种人物群像，聚焦并提出了我们所面临的深层次的生命意义、目标问题。

其实，在我看来，小说家在心里是要放下对生活的“答案”，而要重点客观地描摹社会生活“真相”的。如果小说家心里的答案太过明确，就要影响他的客观“描摹”，进而容易主题先行，影响了小说家来杂说种种世情。大多数时候，这种没有答案的描摹所揭示的本真，反而更接近生活原貌，对生活“可能性”的挖掘和展示要丰富得多。

但是，开晓先生的写作不是在这个意义上的，在这个意义上的小说家开晓在20世纪就做完他的工作了。21世纪，他作为小说家，重新回到书案前，在我看来，的确是要履行一个“密约”，是要直接告诉读者一些答案的。这个答案，从小说展示的主人公故事及相关描述来看，其得到的过程是艰难的。也因此，小说的故事很好看。故事很传奇，很有感性和理性结合的那种双重力量。

由此，我们可以更深地理解小说的题目，为什么叫《都市初心》？它讲的是，在都市中生活的人，有时候会面临都市中的各种“幻象”。在各种幻象中生活的人，有时会忘记自己的“初心”。一旦忘记了自己的“初心”，丢失了本“意”，就会被欲望左右，无法拥有更坚固的生命力量。

读完《都市初心》后沉思，实际上，许多人在回顾一生时，会一时陷入某种虚无——理想尚未实现，而生命将逝，义理未有而财货与名位却总在诱惑，“如何安住吾心？”这是每个人都需要思考的问题。

读完本书，相信我们在紧张工作之余稍稍从容些，发抒一些前人来不及和顾不得的“初心”，找回那为美好幸福生活而努力奋斗的“初心”。

由此，我说，这是一本很好看的小说，人物很传奇，故事很传奇，而发抒其心的思想意味，也很传奇。

葛红兵

二〇二〇年五月三十一日于上海锦灏佳园

目　录

第一章　星辰集团

一

沙洲是J省的省会，历来是南北的交通重镇。

沙洲这个名称意思是如砂砾一样众多的城市，不值一提，而且沙子本身也很难独立成势，随风而转。自从定了这个名称之后，沙洲从此倒是平平安安、风调雨顺了几百年，一直到今天。

沙洲人有自己的特点，一是随性，凡事不强求，只求生活安定；二是崇尚文化教育，高谈阔论者不少，但也因为此，沙洲市民的智商情商似乎都挺高。因为沙洲人偏于安定的特点，所以改革开放之初，经济发展就不突出，不如其他城市敢拼敢斗。一段时间内，沙洲经济规模不仅在国内省会城市中开始下滑，就在J省范围内，都不能称雄。

这些年，国际经济进入高质量增长的快车道，沙洲科教文化方面的优势开始凸显，经济增速明显提高。此外，J省也决心要做强省会城市的首位度，以对区域经济起拉动作用，所以沙洲全市上下定目标、列计划，进入快速发展的轨道。

二

临近中午，市中心星辰集团大厦，19楼会议室。

集团董事长许怀远、总裁严尚群，以及集团投资发展部、营销管理部、财务部、工程管理部、规划设计中心、行政部等各个部门总经理一起在开个重要会议。会议主要议题是，讨论明天就要进行的沙洲市人民路四号地块的拍卖事宜。

今天会议的主要议题就是，星辰集团是否要参与竞拍这个地块？明天就是报名截止日，如果决定要参与，则明天就要去报名，并缴纳保证金。

人民路四号地块，占地14万平方米，规划地上建筑面积近56万平方米，地下建筑15万平方米，总建筑面积超过70万平方米，是沙洲市10年来在市中心推出的最大一幅地块。土地出让公告中列出了建设内容，分别是商业、高端酒店、产业大厦、住宅四个类别的建筑，无一不是这个城市的最高端项目。而且，目前公告的起拍价还不高，因为14万平方米的用地中有6万多平方米是科技创业用地，所以拉低了项目整体的楼面地价，这在沙洲这样的省会城市价格算是很便宜了，也让许怀远彻底心动了！

目前了解的信息是，东南亚恒基集团的子公司——龙昌房地产开发公司、国内房地产企业金石集团、龙信集团、永大集团等十几家公司派人驻扎在沙洲市，想争夺这块地，而且查明他们都已报名，并缴纳了保证金。

星辰集团拿地的流程是这样的：营销管理部对地块进行投资价值分析，首先拟定项目的总体定位，然后根据这个定位确定各类产品的销售单价、销售总价、销售周期。工程管理部会同规划设计中心，根据项目定位模拟产品建设成本、建设周期。财务部核算项目综合成本，确定财务费用。投资发展部在上述数据基础上，加上风险因素、项目附加值、项目品牌效益等，提出项目综合经济效益，测算拿地的保守底价、中间价、最高可承受价格。投资发展部出具是否拿地的建议。所有参与部门的调研、分析数据、结论都要留档保存，以备今后查看。

剩下来的最后决策，由集团董事长许怀远再度召集各部门负责人讨论、质询，最后拿出结论。

这是个冗长的会议。早上8点就开始了，眼下到中午12点了，最终结论还是没有出来。大家的意见是可以拿，也可以不拿。因为地段肯定好，项目很高端，从长远来看，没有问题。但是从短期来看，资金是个问题，专业运作能力也是一个问题，毕竟这综合了商场、写字楼、精品公寓、住宅为一体的项目，没有操作过，资源准备也不足。

做调研分析报告汇报的是投资发展部总经理刘仪，他是许怀远倚重的干将。刘仪是许怀远从一家国际咨询公司中挖过来的。刘仪分析问题严密，知识体系全面，整个报告由他汇总比较合适。

投影屏幕上，闪过很多沙洲市商业中心的照片、人民路地块的区位图片、初步拟订的工程规划方案效果图和平面图、周边楼盘的各种数据以及项目开发进度、销售进度、销售回款速度、风险论证说明，报告做得比较充分翔实。这个报告已经演示完毕，部分数据也已经看过几遍，许怀远倾向于拿地。但是，这么大的项目是星辰集团第一次遇上，要动用这么多现金，参与竞争的人这么多，最后的拍板的确非常难！

从资金准备上看，问题不大。即使土地价格拍到30亿元，星辰集团自己就能准备15亿元，其余15亿元要半年以后才支付。后续资金有两手准备：一是金融机构配资拿地，现在金融机构协助开发公司拿地的资金也很多，因为项目好，谁都想分享收益；二是星辰集团下半年的回款，计划也有30亿元，还掉三笔到期的银行贷款、年底工程款，预计还有10亿元可用。万一金融机构配资有问题，自己筹集余款，资金缺口也不是很大。

但许怀远总感觉不踏实。不过至今为止，许怀远没有透露过任何星辰集团要拿地的意图，集团参与此事的人员都是上述部门的主要负责人。商场如战场，过早暴露自己的态度不是太好。他要的是尽量了解对手，出其不意，攻其不备，迅速拿下这个地块！

三

这几年，星辰集团在省内的十多个项目大部分进入销售高峰，所以今年集团的销售目标是50亿元。目前半年刚过，20亿元的销售额已经实现。而下半年才是销售的真正旺季，所以再回款30亿元是没有问题的。许怀远也知道，房地产行业一路高歌已经十多年了，社会各界对房地产的批评声音也很大。但房地产本来就是一个需要长期透支未来的行业，因为不动产投资时间跨度很长，会经历几代人，当然不是根据目前的收入水平来测算长期价值的。而在特定的历史阶段，城市要发展，房地产就是基础。城市发展了，经济才能向规模化、纵深化发展。所以，在一个时期之内，房地产就是经济发展的支柱。许怀远的成功之处，就是乘上了这个高速发展的班车。

但是，房地产发展的高潮总会回落。在去年春节前的集团年会上，许怀远说过，房地产已经进入本轮高潮的最后一个波段，而星辰集团对这个波段的预测早在三年前就开始了。所以，集团三至五年的土地储备几乎在两年前都已开工，在去年、今年完成大部分销售，明年扫尾。这个对宏观的分析以及节奏的把握，是许怀远这几年非常自豪的事情。适时进入这个行业，再适时退出这个行业，这就是智者。

现在进入第三季度的尾声，星辰的资金流已经开始堆集了20亿元，下半年销售回款保守估计会达到30亿元，那么到年底，星辰扣除支出将拥有现金30亿元，而负债率将降到30%。这30亿元是星辰集团10多年积累起来的净利润！到了明年，他还有30亿元可以回笼，届时他可以用这30亿元支付工程款、税收等，基本上能够使他今年回笼的30亿元成为纯利润。

在行业进入尾声，并购大潮开始的时候，星辰集团可以掌握30亿元现金，再加上一批优质资产，集团净资产规模近百亿元，这在经济增速下降并进入长期调整的阶段，已经是很好了。很多企业因为节奏没有踩准，都是危机重重。

星辰的发展节奏与行业的发展节奏基本吻合。接下来，房地产是存量并购的时期，这个时期是现金为王。所以，许怀远现在可以做的是两件事情：一是拿下沙洲市核心地块，精准规划，形成这个城市稀缺的地标建筑。30亿拿地，20亿元滚动建设，尽快让这现金成为固定的资产池，就像把水变成冰，让财富凝冻起来。同时，他可以不断发掘并购机会，一旦看到合适项目，他可以通过银行贷款、资产证券化等手段套取现金，投资各类项目。最后，星辰集团在坐拥百亿优质资产的基础上，让集团全面调整为一个投资控股型集团，实现从房地产开发向产业投资和商业管理方向转型。

所以，眼下这个项目，是星辰集团的收官之作。许怀远盘算过，在沙洲市的本土企业中，除了星辰集团，是没有哪一家公司能够有实力来拿这个地的。然后，再扩大范围对国内大型房产集团进行分析，这些集团现在债务压力也很大，他们感兴趣的是住宅项目，做高周转的产品，可以快速完成开发。

这个项目中商业占了四分之一，10万多平方米；酒店5万平方米；产业办公区20万平方米，能够快速回笼资金的住宅只有20万平方米。显然，整个项目的投资资金短期内是很难平衡的，未来会有大部分的物业需要自己长期持有，后期持续经营也是一个烫手山芋！这些大型房地产集团、上市公司很少会选择这个模式，他们比拼的是速度、规模、高周转率。

但是星辰集团不一样，现在不想求规模、速度了，只是想把资金投入到优质资产上。许怀远一直在寻找公司转型的机会，但其实作为一个地产集团，转型的选择方向不是很多。所以，发挥密集资本的优势拿到优质资源，形成优质资产，然后寻找其他产业投资的机会，是一个进可攻退可守的转型方式。而优质资产的核心要素就是地段，而这个地段也必须是潜力股一样的地段，不能去争夺那些现在已经是高位的地块。就是因为这个科技研发用地，所以才导致土地价值被低估了，这对别人来说是项目的劣势，但是对星辰集团来说，正是好机会啊。

人民路是沙洲一条老的干道，在很久之前就有名了，那时是珠宝文玩一条街，是很有底蕴的一条街。20世纪80年代之后的三十多年，它在沙洲的影响力其实是逐步衰减的，全市的建设重点和商业中心在大市口，那边建设了好多家大型百货商场，风头一时不再。

但随着现在大型百货经营越来越难、购物中心逐渐成为消费中心的趋势下，人民路这边反倒有后发优势了。因为这一带不少皮鞋厂、家具厂一直没有搬迁，而且不少老小区扎堆在这里，面积占了很大，而其实土地成本是不高的。除了人民路北段，往南500多米，和黄河路交接那儿，也有一个旧城改造项目，面积也有13万平方米以上。但拆迁时间又得花上个两三年时间。

所以，这个占地14万平方米的人民路地块几乎就是星辰集团唯一的目标。

四

临近中午，与会讨论的人员已经形成了两方面意见。以集团董事、副总裁周达成和营销总监米灿为代表的坚决拿地派，以投资发展部总经理刘仪、财务总监徐冰为代表的谨慎派。集团副董事长兼总裁严尚群还没有表态，他一直在听，几乎没有发言，倒是来来去去打了好多电话。

米灿认为人民路地块建筑面积50万平方米，目前，这个地段的住宅价格已经超过每平方米4万元，写字楼价格已经达到每平方米3万元，一楼商业街铺则达到了每平方米10多万元，内铺也将达到每平方米6万元的均价，所以利润空间是可以的。

投资发展部总经理刘仪认为，这个地块是很难得的好地块，在J省内都算是稀缺资源，是可遇而不可求的。但是，正因为这样，它的起价就很高，一开始就是18亿元，如果不出意外的话，最后成交价格可能会破30亿元，而这还是开发成本中的一项；如果加上建设成本、财务成本、管理成本、营销推广成本等，我们的综合建设成本将达到100亿元。还有这个项目里有五星级酒店、购物中心、写字楼，销售周期远比住宅时间更长。我们这样的国内二流开发商是很难承担这么大的项目的。而且，我们还有管理团队不足等因素，将直接制约我们的运作能力。所以，他的意见是谨慎考虑。

作为营销总监，米灿在每次拿地讨论时都是态度积极的，原因很简单，营销中心得储备项目，如果未来没有可销售的物业，营销部门是第一个要收缩的。所以，米灿积极游说："前面10多年的发展经历告诉我们，土地只升不降，只要集团销售回款跟得上来，拿地就没有风险。"

财务总监徐冰则泼了盆凉水："你这是废话，地拿下来当然是好的，就是阶段性回落一点，最后还是会起来的。但关键就是资金链啊，你能保证我们的销售一直这么好吗？"

米灿一听这话，笑着摇头："你不是强人所难吗？谁能保证这个啊？但是，结合我们集团目前的销售情况来看，下半年30亿元回款问题不大。因为到8月底已经有20亿元回款，大家都知道，后面四个月才是销售高峰……"

许怀远听了半天，觉得都在意料之中。他们给出的意见无非是基于部门、岗位职责考虑。营销总监的目标是拿下物业，后面就有活干。投资总监的目标是风险控制大于机会抓取，也唯有如此他才是尽自己责任的，开疆拓土的事情即使做成了，那也是集团领导和营销中心的功劳。因为目前星辰集团的投资中心是很少有发展空间的，所有的钱都投到房产项目上去了，那所谓的投资中心也就是集团开发的一个前期预算部。

其实，许怀远让大家讨论，更多的意图是让大家尽早参与这个项目。与其说老板自己拍板先把项目拿下来，然后交给团队开发执行，不如让他们参与前期决策。这样的好处是，能够通盘考虑问题，不至于后期的管理意识太过局限。

而是否拿地的真正决策，除了许怀远之外，还有一个人将发挥重大作用。他是不会像一个职业经理人一样仅仅考虑表面的问题的，他就是许怀远的同窗，星辰集团的总裁严尚群。

五

严尚群显得紧张而忙碌，他一直在打电话、发手机消息，所有的目标都是有关这个地块的信息。

这时，严尚群从会议室外面接听电话后进来，示意让许怀远跟他出去一下。许怀远一笑，起身随他来到旁边的小会议室。

严尚群表情严肃，说：“怀远，我刚才给经贸局周局长打了电话，问他人民路这个项目的事情，他说市政府年初与哪家公司签订了一个投资意向协议，好像还做了初步的项目规划。像这种项目，提前锁定投资人、开发商是很正常的事情，而且里面到底牵涉哪些人，我们一概不清。这么贸然去拿地，会犯大忌的。”

严尚群的关注点就是不一样，他看到的是本质性的东西。“而且我们做了初步调查，发现一个月前有意向来竞拍的二十几家公司，最后只有五家企业报名，好像他们之间还协调过的，就我们星辰，不管不顾地就想报名?”

严尚群是许怀远中学同学，后来上大学、读了研究生，入了党，进了机关。严尚群是他们一帮人中最优秀的学生，一直是他们的班长。他为人公正，对人忠诚，做事勤勉，所以一路高升。后来又在一家大型国企当过总经理。许怀远当年没有考上大学，到了沙洲市经济技术开发区的市政工程公司工作，刚开始只是一个测量放线的普通技术工。在他感觉前途渺茫的时候，正是严尚群要他学习经营管理。当时的许怀远根本就不想读这个没有一点含金量而且还显得可笑的函授大学。但是严尚群反复做工作，要他上，最后没有办法，许怀远上了。后来的结果是，在公司项目中层管理人员的选干过程中，许怀远正是凭着这个函授文凭，进入管理层。然后，他很快得到了一把手领导的赏识，从项目经理上升为公司副总。最后在老领导退休时，许怀远已经能够问鼎总经理位置了。2000年公司改制，许怀远成了民营企业老板。这个过程中，严尚群起了一个非常关键的点拨作用，许怀远对他一直是心存感激的。

在许怀远心里，严尚群是他最倚重的参谋，是真正的兄弟。在他公司刚改制时，他就想到有朝一日要把严尚群挖过来一起创业，但当时他的公司摊子大，债务多，前途未卜，他不能让严尚群冒这么大的风险。等后来他公司起死回生，开始进入房地产行业后，许怀远就开始软磨硬泡想把严尚群弄过来。然后，严尚群就直接从公务员编制一下子掉到他许怀远的企业里来了。

关于拿这个地的事情，他严尚群是唯一真正反对的，他认为项目虽好，但不可测的因素太多。到了今天开会讨论，严尚群还是这个态度。

“尚群，我知道有这个情况的。但我们之前不是也碰到过吗？很多项目，政府是有兜底的投资人，但真有人去竞拍下来，他们也是乐见其成的，无非就是给前期的意向投资人一定的好处。”对严尚群，许怀远只能耐心沟通，同时他也可以理一下自己的思路。

严尚群摇头：“不不不，我们之前碰到的都是住宅项目，标准化程度很高，规划指标什么都是公开透明的。今天这个地块是不一样的，有大量的非标准因素，尤其那个产业大厦是科技研发用地，所以项目地价便宜是有原因的。我们现在介入很可能是半路杀出程咬金。”

许怀远显然不想放弃，说道：“我们也是做过开发的，不是一个外行。我们拿下，他们又能如何？‘没有永远的朋友，只有永远的利益。’最多我们通过安排来解决不就行了吗？你也知道，现在和未来一段时间内，特别匹配我们发展战略、资金条件的，就是这个项目。我们不是全国性的企业，我们也不可能去其他省份，优质的城市加优质的地段，就是这个项目。你说，我们现在放弃了，我们今后去拿什么项目？我当然也想把事情做得滴水不漏，方方面面的关系都照顾到，但是我们照顾了他们，谁来照顾我们的要求？今天，人民路地块如果全部是住宅，我反而会放弃，因为什么？因为大家都抢这种项目，我们的成本会很高，我们的规模和资金成本没有优势。”

严尚群眼看说服不了他，有点着急，继续反对：“怀远，我们现在做大了，决策的问题是很重要的，一定要反复推敲各个方面。一是资金，现在账上有15亿元不假，但是另外的钱呢？下半年我们预计回笼30亿元，我也很有信心，但这毕竟不是板上钉钉的事情。做企业的最怕这种一脚踏空的事情。我们在春节前有两个支付高峰；二是工程款将近13亿元；三是三笔到期的银行贷款10亿元，合计就是23亿元，可以用来支出的资金有7亿元。所以我认为，这个土地出让金如果在22亿元以内，那么即使有风险我们也能过得去，因为我们有15亿元做垫底了，销售即使出现大问题，融资杠杆也不大。如果超过22亿元，风险就开始加大了，因为我们面临双重风险，销售和融资都是不可控的。所以，我的意见是竞拍总价在22亿元以内拿地。对待风险要充足准备，不要过于乐观！”

严向群继续说：“另外，这块地的规划要点上有很多模糊之处。第一，地铁站点没有完全定下来是否与这个项目互通；第二，五星级酒店、商业综合体这些东西我们没有经验，写字楼市场现在很差，未来几年经济结构调整，企业没钱，写字楼需求还将进一步下降。第三，就是我们刚才讨论的已经有人介入的问题。据我的小道消息，有人已经介入了，而且层级还不低。”

听严尚群说的时候，许怀远一直在摸自己下巴，这是他的一个习惯，表明他在深入思考。等严尚群说完，许怀远清了一下嗓子，开始回复：“你的几个问题都很重要，我们逐一讨论。第一个，资金问题。你刚才算进来的都是自有资金啊。我们可以融资拿地的，金融机构出50%是没有问题的，我们下半年销售回款30亿的话，扣除各项支出还有7亿元，加上这现有的15亿元，22亿元是可以确定的吧？所以，我们动用两倍的杠杆的话，就可以44亿拿地，在资金层面上是有支撑的。就算下半年销售不好，打个八折，那也有24亿元，扣除23亿元，还有1亿元盈余，也就是说我们有16亿元的自有资金，按照50%的杠杆效应，我们也可以承受32亿元的土地总价。我们要是按照22亿元的上限去拿地，你基本上白玩。这是不可能拿到地的！你要知道，在接下来的房地产市场上，一定会有分化，好的项目很好，差的项目死掉。消除风险的一个最有效的手段就是拿下最好的项目。便宜没有好东西。”

许怀远接着说：“地铁问题，就是不能互通，也改变不了这个地块的优越性。何况我们可以做工作。有人介入问题，我不信这个邪。现在哪个人能够真正内定这个地块的？再说，我们政府关系上也是可以的，我们也可以动用我们的资源的。至于规划模糊的问题，是坏事，但更是好事，这说明还有操作空间。这对外来企业来说是个不利的因素，但是对我们来说反而是一个有利因素啊！”

许怀远这几年的性格有了很大改变。之前听人说话，他喜欢中途打断人家说话，特别是在公司内部，他自己的意见往往先抛出来，直接主导决策，使得部下不好多说。但是，这些年他已经能够耐心、全面地听完部下说话，然后再表达自己意见了。比如刚才，他逐一把严尚群的话给驳回去了，而且还是很理性、有依据。

严尚群听完，沉思了几分钟，说：“客观地说，你刚才说的都有道理。但是，我总觉得，我们是民营企业，总共的净资产也就三四十亿元，一下子砸到一个项目上来，风险过于集中了。你看国内的一些地王项目，即使是央企，也有很多撑得很难受的。22亿元已经不是小数字了。我们星辰现在是比较巧合，正好大部分项目都进入销售回笼阶段，所以使得现金流短期内很集中。但是我们不能有了条件就集中做风险投资啊！”

许怀远听完严尚群这个话，不住点头。到底是老伙计，这几年在市场上也锻炼起来了，就凭刚才这番话，严尚群就是一个优秀的掌舵者。

“你说的这个，正是我一直在担心而又没有完全想清楚的问题。说实话，这么大的投资，我心里七上八下。从明面上看，几乎所有问题都列出来了，也都有解决方案，所以，这个决定应该是可以下的。但是，我也总觉得有些方面不踏实，可能就是你刚才说的这些，风险过于集中，有孤注一掷的问题。”许怀远边点头边说。

12点30分了，与会的各位高管注意力开始不集中了。许、严二人在走廊外讨论的时候，会议室里面已经议论纷纷，显然，这一场会议需要许怀远来做个拍板定局了。

“唉！尚群啊，做企业总是有风险的。只有躺在家里不动，风险才没有。我们今天面临的状况是几年前就布局了的。我们当初的思路就是先赚现金，等现金有了再做资产，正好房地产高峰过去，我们可以拥有优质资产完成转型。而做资产就要做最好的那种资产。眼前这么一个优质的项目摆在我们眼前，我们光想着风险是不行的。你看，我们是一个集团，我们总不能停下来吧？”

严尚群摊开双手，无奈放弃坚持：“这点你说的是，我们得养人。唉，听你的吧。但是，总价不能超过25亿元，这个上限你要坚持住。行吗？”

面对这个老伙计，许怀远也没有办法，点头说道：“好好，这个我守住。你放心！”

六

星辰集团最早是从市政工程起步的。十几年前，许怀远重点做市政工程，那个时候市政工程款的利润率还比较高，一年做一两个亿的工程，净利润可能达到5000万。许怀远的市政公司最早是政府开发区下面的企业，所以很多工程自然就想到他们。这是许怀远的第一桶金。那时投资拉动在国家经济中起的作用很大，央行投放货币进入商业银行，银行又到了政府手里。所以，政府工程是很容易积累第一桶金的。这也是星辰集团的第一个发展阶段。

到后来，政府建设的摊子越铺越大，工程款结算没那么简单了，所以许怀远就琢磨退出了。正好那时工程款跟土地出让金能够对冲，所以许怀远就专门做工程换土地。等地拿下来，银行很容易做土地抵押贷款，所以他又有钱做政府工程了。那几年，行业里面别的市政公司资金很紧张，而且没有固定资产做支撑，所以银行贷款也没有，许怀远反而占据了更大的市场份额。同时，他也顺利进入了房地产行业。当时他用工程款折抵回来的土地还是相对偏僻一点，所以一开始他没有把重点放在房地产领域。等短短数年以后，他惊讶地发现，随着城市发展半径不断扩大，他手里的土地竟然成了香饽饽了。这个时候他才正式大规模开发，房子也非常好卖，几个楼盘都是一两天就销售一空。许怀远一下子成了本土房地产企业中的佼佼者，资本实力迅速放大。这是星辰集团的第二个发展阶段。

再后来，星辰集团已经以房地产开发为主了。土地稀缺，每年在大幅增值，其中也有政府的多次调控，但是许怀远有自己的独立思考，每次调控大家都不敢拿地的时候，他反而大肆囤地。因为他认真想过，国家这么多人，都要住房子，地又这么少，所以在10年之内是不用考虑土地成本的。你只要到拍卖会上去举牌，有人会替你测算土地价格的，因为剩下最后一个人的时候，你只要比他出价更高，那地就是你的了。你只要拿下地，土地款不是问题。你想，你地拿下来的时候是一个价格，一年过去，那地又是一个价格，有时候仅仅一年之内就能涨一倍！最后结果是，你用土地抵押从银行贷出来的款，就能支付这块地。

所以，许怀远很快就有了不少的土地储备，至今为止，他已经开发了50多个项目，远远超出了同时起步的本土房企。他核心的扩张策略就是以地养地，仅仅在土地的二级市场上，通过“拿地—银行贷款—拿地”，就能够基本实现资金流滚动。因为土地的价值增长太快了。这是星辰集团猛发展的真正原因。在“拿地—银行贷款—拿地—再贷款—拿地—第三次贷款”的过程结束，他已经有利润，而且投资已经闭环了。也就是说，他的地是政府送给他的，只不过他有第一笔启动资金。这就是许怀远心中的真正的黄金产业，是一本万利、空前绝后的赚钱机会。

这种模式还没有多少风险，包括政治的。首先他不是权钱交易，他许怀远有政界的朋友，但他从不跟他们交易，他所有的地块是拍卖会上获得，就是短期内拖欠一点政府的土地款，那也是企业正常债务；其次，目前高速增长的土地价格，又使他能够进行一个良性的正循环，这就从商业利益上保障了这种模式是稳妥的。一个是法律保障，一个是利益保障，对一个企业来说有这两个保障，那不就是完美的商业模式了吗？

有时候许怀远觉得自己这种挣钱方法就是巧取豪夺，对这个社会还有点负罪感，他相信老天是公平的，好运气不能过多透支。

跟行业内很多企业家捐助一些钱就大肆宣传不同，许怀远只悄悄地做些善举。最近四年，许怀远每年捐助希望工程，从几百万到一千万，从不需要报道、宣传。因为他知道，像他这么敛财，从商业模式上看是无罪的，但是他似乎感觉有种不安，好像要对某个对象还账似的。

七

下午一点了，许怀远还在梳理自己的思路，计算今天下午拍地的具体价位。

跟严尚群的讨论，几乎把所有问题都列了出来，原本心中有的一点不安也排除了。如果还有什么，那就是命运的安排了。

许怀远相信命运。小时候，他随母亲去无相寺烧香，在门口碰到算命的，她母亲就让算命的给他算。他特别佩服自己的老娘，那个时候她就懂得不能听片面之词，所以母亲连续几天寻找不同的人给他算命。最后，她把这些算命的意见集中起来，进行比较，确认许怀远命运的每一个方面——身体、学业、婚姻、财富，最后她都一个一个记下来。然后，她说："儿子，看来你命里有钱是真的，所有的人都认为你命里有大财。但是有钱也不是什么好事，你今后要记住我说的话。"

许怀远到现在都觉得自己老娘是一个不同寻常的人。大字不认识几个，但从来就很有大智慧。老太太一辈子信佛，经常去庙里烧香，那时候他们家在郊区，往返要挤大巴，烧香一次要花整整一天时间。但老娘还是常常去无相寺。后来年纪大了，走路不行了，许怀远就专门在乡下郊区给她扩建了一个二层楼房，安装了电梯。母亲住在一楼，二楼整个就是一个佛堂。现在老娘每天在家念佛，而且还带动了一大批老头老太太念佛。呵呵，想到老娘，许怀远脸色舒展开来，他觉得自己在养老这方面还是交了不错的答卷。老娘现在的状况，让他很放心。

透过他办公室宽大的落地玻璃，许怀远就能看到远处无相寺的塔身。这是他特别选择的一个办公房，他始终认为，诚心向善也是他这么顺利发展的一个重大原因，也是他的初心。

第二章　街头竞拍

一

大战来临，许怀远趁有点时间，前往星辰集团南都房地产公司的项目现场查看。南都房地产公司是许怀远的第一个公司，是星辰集团的起点。许怀远在这里屯了100万平方米开发用地，是沙洲市真正的超级大盘。

大战之前，他需要去了解一下最近的状况，这是星辰集团目前的金牛类项目，大量的资金从这里产生。

他简单吃了点东西，叫上司机小刘，驱车前往南都工地。

到了工地，许怀远让司机小刘回集团公司取一份投资分析报告，自己则从车里取出安全帽戴上，开始查看工地。

走进工地，他上下一看，脸上露出了笑容。

李光华这小伙子还确实可以。工地干干净净，工程进度也很快，五天一层，这速度都赶上周达成的了。要知道周达成可是星辰集团工程进度方面的第一好手！但周达成工地显然没有李光华弄得干净。

奇怪，这个研究生刚毕业三年的毛头小伙子，还真能镇得住这个集团里子公司最多的老员工。要知道这个公司是许怀远创业的班底，虽然几个主要骨干已经调入集团管理部，但这里的员工都有些资历，很多人能直接利用电话向许怀远报告这里的情况！但许怀远也就在早期一个多月接到过一些投诉抱怨的电话，后来就没有了！

这是一个80万平方米的住宅小区，一期25万平方米已经竣工交付，现在开发的是二期30万平方米，大部分已经封顶。按照一般公司做法，现在就可以销售了。但今年开始许怀远改变了策略，星辰集团旗下所有项目都在封顶、外装完成并把环境做好后，再开始销售。而他每次这样开发出来的楼盘，总能得到市场的青睐，几乎在开盘后三天内，就能将80%的房源消化掉。

这是他一个独特的竞争策略，也是他跟全国性房企竞争的重要手段。那些全国性的房企品牌知名度强，规模化发展要求高，所以他们的进度要求很高，导致房子的质量屡屡爆出问题。而许怀远用这种准现房来销售，一来说明星辰集团的实力，二来让购房客户放心。这已经成为星辰核心的品牌主张了。他现在几乎不用做广告，他的房子就是有这样的吸引力，在沙洲的可信度比这些全国性房企还要好！

二

看完工地后，他才往公司办公室走去。

刚到门口，做行政的一个小女孩已经看到他了："董事长好，我去报告李总。"

"不用通知！我自己进去！"许还远一挥手制止了她。

这个小女孩子哪知道他的爱好？许怀远就喜欢突然袭击他的部下——突然进他的办公室，看看他们在做什么，往往能发现很多关键问题。

这个项目公司的办公室是租的附近一个别墅，楼下是工程管理部、营销部，财务、行政人员以及李光华他们几个在楼上。这是他们自己选择的，许怀远一般不过问。但看得出来，这小子会享受。

他刚上得楼来，一个身影已经来到他身边："董事长好！"脸上是笑嘻嘻的表情，这个人就是李光华。

"咦，你消息灵通嘛，我还想给你一个突然袭击的。"许怀远看到这个他自己一手破格提拔的年轻人就高兴。

"哈哈，你这套对我没用，你看看我的手机，三条短消息已经告诉我，董事长正在工地视察工作，十分钟前离开工地，三分钟到达管理部。"李光华，一米七五的中等个头，长方脸，相貌也没什么特别，但这个年轻人一股子胆识，既像读书人，又不像读书人。这样的人才，未来就有看头了！

许怀远“哼”了一声，目光凝聚在李光华脸上：“看来你这阵子又变得聪明了，你认为这样好吗？”

李光华是建筑工程专业的研究生，来公司三年，年龄三十不到就被许怀远提拔到子公司总经理的职位上，这是星辰集团二十多家子公司中年龄最轻的。但是年轻人有时候就是要点化，你看他现在这个轻佻的样子！

“我来查看工地，你竟然收到三个短消息，通知你我要来。你这是搞人啊，还是做事？你就不能老老实实地坐在办公室里继续工作，像平常一样等我？”许怀远责问道。

“嗯。董事长的教训很有道理，但我只接受一半。”李光华就是不同，在星辰集团公司也就他能上来咬耳朵跟许怀远说话，而且还敢反驳。

“说说看，什么道理？”许怀远一皱眉头，问道。

“有人给我发短消息，说明员工对我这个总经理关心，也说明我这儿信息是畅通的；我从办公室里出来迎接董事长，说明我的职业礼仪比较到位，如果明明接到了短消息通知，我还装模作样地勤勉工作，那就是我表里不一，这样的人首先说明他人品不好。而我能够迅速出来迎接你，足以说明我是在正确利用信息，没有用来弄虚作假。”李光华说话从来就是声音洪亮，气场充分。

许怀远绷紧的脸色松弛下来，不说话，只是走进李光华的办公室，在沙发上一屁股坐下。李光华知道刚才那个话题算是过了，忙招呼人端茶过来。许怀远喝一口，问：“知道我来干吗了？”

李光华一笑：“你今天下午三点钟要去拍地，估计你到我这来是想了解一下工程进度，然后推测我们这个项目的资金回笼时间。我这儿是集团下半年资金回笼的主力，你应该来看一看的。这个我已经算好了，这是我的工程进度倒计时表、销售计划表。”

许怀远“啧”了一声，吁了一口气：“跟聪明的员工说话很轻松，但是，聪明的员工会让老板感到压力，因为你哪天背叛起老板来，那祸害比谁都大！”说到这儿，他把眼光停在李光华脸上几秒钟，观察一下他的表情，随后说：“你就老老实实地做你的这个项目，怎么对集团公司的意图妄加猜测起来?”

李光华嘻嘻一笑:“首先，你不要怀疑我的忠诚，真正的阴谋家是不会在你面前炫耀自己聪明的，装傻还来不及呢！其次，从子公司角度来看，不谋全局者，不足以谋一隅。我先准备好了，哪一天你抽查起来，我早有预案，这不挺好吗?”

嗯，这小子就是一股不服输的劲。要换别的员工，一听这话，哪还敢还嘴？许怀远就是用他这点，让他这样一个天不怕、地不怕的毛头小伙子来带他这个班底公司，他这个用人是非常理出牌，呵呵，看来效果还是不错。

计划做得很详细，比较务实，没有水分，看来是认真做的。最让许怀远注意的是，整个计划涉及各个环节的，相应部门先签了字，然后李光华才签字的。

许怀远终于露出了笑容:“嗯，计划做得还是比较实在的。好小子，把下面每个部门负责人都铆上了。”

李光华呵呵笑道:“董事长，咱们不是国有企业，大家表个决心就行了。我这个计划还只是一个大纲，我还有配套的工作量清单的。一开始，他们不都是很能吗？一个个说风凉话，还要到你那儿去告我的状，那我肯定要让他们发挥出才干来啊！所以，我让他们先提计划，按照他们的计划确定工作量，然后我就采取钢筋绑扎的方法，一个一个绑死。每次开会，我都是检查钢筋有没有松动？一个一个环节的工作量有没有完成？所以，他们就没有时间来向你报告了嘛！我也不能让他们有这样的机会啊！所有的进度都牵涉资金的回笼时间，而资金链那是关系到企业生死的大事，我不把他们铆死，到时候完不成，我不成了他们的祭品了？他们死了，我才能死!”

这小子大声说话，把他治人的一套方法当着许怀远和他的手下都说了出来，没有一点顾忌。许怀远这才知道为什么后来向他打小报告的就没有了，敢情是全让他绑扎起来了。但是，看项目公司的这些老员工也是笑嘻嘻地听他在说，都挺服气，心里暗暗点头。看来，自己选人还真是不错。要不是选了这么一个天不怕、地不怕的人做总经理，这帮老员工还真不好管理。

于是，他又问道:“为什么你自己最后才死？这是什么道理?”许怀远这是忍不住要找他的碴儿，倒不是要治他，而是要仔细检查他内心的每一个想法。

李光华用那种干脆、坚决的表情说：“就像军队，指挥官肯定是最后死的，只要指挥官在，那么军队的作战计划就在。但是，董事长放心，我肯定在你前面先死！”

许怀远开怀大笑：“哈哈哈，好你个小子！真是一点都不肯让！”

李光华身上至少有一种超出他同类年轻人的豪情，而且也能动脑子，抓实事，这就难能可贵了。但是，李光华这种小伙子身上真正经得起人生检验的东西还不多，这一定是要经历一个过程才会有的。而作为他的上司，只能从他目前状态上去点拨他，去尽量加快这个成熟的过程，但是不能跳过任何一个环节。

“一个小时后，我要去竞买市中心人民路地块，你在这儿死啊活的，很不吉利，不谈了。走！陪我去拍卖现场！”

“嘿，这好像不是我的事情吧！”这小子明明知道这表示领导重视他，他却抓起了脑袋。

许怀远哼一声说：“你不是说不谋全局，不足以谋一隅吗？让你去见识见识全局！”

三

时间有点耽误了，要等司机小刘回来再送他去拍卖现场，可能来不及了。

李光华自告奋勇，说开他的车去，最近他刚刚学完车。许怀远感觉有点不妥，但还没等他发话，李光华已经跑楼下去了。

许怀远不挑车，尽管他有着这个城市里罕有的身价，但是他的坐骑不过是一辆使用多年的车，一百万人民币都没超过。

坐上车，李光华加足马力，绝尘而去。他们出发地在城郊开发区，拍卖现场在市中心，必须要加快才行。

人民路四号地块是许怀远长久以来的一个梦想，那儿一直是这个城市真正的中心，不仅是因为地段的中心，而且那边的文脉一直是这个城市的精神核心。那儿有宋代书院遗迹、清代一位吏部尚书的祠堂，还有国内知名的文化一条街。这次开发，将主要是围绕这些沙洲市的核心文化资源、历史遗迹做一个综合性开发。这是像许怀远这样的开发商一辈子都很难遇见的项目，将直接奠定他在这个城市的建设历史上的地位。

14万平方米土地，总建筑面积70万平方米，标底价格18亿人民币！国内国外各路背景的发展商云集沙洲市，虎视眈眈地盯着这个项目。他许怀远虽然是本地开发商中的头把交椅，但竞争的程度实在激烈。尤其对资金实力的要求，将是星辰集团从未遇到过的挑战。

正是这个原因，在投资发展部做调研分析论证的时候，许怀远对周边六个城市的十五个项目的进展状况做了详细了解。今天到李光华的这个项目上来，已经是最后一个项目了。还好，李光华干劲十足，全局意识良好，工程进度不折不扣按计划进行，尤其是刚才那个工程进度计划，李光华把每个环节的责任人都绑定，这样的计划就像一个真正锤打出来的链条，是能抗击风浪的。呵呵，这也让许怀远有了点底。

想到这里，他微微侧目看了看旁边的李光华，小伙子两眼盯着前方，一路超车，手脚倒是麻利。他心里点头，他许怀远要的就是这种员工，要的就是这种生机和活力。

车离市中心越近，路上车辆就越加密集，两个红灯还过不了一个路口。许怀远手下的投资发展部、财务部、营销管理部的三个总经理已经到达现场，电话开始催促许怀远赶快过去。时间还有二十五分钟，但照这么个路况，估计也就刚好能够赶上起拍时间。

一个绿灯还有三秒，前面还有两辆车，李光华嘴里喊了一句粗话就赶着绿灯的最后半秒，冲过了停止线。但是，就在他们的车刚刚过了路口，进入对面车道的时候，忽然前面那辆车减速，李光华赶紧刹车，但是哪还来得及？

只听得“嘭”的一声，好家伙，他那辆车已经不轻不重地撞在了前面车辆的屁股上了。

“坏了！”李光华又喊一声，就算他心理素质好，这时脸色也变了！天，这叫什么事啊？第一次开车带老板，又是这么个节骨眼上。他第一次像一个做错事情的小孩一样忐忑地望了许怀远一眼，急急地问：“董事长，这怎么办？”

许怀远也压根没想到会有这样的事，反问一句：“你说呢？”

李光华咂了下嘴，说道：“不管了，我们跟他们打声招呼，先赶拍卖会，这事回头再说！”

许怀远迟疑了一下，点了点头。李光华倒车，扭转方向，贴着前车开过去，到了驾驶室平行的地方，丢了一句：“兄弟，对不起了，记住我的车号沙A37210，明天来找我！我全赔！”

说完，还没等对方回应，加大马力跑了。

许怀远心里认可，说道：“嗯，紧急情况就要这么个处理法，先办正事。小事回头再说！”

“哈哈！就是。碰到特殊情况要追坏蛋，不都是这么办的吗？”李光华恢复了他的自信。

四

这事情并没有就此结束。

后面那辆车车主一看他们就这么跑了，立即追赶上来。从后视镜里看，那车还是辆豪车，车窗里伸出了几个人头，而且有两个人手臂上还有很怪异的文身。李光华心想，这事麻烦了，撞上了混社会的，而且还是开着豪车的混子们。这帮人平时没事还找事呢，现在撞他们的车，还转身就跑，这要让他们追上来，今天哪里还能赶上拍卖？

李光华赶紧猛踩油门，想加速甩开他，哪怕是到了拍卖会现场，对方再来理论也就无所谓了。但对方驾驶员显然是个专职的，加上那辆车马力又大，几个油门就冲到了李光华车前面，车身变道，堵住了他们。

“靠，缠上了。老板，你打车先走吧，我来殿后。”李光华说完，停车，打开车门。

许怀远一看这情形，也是急了，这不是要误大事嘛？他赶紧在自己包里找名片，希望能够用自己的名片来表明自己身份，然后赶快脱身。但没承想，今天带了一个休闲小包，包里一张名片都没有。

奔驰车里出来的三个人，显然是被许怀远、李光华的行为激怒了，几个人同时叫骂：“你！撞了我们车就想跑？”

说着，几个人冲上来围住了许怀远和李光华的车，准备砸车、打人。

李光华赶紧大喊："哥们，对不住对不住！我们要去拍卖会买地……"

许怀远也赶紧下车，连连打招呼："对不起对不起，我是星辰集团董事长许怀远，实在是有急事！"

"什么星辰集团？没听说过。开个破车还装什么大老板？我打你！"几个人中，一人的拳头已经向李光华砸了过来。李光华赶紧躲开。

好在许怀远的年龄稍大，而且平日里形成的气度威严在这儿，那几个人一时间不敢对他造次，但是李光华就没这个待遇了，几个人全部围上去，不依不饶地要打他。李光华围着车辆躲避。

这小子一边躲，一边喊："别动手，别动手，我叫李光华，我是南都新城的总经理！"

他这个称谓有点管用，那几个人似乎都听说过这个项目。其中一人年龄稍大，看来是他们的头，示意同伴停下来："南都新城？就是那个房产楼盘？"

李光华缓过劲来，忙说："是啊是啊，沙洲最大的房地产项目，我是总经理，这是我们集团的董事长！"

听他这么介绍，那几个人都停了下来，没听说过星辰集团，但南都新城是听说过的。如果是真的，眼前这个人真是大老板！

于是，几个人向许怀远围过来，上上下下大量："你是南都新城的开发老板？"

"你是真的吗？"

"不怎么像啊，怎么证明啊？"

许怀远听他们说要证明自己身份，一时之间不知如何是好？

李光华赶紧过来解围："这样，你们用手机上网，可以在网上查星辰集团董事长，看看网上照片，再比对一下！"

这几个人听这话觉得在理，忙手机上网查找。不一会，其中一人查到了许怀远这个人名，但是没有照片。

李光华急了，自己拿起手机开始在网上查找，结果也没发现照片。他试着查自己名字和南都新城，但上面只有前任总经理严尚群，压根就没有他。于是他叹了口气："老板，我们这个网络宣传也是太差劲了吧？我的名字照片没有也就算了，怎么连你这么一个大集团的董事长也没有一张照片啊？"

许怀远哭笑不得："我做好生意就行了，没事在网上发自己照片干啥啊？"

那几人看查不到照片，就要身份证，但是许怀远、李光华两人今天真是走得急，平时还经常带身份证的，今天都没带。

那几人不耐烦了，其中那个领头开始怀疑："要照你们这说，我还是世界500强的老总呢，反正没有照片。说吧，这事情怎么办？"

许怀远看了一下手表，发现土地开拍已经过去20分钟了，自己现在赶过去，估计也来不及了。只得叹一口气，跟李光华说："这样吧，你打电话给办公室，让李明过来一下，带上我的身份证。还有，打电话给交警，请他们来处理这事。"

就在这时，许怀远电话响起来，是刘仪从拍卖现场打来的，他赶紧接听电话。

五

这就是一场他准备了三个月的、星辰集团有史以来最大的一次竞买活动！想不到竟然在大街上开锣！

只听许怀远在电话里说："现在什么情况？拍卖价多少？21亿……好……你们先别急，加价幅度小一点，拖着。现在开始，你们用手机视频给我现场直播，一切听我的！"

好家伙，21亿元！对方三个人一听许怀远电话里这么说，顿时愣了。

这时许怀远的视频里出现了土地拍卖现场，很安静的现场，也很有秩序，视频中出现标有土地信息的大屏幕，还有拍卖师在叫价。

豪车上一帮人也围过来看视频，到了这个时候他们才相信眼前这位真的是沙洲的大老板。好家伙，在大街上碰到了！几个人的态度立即变化，原来的愤怒、霸气立即变得柔软、恭维。

"哎呀，真是大老板啊！对不起对不起，我们有眼无珠……"

李光华顿时轻松下来，耸耸肩膀，说："就是啊，有话好好说，我们集团随便照顾一点你们的生意，几辆豪车就有了！"

领头的那个中年人立即满脸堆笑："是是是，那这样，我们帮你们维持秩序，你和大老板安心看手机！"

啧，这个人的反应还真是灵活，怪不得能开上豪车。因为此刻的大街上，早已经围住了人，整条路上的车也都堵住了，后面不断有司机在按喇叭，还有赶车的人急匆匆赶来要求让道。这个时候还真是需要维护现场秩序，否则许怀远、李光华两人连手机遥控拍地的事情都办不了啦。

这时候，值勤交警过来了。李光华赶紧上去解释，让他们不要惊动许怀远。交警一听，示意赶紧把车停到路边。

六

从手机视频中看，今天这个场面委实壮观，除了200多个常规座位，后侧的空地都加了座位。刘仪在手机视频上的脸面有点变形，他面色酡红，非常紧张："董事长，你看好了啊，今天只能这样拿地了，一切你做主啊！"他意思是老板你虽然不在现场，但我这边的情况都给你现场播报，最后责任他不敢承担。

这时，在现场的米灿也把脸凑过来，进入视频："董事长，现在刚开始五分钟，但是报价已经有几十轮了，加价幅度每次1000万。"

刘仪又补充："之前了解，报名竞拍的公司有27家，现在举过牌的才20家。还有7家没出牌。"

"嗯，我们也暂停竞价，等等再说。"许怀远摸了摸下巴。

36号、57号、66号三家都是外来公司，分别是恒基集团、金克集团、龙信集团。三家频频举牌，几乎是一家放下牌子，另外两家几乎同步举起，加价幅度开始2000万、3000万抬升。十几个回合过去，价格已经到了28亿！刚才还肃静的场内开始骚动了。28亿可不是好玩的，今年沙洲市还没有出现过20亿以上的地块呢。而且，看这架势30亿都刹不住。

视频里，场内气氛越来越热烈，坐在后面的人已经站了起来。

许怀远站在马路边上，左右手轮换握着手机，因为心情紧张，所以深吸一口气，努力使自己静下心来。

此时，场内最高报价达到了30亿！场内人声鼎沸起来。

许怀远突然感到自己有点疲累，他一屁股坐在马路的路牙上了。内心有个声音开始在提醒他，考虑放弃吧，放弃吧……他知道，这个价位已超出严尚群给的最后价位，他这位搭档说他保守不假，但是他的运算统筹能力一直是很强的。

叫价过了30亿，价格还在按照2000万的幅度往上追加，不过举牌的速度明显慢了下来，但是也很快就到了31亿。这时绝大多数竞买者都停止了，就恒基、金克、龙信三家咬得很紧。什么情况？不是说有内定企业吗？怎么金克、龙信都这么拼呢？

这时，手机视频里的米灿、刘仪已经默不作声了，他们也完全懵了。这个时候是不能给老板任何意见的，他们只是紧张地看着老板。

许怀远摸着自己的下巴，内心开始犹豫。这个时候，他看了一眼刚才一起在大街上飙车的李光华，只见他满面红光，一副很不服输的劲头，见许怀远看他，他也转过脸来看着许怀远。

然后这小子说："老板，仅作参考。如果想拿，那么，或许，应该直接叫高一点……"说到这里，他还一挥手，继续说："要把他们彻底压下去！否则这个事情还没完没了了……"

这时，刚才那几辆车上的人也开始当啦啦队员，在一旁起哄："啊呀！这么大老板，让我们碰上了啊！""加价……加价……""拿下……拿下……"

大街上很多行人都跑过来看热闹，一个大老板在大街上竞买土地，又是几十亿的叫价，加上现在这几年沙洲的房价噌噌往上涨，谁听了都觉得惊奇。

五分钟不到，以许怀远为中心，迅速形成了一个几十人的包围圈。

唉，今天到底是什么事情啊？许怀远哭笑不得。

李光华也觉得这事有点离谱，自己老板要在这么个场合下拍地，那是很容易出错的。于是，他开始和交警沟通，做驱散人群的工作。但这个事件、话题太吸引人了，平常老百姓都没见过房地产大老板拍地的，今天碰到一个现场直播，这哪里能够驱散掉人群？

每临大事有静气，平生无处于险机。此时的许怀远心头冒出这么一句话，心想今天这么个场景，似乎是冥冥之中在考验他啊！

那这个考验的目的是让他拿呢，还是放弃呢？

他又是深吸一口气，从路牙上站起身来，环视一周，突然发现他早已被一个上百人的人群包围住了。这一看，他自己也没辙了，现在的价格早已经突破他跟严尚群商定的25亿元了，当然严尚群是保守测算的，还会有一些利润空间没算进来。

视频里，各路开发商还在争相出价，那就是说，还是有人觉得能够赚钱！

“怎么办？拿还是不拿？”许怀远此刻充满犹豫。人生的很多抉择，不管是小老百姓，还是大企业家，其实抉择的刹那都有茫然不清楚的成分，因为世事难料，人算是不如天算的。所以，许怀远在面临类似抉择时，他会静下来感受一下这种因素。

此刻，大街上几百号人在看热闹，李光华等其他车主、交警们都在看着他。所有这些，是天意吗？

这时，刘仪在电话那头报告：“董事长，现在就剩龙昌开发公司了，目前价格在32亿元，我们拿还是不拿？”

许怀远抬起头来，看头顶上的天空。

现在是七月份，地处江南的沙洲刚刚结束了梅雨季节，蓝天白云极其醉人，许怀远紧张的心情顿时放松下来。

随着他的眼光慢慢落下，他忽然又发现，自己正好停在了人民路和中山路交汇的附近，而离拍卖地块应该100米不到。我今天虽然没在拍卖现场，但是站在了地块的现场。这难道不是一种暗示吗？否则，我哪里会碰到撞车、被围观的事情呢？

想到这里，许怀远冷静地报出一个数字：“35亿。”

然后，他又加了一句：“如果，这价格还是拿不下来，那就算了！”

刘仪领命，举牌35亿元。

“哇！”这真是一记绝杀！场内气氛立即静止下来。

视频里看，所有对手包括35号、57号、66号都没了反应。36号恒基集团的牌子有点想举起来的意思，但还是缓缓放下了。

“35亿一次，35亿二次，35亿三次！”

拍卖师落槌，成交！

许怀远闭上眼睛，身体一动不动。他终于拿下这个地块了，是祸是福，就不管了。

周边人群惊呆了，35亿元！短暂的静默之后，立即爆发出一阵呼声，有的人开始鼓起掌来。

酝酿论证这么久的一个地块，作为星辰集团长期资本积累至于巅峰的一个投资项目，就在大街上完成了抉择。这算哪门子事情？

许怀远转过身来，对围着的人群慢慢说道：“谢谢大家，散了吧！”

嘈杂的人群慢慢散开了，如同水流云散到了各条马路、街道、巷子中去。

许怀远突然有一个感慨，唉！人生中很多看似惊心动魄的伟大之举，往往如尘土般飞扬又掉下，就那么简单。这么稀松平常的一件事情，只是自己给自己增添了那么多的遐想。

第三章 青青子衿

一

下午两点多，J省电视台停车场，蓝莓从她新买的宝马轿车上下来，关上车门，上下整理了一下头发、衣服、小包。走出几步后，再回头轻按车辆钥匙，将车锁上。然后，她优雅地往直播间大门走进去。

大门口，门卫见她进来便敬了个礼，蓝莓笑着点点头，便进了大门。在J省电视台，蓝莓虽然不是一个最知名的女主播，但也算第一方阵的知名主持人了。此外，蓝莓还有更为强大的背景，这是局里台里小道消息经常传的事情，据说蓝莓是某个人推荐进电视台并点名担任这个栏目的主持人的。

蓝莓主持的栏目《都市生活谈》已经开播五年了，应该算是一个知名度较高的栏目。五年前刚播出的时候因为形式新颖，话题新鲜接地气，加上蓝莓靓丽清新的外貌、幽默机智的谈话风格，所以在全国卫视中都有一定知名度。但是这几年，全国各地的卫视上了一大批新节目，唱歌选秀、婚恋、达人，等等，蓝莓的这类节目就逐渐平淡了。所以，蓝莓这半年来的心情不是很好，她的这档周末谈话节目的播出时间一再延后，现在已经排到晚上十点半了，如果不能尽快扭转局面，节目时间还会进一步垃圾化。一旦进入晚上十一点或以后，则意味着这档节目的寿终正寝。

J省电视台两年前就加强了产业化运作，所有频道和重点栏目都是独立核算、考核排名。这个考核排名还不只是在投入与产出上，在收视率的排名上也非常重要。因为，早期的制片人制度侧重在投入与产出上，只要经济效益就可以了。但是这种片面的考核模式不强调社会效益，使得电视台缺少长远规划，也不能体现品牌化运作的系统性，最终就没了可持续发展。因为有时候某些制片人拉赞助的能力很强，导致短期内频道和栏目在经济效益上不错，但是时间一长就发现缺少竞争力。

此外，电视台确立了制播分离的制度，各个栏目、节目会更讲究它的独立产品特征，你的节目如果收视率不高，那么频道总监就会很无情地让你的节目靠后，直至消失。

最近半年来，《都市生活谈》的收视率不断下降，从整个台收视率排名前5位一路跌到了10名开外了。这个情况不仅蓝莓和她的整个团队着急，局里台里也一直在研究讨论。这不，今天下午，总台和卫视频道专门组织了一次会议，发动大家来把把脉、献献策，会议名字叫作“战略务虚讨论会”。出席下午讨论会的有总台产业发展部、网络电视等新媒体公司的几位老总，此外还邀请了社会一些传媒机构老总，都是与电视台有长年合作的企业。

因为会议由广电局的产业发展部和卫视总编办组织，蓝莓他们栏目组只是配合，所以直到现在蓝莓也只是知道有哪些人参加，并不知道具体的姓名和职务。

会议下午三点正式开始，由产业发展部总经理王翔主持。首先，王翔一一介绍与会人员。蓝莓发现，除了局里、台里的一些部门、公司老总之外，竟然还有不少外部来的专家，比如沙洲大学传媒学院的老院长于金华，知名的影视产品渠道公司——新画面公司老总海默，最让蓝莓惊讶的是沙洲本地一家新晋前五位的传媒机构——鲲鹏传媒也派人来了，他们执行董事吴越出场。

二

蓝莓看到吴越竟然也来到这里，禁不住一阵慌乱。

这几天忙于下期节目，这个讨论会的出席名单事先没有看。她不知道吴越为什么来参加这个会议？他肯定是事先就知道这是关于她栏目的会议，不知道他来参加是出于什么心态？此刻听王翔介绍之后，才发现吴越正坐在自己同一排的最边上，仅仅隔了四张座位。

好在蓝莓这些年经历的场合太多，所以她稍稍稳定一下心神，便面露微笑，与参会人员点头示意。

首先，王翔让蓝莓把自己的栏目介绍一下。蓝莓清了清嗓子，按照早就准备好的稿子发言。

蓝莓发言比较务实，她介绍了栏目发展的几个阶段，主要把每个阶段的节目特点、受众反响、收视率指标等作了列举。到底是主持人出身，她落落大方的仪态，谦虚低调的语气，还有丰富扎实的数据，表现上乘。关键是，这一切与电视节目上的蓝莓不同，她在这个同行讨论会上体现了一个栏目制片人应有的专业素养。

与会的同行和专业人士本来觉得蓝莓应该不会有太多想法，自己可以发挥的空间会很大，哪知道蓝莓表现得非常专业，她从社会意识的变迁与栏目固有定位之间的差距找原因，从纵向的受众需求分析，到横向的电视产品之间的竞争，列举问题，抛出可供大家讨论的思路。大家听完，觉得原来一个栏目要做好，还不是动动嘴皮子就可以的。自己要在她的基础上献言献策，还真要动动脑筋才行。

蓝莓发言完毕，就轮到与会人士发言。新画面公司的海默先发言，他的意见是，在早期电视节目比较单一的时候，谈话类节目容易发掘话题的深度，又有一定的参与性，所以造就了《都市生活谈》节目一开始的火热。但是，这几年因为电视产品越来越多，所以原来的模式需要变化，直至找到更为精准的受众定位，从他们的需求出发，改变节目内容，可以考虑把生活谈演变为生活剧，由观众自己投稿，大打原生态的牌。他这一席发言很有新意，大家听得直点头。

台里的几位老总，因为是同事关系，没有深谈，只是在节目选题与社会热点的关系、互联网思维对栏目影响角度提出一些建言。

沙洲传媒学院于金华院长则主要从栏目策划与受众需求上进行分析，认为要强化栏目的定位，这样才能有持续的话题，居高不下的收视率。另外，于院长对蓝莓的主持艺术也做了很高的评价。

最后，王翔要求吴越发言。大家的目光齐刷刷地转向吴越。

吴越一直在纸上写着什么，听到王翔要他发言，他抬起头来，微笑地向大家示意，然后开始发言："各位都是专业人士，我呢，只是一个沾点边的，所以我只能在这里说一些外行话，大家不要见怪！尤其是全国知名的主持人蓝莓小姐，我说得不好的话，希望谅解。"他的语速中等，吐字清晰，表情很有学养的样子。

他说到这儿的时候，大家哄笑起来。蓝莓脸色微红，明明知道吴越有挖苦讽刺的味道，但似乎也不生气，只是专注地倾听。坐她旁边的杨雪看出点苗头出来了，忙问："蓝姐，这是什么人啊？"蓝莓不出声，对杨雪摆了摆手。

只听吴越说道："我觉得吧，大家今天主要是从如何挽救这个栏目出发的，我是想提供一些新的角度，供大家思考一下。我的核心意思是，我们是不是可以弃旧图新，有破有立？大家都知道，挽救一个栏目可能比新创一个栏目的成本要大得多！这对电视台是如此，对《都市生活谈》栏目的主创人员也是如此，对广大的观众更是如此。如果一个已经失去了存在前景的栏目还在占据着宝贵的频道资源，可能对大家都是不负责任的。我这么说不是对《都市生活谈》栏目有意见，相反我觉得蓝莓小姐的风华绝代和主持功力依然存在，团队的创造能力依然还在，那么与其挽留一个大家心知肚明很难逆转的项目，不如弃旧图新。所以大家在努力献计献策的时候，我其实一直在想着这个栏目是否还有生存理由？但是，我最后的结论是，没有。"

吴越说到这里的时候，会场上一片静谧，谁都没有想到吴越会这么说。杨雪气得雪白的脖子都红了，两个乌黑的眼珠瞪着吴越，恨不得上去揍他。

王翔没有阻止的意思，大家也很想听吴越把话说完。

吴越喝了口水，清了清嗓子，很认真地说："大家都知道，《都市生活谈》这个栏目是很久以前首播的了，它当时的背景是什么？那时电视节目不多，观众口味单一，也没有太多选择。那时候选秀、婚恋、达人、招聘节目都还没有，智能手机还没有兴起，移动互联网还没有阵地，所以，新鲜话题加上知性美女还能够独树一帜，这是其一。其二，街头谈论、小巷政治那时候也有，只不过因为当时传媒资讯不发达，导致公众参与电视节目态度比较积极。但是今天呢，一个微信群就有几百人，一个线上的朋友圈有上千人，每个人都是一个自媒体的主编，每个人都在干《读者文摘》的事情，那么请问，你一个公共媒体的谈话类节目，还有优势吗？无论你的话题深度、新鲜感，还是参与性、自由度都已经无法满足受众了。所以，我敢断言，《都市生活谈》栏目的观众年龄正在越来越滑向老年观众，因为他们是赶不上自媒体、移动互联网发展速度的人。那么，难道我们栏目的核心卖点就是蓝莓小姐这样的美色吗？是的，我承认蓝莓小姐还能美丽下去，但是她能一直美貌下去吗？”

蓝莓到现在才知道，吴越这次来就是搅局的，是来给她好看的。他没有放下多年前的怨恨。虽然他的话有些道理，但不是在今天这样的场合说的，他这么说，明显就是为了泄愤。

但是，吴越的口才很好，他一直在引导着与会的人跟着他的思路走下去。他那么言之凿凿，又那么精辟犀利，说话语态还是那么抑扬顿挫，连蓝莓的团队成员都认真地听他发言，就连杨雪也搞不懂眼前这个人是来帮他们的还是来拆台的。最后才发现，吴越基本上就是来拆台的。

吴越说完，王翔直点头，问：“吴总，那依你之见，我们的栏目该如何呢？”

吴越干脆地回复：“为他们的团队打造一个全新栏目！他们团队没有问题啊，注意啊，这不是他们的栏目，而是你们电视台的栏目。不是他们办不好自己的栏目，而是面临目前情势，办不好电视台交给他们来做的栏目。所以，我今天的意思不是针对他们，而是针对你们电视台领导的。”

他这一番话说完，效果不同寻常，最后还博得了很多的掌声。

讨论会结束，蓝莓拿着自己的名片盒，给大家发名片，同时也跟大家寒暄告别。

吴越与王翔打个招呼，就准备告辞。但是刚到门口，杨雪拦住了他，说：“吴总啊，你今天的发言真是犀利啊，你先别走。我们还想继续向你请教请教！”

吴越忙摆手，说：“呵呵，改天改天，我马上还有点事情要处理……”

但是，杨雪直接就拉住了他的衣服，低声说道：“不行！你来砸我们的饭碗还想跑？没门！”

这时候，蓝莓走过来，神色平静地说：“小雪，放下他！吴……越，你既然来了，我们就聊聊吧。好久没见了……”

说完，她没等吴越回话，就在前带路。

杨雪疑惑地看着他们两个，他们肯定早就认识，而且关系还很不一般。

三

吴越跟着蓝莓走出会议室，然后走过长长的走廊，到了走廊尽头右拐，进入一个办公室。他走在蓝莓后边，看着她依然姣好的身姿、淡定的气质，感到一种曾经很熟悉的感觉涌上心头，但是随之而来的却是愤懑和茫然。

这是一间颇为温馨的办公室，看来是她一个人的。进入后，蓝莓示意他去沙发上坐下，自己则去寻找茶杯和茶叶。找到茶杯后，忽然回头一笑，问："你还是喜欢喝铁观音吧？"

吴越看着她幽静、甜美的笑容，心里泛起那种熟悉而又陌生的感觉，回答道："随便吧！"

泡好茶，把茶杯端上茶几，然后找张滑动椅子移动过来，最后她看着吴越，问："你还在恨我吗？"

吴越端起茶杯，先是嗅了一下，然后再喝了一口，赞道："好茶！"

他没有回答蓝莓的问题，似乎在提炼什么话题。蓝莓不出声，盯着他看。

"你还是有变化的，看起来干练了很多。但是你也有没变的，依然清高而睿智，博学而多才。"蓝莓看了他半天，最后下了结论。

吴越抬起头，平静地看了她一下，叹了口气："嗨，您还是那么崇拜我？那你当年为什么离开我啊？"

蓝莓低下头，沉默了好一阵，最后抬起来看着他："当年……当年不是我离开的吧？"

吴越刚端起茶杯想喝，听蓝莓这么说，又把茶杯放下："嗯，看来当年是我的错啊！"

蓝莓长叹了一声，又是沉默良久，才说："吴越，这么多年过去了，我也不是一定要为自己辩解的，但当年我其实真是个受害者，你还是不信……"

吴越也是叹口气，摇摇头："你受害了，为什么不举报？我可以帮你一起报仇啊！你为什么不同意？"

蓝莓欲言又止，干脆沉默。

吴越平复心情，一连喝了几口茶，说道：“算了！过去的事情我们不谈了。大家都很忙，你找我来办公室有什么事？”

“听说你一直没有结婚？”蓝莓问。

吴越停顿了一会，说道：“我最近在想，其实人没有经历该多好！早知道结果不好，那么不如没有开始。之前的事情已经是这样了，婚姻大概也是这样，所以，我不如这样单着。”

蓝莓想说什么，又停住了，伸出手来，拨弄手机。

吴越忽然注意到她左手手指上戴着一个戒指，那是他非常熟悉的一枚戒指。

蓝莓看到他的眼睛，微微一笑，说：“这枚戒指，我从来没有拿下来。很多人都问起过……”

吴越一惊，神色开始变得温和。良久，他说：“你还是成个家吧，总要有个归宿的。”

蓝莓胸口一阵起伏，她半天没有回答吴越的问题，最后说：“我就当自己结过婚了，后来又离了，这样也挺好。”

一瞬间，办公室里非常安静，能听见日光灯的嗡嗡声音，以及窗外车水马龙的声音。

吴越说：“今天我发言不完全是拆台，我知道这栏目，其实没有必要做太多坚持，就像当初……生活随缘一点好，何必呢？”

蓝莓忙摆手：“不用解释，我知道，你说的是真话。你有什么想法吗？我知道你抓选题能力非常强。”

吴越点点头：“我确实帮你们想过了，两个方向，一是走政风热线这种模式，索性吃体制的饭，正好也是你的优势。另外一个方向，走少儿路线，是刚性需求，搞些高端的少儿教育节目，视野打开一点，可以走国际化路线。”

蓝莓听完，眼睛一亮：“你这两个方向都很好啊，吴越，怪不得你的公司现在可以名列前茅了，你的市场策划能力真的好！”

吴越听蓝莓肯定自己的专业能力，心里总算找到一点快感。他从沙发上站起身来，说：“没什么要说的了，小莓，我走了！”说完，拿起小包，准备抬腿走人。

但他忽然发现自己刚才无意中叫她“小莓”，当他意识到这个称谓时，自己也呆住了。

蓝莓忽然眼睛变红，轻轻走过来，抱住他，带着哭音说：“其实，我们可以重新开始的……”

吴越身体一震，心情顿时无比复杂。他真的没想到自己在十年以后还能开口叫小莓，而蓝莓也依然在他面前毫无矜持。

他轻轻拨开蓝莓的双手，并扶正了蓝莓的身体，说了句：“唉，不是我不宽容，而是我无法走出来……你好好保重吧，再联系！”

说完，他拉开办公室门，走了出去。

办公室内，蓝莓双手捂住脸面，肩头抽搐，身体颤动起来。

四

吴越认识蓝莓是在上大学的时候。

吴越一向有早起的习惯，无论上床睡觉时间有多晚，只要天一亮，他肯定会醒，就像树上的鸟，对大自然的感应特别灵敏。那是一个冬天的清晨，吴越在自己学校操场上跑步。

因为太阳还没有跃出地平线，整个操场还不是太明亮，没有什么风景可看，所以吴越就闷着头跑。吴越学的历史专业，但他沉迷于诗歌创作，已经在国内文学刊物上发表了几十首诗歌，是小有名气的校园诗人。每天凌晨，他喜欢边跑边吟诵一些诗句，大都是自己写的，这样就可以减少跑步的单调。

这次，也是如此，他心里斟酌着那些意味深长的词语，不时念念有词，在跑道上忘我前行。

在这个过程中，他似乎也感觉到跑道上还另有几个人在跑步，但吴越几乎没有去观察他们，只是感到附近有几个影子也在跳动，而且他们都比他跑得快，因为他是那种非常慢的慢跑。

他一连跑了好几圈，身上开始有了出汗的感觉了，而东边天幕才慢慢明朗起来。这时，他正好是迎着东方跑动，忽然后面有人超越他了。因为光线已经亮了，所以吴越无意中向右边转脸看去……哇，在他右侧是一个身姿灵动的女孩身影！说来奇怪，这个女孩就像自带气场一样，突然就把吴越裹挟进去了。什么情况？怎么会这样？今天碰到什么人了？吴越突然感到一种非常深邃的东西被激发。

吴越开始的一瞬间并没有看到她的脸，而是直觉这个曼妙的仪态上面肯定会有动人的面容。这个时候他不自觉地加快了一点速度，与女孩几乎是并驾齐驱。

这时，几乎就是第一缕阳光开始照耀操场的时候，吴越看到了一个极其漂亮的侧脸，这张脸迎着东方，面带微笑，眼睛睫毛与眼波在阳光下闪耀，那个俊俏的鼻翼无比优雅的挺着。当看到吴越在看她的时候，女孩转过头来轻轻一笑，然后加快速度超过了吴越。

吴越顿时目瞪口呆，这是哪来的女孩？好漂亮的脸，最为动人的是那眼睛，有着无以言表的神韵，清澈迷人的眼神在清丽脱俗的面容上荡漾……吴越不知道如何形容！

吴越本来已经没有力气跑了，但是一看到这个女孩在跑，他不自觉地就跟了上去。但是，他不敢超过她，而是隔着二十米尾随着她。吴越一边看，一边不断地在确认，刚才看到的没有任何误差，眼前就是这么一个美丽脱俗的女孩，以极低的概率出现在了他的生活里！

吴越激动、兴奋、快乐地跟着她跑，隔着二十米远他就能感受她辐射出来的那种美好而又令他安定的气息。他知道，这就是他最需要的气息，有了这种气息，他的生命就是完整无缺的了。

吴越在后面偷偷地跟了一圈多，女孩就离开跑道，向女生宿舍区去了，就像一朵突然绽放的烟花，迅速地升起又坠落，前后总共约五分钟。女孩跑动的身影慢慢走远，最后消失在一栋红色建筑的拐角。

吴越在操场上驻足眺望，心潮澎湃又迷茫、担忧，这是他的女孩吗？他是老天给我安排的吗？我还能遇见她吗？

她就是蓝莓。很多年过去，吴越始终记着第一次见到蓝莓时的神奇感觉。多少年，他都觉得那个清纯的、跳动的美丽身影是他一生的目标。她就是至善至美的女性，她是一，又是一切。她就是诗人但丁心中的碧雅特丽丝……

五

后来，吴越通过各种途径找到了蓝莓。那时，蓝莓读大二，传媒学院。

蓝莓是从小具有明星气质的人，总能在周围形成一堆喜欢、拥趸她的人。当时围绕在蓝莓周围明确发起攻势的已有三四个人，各种投其所好的手段蓝莓见识不少，但确实还没有真正动心的。

吴越家境一般，没钱没势，但在一个小圈子里还算是有点名气，因为他既能写诗发表在一些挺知名的刊物上，还堂而皇之地在学校的学术刊物上发表了两篇学术论文。所以这点就非常突出。你想，学校很多老师想在自己学校刊物上发表论文都有难度，何况一个本科学生？他主要是跟当时学校号称东邪的黄教授很熟，被黄老视为莫逆之交。要知道，那个老家伙可是连学校校长、院长都不怎么买账的人，眼高过顶，对各类学生也是批评多夸奖少，却唯独对吴越赞不绝口。吴越在学校刊物发表论文也完全是他力排众议，得罪了不少老师，才获得机会。

但即使这样，吴越也没有恃才傲物的心态，而是继续大量读书，研究文史哲，随心所欲。最奇怪的是，吴越除了在读书研究上有出众表现，他还经常掺和大学生创业那些事情，这两者完全是大相径庭的事情，可他非常开心。他哪一阵不读书了，就会去捣鼓一些小买卖，在校园里兜售，以致黄教授气得要命，说他是最聪明又最混账的人。

蓝莓之前从来没有听说过吴越这号人，所以吴越一开始来追她时，她觉得很好奇。你想，作为当时的校花，又是在传媒学院，她的身边多的就是青年才俊、富家子弟，虽然在单纯的校园，但社会那一套照样不例外。

但吴越的才华横溢、奇异个性确实不同一般，尤其是那种似正似邪的表现更是让蓝莓觉得有趣。吴越对学生会、俱乐部、各种兴趣小组一概没有兴趣，不钻营，也不怎么参加各种抛头露面的活动。

吴越把蓝莓追到手也就是两个月时间，主要原因除了上面描述的那些个性特征之外，主要归功于他的认真大胆的行事效率。他毫不隐藏自己的心意，坚定地表达了自己的态度，既诗情画意而又实诚地展现了他所有的出身背景、求学经历、生活目标、个性特点，也从不丢掉那份清高和自尊。在这个追求的过程中，吴越也从不像一般校园男生那样死缠烂打、怪招迭出，而是大气从容，自信自重。好几次蓝莓没有按照约定时间见面，吴越直接就是一个星期不理她，而且说到做到。

蓝莓后来说，当时那段时间，吴越给她的印象就是惊艳，她身边从没出现过这样的人，霸气深刻，认真执着，又才华横溢。所以，蓝莓很快就成了吴越的女朋友。

他们在一起的时间有五年，彼此视为永久的伙伴，以共度浩渺人生。两人在一起也不是那种卿卿我我、甜得发腻的状态，而是相知相守、单纯愉快的那种。

吴越毕业后被分配到了J省机关报社。那时报社副社长徐春华也是沙洲大学毕业的，他是回母校做报告的时候，认识了吴越。大四的时候，吴越已经出版过一本诗集，这本诗集被作为沙洲大学文学院培养人才的一个成果。所以，诗集被送给了徐春华，老头一看这个诗集，非常推崇吴越，所以做了工作让报社要到了吴越。

蓝莓毕业后，则应聘进了省电视台。在文体频道做节目，后来担任了某个戏剧节目的主持人。

几年以后，徐春华被调任J省省报的社长，吴越则被派到晚报社，协助创刊沙洲晚报。那时吴越在报社就是一个红人，一是因为年少成名，二是领导青睐。另外，吴越学习能力也强，他很快对报业的产业化发展有了思路，还能时不时地发表一些传媒经营类的文章。

吴越那时候早已经见过蓝莓的父母，双方家长也已经默认了这门亲事。两人也已经租房同居，就差一套房子到手，就准备结婚了。

但就在这个时候，发生了一件吴越从没有想到的事情。

那时省电视台开通了卫星频道，并随之开设几个全新的栏目，需要选几个新的主持人。当时蓝莓在电视台文体频道的一个戏曲节目上做主持，节目在很晚播出，所以她一直觉得自己被雪藏了。电视台美女如云，竞争激烈，吴越对这个行业没有太多好感。所以多次跟蓝莓提出，索性调到报业集团来，这样反而清净。但是，蓝莓认为凭自己的实力，就应该是电视台的一线主持、当家花旦。

那一年的竞聘非常激烈，吴越在广电之外都能听到各种传闻。

有一天，蓝莓回来对他说，她已经被内定为新开播的大型谈话类节目《都市生活谈》的主持人。吴越觉得惊讶，心想自己也没见蓝莓做过什么努力，怎么她一下子就从一个文体频道的小节目主持人跃升为卫视频道知名栏目的主持人呢？他听说竞争这个主持人的还有国家电视台的。

但，这毕竟是好事啊。吴越当然高兴，因为成为国内一线主持一直是蓝莓的梦想。但是不久，蓝莓又垂头丧气地说，这个位子可能被别人顶替了。蓝莓非常郁闷，说了一些气话。

吴越就安慰她，跟她说一切随缘，咱们凭实力竞争，如果这个位子确实有不正常交易之类的内容在里面，那么我们就放弃。

又过了一阵，有天晚上，蓝莓回来淡淡地跟自己说，要出差几天，去A省采景。吴越心想，A省有知名的地方戏戏种，她去那儿采景也正常。之前有过类似的出差经历。于是，蓝莓第二天就出差去了。

吴越是在报社徐社长那儿才知道事情并不是蓝莓说的那样。那天，吴越去徐社长办公室汇报最近的工作情况，老头忽然问起，你女朋友小蓝今天出差了？吴越觉得奇怪，就问老头。老头说他今天去省委办事，看到你们家小蓝跟秦部长去京海了，你们家小蓝比你厉害啊，好几次都看到她从秦部长办公室出来！

“啊，秦部长？哪个秦部长？”吴越觉得奇怪。

“咦，你不知道？我们宣传部秦部长啊，还有几个？”徐社长看吴越不知道，也觉得奇怪。

吴越忙说：“哦，她昨晚跟我说，这两天出差，我也没问去哪儿。嘿，我最近不是工作太忙吗？”

老头“哦”了一声，就继续谈论工作。老头是聪明人，吴越知道他是不会无缘无故地说起这些事情的。老头是把吴越当自己的学生，才这么做的，这可能是在提醒他什么事情！

吴越心如乱麻，三心二意地跟社长汇报完心得就出来了。到了大街上，他怎么想都不对劲，蓝莓如果是跟秦部长去京海，那么这么大的事情她一定会跟自己说的。还有，她又是怎么认识宣传部部长的呢？吴越他自己从来都不知道啊！那会不会是蓝莓在做什么……

要知道，这个秦部长一直是有传闻的，各种版本都有。据说他原来在J省第二大市当市委书记，本来还有更好的仕途。但是，据说就是因为在这个市绯闻太多，闹出乱子，所以才担任省委宣传部副部长了。蓝莓怎么会去接近他的呢？又是通过什么途径认识的呢？

赶快核实！吴越赶紧给电视台打电话，装作是蓝莓的一个同学，想问问蓝莓在不在？结果电视台的同事说，蓝莓已经请了好几天病假，不在单位。

吴越五雷轰顶！对蓝莓的信心开始动摇，联想起她最近正在竞争的岗位，还有她说的一些话……难道真的是，蓝莓跨出这一步？但是，凭他对蓝莓的了解，她是绝对不可能像平常那些钻营的女人，会去走这个途径啊！

但是，眼前的事实又摆在面前，这一切怎么解释呢？最后，吴越的结论是，蓝莓的确可能去秦部长那儿公关了，但她一定会有分寸，会守住自己的底线的。

六

几天后，蓝莓回来，进门后吴越发现她竟然还带着不少A省的特产。不知道她是从哪儿临时买的。

其实，一切伪装都是徒劳的。吴越拥有着最为敏感的神经，从蓝莓一进门，他瞄了一眼她的神情，他就知道了答案。

到了这个时候，吴越最后一点的信心也没有了，心中那个美丽的世界也开始崩塌！

但是，吴越没有去说破，就先想看看那个栏目主持人的竞争结果。果然，两天以后，蓝莓回家明确地告诉他，她已经被重新确定是那个栏目的主持人了。被定下来后，紧张的筹备工作开始，她更加忙了。她一开始没有发现吴越对她有何不同。

但是，一连几天，吴越不再碰蓝莓，哪怕是无意中触碰了一下手，吴越都会立即缩回。这下，蓝莓有所察觉了，想问，但又不敢。

连续几个月过去，吴越就是如此，不跟她说话，不碰她。脸上不怒，也不笑，还有就是绝不点破。

他隐忍不说的目的需要蓝莓自己说，自己交代，甚至他抱了最后一点幻想，幻想蓝莓其实没有什么。很多次，蓝莓问他为什么这样对她？吴越一言不发。

最后，栏目就要开播前几天的一个晚上，蓝莓在房间里对着吴越跪了下来，脸上梨花带雨："越，我真后悔！我错了，但是我绝不是有意的。"

吴越一动不动，听她把话说完，听到最后，他流下长长的眼泪，仰天长叹："我们一起走过了五年，你知道我是如何感恩上苍，因为生命中遇见了你。在这个世界上，要坚持一种纯真何其困难！但是这种坚持又是何其宝贵，它值得我们为它付出生命！但是，你亲手把它毁了……你这不是失误，而是你初心已经不再纯真，你把这些外在的名声、地位看得比这种纯真相爱、长相厮守重要，所以，你才会被……"

蓝莓看到吴越如此痛苦的表情，心里无比难受。她知道吴越的性格，他是绝对的完美主义者，他是不允许有任何的瑕疵的，尤其在感情方面。她知道，在她身上发生的事情足以毁掉吴越全部的理想世界。她扑过去抱住吴越，试图做最后的挽救："越，你不要这样，你冷静一下，你再给我一次机会，我这次真的不是有意的！"

吴越推开她，坚决地说："可以，我们可以重新来过，你把这个主持人的岗位辞了，然后你把那个骗你的禽兽告发了。如果他真的是给你下药了，那么，我们不管能不能告倒他，但你只要愿意去做，我们的尊严就存在，我们的家园就能维持，我也就可以原谅你！"

蓝莓听吴越这么说，知道一切已经无法挽回。她已经跨出了错误的一步，她已经无法扭转这个局面。

到了后半夜，吴越简单整理了一下自己的衣物，提着两个箱子，离开了那间他们共同生活了几年的屋子。

这是吴越感情上的一次滑铁卢。他那个情感世界就此崩塌了，再也没能重建。为了跟那个他认为的肮脏的世界决裂，吴越还辞掉了报社的工作，艰苦创业，为的就是不想在那个系统里遭受屈辱。

多年以后，当吴越堕落到与异性一起追寻生命意义的时候，他总想起蓝莓带给他的宿命般的、无法清除掉的依恋，那是一种原生态的信任和依恋，但又恰恰背叛了他。

第四章　误入歧途

一

吴越和张天民认识，是在三年前了。那是一个年末的冬天，他跟张天民一起去C市的一个共同的客户要账。他们一个要工程款，一个要广告代理费。

那时已经是年底了，要钱的人特别多。两人只好住在C市等。那一年房地产受调控政策影响，全年销售很差。直到年底，销售开始反弹，开发公司账上有点钱就能够对外支付了。但对方应付款太多，他们在酒店里等了一个星期。

正是在那一个星期里，张天民跟吴越真正熟悉了，也逐渐对吴越很佩服，这个家伙好像很神，对什么问题都看得恨透彻，说话也是，几下子就能切中要害，就某个话题，他也能三下两下扒拉出一些道理出来。

“另外，正因为你没有一个熟人，所以你短暂地失去了社交信息，你的精神会有封闭的感觉，所以你很想去做点什么，去实现点什么。而这个时候，本能是最容易出来的。你没听说吗？在人多的时候管好自己的嘴，在自己一个人的时候管好自己的心。”吴越依然能够把话题发挥下去，让张天民听得一愣一愣的。

“是吧？我也很奇怪啊！我为什么要这样呢？”张天民那会儿就像华山论剑时的欧阳峰，在连续问自己，我是谁？我是谁？

像吴越这样清高而骄傲，有才华还保守的男人，就是他们最想拉下水的潜在客户。后来吴越才知道，他的入伙介绍人是米灿。米灿是沙洲本地知名大房产公司星辰集团的营销总监。米灿也是这支队伍的联合创始人，因为有些才情，所以才担任政委的角色。

吴越有一块主要业务是房地产营销代理，跟米灿这样的重点客户搞好关系，并把他们拉下水，应该是吴越不惜代价要完成的目标。但米灿和吴越的情形是倒过来的，米灿把很多房地产广告业务给了吴越，吴越公司接了，然后米灿请吴越出来活动，吴越总是找各种理由开溜。

最后，米灿跟张天民说，这个任务交给你张天民完成。出乎意料，张天民的效率很高，三下两下就把吴越拉下水了。

二

吴越有好几次经历，其中有一次则是网上聊天认识的一个女孩，名字叫小艾，是一个职业技术学院的外语老师。那段时间她常常失眠，孤独焦虑，经常上网，偶尔来到酒吧喝些小酒。

那女孩有男朋友，但是在国外留学。女孩的心情很有点矛盾——你说她没男朋友吧，她有；你说有吧，他又不在身边。

吴越跟她聊天的时候，没有抱着预设目的，也没有想去破坏人家的关系。

两人先是在网上认识，他看过女孩的资料，里面有那女孩的照片，感觉不错。聊过几回以后，吴越边轻描淡写地约她，说如果有时间，可以见面聊聊。

于是，某个周末的晚上，吴越约这个女孩的时候，她答应见面。

他与女孩互留了电话，后来他们还有好多次的聚会。他与女孩保持这种关系将近一年。后来从她网上发的信息里知道，女孩的男朋友从国外回来了，两人很快就结婚了，她在网上晒了不少结婚现场的照片。后来很久，吴越和小艾就没有联系了。

三

吴越的几次经历让米灿、张天民嫉妒得发狂！尤其是米灿，他一向觉得自己的魅力跟吴越相比，那是有过之而无不及的，但怎么就捞不到这样的好事呢？简直就是奇迹！

所以，那段时间，吴越频频得手的时候，这两个家伙都极有压力，绞尽脑汁在琢磨方法、技巧。他们在各种场合想复制吴越的经历，但是没法如愿。

于是他们反复请吴越吃饭，非得让吴越总结经验，不许藏私。

其实，张天民喜欢和吴越交往的真正原因是，他希望吴越可以提供答案。这是他后来才逐渐明白的。有一次，张天民作了深刻总结，对吴越说：“你呢，是一直在矛盾，我是要呢还是不要呢？到底是有罪呢，还是没罪？所以，是你的这种犹豫、忸怩，造成了一种真真假假的游戏感！我呢，拒绝一切造作。”

吴越当时听完张天民的这个话，顿时呆掉了。他从来没有碰到张天民对自己心态能理解如此之深、如此贴切。

第五章　曾经邂逅

一

张天民最近受朋友的熏陶，喜欢上了琴棋书画诗词歌赋，所以经常在手机上搜一些辞藻华丽的文句，遇到熟人就吓唬大家，半真半假，显得自己已经有些高雅了。

比如现在，张天民呵呵笑着拿出手机，找出一首储存在里面的诗，笑眯眯地给米秀才看："不信巫山女，不信洛川神。何关别有物，还是倾城人。经共陈王戏，曾与宋家邻。未嫁先名玉，来时本姓秦。钗长逐鬟发，袜小称腰身。夜夜言娇尽，日日态还新。"

张天民是沙州市一家建筑工程公司的富二代老板。他父亲早年是郊县的泥瓦匠，20世纪80年代，郊区政府成立了一家建筑工程公司，他父亲在里面做泥瓦匠。后来建筑公司天南海北做工程，有了积累，张天民父亲就有了经验，然后就承包班组，单独核算自负盈亏。90年代，房地产建设高潮还没开始，加上也不怎么赚钱，建筑公司就慢慢成了空壳。政府觉得不好管理，就把建筑公司改成了民营企业。再后来，房地产建设高潮来到，建筑公司业务爆棚，公司迅速发展起来。现在张天民父亲家的建筑公司一年产值也有十几个亿，连年如此，家底已经比较厚实。

米秀才是外号，真实姓名是米灿，在星辰集团做营销总监。米灿擅长用一些在文法上不怎么通顺但有激情效果的文字来推广，号称沙洲第一文案。

米灿是许怀远的得力干将，老板对他颇为信任，各个楼盘的营销工作都由米灿负责执行。所以，米灿虽不是沙洲房产界的风云人物，但也算是大家都知道的人。

此刻，米灿嘴里正含着一口红酒，架不住张天民的诗兴大发，所以勉强眯着眼睛看过来。一看完，他就把口里的红酒喷了出来，笑着骂："嗨，我说呢，原来你喜欢上了这种'无聊'的'诗'啊……"

张天民和米灿是老朋友，泡吧喝酒、徒步旅游之类的都统一行动，有事没事经常聚聚，而且张天民家的建筑公司跟米灿所在的星辰集团一直有业务往来，所以两人聚会，也算是半公半私，都能交代。

今天两人公司里都没什么事情，就相约到东林湖文化街区来逛逛。这个文化街区之所以冠名东林，就是因为它靠近著名的东林湖风景区，是国内知名景点。近年来，沙洲在这里打造了休闲文化一条街，主要是茶楼、咖啡馆、酒吧、艺术会所等。可能是这里比较轻松休闲，也或者是这里的风景让人容易产生浪漫的想法，所以几年之内，这里成了一条以邂逅奇遇著称的"风情街"，很多外地来的客人也都慕名前来体验。两人今天在座的酒吧，名字叫作"约吧"，就是比较知名的一家。

还有，近年来沙洲市对文化产业很是重视，好几个区都专门辟出地方来做文创，搜罗各种文化资源，争取在下一轮经济竞赛中拔得头筹。东林湖街区背靠知名景点，所以算是发展最好的一个。当年这个街道下手早，免租金、降税收，招揽了一批民宿酒店、图书馆画廊、艺术家工作室、直播带货平台等，两年多下来，已经有些气候。

米灿作为营销总监，需要对城市更新、产业地产等做些了解，否则就跟不上形势了。所以，最近一直在看类似的项目，除了张天民之外，他还邀请了另外一位死党，叫吴越，是沙洲鲲鹏传媒公司的老板，主做广告代理和房地产全程策划推广，跟米灿也经常合作。

二

两人一边闲聊，一边等人。已经过去一个多小时了，这个叫吴越的朋友还没有来，于是两人开始气呼呼地数落他。

吴越每次都是这样，但凡约他出来，总是迟到。据吴越自己说："张天民、米灿两人总喜欢玩风花雪月良辰美景之类的游戏，但第一秒开始就想入非非，跟他们混，实在丢人!"

吴越这话在米灿听起来颇不服气，好歹自己也是腹有诗书气自华的一类，怎么就被他嫌弃成这样？所以每次见到吴越，总要斗上几句嘴，斗着斗着还依赖上了。一段时间没见，就会约上张天民去骚扰吴越，让他参与他们的低级游戏。比如今天，两人从昨天下午就开始约他，说："快出来看看，现在我们得与时俱进了，各种文化艺术产业欣欣向荣，你总是在家里研究写写画画，哪成呢？还有，东林湖一带新出来不少酒吧，层次很高，都是文艺青年!"

吴越电话里就是一顿嘲笑，说："你们两人是红烧肉的底子，无论来什么原料做出来的都是红烧肉味道。"这话真是够损，但是米灿和张天民又很想让他出来，听听他胡侃乱吹一通，也是生活的趣味。也就是一个小时前，吴越才答应赴约，说正在临摹唐代怀素和尚的帖子，临摹完就过来陪你们瞎扯。看看，总是那么清高和气人。

张天民和米灿就这么嘟嘟囔囔、百无聊赖地聊着。米灿发现张天民突然定格，眼里像发现新大陆一样的憧憬和迷离。米灿顺着他的眼光看去，原来张天民呆呆地看着9号桌的两个女子。

米灿看张天民的眼神，感觉不对。急问："老张，什么情况？你发现女神了？"

张天民干咳了一声，轻松地说："没什么啊，哪有什么女神？"

米灿朝张天民刚才方向看去，果然，视线里出现一个姣好的面容，出乎意料！嘿，怪不得张天民这厮忘我般陶醉，这女子确实不一般……米灿看她的时候，她正在打电话，女孩坐那的姿势就不同寻常，体态优雅，淡定迷人。光看这个气质，肯定不是从俗地方来的，可以断定受过一定训练，而且还有一点似曾相识的感觉。

另外一个女孩，则背对米灿，看不见脸了。但是看那小身板韵律流动，右手撑着下巴坐着，也是一副旖旎迷人的样子。

三

张天民思索了良久，叫来一位服务员，要了一瓶进口的葡萄酒，外加一碟开心果和一碟话梅，示意给9号桌的两位女孩送过去。

“轩尼诗李察干邑，两万多一瓶……你小子跟我玩命啊！”米灿低声惊呼。

服务员也是吃了一惊，毕恭毕敬地把酒、果品送了过去。

服务员到了9号桌，弯下身对她们说：“小姐，刚才有位先生给你们点了一瓶酒、两碟瓜果。他已经付过账了，请你们慢用！”

两女子显然一惊，都朝这边看过来。然后开始研究这边送的东西，而且还在商量着什么。那个年轻女孩手伸进自己的小包，摸索了一会，拿出手机，好像是在扫描酒瓶上的条码。过了一会，年轻女孩凑过头去跟大一点的女子说了几句，而且还把手机屏幕给她看。年龄大的女孩看了一下手机，然后仔细端详了一下酒瓶，微微一笑，又轻轻摇头。随后，她仰脸跟服务员说话，看样子是不肯接受，说完朝这边的张天民注视了一下，又欠了欠身，然后对同伴笑笑，继续她们的聊天。

果然，服务员把酒和果品送了过来：“先生，刚才那位小姐说，谢谢你们。她们不想接受这个赠送。”

张天民一看出师不利，忙对米灿说：“这个不算啊，这个只是我们共同的开场白，不能记在我一个人头上……”

米灿在桌下踢他一脚：“老张，你耍赖！不行，该我了。”

张天民赖在位置上不动，非要坚持再出一招。米灿没办法，也不能拖他呀，只得让他出第二招。

张天民深吸一口气，陷入沉思。好半天，没辙，问米灿：“秀才，我第二招该怎么出哇？”

米灿鄙视了他一眼，不吭声。

张天民搔头摸耳半天，真是急了，对米灿说道：“你还是不是我兄弟啊？支一招呗！”

米灿被他逗乐了：“兄弟，这是战场。我们是敌人，我怎么会帮你呢？”

“好，你不肯帮忙我就一直这么拖着。待会人家走了，我们谁都没戏！”

张天民要挟米灿帮忙出招。

米灿想了半天，这么等下去还真不是个事。他摇摇头说："老张啊，我不像你这么小气，我给你分析一下。你刚才呢，虽然没有成功地把酒送去，但是你至少给人留下一个印象。因为对方知道你，这酒你已经买过单了，你这个赠送是有诚意的。此外，你一出手就这么大方，人家没有必要拒你于千里之外。所以，你可以开门见山，直奔主题。"

张天民想了半天也没想出什么妙招。或许，米灿那种直截了当的思路是对的，干脆，直接要求交朋友！于是，跟服务员要了一张纸，写了一句：美女，很想认识你。可以聊聊吗？写完，他竟然掏出自己的身份证，让服务员一起送了过去。最后，他得意地朝米灿一笑："嘿嘿，秀才，我这招下去如果还是不行，那也没你啥事了！"

米灿顿时明白他的用意，身份证一出去，这层纸就捅破了，哪里还有故事会发生呢？米灿气得要打他，张天民则得意扬扬。

很快，纸条到了两女子那儿，年龄大一点的女子瞄了一下，然后又看到身份证，有点惊奇，展颜一笑。随后，她从包里掏出一支笔，找张纸条写了一行字，让服务员捎过来。

服务员把纸条递到张天民手里，上面是一行出乎意料的字："可以一起聊聊！"

张天民看完，一阵喜狂！

米灿一看纸条，顿时热血沸腾！

四

张天民、米灿赶快端着茶壶、茶杯，还有刚点的酒就过去了。

到了9号桌落座，两个久经沙场的老男人竟然一阵慌乱。因为眼前这两个女子不光是漂亮，关键是还十分淡定。两人微笑着，各自拿漂亮的眼睛观察着他们两人。

张天民先开腔，他一抱拳，说："感谢两位美女赏脸，刚才确实有点冒昧！实在是窈窕淑女，在河之洲，君子不求，意思不够啊！"

那两个女孩听张天民这么恶搞古人诗词，也是感到好笑。大一点的女孩笑不出声，年轻短发女孩咯咯一笑，说："看不出，还是才子嘛！"

米灿赶紧跟进："那是那是，现在狼也披人皮了。"

张天民在米灿腿上拧了一把："怎么一上来就窝里斗呢？还是不是兄弟啊？"

大一点的女孩看他们二人耍宝，也觉得有趣，清了一下嗓子后说："两位，认识一下哈，我叫蓝莓。我这个同伴小美女叫杨雪，木易杨，下雪的雪。你们哪位是张天民？"说到这儿，举了一下张天民的身份证。

张天民忙说："是我，不好意思！身份证不假吧？"

女子眉毛向上一扬，对张天民轻松一笑，说："不错啊，直接掏身份证了哈，感觉很有诚意。不过年龄大了一点，都快大叔了，还在外面玩啊？你孩子多大了？"

张天民怎么也没有想到，蓝莓上来就是这么一个问题。他差不多10年前就结婚了，现在有个女儿在幼儿园上大班。但是后来因为张天民常常夜不归家，最近分居着呢。

旁边的米灿看张天民愣在那儿不回答，忙说："他结婚离婚比换衣服还快。"

听米灿这么编排自己，张天民气得站起身起来："秀才，你不损我会死啊?!"

那个小姑娘杨雪见米灿老是蹦一些冷笑话出来，把张天民气得不行，捂住嘴笑起来。

张天民坐下来，忙不迭地对蓝莓说："美女，我确实是单身，良民啊良民！"说完，他自己都觉得这个话有点不对劲，怎么好像做贼似的呢？

他这个窘样把蓝莓也逗乐了，忍不住掩口长笑。笑完，转问米灿："你外号叫秀才？"

米灿正了正身形答："我叫米灿，大米的米，灿烂的灿。因为我比较有内涵，所以人送外号'秀才'。"

张天民赶紧插进来报仇："是生锈的锈，锈了的烂材……"

米灿忙说："我和他同龄，未婚，也没女朋友。你们考虑我一个人就行了！"

两女子看他们这么一阵互怼，笑得合不拢嘴。四人寒暄完毕，开始正式聊天。

那个大一点的女子问："这地方你们经常来吗？"

米灿看了看张天民："我来这儿次数不算多，今天这次算是第三次吧，他还可以！"

张天民又好气又好笑，说道："秀才，你又想作死啊？你说自己就行了，眼睛朝我瞟干吗呢！"

米灿笑着点头："好好！我们不能在美女面前窝里斗了。"说着，转过身问蓝莓："我叫你莓子好吧？然后这位小美女，我叫你小雪哈。"

蓝莓眉毛扬一下，耸一下肩膀，说道："嗯，你这亲热劲上得挺快哈，可以啊！你们俩是做什么职业啊？"

米灿看眼前这个蓝莓每个表情都是恰到好处，气定神闲，说话吐字清晰，也挺好奇，心里也在猜她们两个是做什么的。于是不答反问："你们先说，你们是做什么的？女士优先嘛！"

"呵呵，女士优先的意思是女士可以得到更多保护。所以身份信息，也应该在你们后面再说啦！"蓝莓右手理了理长发，盯着米灿看，然后又加了一句："反正你们身份证都给了，也不差这一步了……"

蓝莓巧笑倩兮，可爱调皮中透着矜持、优雅。米灿是营销出身，在星辰集团是从楼盘的普通销售员开始做的，什么样的客户没见过。他看眼前两个女孩，没有一点风尘味道，尤其是这个蓝莓，应该是来历不俗。他的脑海里在罗列社会上各类角色。

张天民很干脆，他从包里直接取出名片来，说道："哎呀，这么麻烦。人家美女问我们的身份是我们的光荣，莓子，这是我名片。我是做建筑工程的，他是卖楼的，我们一个建，一个卖。"

张天民的名片上是家族企业的总经理——天风建设集团，总经理。

"哦，原来是张总啊。久仰！看样子你这招打倒过不少美女吧?!"杨雪接到名片，说道。

张天民连连摇头："嗨，老实说，我老张追过的美女可不少，但追不上的居多！"

蓝莓听张天民这么说，点点头说：“嗯。看出来了，您比较实诚。”然后她转首问米灿，“我们张总豪爽，第一次送身份证，第二次给名片，然后自己追美女的经历也交代得清清楚楚。你看你，还在跟我们捉迷藏。”

米灿叹口气：“不一样，他那是破罐子破摔，再说自己是老板。我不一样啊，打工仔一个，得注意自己名声的。”

张天民打断他：“你哪来的什么好名声？矫情！”

没办法，米灿只能承认自己的身份。一般情况下，在这种场合，米灿是不会暴露自己身份的。但今天是包不住了，好在眼前这两个女子应该是正当来路，问题也不大。

两位女子没有报上姓名、工作，说最后会彼此加微信，大家先聊聊天。

聊天内容基本上跟着她们走，比如为什么来？到这里来的目的是什么？这里最大的魅力又是什么？周围朋友来这儿的多不多等。张天民是基本上不会聊天的那种，因为平常习惯了砸钱的套路，今天这么个聊天对他而言是很辛苦的了。好在这两个姑娘还挺能聊的，话题既能放大也能深挖，这个话题结束也能自然过渡到另外的话题。一句话，感觉她们的聊天很有导向性。米灿判断，这两个姑娘应该是专业性很强的人，所以他基本上熄灭了心头的最后一点想法，索性换了一个目的——欣赏美女。他就自得其乐地听她们说话、提问，看着她们两人一颦一笑，脸容精致优雅，神态可爱，加上眼波流转，身形颤动，也算是一种收获吧。

这种聊天苦了张天民，他显然不太适应姑娘们的话题，加上他主要的目的还是尽快地一亲芳泽，所以他就像等公交车一样，他无法顾及大街上的风景，而只是念叨着公交车何时到来。在对方的主导下，他基本发起不了话题。米灿看张天民的表情，从最初的兴奋、渴望、期待，到最后的迷糊，失望、泄气。

五

张天民眼睛紧紧地盯着蓝莓看，但观察下来，蓝莓的表情依然是专题研究一样的正式，没有任何暗示的意思。

米灿这时觉得已经没戏了，话题都公开到这个程度了，哪里还有想象空间？好在自己没有什么破费，权当找美女们聊聊天了。

两个女子没有食言，凑着小耳朵商量了一会，同意留下联系方式。两人各自从随身带的小包里掏出名片。

好家伙！名片映入眼帘，就发现了省电视台的台标，嘿，两人是电视台的。仔细一看，分别是J省电视台《都市生活谈》的制片主持人蓝莓、栏目记者杨雪。但是，两人名片上只有单位电话，没有手机号码。

要死了！怪不得那么容易就邀请他们过来聊天，原来是冲着让自己二人提供素材来的。她们想做现代人感情生活的节目。

这时蓝莓表示感谢，说："谢谢你们跟我们聊天，你们不要担心，虽然我们对刚才的谈话内容进行了录音，但是保证不会影响你们声誉的。"

啥？还录音了?！这两个妞可真够狠的。这要播出去还得了？米灿瞬间头都大了。

杨雪轻描淡写地说："放心啦，节目播出时，没有肖像，声音也会作变声处理的。再说了，你们不是都还没结婚吗？不会影响家庭！"

张天民忽然想起来，自己看过《都市生活谈》，是晚上10点的节目。眼前这个蓝莓是节目主持人！不过那会头发没这么长，电视下面更漂亮！

J省电视台的这档子《都市生活谈》节目有一阵挺热，主要是关于都市生活各方面的谈话类节目。因为话题新鲜，取材现实，所以颇受欢迎。主持人蓝莓是个知性美女，粉丝不少。这个节目的受邀嘉宾都是普通人，节目参与性强，挺接地气。但最近不是太火了，因为能在电视上晾晒的话题也就这么多，多期节目过去，创新空间越来越小。

今天来这儿，就是寻找节目素材。米灿、张天民两人忙乎了一个晚上，结果就是充当了素材。

六

米灿、张天民两人大眼瞪小眼，接下来的剧情就很惆怅了。

两人很想拔腿就跑，但又明明是刚交换名片，马上撤退又不礼貌。而且对方两人就想了解当代年轻人的感情生活，希望帮忙，两个大男人又不能太小气，说不帮忙。但如果说帮忙，那也不能揭自己的老底吧？

于是，两人不约而同想起了吴越。这家伙怎么还不来呢？现在这种场面是他擅长的，他如果来就能够解救目前这个困局。

张天民干聊几句之后，终于将吴越扯了出来，他说：“要说新鲜玩意儿，我们有个朋友倒是有过……”

米灿看张天民已经抖出了这个话题，也加入进来。心想吴越啊吴越，谁让你那么能拖还不露脸呢？只能把你卖了。

“好啊！快给我们介绍认识！”杨雪一听有这么个人，顿时兴奋起来。一旁的蓝莓也是来了兴致，盯着张天民。

张天民骄傲地说：“我那朋友可不是一般人，他一年中有一半的时间在全国云游，在沙洲也就是几个月。他到处结交各种高人，家里还有好多古籍画册。你别看他游戏人间，却很有人缘。”

杨雪听这话，不由摇头：“听你这么介绍，他不就是一个江湖骗子吗？”

说这话时，她满脸不屑，目光转向米灿求证。

米灿点点头：“我那兄弟确实很神，非常有文化，水平比我也就高那么一点，但这一点就难了！对了，他今天也会来这里，估计快要到了……”米灿说到这里，才想起吴越要来，如果眼前这两个姑娘最后被他忽悠走了，他和张天民两人算是打了个前奏。

说曹操，曹操就到。众人正在说起这个神人时，神人就来了。

此刻，门口进来一个三十五六岁文弱书生一样的人。来人穿一袭灰色的风衣，身高中等偏上，形体清隽，看上去是有一种亲近文雅的气质。此人进了大门就满屋子找人，眼神淡定，脸上带着聪明和笑意。只见他三下两下就看到了张天民、米灿两人，举起手挥舞一下表示他已看到，然后就是大步走过来。

然后，他再一看，发现张天民、米灿的对面还坐着两位女子，脸上闪过惊奇的神色，并且右手伸出大拇指，表示很钦佩。左手伸食指贴上自己的嘴巴，意思是不要惊动这两位女子。

看来，此人就是他们说的吴越了。吴越悄无声息地就到了近前，站在两位女子背后，突然发声：“老张、米灿，面对美女，你们怎么是一副痛苦的表情啊？”

这家伙就是眼尖，刚到现场就发现情况不对，说出这番话来。蓝莓、杨雪被他这突然说话吓了一跳，赶紧站起，转过身来看他。

“吴越！”只听蓝莓惊呼一声，左手差点把桌上的杯子弄翻。

她这么一声低呼，反过来又把吴越惊了一下：“是你……”

米灿、张天民还有杨雪三人异口同声：“你们认识？”然后就是惊喜的表情，就想着接下来就是好一阵寒暄热闹，三人就可以听他们的渊源了。

哪知道吴越顿时冷若冰霜，哼了一声，对着米灿、张天民说了句：“嗯，你们层次提高很快，跟明星主持人都处上了。不打搅！”说完，他转身就走。

这个转换太快，米灿、张天民是等吴越走出去五六步之后才反应过来，忙站起来喊：“吴越，你等等……”吴越却是头也不回，就出了这家“约吧”的大门。

这时蓝莓脸色煞白，好一会才恢复镇定。然后拿起手包，拉一下杨雪，跟米灿和张天民说声再见，告辞出门。

前后三分钟不到，9号桌只剩下米灿、张天民了。两人傻傻地互看，心里明白，此处故事很多，渊源太深，有待慢慢发掘。

第六章　流水有意

一

在沙洲市青龙山风景区的五星级酒店——绿森林国际酒店的一个房间里，沙洲市副市长陈立人，半躺在沙发上。

陈立人在这里等的人，是沙洲电视台经济频道的记者张倩。

陈立人第一次见到张倩是他从大湖市调任沙洲市常务副市长后没多久，那年人大、政协两会刚过，沙洲电视台需要对沙洲新一轮城市建设做报道。所以，就安排了经济频道的张倩前来采访。

采访是在陈立人的办公桌后面的椅子上进行的。主要采访内容是谈沙洲市当年提出的十大重点建设项目，介绍这些项目的由来，对整个城市建设的提升，它们建成后对广大市民的好处，以及它们的工期和投入使用期。陈立人是产业博士出身，与一般官员不同的是他的理论能力很强，富有层次、逻辑清晰，还会经常冒出一些经济学术语，阐述起来深入浅出，加上他一口悦耳的北方普通话，很有感染力。

这一切让张倩也感到新奇，眼前这个副市长很有学者味道，跟之前采访的官员很不一样。之前她采访的很多官员只会说空话套话，不能深入浅出地说。而在陈立人回答问题过程中，张倩发现他对公共服务产品、社会管理和各种建设模式等都非常了解，而且总是能够结合沙洲的实际。

其实，张倩之所以做经济频道的记者，很大程度上是出于自己的兴趣，因为她在大学里的专业就是经济学，而且当年毕业时想考研究生，还阅读了不少经济学专著。所以，陈立人的谈吐中表现出来的专业度让张倩很敬佩。

采访开始没多久，陈立人就感受到了张倩一双注视他的妙目里有了敬意，这大大鼓舞了他的谈兴。

采访结束，陈立人主动给了张倩名片。最后说再见的时候，陈立人还伸手握住张倩的手，时间还比较长，估计足足有五秒钟时间。张倩当时还脸红了。

二

但是，事情并不顺利。那次采访之后，陈立人有四个月时间没有见到张倩，心里有点着急，但是他没法跟人说这件事情啊。他甚至怀疑电视台老曾是不是有意安排其他人来采访他，而不安排张倩。他专门了解了一下，原来张倩负责经济频道的综合新闻，需要分量较重的新闻才会出场。陈立人分管的城市建设口子，那是有专门的记者负责他这条线的。怪不得，张倩还经常采访市委书记梁文龙、市长曹永。

好几次，他这边城市建设的几个重大项目有开工仪式，他被安排去剪彩。他注意到张倩也来采访了。但是陈立人都是被安排好行程的，张倩想找机会采访他也不容易。再说，谁知道这个张倩是不是有意在躲避他呢？

陈立人相信，他是第一次就对张倩有了暗示的，握了这么长时间的手，张倩难道还不明白？而且从张倩注视他的眼睛里，陈立人是能够感受到她对他的欣赏的。

至于她为什么一直没有再出现，陈立人只能耐心地等待答案。

张倩第二次见陈立人是为了单位的一件特殊事情，是跟台长曾志红一起来的。

两年前，广电系统在沙洲市北郊青龙山下找了个外景基地，占地6万多平方米，规划2.6万平方米建筑面积。外景基地是不需要建设太多房子的，所以两年过去了，不少地还空着。

老是空着也不是个事情啊，于是就想到能否在这个地上盖职工宿舍呢？于是就跟国土局商量这事，能否改变部分的土地用途，安排两栋约8000平方米的住宅，用于安置内部职工。国土部门说没有意见，反正又不是开发商的土地，广电系统好说，只要补交一些土地出让金就可以。征询规划局，规划局说也没有问题，可以安排两栋。

于是这个8000平方米就立项、规划了。但是这8000平方米也就是能安置五六十户。本来考虑到这些房子毕竟在北郊，与主城区有一定距离，内部认购价格也不是特别低，申请的人不是很多。但大家后来一看规划，这两栋建筑被安排在最北面一排了，再上面就是山坡，前面有一个很大的池塘与培训中心隔开。得，这房子成了背山面水的好房了！本来申请购买的人不多，现在大家一看房子这么好，都加入申请了。别看张倩现在是知名记者，但是因为她是后来招聘进电视台的，不算老的事业单位编制，所以无论按照工龄还是按照编制性质都是没有资格参与分房的。

台领导看这个情况摆不平了，怎么分配都缺那么关键十来户，于是就想到能否多盖几层扩大总数呢？本来这个项目建筑密度很低，容积率也不高，多盖几层是没有问题的，最多电视台补一些土地出让金嘛！

但规划方案到了规划局，规划局死活不同意。局长老邢说这本来不是问题，但是现在因为青龙山在做整体空间规划，这次还特别严格，据说还请了国外的规划设计院对青龙山的山脊做视线规划，任何单位不能触碰这条红线。为的就是保证从山下青龙大道往山上看的时候，要保持山脊线的完整凸显，不能有遮挡。这下好了，一个出路又被堵死了。

台长曾志红给老邢打了好几次电话，也当面去规划局沟通，但老邢就是没答应，说这是新上任陈副市长主抓的项目，他无法改变。

陈立人之前在大湖市的城市建设上的成就有目共睹。五年前省内几个城市同步做的新一轮规划建设，就大湖市规划超前，成果显著。他很早就将大湖市的湖岸线做了规划，将房地产开发项目一律清除，该回购的回购，该拆迁的拆迁，而且因为启动时间早，代价也不是很大。所以省领导对陈立人评价很高，说不愧是博士出身，眼光长远不说，执行规划也是严格到位。也就是因为这个政绩，省委才把陈立人调到省城沙洲市。

陈立人来的第一件事情就是对青龙山生态新城做了一个长远规划。现在刚刚公示不久，所以规划局是不敢随便突破的。

“老曾，我还想着你们电视台能给我好好报道规划成就呢！我哪敢不帮你啊？但这个事情我帮不了。但是我可以给你指一条路，你去找陈副市长，只要他同意局部突破，我们可以做些调整。”老邢电话里这么说道。

曾志红听老邢这么说，心想这事也就很难了。要找陈立人开这个口子并不容易，而且又不完全是公事。但是想到这么多人要房子，也需要一试呀！于是硬起头皮给陈立人打电话，说电视台有事要请陈市长帮忙。

陈立人对曾志红印象不错，老曾有文化内涵，有事业心，广电工作做得有声有色，在全国广电系统都很有口碑。

陈立人接曾志红电话时好好地表扬了一下他的工作，虽然陈立人不分管广电，但是陈立人是沙洲市委常委啊，而且从常务副市长到市长的时间其实很快的。按照陈立人的50不到的年龄，未来前途是远大的，当上沙洲市委书记的概率都是很大的。所以，曾志红很高兴。

最后，陈立人表扬了几个月前的那次深度报道，说本来以为是一次简短的采访，但是你手下那个美女记者很专业，挖得很深，报道角度也很好，不错不错。

曾志红一听这话，立即说：“呵呵，谢谢领导表扬啊！对了，今天晚上我请客！”

陈立人哈哈大笑，说：“曾局长啊，欢迎欢迎！你把时间地点发我手机上，我准时赴约。”

三

曾志红晚上约见地点就在青龙山广电培训中心，而且约的时间也很巧，周五下午五点。这个时候领导比较放松，时间也不晚，可以顺便看一下这块地。

陈立人到青龙山广电培训中心的时候，老曾和张倩已经在大厅外面等待，两人并立在门口。陈立人还没下车就看到张倩站立的身影。张倩比曾志红还略高，依然是简单穿着。

陈立人下车，先与老曾握手寒暄几句，然后眼睛就转向张倩。

张倩走上前来，略带俏皮地向他伸手：“陈市长，您好！还记得我吗？”

握住张倩的手，陈立人脸带微笑，欠了欠身："呵呵，你采访过我，我可是一直记得哦。"

接下来，陈立人看了后面拟建宿舍的用地范围，也看了规划效果图，然后就进入包间用餐。陈立人先没有表态，只显示深思、为难的表情，说："老曾，我也知道电视台年轻员工越来越多，现在房价也真是贵，也想尽可能多解决一些住房问题。但是，青龙山的山脊视线规划是我来沙洲之后的第一个控制目标，也是一个很生态的指标。所以，沿山坡1000米，就没有超过4层的建筑，这是上限。你们竟然要加盖两层，这个突破比较大！"

曾志红这时赶紧给张倩递眼色。

张倩赶紧上前斟茶："陈市长，早听说您是规划专家，工作要求严格。但是您看，我们广电这样的单位毕竟少数，偶尔开个口子，其他开发商什么的也不好攀比嘛！您看，是不是？"

陈立人见张倩在求自己帮忙。于是，他没有再装模作样下去，哈哈笑道："张倩，你这么卖力，看来这个分房名额中肯定有你啰？"

说实话，张倩还真不在这次分房的名额中，按照工龄、职位排在她前面的有100多位，哪能轮到她啊？张倩也没在乎这个名额，自己是沙洲本地人，家里有住房。此外，前几年，父母亲还买了一套商品房。她早就大度表示自己放弃了。

此刻听陈立人问，张倩随口一句："呵呵，我们电视台人多，这次是真没我的啊！我是权当说客……"

陈立人一听张倩这话，转身对曾志红半真半假地说："曾局啊，我跟你说，我可以帮你们协调一下规划局，但是我把话说清楚啊，要是张倩没份，我这面子就不能给了啊！"

曾志红忙说："对对对，张倩肯定安排，而且是大套的。"

陈立人哈哈大笑，对张倩说："好了，小张你记住了，曾台长已经答应了。而且为你加码，套型是大的。怎么样老曾，你最大的套型是多大啊？"

张倩一听忙站起来："好啊好啊，越说越像是真的了。你们两个领导都在这，说话可不能耍赖呀！大套多大啊？"

曾志红嘿嘿一笑，伸出两个手指头："200平方米的，怎么样？够意思吧？”

陈立人哈哈一笑，手一挥，说：“好，一言为定！小张，你今晚要好好陪我喝酒。你这大套我就记下了，到时候如果曾台长反悔，你让我来跟他要！”

于是，那个晚上张倩在酒席上好好地陪陈立人喝了几杯红酒。而且曾志红在一旁起哄，但是陈立人没有失态，他不想在曾志红他们眼皮底下显示太多。

酒后，就散场了。他拒绝了曾志红、张倩其他的活动邀请，早早地回了。

四

张倩正驾驶着她那辆新买的轿车往绿森林国际酒店赶来，一路上她也在复盘一件事情的整个过程。

张倩最近的心情很不好。自己参与运作了近三年的旧城改造项目——人民路广场项目，竟让星辰集团横插一杠子，给公开拍走了。这个星辰集团的许怀远真是疯了，35亿元拿下这个项目，比张倩他们预期的最高竞争报价高了近10亿元！这是什么概念？张倩合伙的龙昌开发公司以前作为人民路某地块上的业主，政府有近10亿元的拆迁补偿，这个可以冲抵土地出让金。所以他们的成本优势是非常明显的，其他竞争者需要比他们多支付近10亿元的真金白银，才能与张倩他们站在同一起跑线上。

这个情况还不算，他们这边还集聚了一大批的政商资源，可以充分支持这个项目。政府这边是陈立人，主管沙洲城市建设的常务副市长，从国土规划、建设房产都是直接可以调动的资源，此其一。其二，张倩这么多年的采访工作中，结识了一大批地产集团、开发公司，好多家准备拿地的企业都只是参与一下，做个配合。其三，商业资源方面更是不用担心，东南亚恒基集团一直是高端商业的代表，他们作为大股东和后期的实际运营者，使得这个项目更加不必担心。

还有一个最关键的情况，这点就是连陈立人也不知道，参与这个项目的人中还有一位深藏不露的人，这也是张倩到最后才发现的。这个人对项目的今后运作会有更大的保驾护航作用。

可就是这么一个天时、地利、人和都具备的项目，一个板上钉钉的项目，结果让星辰集团给截了！

她一路上在复盘整个过程，却找不到任何会导致项目旁落的理由。张倩作为沙洲电视台的记者，她的信息会比一般企业提前很多，尤其是这个项目。她是第一时间知道了这个棚户区改造计划，在周边的拆迁还没列入计划的时候，他们就已经开始收购物业，提前埋伏好。而且，最后是哪家公司来负责拆迁，张倩都介入了。

好不容易把拆迁工作做完，然后就是土地的收储、项目的立项……提前设置好了土地招拍挂条件。

这还不算，为了防止有人来截和，即使到了土地招拍挂的买家报名时，他们还安排了人员跟每个前来报名咨询的人打招呼，暗示该地块名花有主，就不要参与了。可是，奇了怪了，就是这样的事，还让星辰集团给搅黄了！星辰一搅和，连在现场的金克、龙信集团都以为这场拍卖转变为正式的市场化竞价了，张倩赶紧在现场联络他们，迫使他们放弃。但只有星辰集团联系不上，他们的老板许怀远一直电话占线，最后竟被他们截下了，而且这么高的价格！星辰集团是谁？是沙洲当地的公司，他们怎么就对本地的项目背景一无所知呢？

张倩这么一番复盘才发现，她以及关联的一批人马在过去几年中为这个项目真正付出了太多精力！

就这么气呼呼地驾车到了绿森林国际酒店，张倩连需要耐心谨慎的停车动作都变形了，以至于她这辆一星期前才买的轿车的前保险杠撞到了路牙上，硬生生地留下一道横杠。

这下张倩更是新仇旧恨全记在了星辰集团上了。

“许怀远，算你狠！这么虎口夺食……”张倩在车里狠狠气得骂出声来了。

她今天来找陈立人，就是为了这个事情。现在，地块已经被星辰集团拿走了，接下来该怎么办？她要向陈立人求助。

上周五，土地招拍挂的结果出来，张倩就约陈立人见面，但陈立人一直在外地出差。今天是周日，陈立人还是有事开会，但张倩坐不住了，她需要及早谋划、行动。

人民路商业综合体，这么一个沙洲城建史上难得遇见的项目，前期又投入了那么多精力！最紧要的，张倩这次是破天荒地真金白银投入资金的，如果这个项目不能挽回，那她是要承担前期费用的。所以，她和她的合作伙伴是不会放弃的。

但是，星辰集团也是不好对付的，听说那个许怀远有着深广的人脉、强劲的实力，尤其是在业内有着好口碑。

显然，这是一场硬仗。

五

陈立人约她见面的时间、地点都是非常谨慎的。两人见面需要一系列的安排，比如出行的车辆、预约的时间，还有根据会面内容确定不同的地点……没办法，现在是信息社会、互联网环境。

就像今天，他们政府开会的大会议厅在3栋的1楼，而陈立人约她见面的地点在8栋，隔着100米不算，还有个山丘隔开了两个区域。两人见面的区域是酒店配套的商业设施，是一个精致的茶馆。而预定这个茶室的必须是张倩，而且需要她到达后现场预定，电话或者网络预定会搞不清楚这里是否有其他熟人？张倩这么多年一直在政府条线采访，所以对大小官员比较熟悉，不至于约陈立人来见面碰到熟人。

张倩到了这个名叫听雨楼的茶馆，前后左右各个包间查看了一遍，然后定下角落里的包间，通知陈立人前来。

一会儿，陈立人静悄悄地赶了过来。

“小倩，干吗这么着急？”陈立人进入包间还没落座就问。他知道张倩一直在运作人民路项目，出于风险防范的原因，他从没有打听过。陈立人有个原则，自己从不直接插手项目，这种事情知道得越少越好，一定要给自己留下丢卒保车的机会。

张倩满是焦虑、委屈地说：“立哥，这次事情真的有点大，你无论如何得想办法解决！”

陈立人看她脸色都发白了，看来是真急，他疑惑地问：“天塌不下来！不就是一个项目吗？再找别的机会就是了……”

张倩叹了口气，显得有点懊恼：“按常规，事情到这个地步我们就算了，接下来无非在后面卡他们一下，获取点小利益。但是这次不同啊……”

陈立人认真地看着张倩，同时心里在猜测各种可能，问：“直说吧，为什么这次特殊？”

张倩终于说了实话：“这次我投钱了，是现金，而且是把我们这几年运作出来的全投进去了！”

“啊！你也投钱了，还全部投进去了？”陈立人听了也是一惊。

陈立人觉得奇怪，张倩在沙洲地界上运作事情，从来没有实际出过资金的，也不需要出啊，这次为什么就要投资了呢？

张倩问：“你知道，这个龙昌公司是谁在运作吗？”

陈立人知道这家公司的背景，答道：“不就是恒基百货的全资子公司吗？很多人都知道啊，这跟你投资有什么关系？”

张倩摇摇手，继续说：“这个龙昌公司只是出个面，当然后期的商业运营管理会交给他们来做。但前期投资不是他们。我们约定，龙昌出面摘牌土地，获取项目成功后，主力资金再进入。我们就是这个后面要进入的主力资金方。”

陈立人更奇怪了：“这项目的运作资金得四五十亿元，你们是主力资金方？哪来的钱？”

张倩见他又打断说话，急着上来用手按住他的嘴巴：“你先听我说完好吗？”

张倩这下连珠炮一样把整个事情的来龙去脉道了出来。

总体是这样的，张倩事先从规划局得知，人民路片区要改造升级。这是国内不多见的具有历史文化底蕴、商业潜力、地标等多重优势集聚的项目。于是，她三年前就开始运作，并找了好几个合作伙伴，有出思路的，也有出钱的，但是大多数是出钱的。最后，她找到了另一股想获取这个项目的势力，就是恒基集团和龙昌公司。但恒基集团和龙昌公司都不出钱，只是提供品牌资源和行业号召力，说白了就是让政府对他们认可。真正的资金来源是一个基金，现在已经发起，名叫新时代产业基金。这个基金由新时代公司做管理人，由他们来募集资金，只需要用10%的资金就可以撬动另外90%的资金。

陈立人听到这儿明白了，问：“你投了多少钱？”

张倩拍了一下自己脑门：“对呀，我第一次听说基金是这样发起的，一看他们这么挣钱，十倍的资金杠杆，哪还有比这更挣钱的呢？”

陈立人哈哈大笑：“所以，你就投钱进去了，想挣这十倍的钱？高收益代表着高风险，这个常识你不懂啊？投了多少？”

张倩见陈立人第二次问起投多少钱，只能说实话：“我认缴一个亿，已经投资了3000万进去。”

“什么？”陈立人一听这个数字可真是吓了一大跳！先不说这个钱怎么来的，光说张倩有现金3000万这个事实就够吓人的。

陈立人赶紧盘问这些钱的来源。果然，张倩这几年赚的钱基本上就是冲他陈立人的面子。他记得确实有几次比较棘手的事情是自己出手帮人的，所以人家事后感谢，但自己从不过问金额，哪里想到已经有这么多。

问题是，他陈立人显山露水、冒着在外面被人家指指点点的风险赚来的钱，竟然让张倩一下子投到一个房地产项目里面去了。现在银行监控这么紧，这个资金往来的风险有多大？随时会锁定证据。

今天这个会面真是把陈立人惊了一下，他花了一个小时的时间仔仔细细、认认真真地把过程捋了一下。还好，张倩都是通过公司账户走的，而且以往每次运作项目都跟人家签过协议，都有管理输出、咨询等服务内容，而且这些公司张倩连股东都不是，直接出面的是她一个做房地产的姑妈，法定代表人也是她。所以，先不管资金损失，至少这个资金往来踪迹还是隐藏下来了。

陈立人盘问完毕，跟张倩要了一张湿纸擦了擦脸，才算真正安定下来。张倩忙问：“怎么办？我这投资的3000万怎么弄？”

陈立人现在很疑惑，问：“这种钱来钱往的事情很容易露出马脚，你要赚钱，完全可以用无形资源，你怎么想到投资现金进去呢？”

张倩忽然神秘地说：“我原来也是这么想的啊！后来我才知道，人家也不仅仅出钱的，后面也有很好的资源、背景……”

陈立人来了兴趣，忙问：“人家？是谁？”

张倩摇摇头，一片茫然：“他们核心的几个人是知道我跟你的关系的，但是他们说我这个关系很有用，但他们来头更大！”

陈立人听这话，觉得奇怪了。在沙洲做房地产投资，竟然还有人没把自己这个主管城市建设的副市长放在眼里。他不禁奇怪，赶紧追问：“是谁呢？竟然这么强大？”

张倩摇摇头，说：“据说，是招商局长陈兆海推荐的人……”

陈立人听完心里开始琢磨：“陈兆海，我熟悉啊！我在文海市的时候，他是梁书记秘书……啊！难道你们怀疑是梁文龙？这个不太可能吧？”

陈立人口中说的梁文龙就是沙洲真正的一把手，市委书记梁文龙。陈立人对梁文龙还是有所了解的，在全省的市委书记里面他的城市经营能力应该是名列前茅的，他在之前主政的文山、大港市都是有突出的成绩的，所以三年前才被委以重任，担纲省会城市沙洲的一把手。梁文龙的兴趣在于每个城市的产业，对房地产没有多大兴趣，而且从没听说过他参与进了哪些商业利益。他是要跟人家比水平能力声望的，对这种事不太上心，他如今也来插手了？

张倩的语气是肯定的：“据说，这回是他的那位学霸儿子，要弃学从商创业。陈兆海出面办的事情，消息绝对可靠，所以我就投了一个亿。我这投资还是为了你啊……”

陈立人一听，总算明白了张倩的意图：“梁文龙学霸儿子？为了我……”

第七章　寻求慰藉

一

这是个周日，许怀远本想有一个自然醒，如果能够自然而然睡到七点就最好了。但是很早开始，他就基本上没有睡意了，只是躺在床上养神。

到了这个年龄，因为身上压着一个集团的担子，许怀远的睡眠自然而然就不行了。一年到头，他很少能够睡到天光大亮的，他总觉得他的睡眠像浮在表面，而没有下沉到一个没有任何干扰的状态里。

老天真是公平的，当他在商场上纵横驰骋、高歌猛进的时候，他的睡觉就成了问题。他的睡觉比他的赚钱要难得多。所以，人生的幸福与金钱的多少关系不大。

估计是凌晨四点的时候，他的睡意在一点点消失，脑子越来越清醒。好几次他侧过身透过窗帘缝隙看外面的天色，但每次看到的都是灰黑的，远未到天空露白的时分。于是，他就有一种买卖要亏本的感觉，因为一般人正常睡眠最起码到六点，而他今天却有两个小时的时间被基本浪费了，占到整个晚上睡眠时间的25%。如果是一个企业，比正常企业的利润低25%，那么这个企业很快就会面临破产。

睡眠是需要心态的。一旦你心中有了这个横向比较，那么你就会处在一种焦虑之中，睡眠质量就更差了。

许怀远房内是有钟的，但那是提醒他睡眠时间的。半夜里，或者凌晨很早的时候，他是不看钟的，因为一看钟，他就开始计算还有多少时间？还有没有把握继续睡着，等等。到了天色透出一点亮光的时候，他猜测应该快要六点了。他终于瞥了一下房间里的钟，时针正好停在六点。所以说，睡觉是不能太清楚自己的状态的，清楚了就无法入眠。其实，人生何尝不是如此？不能太在意，不能太在乎一招一式的得失成败。

从对睡眠的反思中，许怀远也悟到了一些人生的道理。他的心态也因为睡眠问题而训练得不错。夜里已经没有睡好了，那么你白天就要沉静，不要耿耿于怀于昨夜睡眠的失利。否则的话，你的能量将流失得更多。

现在，他开始起床了。接着他静坐在床上，轻轻做腹式呼吸，脚安放在地板上，时间是半小时。

往常这半小时，许怀远做到基本上不想工作上的事情。但是今天早上，他不行，他一直在想着昨天的那个拍卖结果。其实，昨晚整夜不安定，就是这个原因，只不过许怀远自己不愿意承认罢了。

这么大的一个投资，跟以往他拿的地是不一样的，是能够改变他命运的大事。

二

昨天晚上开始，各级媒体、网络都有了星辰集团35亿元拿下人民路地块的新闻，新闻的看点不仅是高价拿地，还有他在大街上拍下地块的传奇故事。

本地电视台晚上的经济新闻里还有这个消息的报道。电视新闻的画面上也连续出现星辰集团营销总监米灿的镜头，他在发表豪情演讲："我们星辰集团有信心将这个项目做成沙洲市的标志性项目，成为沙洲市商业零售业、现代服务业的龙头！"

米灿在镜头前还挺有范，许怀远看着不觉苦笑。你说自己花了这么多钱拿一块地，自己没有骄傲起来，但是手下员工找到了成功的感觉。

太太张红也是在电视新闻中知道这个消息的。她大声惊呼："老许，35亿元！你疯了！"

张红是个很实在的女人，从不过问许怀远的任何事情，她对财富的观念就是一个字：纸！

许怀远的这个老婆很本色。住进别墅多年了，她从来没有用过保姆。上菜市场买菜、做饭、交电费、交电话费，都是张红自己做。许怀远就是死了，她也不用保姆！这么多年，除了那几年借高利贷的时候她操过心。后来许怀远有钱没钱她从没放在心上，只跟许怀远提过一个要求，就是买辆十万块钱的车，用来接送小孩。更绝的是，她这洗车的活都是自己干。用她的话说就是，我挣不到钱，就省点钱。

有时候，许怀远看着自己的老婆拿着水龙头在别墅门口洗车，他会非常感动，仔细想想，发现自己这个老婆真是大智慧的女人！大谦大卑，返璞归真，这种踏实劲，他自愧不如。也正是因为这样，许怀远从来没有想过要与她离婚。即使他在最动人的美色之前也是不为所动。许怀远知道，只有对财富真正淡泊的人，真正对他别无要求的时候，这样的人才能长相厮守。

有时候张红也对自己挺满意，用她的话说："许怀远，别的女人一听我跟你是这样做老婆的，估计也不敢对我这个位置打主意，早让我吓跑了，人家以为是你逼我这样做的呢。"

三

起床后，许怀远到了楼下客厅，坐在了沙发上。

张红今天不知什么原因也起床了。按照往常习惯，张红要比许怀远晚起床一个小时。她的睡眠质量一贯很好，用她自己的话说，她一直是着地的，从没有离开过地面。这话已经是很有哲理了。人们经常说，一个成功男人的背后有一个伟大的女人，张红的伟大就在于平常心。这是许怀远走到今天依然不骄不躁的一个重要原因。

所以，张红是倒头便睡，睡完起来就是天亮的那种人。她面带笑容对许怀远说："我这个睡觉的好处，你花多少钱都买不到的。"

两人早就分房睡了，就是怕影响许怀远睡眠。张红睡觉会打呼。

但是，今天奇怪，张红竟然比许怀远起得还早。

"你今天怎么了？起这么早？"许怀远给自己倒了一大杯热水，再放点凉水，开始喝水。这是他多年的习惯，早起喝水，并到外面大口呼吸新鲜空气。因为这些最不值钱的东西，恰恰是人的身体最需要的。

张红的脸色不好，眼睛有点发红。听许怀远问他，她气呼呼地责问："老许你真是疯了，你一家伙拿35亿元的地，我晚上能睡着吗？"

许怀远很惊奇，问："咦？你可是从来不问我公司的事情的，今天你怎么关心起我拿地这种事情来了呢？"

张红叹了口气，看着许怀远，说："许怀远，我是不知道你公司情况，也不知道你为什么要飚价35亿元跟人争地。但是怪了，这次我怎么心里扑腾扑腾的慌得很呢？你以前那么多坎都过来了，我从来不担心。可是这次……唉，我半夜都惊醒了！"

许怀远听张红这么说，也觉得奇怪。老婆的心态多好啊，天塌下来她也不会犯愁的，怎么昨天自己拿完地就这样了呢？

但张红也说不出个道理来。可能是这个35亿元的数字也确实大了一些。

许怀远看她这个样子，忙安慰她："你放心吧。我有分寸的。"

张红不再说话，拿着篮子去菜市场买菜了。

许怀远看着她走出大门，也走到院里，准备做些室外锻炼。

隔着金属护栏，他看着张红提着篮子，沿着别墅区内的景观道路往外走，一步一步，身体一颠一颠，节奏还挺快。很快，就不见了。

许怀远突然生起一种感动。他的这个老婆真是一个怪物，放眼这个小区，就没有低于2000万元的别墅，你说哪家没有保姆？就她张红，买菜做饭，甚至洗车的活都自己做。许怀远不知做了多少回思想工作，让她找一个保姆，但她就是不干。以前儿子在家的时候，张红围着儿子转，家里还热闹一些。后来，儿子出国读书去了，许怀远自己又经常不回家，张红就一个人在家，她也不嫌冷清。许怀远劝她，哪怕找个人陪你说说话也行啊。但张红就是不干，她说自己不习惯让人家伺候。

她如此不沾许怀远一分一毫的荣华富贵，节省每一分钱。据儿子说，许怀远平时给家里留着的钱，张红都攒下来了，几乎没有用过。

但是，张红这次对他拿地的事情担惊受怕，确实让许怀远也忐忑起来。他忘了是听谁说的了，意思是越是接地气的人，往往对未来越是有敏感度，能预知。就像每次地震来临，自以为聪明的人毫无感觉，但是鱼儿、老鼠、乌龟、蚂蚁全部提前行动起来了。想到他把自己老婆和这些动物相提并论，许怀远哑然失笑。

不过，他确实该去一下无相寺了。许怀远真觉得这次拿地有点超出他的范围了，在那一刹那他想到过放弃，但是看到李光华的那种冲劲，他又豁了出去。他这个部下真是让他哭笑不得，又爱又恨，这个家伙的未来世界估计也会动荡不安啊！

去无相寺吧，那儿是他心中所要寻求的慰藉之地。想到那个地方的清澈和宁静，他内心就轻松多了。他打电话让小刘直接驱车来接他前往无相寺。

四

无相寺是一个大寺院，是明代中期建成的。期间历经战火毁坏，又重新修复。现在的寺院是20世纪80年代重新修建的，规模较大，尤其是其中的极乐塔，巍峨庄严，是沙洲市的著名建筑。

寺院住持无为大师已经来沙洲市30多年了，也是国内佛界有名的高僧。关于他的传奇故事也非常多，尤其是他和前住持圆明大和尚的交接就是一个传奇。

老方丈圆明法师世寿92岁，17岁出家。老和尚预知时至，那一年入冬未久的一天，圆明老和尚忽然叫僧众到大殿，说有事要交代。

那一天的大殿上，老和尚对三天后的腊八节筹备工作做了简单了解，然后对几个弟子做了新的分工安排。哪个负责对外接待和募化，哪个负责膳食后勤，哪个负责法会，哪个负责经书流通，过程非常认真。交代完这些，老和尚给僧众、居士做了开示。

后来才知道，这是他的最后一次开示。这次开示的主要内容是关于念佛的。老和尚说，念佛法门是什么啊？念佛重在摄心，不是口头念，而是要经过内心，那种念佛才是有功德的。

老和尚说到这里，然后就突然宣布："我马上要走了，我要交代的已经交代。还有没交代的，我在丈室里留了一书，大家看了就知道了。现在我要大家一起念阿弥陀佛！"

此话一出，合寺僧众和居士们都惊呆了！老和尚从来没有一点预示，突然就自己宣布了，而且说得这么有把握！

老和尚说完，开始在座位上闭目念佛。合寺僧众和居士们齐齐跪下，大殿上哭声一片。

老和尚看到大家如此，忍不住睁开眼来，说："生住异灭是空华，不生不灭乃真如。大家学佛多年，这个道理都懂，我之前不讲我走的时间，就是怕惊动大家，影响修心。现在，大家还是赶快念佛吧，越是这种时候才越显示不动道场……"

然后，老和尚再没说话，开始一字一字地念："南无阿弥陀佛！南无阿弥陀佛！……"

大殿上的僧众、居士一看无法挽留，只得忍住涕泪，一起助念，霎时殿上佛号一片……

等沙洲市宗教局、统战部官员赶到时，老和尚早已走了。

接下来，无相寺众僧都在忙着筹备圆明法师追悼会各类活动，政府部门则看管寺院账户、钱粮。大家这才想起，老和尚突然一走，竟然没有指定谁来接任住持的位子。

一片忙乱之时，寺外来了个要挂单的六旬和尚，衣衫褴褛，神情疲惫。好像是赶了很远的路程才到的。他，就是后来的住持——无为大师。

五

无相寺在沙洲市中心的西南侧，想来以前应该是城市西郊，现在城市规模扩大，早已经把它纳入了沙洲市中心。寺庙大部分保留了明代的原始风貌，古色古香，老远就能看到它里面高大的八角佛塔。

还未进门，就有一种迥异于沙洲市大街喧嚣的气氛，呈现出一个十足的清净道场。大门口一副楹联：上联"我佛如来见一切众生皆大欢喜"，下联"弥陀慈父建极乐世界何等庄严"，横批"华藏庄严"。

许怀远进入寺门，眼前豁然开朗。或许是他在人生最艰苦的时候曾在这儿找到安定的原因，以后每次进来，他的心情都很踏实。迎面是两排古银杏，足有30米高，身影清癯，形态挺拔，像沾了古寺的灵气一般。往里，右侧文殊殿，左侧普贤殿。再往里，左右两侧都是罗汉堂。再往里，左侧是地藏殿，右侧有观音殿。最后是大雄宝殿，居中供如来佛祖，以及众菩萨、尊者。

大雄宝殿门口又是一副楹联，“常观四念住能令心定神安妄念息，远离一切相即是金刚般若波罗蜜”，横批是“般若为导”。

许怀远来这儿多次，也没有搞明白这些对联到底是什么意思。这几年星辰集团发展迅猛，事务繁多，他来的时间就少了。但一年之内，他总要来五六次。以前事业不顺利的时候，他常求钱财，后来听说在寺庙求财行不通，不如求平安，于是他基本是捡心情不安的时候来求平安。至于门口楹联，他几乎不懂。

他上完香，拜过诸佛后，便走到大殿门口去捐钱。

许怀远平时每次来都是两三万，在修藏经楼时捐助过五百万，观音殿重修时捐过五百万，此外寺内还有一些用于接待、住宿的辅助建筑，星辰集团就直接捐建交付了。因为这个原因，所以寺内有不少僧人认识他。

许怀远从包里掏出一沓10万元的现金，刚拿出来，记录功德簿的小和尚就站起来了：“许施主，阿弥陀佛！您又来供养三宝啦！真是感谢！”

许怀远忙欠身，双手合十：“阿弥陀佛，师父你好！你们出家修行，应当受人供养。我们这些商人供养三宝，好处也大得很哦!”

他从小受母亲影响，佛教的很多道理有点懂。

供养完毕，他又问：“无为大师最近可好？今天在寺院吗?”

小和尚说：“师父最近这段时间一直在寺里。不过，他年纪大了，一般不让他见客人了。许施主你是老朋友，师兄他们会安排的。”说完，忙打电话通知主事的道真法师。

电话沟通好，小和尚说道：“许施主，已经联系好了。道真师兄会在师父门口等你的！”

许怀远点头，拜别小和尚，往寺院深处的方丈室走去。

无为大师来无相寺后，一直住在祖师殿旁边的一个小院里，一般人不知道。因为老和尚名气太大了，每天来这里想参拜的非常多，仅仅是各地来的僧人都应接不暇。四方信众则更多了。

很多人信佛，都是一知半解，来这拜佛的原因大多是求财消灾。无相寺名气大，无为大师名气也大，所以信的人就更多。有的人到这儿来，连续住上十几天的都有，为的就是见一下老和尚。为什么要见？怎么见？则不深究了。只要见到，最好能握一下手，那就是功德了。

寺院对老和尚的住处是秘而不宣的，但即使这样，无为法师居住的这个小院落也是经常有人围着。老和尚慈悲，以前身体好的时候，即使再忙他也会在每天下午出来见一下大家，给大家做些开示。但是现在年纪大了，事务多，自己还要参禅念佛，碰上闭关精进的日子，老和尚一入定就是好几天，所以不那么容易见到了。

以前许怀远每次来无相寺，他都会给当家师父道真法师打电话，所以每次来都是很顺利地见到老和尚。但是，他后来发现不对，因为很多时候，他这电话一打就会打乱老和尚的计划，需要专门来接待他。这就不好了。佛家讲究缘分，所以许怀远后来每次到这儿来，想来就来，能见就见，这次见不到就下次见。所以，刚才他要问一下大殿的小和尚，看看老和尚在不在。

但是，今天他是很想见一下老和尚，想从老和尚那里得到一点开示。

到了祖师殿，有条道路左拐进去，就是老和尚的住处了。这是一个小院落，占地也就500平方米不到，有围墙围了起来。院落由一排寮房、一排花草树木和一个活动场地组成。寮房依次为一个登记等候的小房间，约10平方米；然后是茶堂，是接待客人用的，考虑来参拜无为法师的客人较多，所以茶堂设置较大，有三间房合起来的，约30平方米；再往里是一个精舍，里面供有三尊佛像，老和尚一般就在这里参禅念佛，有时候也在这里对弟子进行开导；最后一间是方丈室，是老和尚平时居住的房间，约10平方米。许怀远来过很多次，所以对里面的布局很清楚。

今天是周六，来这儿等候的人不少，有的站着，有的坐着。还有一些人自己准备了拜垫，在门口往里面磕头。这时是上午十点半左右，应该是无为法师诵经的时候，他应该是坐在茶堂的佛像前念诵经咒。这个时候是不能去打扰的。

许怀远刚来到接待的外间，就有人在喊他："阿弥陀佛！许施主你好！外面已经有人给我电话，说你正往这儿来！"

许怀远一看，巧了，是道真法师。道真法师是无为大师来无相寺之后的第一批出家的师父，出家之前是一所大学的哲学老师，已经被评为沙洲大学最年轻的副教授了。那时候是20世纪80年代，这么年轻的副教授是不多的。

他跟无为大师见了一面，谈了一次话，无为大师就直接要他出家！当时，道真法师对象都有了，正准备结婚呢，无为大师却立即要他出家。而道真竟然就听了无为大师的话，抛开原来准备结婚的对象，在无相寺出家了。哲学教授出家当和尚，说起来，这也是沙洲的一个小小的传奇。

许怀远忙合十："道真师父，您好！"

"许施主，好长时间没见你了。最近好吗？"道真法师一边把许怀远引进茶堂，一边问。

许怀远呵呵一笑："嗨，我们在家的就是这些俗事，整天忙忙碌碌，停不下来啊。"

道真法师说道："在家出家，都是练心；忙与不忙，都有烦恼。许施主福德深厚，一旦停下来，就福德智慧俱足了啊！"

许怀远听道真法师客客气气、轻轻松松随口而出的几句话，既觉得受用，又感觉很有深意。这个僧人出家也20多年了，已经很有风范了，怪不得无为法师对他这么青睐。

许怀远知道，道真法师这些年声誉日隆，出版了好几部佛教方面的专著，都是专讲经典的。现在，无相寺主要由他当家处理寺务，无为大师早已经不怎么过问具体事务了。

"师父最近身体可好？"许怀远问。

"师父身体目前挺好，就是太忙。最近每天诵经时间很长，有时候深夜还在念，我们都担心他身体啊！"道真法师脸色担忧。

"师父念些什么经呢？怎么又增加时间了呢？"许怀远对佛经不是很有研究，但也知道几部主要的经典。现在听道真说老和尚念经勤苦，感到好奇。

"师父以前诵《楞严经》《法华经》，晚上一般诵《阿弥陀经》。最近几年，他说念诵《地藏经》的功德大，所以每天念诵一部《地藏经》。"

"哦"，许怀远点点头。他对于这些了解不深，但是老和尚这么做一定有他的道理吧。

六

上午十一点半的时候，伺候无为法师的僧人过来，说师父念经完毕，请道真法师过去。道真法师忙带着许怀远移步茶堂。

一进门，许怀远就见无为大师一双深邃发亮的眼睛朝他看来。许怀远赶紧在门口停住合十弯腰："阿弥陀佛，师父安好！"

无为大师点点头，没有立即回复，眼睛还是停留在许怀远身上。许怀远知道他这是在观察自己身心。

无为大师的眼睛一贯是这样的，很亮很黑，他不是普通人那种表面的黑亮，而是那种摄人心魄而又很安详的眼光。你仔细看去，他的眼神似乎空空洞洞的，但似乎他又把你整个的人生根机、命运、内心活动都看透了。

"阿弥陀佛，许施主似乎胸有成竹，但又神气不安，最近遇到什么事情了吗？"无为法师没有客套话，眼睛一闭，又睁开，睁开后就问。

许怀远知道，在无为大师面前需要直言，不能有丝毫遮掩。他落座后便说："师父啊，无事不登三宝殿，我昨日办了件大事，照理应该高兴，但是心里又有点忐忑不安。所以前来烧香拜佛，向师父请教啊！"

无为大师微微一笑，说："呵呵，许施主，红尘中诸事纷扰，正常不过。在我们出家人看来只是过眼烟云，无所谓大小、安危、忧喜。所以，要说请教这些，老衲可能无法满愿。我们出家人不论事情成败得失、是非功过，而只论解脱。"

无为大师的话很明白，他是不会关心许怀远商场上的成败得失的。但许怀远又想问点什么出来："师父您可以不论，但这些是我们世俗中人避不开的。您是否可以指点一下呢？"

无为大师微微一笑："预测占卜，老衲不能，那是违背正法的。佛门不思过往，不虑前程，不执着于眼前。许施主如果要问事，你只能去寺外占卜了。"

许怀远苦笑一下，其实他早知道无为大师是不会直接指点他什么的，佛家讲究业缘，自己种什么因，就有什么果，实在没有什么好算的。但是，他此刻确实有点不安，所以，他还是请求无为大师："师父，我心内有点不安，您是否可以给我说两句安心的话呢？"

无为大师听他这么说，点了点头，微笑问："你自己找找看，主要是哪里不安了？"

许怀远一愣，没想到无为大师把问题推给他自己了。但仔细想想也是，有什么不安还是得自己去找啊。于是他把昨天拍地的情况简要说了一下，最后小结："有两个方面，一是我准备了很久，怎么后来就没能赶到现场，而是在大街上拍下了这个地；二是自己莫名其妙地就突破原来确定的上限，把价格拍到了35亿元，这可真是一个很大的数字……"

无为大师耐心听许怀远说完，呵呵一笑，用慈悲柔软的声音说道："许施主不要多想，我们每个人就像大海上的一块浮冰，你自己是很难决定下一刻的走向、动静的，你也不要惧怕将来有任何不测。仅仅是轮回而言，你好得不能再好，你也就是继续漂在海上；坏得不能再坏了，你也还在海上。你要消除这个不安，那你就把自己消融掉，变成海水，没有你这块冰了，那就不会再有不安了。"

许怀远知道无为大师在利用这件事情对他开示佛法，于是回复："大师，您这是告诉我不要计较成败得失，放下自己的执着。"

无为大师听他这么说，脸上露出笑容，眼神笃定地看着他："对了，没什么事情的，很多担心顾虑，都是自己吓自己。心静下来了，一切顺缘违缘都能过，随缘就好。"

无为大师示意旁边伺候的小和尚拿来一张宣纸，上面已经写下一副对联，墨迹已干：熄灭贪嗔痴，随缘得自在。上面有"释无为"的签名。

看来无为大师是有备而来，早就写好了这十个大字。许怀远真是无比惊讶！

此外，许怀远还有感到惊喜的是，无为大师的书法在沙洲市简直是稀世珍品，沙洲市那么多的官员、商人都想求得无为大师书法，但很少有人如愿。无为大师书法看上去歪歪扭扭，不成形，似乎没有气韵，但你仔细看，每一笔都浸透了玄机，每一笔都是从一个非常微妙的角度写出，整体看笔简意远。食人间烟火的书家是断然写不出这样的字的。最关键的，无为大师的字总会暗示什么，让人无比受益。

看了这些字，许怀远很惊讶，不知道什么意思。忙问："师父，您这是专门为我准备的？还是……"

无为大师淡淡一笑："居士不吝供养，对本寺多有支持，老衲给你几个字，也是应该。这字早就写好了，今天给你，是机缘到了。我佛讲究观机施教，望对你有启悟。阿弥陀佛！”

“那，这副对联作何解呢？”许怀远总想在老和尚的话里捞出一些明确的意思。

无为大师沉吟一下，说道：“万事不要太过执着，以你许施主这样的福德，你还想求什么呢？所以大可以随缘自在！与人圆融，与事圆融，你就不会有障碍。佛的道理很简单，很容易懂，但是在事情上贯彻起来就很难。首先要理上无碍，然后是理事无碍，最后才是事事无碍。我知道你关心进退，我告诉你进就是退，退还能进。红尘中的种种事情，真说给你们听，依然不能避免。所以，就说这么多了！”

许怀远知道，老和尚没有任何虚情假意的安慰话的，是什么就是什么。这副对联早就已经告诉他答案了。唉，自己这回确实也是太贪啊，想把多年积累的资本聚集起来，做一件大事。不过这次动作太大，弄得自己心绪不定。

此时，外面守候的人还有很多，老和尚看来要出去会一下面。许怀远不敢多打扰，赶紧告辞出来。

老和尚站起来相送，到了门口，他忽然开口说了一番让许怀远终生难忘的话：“许施主，你这一生，有两个女人替你造就了很大的福德。一个是在替你培福，一个是替你在消灾。培福的人十万声佛号，九万九千声是为了你；消灾的人没有一声佛号，但都是一点一滴的清静福德，给你挡住很多妄缘。这事情能过去，你要感恩这两人！”说完，老和尚转身回茶堂。

许怀远则惊呆在门口，如同定格一般……

第八章　动了奶酪

一

张倩进入电视台的好多年，一直以新闻采编能力强而被大家熟悉。不同于电视台其他人，她是正儿八经的经济学专业毕业，而且能说一口流利的英语，在几次沙洲市举办的经贸洽谈会上，张倩具有过硬的专业知识，加上一口流利的英语，得到了与会者的大加赞赏。

其实，这跟电视台台长曾志红有关系，他上任时特意招募了一批记者进入电视台。还有一个十分重要的原因就是，作为一个城市的电视台，仅靠新闻本身，其发展空间肯定十分有限，所以，电视台专门打造一个记者团队报道沙洲的家长里短，活跃在电视荧屏上。你还别说，曾志红的这招还是很有效果的，收视率一路上升，成为国内电视台创新经营的一个样板。

曾志红是系统化运作的，首先是从全市的各行各业中招募职业记者，搞得像海选一样吸引大众眼球；然后是搞一个新闻采访比赛，时间长达半年之久，让沙洲的老百姓都知道了这件事情；最后来一场决赛，还跟了一个投票活动。当他这样搞完，这些被挑选出来的记者已经很有知名度了，然后大家会持续关注她们的采访报道。

张倩就是通过这样的活动进入了沙洲电视台，是颜值担当和专业能力都突出的记者。她的采访线是电视台最为热门的城市建设口子——政府方面囊括发改委、规划、国土、建设、房产等部门；企业方面是房地产开发、市政建设等，很多都是上亿甚至过十亿的规模！这样线索，那真是要新闻有新闻，要广告有广告，几年下来也是收获颇丰的。

二

周一上午，沙洲市政府青龙山会议中心某会议室，全市重大建设项目工作协调会正在举行。会议由建设局局长张力波主持。

陈立人在听各部门的工作汇报。他虽然精神是愉快的，但神色有点疲倦。

陈立人想着想着，突然心里有了一点寒意，于是回过神来，凝神倾听报告。

规划局、国土局部门的工作汇报还是照本宣科，各说各的工作实绩，各说各的困难和阻力。商业局、财政局等部门负责人也列席，不报告，只是参与讨论、协调。这个年度即将结束，本年度的重大建设项目进展迟缓，离年初定的计划实施目标还差了一大截。年初定的目标是：沙洲市的三环通道北线建设完工，真正打通三环；南郊农产品物流中心一期建成运营；青龙山风景区扩展建设拆迁完成并落实各个项目模块的定位和可行性研究；人民路商业综合体建设项目开工建设，等等。但是眼看一年即将结束，三环北线只完成了一半，原因是资金不到位，项目施工企业已经垫付了一半的资金，但政府至今分文未付给他们，施工企业频频催促，说再不给钱就只能停工了。南郊农产品物流中心则是原来的经营商不肯搬迁过来，因为商位租金太高，他们没有信心。青龙山风景区建设则是因为定位产业新城，没有住宅开发，所以导致人气不旺，后续没有投资方愿意参与。

各部门负责人发言完毕，最后要陈立人总结。

他理了理思路，说：“我知道，大家都很辛苦，工作也有那么一点成绩。但是我要说，我对这几件大事的进度是不满意的。市里面呢，也在盯着这些事呢，年初就明确了，要听结果的。一个城市，每年没有几个重大项目完工，城市建设就没有成绩。同类城市建设速度你们也看到了，一个个高起点的项目陆续完工，城市面貌日新月异。而我们呢，像温暾水一样，光一个三环，已经建设了六年了，还没有完成的迹象。不光是这个建设本身，现在哪，城市建设本身就是一个产业，而且是政府主导下的支柱产业，如果没有这个，我们的就业、税收、各项民生投入是得不到保障的。我要求，三环北线项目春节前一定要完工；青龙山风景区项目规划、项目定位进一步细化，我认为这些投资商的有些要求是对的，我们不能指望他们来投资公益项目，洪局长你们可以提方案出来，今年的土地指标是用完了，明年在青龙山风景区推出一些地块。农产品物流中心年前一定要开业，你看这个老的农产品市场，把周边环境搞得污水横流、车堵路塞……要赶快实施搬迁。租金太高的问题商业局再论证一下，建议提出个相对低位的价格，可以招标嘛。人民路地块，抓紧资金到账，但是也要看星辰集团是什么个想法。我原以为恒基集团来投资的，他们有更为成熟的经验，年初我们跟他们集团签了一个意向性协议，恒基集团也做过规划方案，并且市里面也是认可这个方案的。可没想到许怀远来出头做啊。这不是一个开发项目，要看他做出个什么样的规划来，这个规划我要看的。所以，国土、规划、商业你们三个局，可以找许怀远来谈谈，听听他的想法。该要的钱要赶快要，该有的指导意见、该有的政策支持也要尽快给他。时间不多了，我们接下来要一个一个项目盯上去，下次开会只谈具体的解决思路。虽然很难，但解决一个是一个，没准你解决了一个，后面的问题就能够迎刃而解。同志们，不要老想着问题，其实很多问题是因为你没有耐心、没有真正想解决的意图，所以才不可解决。”

陈立人还是有他很强的统筹能力、领导能力的。在面临一堆复杂问题的时候，你就不能陷入个别问题上去纠结，而是要抓住核心目标，用目标来驱动，来提出解决思路和具体方法。这样的话，不仅是显示水平，关键是你能够务实推动。如果你看到的全是问题，那好了，你就别想做成一件事情。久而久之，你的权威就没有了，然后你就只能在组织里面搞些阴谋阳谋，这就是邪道了。

陈立人讲到这里，他的手机开始振动了起来，电话显示沙洲市委书记梁文龙，要他下午去他办公室议事。你看，老梁就是逐渐对他陈立人产生信任的，现在很多事情都要找他商量一下。

陈立人讲完这通话，会议现场响起热烈的掌声。

他匆匆宣布会议结束，各部门分头落实会议定下来的任务。

三

陈立人到办公室的时候，梁文龙正在拿着放大镜看沙洲市地铁三号线规划图。三号线南北走向，从北经港口大道、胜利路一直往南，与人民路交会后再穿过城南公园，最后到达大学城。这是整个沙洲市拉开大格局的又一个大项目，北段是工业中心，南端是高校集群。中间与人民路交会处原来一直是老厂区，集中了很多国有大厂。梁文龙主政沙洲后，人民路周边两公里范围一直是他运作的重点，是他主抓的旧城改造项目。运作思路就是退二进三，迁走原来的工厂，腾出地来引进新的产业，打造新的服务业载体。

见陈立人进来，梁文龙放下放大镜，问："立人啊，来得正好，我正在看三号线规划，思考一些问题。从最新的文本来看，这个三号线沿途站点规划总体不错，各方面差不多都考虑到了。"

陈立人坐下，回味了一下书记说的话，答道："我也仔细看了，地铁两头地面轻轨的拆迁量比之前的规划要省掉好多，城区中心则基本上跟中央路主轴线一致，与各个商业网点、居民集中区、城市公共配套都很接近。唯一的问题是，人民路地铁站点的开口问题，是否需要与人民路四号地块建立互通？这个方案是经过专家讨论提出来的，不知道您的意思如何？"

"是啊，这个问题值得研究。上个月，人民路地块的拍卖出了个地王价格，估计是冲着这个来的。这个，可能会打乱我们的部署啊！"梁文龙说完，示意陈立人在沙发上坐下，并让秘书过来送茶。陈立人落座。

陈立人直接破题，问："上周人民路地块拍卖结果您已经知道了？星辰集团35亿元拿下了。"

梁文龙叹了口气，摇摇头说："我正考虑这个事情呢。怎么星辰集团事先也不跟我们沟通，就直接来拿地了？这是沙洲市的重点项目，是战略性项目，还不完全是一个房地产项目，这种项目上企业跟政府是需要多做交流的！"

因为张倩之前透露的信息，陈立人知道这个项目是老梁儿子一直在运作的，而且已经扎得很深。陈立人不知道的是，老梁有没有介入这个项目？老梁儿子有没有向他通报过这个项目？最关键的，陈立人不知道在星辰集团摘牌项目后，老梁心里是怎么想的？

但是，老梁是不知道张倩和陈立人关系的，这种秘密，陈立人一直是严防死守的。所以，他现在是在暗处观察梁文龙的态度以及下一步行动的方向。

陈立人微微一笑，采取中性立场，回梁文龙："星辰集团老板许怀远就喜欢突然袭击，每次招挂拍项目，他总是到最后才出手。一开始他是不会向外透露消息的，包括我们。所以，我们之前不了解他的情况。"

"哦？这么说，他就是故意不跟我们打招呼，给我们一个突然袭击的了？"梁文龙听陈立人这么说脸色变得难看，提高声音说道："他有这个决心很好啊，但是他做得了这个项目吗？这个项目总投资要100亿元，它涉及沙洲市商业中心的整体改造，将体现沙洲市的商业和其他现代服务业的形象的，可不是砸钱拿块地皮那么简单！所以我们今年初才去南方招商嘛！"梁文龙显然对许怀远的这次抢地很不满意。

陈立人点了点头，说道："是啊，说到底这是一个现代服务业项目，还不是简单的房地产开发项目。许怀远有点冒失了，听说星辰集团今年销售情况很好，在沙洲市以外还有10多个项目在运作，资金实力似乎能够满足。看他这个架势，也是想好好做这个项目的，就是不知道他专业能力如何。唉，这也怪我，我没想到沙洲市本土公司也会对这个项目有兴趣，否则我们就会通过国土规划局给他们介绍一下这个项目的总体定位，让他们前期参与并感受一下。"

梁文龙摇摇头，说道："这跟你没有关系。前些年我们的房地产产业政策环境比较有利，星辰集团这样的公司也比较会琢磨，所以最近几年扩张很快。但他来做人民路商业综合体项目的开发运营，估计难度较大。你是知道的，今年春节一过，我们是跟恒基集团签过协议的，而且他们规划方案也做了，可眼下倒好，半路上杀出个程咬金来。"

陈立人点头："是啊，我们就是因为有意向合作公司，所以整个土地出让程序是很快的，前后两个月就上市了。但是这样的地块确实吸引力很强大，来报名竞争的公司有20多家，都是有实力的公司。但后来他们回去思考之后，只有5家报名。恒基旗下公司是在33亿的价格上止步的，他们是有预算的，到哪儿停止，就是哪儿停止，不像许怀远，能自主抬价。"

"嗯，暴发户，他觉得有钱就能做项目，想得太简单了！"梁文龙沉吟良久，问："三号线在人民路地块的站点规划，在招标文件中没有涉及吧？"说完，他仔细观察陈立人的表情。

陈立人忙说："这个规划参与的人很多，但现在市政府没有明确批示，再说地铁规划还要上报省政府的，土地招标文件中不能事先承诺的。"

梁文龙喝口茶，又想了一会，说："那就让他们先试试看，告诉他们不能炒地皮，要尽快拿出方案，然后我们再来看看是否对头。这类重点项目，我们政府规划部门要提早参与。我对星辰集团没有偏见，只是考虑整个项目运作的复杂程度，觉得他们不一定胜任。所以……你还得多费心啊！"梁文龙说到这儿，略带焦虑地看着陈立人。

陈立人明白，自己长期主管城市建设，各种资源、手段和方法自己当然要熟悉一些。于是他回答道："书记您放心，我们会积极参与，提供建议，创造条件，让这个项目真正能够按照城市发展的目标执行。"

梁文龙点点头："嗯，好的。对了，这个人民路地铁站跟这个项目的接口也要提前想好吧？"

"接口？"陈立人一听这话，忽然心里产生一个灵感，他问："梁书记，现在每个大一点的房地产项目都会来跟政府谈地铁接轨的问题，有的项目呢明显对城市发展有重大的、积极的作用的，但是有些呢，仅仅是为了方便他们卖楼。您看，像人民路四号地块，原来我们基本确定在这里有一站，就叫人民路站，而且在去年的城市建设新闻发布会上公布过的。但现在，这个地块实际上已经脱离我们的掌控了，所以，这个人民路地铁站是否还要考虑？"

陈立人说完这个话，自己都觉得是神来之笔。许怀远抢地，主要不就是冲着地铁站来的吗？现在来个釜底抽薪，把这个站点撤掉了，那许怀远还能像以前一样赚大钱吗？

梁文龙听陈立人这么说，觉得有点意思，说道："你这个思路很不错，但是否这么做还要研究。城市规划毕竟不能围绕几个项目来，还是得看整体。"

陈立人对张倩上次说的老梁儿子参与项目的事情并不肯定，但他很想探一下梁文龙的底。于是说："书记，我们也不要有太多顾虑，好马配好鞍，城市资源当然可以向优质项目倾斜，也可以规避对劣质项目的支持。我们先要看看星辰集团的水准的。我会让建设局盯紧一点的，放心吧！"

梁文龙点头:“嗯，你说的这个是对的。我们呢，不好去干预市场行为，但是作为政府我们不能在城市建设上缺位啊！如果都是按照市场规律来做，那城市建设如何实现预定目标呢？星辰集团擅长搞房地产开发，他们就是奔着这个来的，这跟我们的意图是不一样的。如果他们是房地产模式，那就没有必要配置更好的城市资源，给他们配了，就是帮助他们赚急功近利的钱。我们要有管控能力！”

陈立人眼睛一亮，说:“项目是否与地铁建立互通，最好还是要看看他们的方案。如果方案不行，我们的公共资源就不能向他们倾斜，必要的时候，地铁站点也是可以变动的嘛！”

梁文龙点点头，但没有明确的结论。但在陈立人看来，梁文龙这回至少是动了心思的。这种事情他不好办，我陈立人可以来办。

随后两人找了几个寻常话题，聊了一会，陈立人起身告辞，离开了梁文龙办公室。

出了市委大院，陈立人感觉浑身轻松。最近这段时间，张倩给他的压力太大了。毕竟，这回是她真金白银投了3000多万元现金进去，除此之外还有不少后续的扩大损失，如果不从这个项目中找回损失，那真是稳稳地栽了一个大跟头！

四

严尚群担心的事情开始浮现。

在与建设局、国土规划局沟通人民路地块时，他们的反应都是一样的，按照原来土地招标文件里的《土地出让合同》签订，付款条件上没有任何特殊安排，至于地铁三号线的站点也并没有确定在人民路上。据规划局局长邢思源的意思是，这个站点可能要改动的。

“改动？这不是基本定下来的事情吗？怎么到这个程度了，还要修改站点?”严尚群觉得匪夷所思。地铁三号线的站点规划早就已经出笼，沙洲不少新闻媒体公布过，市政府几个重要的招商会议上，地铁三号线的站点也已经公开介绍给大家。到了这个份上，站点还会改动?

“邢局长，你这不是开玩笑嘛！我们星辰拼了老命拿下这个地块，主要就是冲着这个地铁站点来的啊！我们还准备跟你们沟通项目与地铁站点的连接问题呢。你们这个变化也太大了吧?”严尚群可真是急了，拿着手机直接在办公室里站起身来了:“你们事先也没有任何提示啊!”

邢局长叹口气，说:“严兄啊，说实话，不是我不帮你们。可你们事先跟我们沟通过吗？我们怎么提示啊？你们在报名截止日期的最后一天报名，第二天就上场竞拍，我们怎么提示呢?”

得，这是老邢在责怪严尚群的意思。两人之前同在政府部门合作过，这几年还同在沙洲政协的城市建设小组，经常保持联系的，所以是有些交情才说这个话的。

严尚群知道他是什么意思了，忙叹口气说:“这不是许怀远固执吗？之前我都提醒过他，可是他不听啊……”

邢思源忙打断他:“这个规划问题，你们确实可以从我们这儿事先了解一下的，我们规划局的初步方案是出来了，但是还要往上层层报批的，这过程中有调整也是正常的。”

严尚群赶紧接过话题:“我想了解一下，你刚才说的人民路站点要改动的事情，是从哪儿来的消息？这个事情问你规划局局长总没有问题吧?”

“我也是听陈副市长提了一下这件事情，说是市里可能还有别的考虑，要我们最近组织专家重新论证一下……”

“什么？已经到这个地步了?”严尚群心底一股子凉意冒了上来。

与邢思源又闲聊了几句，严尚群匆匆挂完电话，直接奔许怀远办公室来。

五

严尚群是少数几个可以不通报进来的，他进门招呼一下:“怀远，有情况……”说完，就坐到沙发上了。

许怀远看严尚群脸色，一阵红一阵白，好像气得不轻，忙从宽大的办公桌后站起身来，挪步到沙发这边，问:“怎么了?”

严尚群忙把刚才与邢思源的通话内容说了一下。

许怀远听完，没有确信，忙又问了一遍:“真是这么说的？是邢思源说的?”

严尚群："哎呀，这哪能有假？都马上要组织专家重新论证了。我在政府部门待过，这重新论证的事情就是为推翻前面结论的。"

许怀远沉默下来，右手习惯性地摸起了下巴。如果没有地铁站点连通这个项目，那么这块地的商业价值保守将下降20%，这意味着7亿元的土地价值就被蒸发了！现在城市发展地铁太重要了，这是整个城市人气的枢纽，尤其是市中心，驾车很不方便，如果有地铁通达，人流量能够翻番。现在即使部分新城区的商业综合体都有地铁连通了，而他刚刚摘下的土地竟然在这个上面出现问题。

半天过去，许怀远才开口，问："这会是谁的主意呢？又是什么理由呢？"

许怀远分析，虽然邢思源是从陈立人那儿听来的，也是陈立人要求组织专家重新研究的，但陈立人显然没有这个量的。而且陈立人与星辰集团在大湖市的时候就打交道了，与许怀远关系不是很亲密，但也不算生疏。最后的结论只有一个，那就是市委书记梁文龙的主意。但是为什么要这么做呢？

对于这个结论，严尚群表示认可。但他的问题是，如果真是梁文龙的主意，地铁站点的变更只是一个开始，可能后面整个开发过程中都会遇到问题！

"你的意思是……"许怀远问。

严尚群斟酌半天，小心翼翼地说："怀远，我有句话，如果说得不合你意，你别生气……"

许怀远摇摇手，打断他说："哎呀尚群，你跟我有必要这么见外？快说快说！"

严尚群冷静地说："我们现在只按起拍价缴纳了10%的保证金，也就1.5亿元，但是一周期满我们要交成交金额50%的出让金，那就还要交16亿元了。我的意思是，这个时候如果退出，我们就只损失区区1.5亿元，要是等16亿元交上去，我们就彻底被套住了！"

"什么？你意思是我们现在就退出?!"许怀远从沙发上蹦了起来，他根本就没有想到严尚群会这样建议。心想这个老严从一开始拿地决策开始，直到现在都没有转过弯来，到了这个时候不是想着去解决问题，而是还在想着退缩。

严尚群知道许怀远会炸起来，所以刚才提前预警，这个时候忙说：“刚说好了哦，别激动别激动，坐坐坐！”

许怀远被他气得哭笑不得，坐了下来：“你怎么老是想着往后退呢？我们现在要想办法解决这个问题。”

严尚群深吸了口气，看着许怀远，一字一句地分析：“怀远你看，如果我们继续交钱拿地，那么这个地铁站点变动一下我们就会损失20%的土地价值，这一笔账就是7个亿！然后，将来整个开发过程中，我们原本可以争取的规费减免、商业经营上的税收减免等将近2亿元。最后，据我所知，如果是梁文龙对我们这次抢地有意见，那么后面的开发会有不少麻烦。兄弟，我们是做生意，不是来结怨的。这就是社会现实！”

许怀远听完分析，连连摇头：“尚群，你分析得都对。但是我不可能把这吃下去的肉再吐出来！梁文龙又怎么样？难道他想怎么样就怎么样了？这沙洲是他的私产啊？何况现在他到底是什么意图我们还没有搞明白。就算是他对我们这次抢地不满意，如果他是为了利益来的，那想办法解决就是了啊！兵来将挡，水来土掩，星辰集团不是被吓大的，刚拿下地就吐出来，我许怀远丢不起这个人，你严尚群也丢不起的，兄弟！”

严尚群见许怀远这么个反应，知道多说无益。再加上心里本来也没准备说服他放弃，只是有这么一个建议，于是，许怀远叹了口气，说：“唉，算了算了。人生在世就是为争一口气，如果气都可以不争，那也就没有现在的星辰集团了。”

经过认真思考，许怀远亲自做出部署。

首先是查清之前市里内定哪家公司来做这个项目？是什么样的开发方案。如果市里看中了这个方案，那么星辰可以参照，实现政府原来意图，化解一些矛盾。这件事情由严尚群负责，重点从规划局老邢那边找出来。同时可以查一下当天参与竞拍的几家公司，了解一下他们的背景情况。

其次，要搞清楚梁文龙的意图。如果不是出于私心，那么是不是可以重新游说一下，改变他的意图？这个工作由许怀远自己来做。

最后，抓紧时间做项目规划，需要物色国际国内一流的设计团队来做这个方案。必要的时候，可以约请专家、政府人士一起讨论一下方向，以免走不必要的弯路。这个事情由严尚群挂帅，由投资发展中心、营销中心联合负责。

两人议完这事，发现已是华灯初上，于是匆匆下班。

第九章　山雨欲来

一

星辰集团拿地之后第一个动作开始了，出乎大家意料，第一个动作是一场国际性的商业地产研讨会。

许怀远审时度势，决定在项目的规划理念上先声夺人，他要告诉市场，星辰集团对人民路是有着国际性视野的，大家可以翘首以盼这个项目的上市。此外，他也是在告诉各级政府，星辰集团可以整合最好的资源来做这个项目，不要用有色眼光来看待一个本土企业。

当然，许怀远心中的各级政府是包含J省的政府部门的，沙洲，毕竟是一个省会城市，不是某个人能够一手遮天的地方。

许怀远为了这个研讨会可是花了很大代价，与会专家、领导阵容强大。有从外国请来的购物中心专家哈顿、知名零售业态研究专家史蒂夫、时尚博览中心首席运营官杜里克、商业理事会会长千代等。还有国家商业联合会副会长、购物中心协会秘书长等，总计专家三十多人。

说来也巧，他们这些人之所以能够集聚到沙洲市来，是因为李光华从网上获知在S市有个"21世纪零售业发展趋势国际研讨会"，小伙子机灵，立即联系到这个研讨会的组织者——商业联合会、购物中心协会。然后，他就向许怀远做了汇报，接着许怀远通过熟人打招呼，把这些刚刚开完研讨会的专家学者，一锅端地邀请到沙洲市来了。只是这笔出场费用也是不小的一个数字，其中二十位外国专家就达到一百五十万人民币，其他专家以及政府部门、行业协会的官员也将近五十万。

为了这个会议，行政部还一次邀请了两个同声翻译和十多位外国语学院的学生来现场接待。会议议程、出席嘉宾安排妥当，许怀远特别要求，把国外、国内每一位专家讲的话，都要记录下来，包括他们讲话时录像画面，连同记者采访时的影像资料，都要保留下来。

李光华不理解许怀远的用意，说："老板，你也太把这些外国专家当回事了吧？他们来不就是一个场面吗？他们讲的话你还全信？你不是都用智慧做企业的吗?"

许怀远在地块拍卖现场就说过，这个项目由李光华来当总经理，这个任命还没有讨论和公布，但工作已经让他接手了。但现在看他这满不在乎的样子，就严肃提醒："记住了，这次的会议记录我要检查的，你要一字不漏，要从政治的高度来认识这个问题。懂吗?"

李光华毕竟是个聪明人，一听这个话便一愣，一愣之后就明白了："好，保证完成任务！看来我们还得朝我们有利的方向引导，也要记录对我们有利的东西!"

这小子就这点好，一点就透，许怀远放下心了。

会议开始时间预定在上午九点半，但是上午九点一刻，出席会议的人就逐渐到场了。这次，许怀远也邀请了沙洲市相关政府部门的领导，如商业局、规划局、建设局等，因为商业联合会、购物中心协会的领导、专家出席了会议，也需要当地政府部门适当参与一下。但是，许怀远发现，他邀请的政府部门主要领导都没有来，大多数是派了一些业务口子上的人员前来参与。许怀远知道其中奥妙，也没有期望他们能够来，只是把信息传递出去。

研讨会在上午九点半准时开始。研讨会主要议题有两个，一是互联网时代，商业零售业态将发生哪些变化，购物中心该如何规划。二是星辰集团人民路商业综合体建设的规划、运营建议。

哈顿教授的发言集中在互联网时代购物中心的定位上，他认为购物中心应该成为一个活动中心、文化中心、消费中心。在业态设置上，重点应该规划服务性商业，围绕那些体验性的商业业态，如餐饮、文化培训、演艺、影院、健身馆、艺术家工作室等，他提出一个服务构成的几个要素，比如服务标准化程度、消费频率、消费金额以及文化活力等，尤其对零售业态中的文化因素提出较多的看法。所以他认为，沙洲这样的城市，在新的大型商业综合体项目中，文化因素应该作为一种主要内容被强调，因为未来的购物中心，首先要定义它的文化基因，有了这个文化基因，商业体就有了活力。

零售业态研究专家史蒂夫是一个务实的运作型CEO，他列举了英国20世纪70年代、90年代以及21世纪初三个时间段的不同商业业态的构成比例以及对零售总额贡献率，得出结论是文化性餐饮、个性化服装、艺术性产品发展速度很快，连锁业的发展也使品牌扩张大大加快了速度。所以，他认为可以在人民路项目上做个全新的尝试，并愿意担任这个项目的顾问。

时尚博览中心首席运营官杜里克则介绍了各种时尚品牌的发展动态，他在如何将一个商业综合体打造成时尚中心的问题上发表专业见解，非常重视“时尚运营”这个理念，认为不能仅仅把商业中心当作产品销售场所，而是要把商业中心当作剧场一样来运营，所以在这个项目里面应该设置总策划或总导演这样的角色，通过这个动态的运营把时尚中心的味道做出来。

千代则从东京交通规划与商业规划对接的角度来谈城市大型商业中心的规划发展。他举例说明东京的轨道交通对商业的支持，因为现代大型都市的人流将来主要依靠轨道交通来组织，如果现在不把这个因素考虑进去，那么这种规划将是灾难性的，将极大地浪费城市资源。许怀远在听他发言的时候，几乎是一字不漏地将他的发言记录下来。

海马不动产基金的梁思浩则重在客户需求导向，他强调商业中心的建设者是不需要考虑资金问题的，你们所做的主要工作是要按照消费人群的需求去做，把这种适应需求的针对性做好就行了，因为你把这个做好了，就有投资公司来跟你洽谈资金问题。这方面的融资渠道是畅通的，也是有规范的，可以设计成各种产品来吸引投资者。但是在你们这个地方，商业中心融资渠道非常有限，主要依靠银行。还有就是，如果发展商不能从资金上获得保证，那么他一定会从项目规划上来做更多的可以短期内出售的产品，所以，他希望沙洲市人民路这样的项目要得到政府的理解，因为双方是一起完成一个属于这个城市的商业项目。

许怀远听梁思浩这个发言，觉得非常务实，人民路地块上规划局对商业、住宅的各自占比是有规定的，但是，许怀远算过，如果仅仅是销售住宅，现金流是得不到平衡的，除非是在写字楼、商业性公寓上面增加销售比例。这在规划报批时，会是一个主要的讨价还价的内容。现在听专家有这个建议，而且是当着众多媒体的面讲的，那就成了他很好的一个依据。所以，许怀远连连点头并且带动大家鼓起了掌。其实，梁思浩是他的好朋友，星辰集团在海外上市的计划梁思浩一直在参与。

第一个议题结束，进入第二个议题，就是星辰集团人民路地块的规划建议。这是特别重要的地方，也是他花200多万元主要想买的东西。

哈顿教授的观点是，这个项目的空间结构可以有一个大的创新，可以抛弃传统的购物中心模式，比如是围绕几个大的主力商店之间组织商业动线，因为那些主力商店很可能很快就会被淘汰，包括大的超级卖场、百货公司。所以哈顿教授的想法是首先把购物中心按照一个舞台、一个立体公园来定位，不是按照产品陈列所要求的功能来定位。那么在这样的理念指导之下的购物中心，其实是一个有趣味的空间，一个有趣味的消费中心。所以这个规划应该是围绕情趣、场景、魅力来设计，商业动线本身就是一个有趣味的目标，而不是功能。他很大胆地问了一个问题，为什么那些漂亮的服装、珠宝一定要在一个围合的空间里展示销售呢？为什么不能在一个绿色长廊里展现，不能在一个咖啡馆展卖呢？收银不是问题，可以移动支付，那么销售动线可以延伸很远很远。这个观点非常新颖，让许怀远和在场的其他专家、记者眼前一亮。

史蒂夫教授提供的建议是，项目规划首先应该有个文化主题。他非常赞同哈顿教授的观点，认为消费的功能已经退居第二位了，消费的趣味是第一位的。而各种趣味中间，文化是最为持久的。所以，项目设计之前有必要对这个城市、这个地块内在的历史文化做个发掘。然后，给它一个基因。在这个基础上，结合哈顿教授的理念，那么就可以有一个很好的项目规划。至于最后的结论，需要研究团队对沙洲的本土文化、消费者行为有足够了解之后才能规划出来。他表示很愿意效劳。

巴黎时尚博览中心首席运营官杜里克先生则表示，非常赞同前面两位教授的观点，在商业空间上他没有更好的建议可以提供。但是他认为还要重视运营，不能离开运营来谈论商业空间规划。他认为，按照法国的经验，现在时尚是高度个性化的，而且互动性很强，所以要考虑运营团体。因为互联网上，产品从各个角度都能展示，那么在购物中心现场，在品牌的展柜上，时尚团队的现场感是很重要的。

千代教授则提出，结合城市化，需要输入科技元素，让购物中心展示更多科技的趣味，所以在空间上可以更加丰富，可以将商业空间搬到互联网上，让很多消费者在家就能逛商场，就能点击这个空间上的每个部分，就像玩魔方一样，增加消费乐趣。

这几位专家先声夺人，把人民路商业的定位和规划走向拓展得非常丰富，也超越了现在国内几种通常的商业综合体模式，让许怀远深受启发。

二

第二天，J省的主要报纸，以及全国性的房地产网站上都大幅刊登了这次研讨会的内容。很多报道的标题也十分吸引人，比如：

《星辰集团要做立体购物公园》

《国际顶尖专家，把脉沙洲地王项目》

《文化魔方，玩转未来商业》

《星辰集团，打造沙洲产业新高地》

…………

这些年，互联网把媒体的话语垄断打压了不少，不过昨天星辰集团采用策略把这些记者的积极性一下子激发出来了。什么都讲究投入，所以今天整个的媒体、网站都是关于星辰集团的新闻报道。除了网站全程报道了研讨会内容，各大报纸的房产版也大篇幅地做了报道，还把国际专家一溜地上了照片。晚报更是把许怀远的会议照片也发了出来，照片上徐怀远是一副踌躇满志的样子，霸气十足。

借着这些标题和内容，这些报道把许怀远很多想说的话都登了上去，他表达了做100年不落后的商业产业综合体，同时也强调了这个项目对拉动沙洲的消费，增加地方政府的税收的积极作用。同时他还表示，为对接沙洲地铁三号线人民路站点，星辰集团将引进国际先进的时光隧道项目，为沙洲市增添一个科技商业街区。

许怀远在办公室里看着这些内容，感觉效果不错。看来这个动作完成了对项目的造势，二来也把星辰想做事的愿望传达了出去，以争取政府的支持。

一上午坐在办公室，许怀远还接到了政商界不少朋友的电话、短信，大家对星辰集团的大动作表示祝贺。许怀远前几天压抑着的不快也稍有缓解。心想，只要我许怀远想做的事情，就没有做不成的，谁挡道就让谁试试看。我有足够的实力、信心，见招拆招，打败对手。这个地我抢都抢了，谁也别想找什么麻烦。

但就在许怀远这么自我高涨的时候，严尚群发了两个消息过来。

第一个是："怀远，刚从宣传部获悉，沙洲本地电视、报纸、电台、网站采访报道这个项目的新闻，在发布前被通知全部撤下！"第二个是："据说，一把手老梁发的话。"

三

接近上午十一点，财务总监徐冰敲门进了办公室，他刚从国土局回来，气喘吁吁地。他把人民路地块的《土地出让合同》放到了许怀远的案头。

许怀远打开合同迅速浏览了一下主要条款。合同都是格式化的，里面记载着土地位置、面积、出让价格、土地开发利用条件等。他特别留意了一下土地出让金支付条款，土地摘牌一月内支付出让金总额的50%，三个月期满，支付另外的50%。而且如果延期支付，则每天有千分之二的滞纳金。

"滞纳金千分之二？我们万一不能及时缴纳，这个滞纳金厉害啊，年化70%多啊！"许怀远感觉吃惊，"我记得一般都是千分之一啊，这么照顾我们？"

"严总也专门找过洪南海局长，说是没有任何商量的余地。"徐冰气呼呼地说。

"嗯，这事我也打过招呼的，没用啊……"许怀远沉吟起来。

"其实……"徐冰欲言又止。

许怀远从办公桌后抬起头，看着徐冰："说！"

徐冰愤愤地说："其实，像这么大的金额，地方政府是可以延长支付时间的，人家10多亿的地块……支付条件也比我们好，半年内付清。我们三个月付清不算，还有这么高滞纳金条款，明显就不是公平待遇啊！"

许怀远合上文本，摇摇头："算了！这次我们可能踩人家尾巴了，这回我们只能认了。这第一个50%的出让金马上要付了吧？"

"对，扣除1.5亿元，我们还要交16亿元，过两天就要交。"徐冰把集团内部的支付申请单交给许怀远，上面需要许怀远签字。

"这钱已经到了新公司账户上吗？这笔款付完，整个集团账上还有多少资金？"许怀远问。

"钱已经在新公司账户上了，就从这个账户付出。这次付完，几个账户归集起来，还有2.6亿元。未来一个月内基本没有重大支出，但是11月、12月分别有建设银行的3.2亿元贷款、民投银行的3.8亿元贷款要还，总共7亿元。此外，工程方面在12月底有3亿元的计划付款。所以两个月内有重大支付是10亿元，其余需要2亿元左右的运营资金，总计12亿元。"徐冰知道许怀远会继续问预算支出的事情，所以顺便把一个月内的资金大项系统汇报了一下。

许怀远耳朵听着，心里也盘算着，等徐冰说完，他觉得不对："我们总共筹备了20亿元来拿地，现在交了17.5亿元，这笔归集资金的余额有2.5亿元，上月的预算收入有5亿元，现在应该到账了，那么应该7.5亿元资金在账上的。另外，下一个月的销售收入，记得目标是10亿元，所以一个月以后，可使用资金有17.5亿元，应该是足够应付这12亿元的了。是这笔账吧？"

说完，许怀远打开电脑，开始寻找资金预算表。资金是生命线，这是必须警钟长鸣的。

徐冰面露难色，回答道："现在9月底还没到，所以各个项目的销售回款都还没有汇总上来。但是我查了他们的账户，发现就沙洲南华新城的销售目标是可以实现的，其他几个城市的项目都已经不可能完成目标任务，大多数连一半都还没有实现。"

"什么？我没听米灿说这事啊？你去叫他来一下！"许怀远大惊，9月份是传统旺季，十多个楼盘5个亿的销售目标是很低的了，也就是每个楼盘贡献4000多万销售额。因为今天集团资金链较为宽松，所以没有太重视回款速度，但这个月也就几天就结束了，怎么会一半的任务都还没完成？

徐冰忙说："我已经好几天没见到米灿了，他好像也很紧张，前几天就下去查看各个项目的销售了，一直在出差。这个周日不是要开集团的营销工作会议吗？他一直在忙这个会议。"

许怀远听说米灿下去抓营销了，心里稍稍安定一点，心想作为营销总监，这个工作意识是有的，就是不知道这个销售回款怎么会这么差？因为前天人民路地铁站点的更改已经出了问题，这个销售回款是再不能出问题的了！许怀远忽然感到有些莫名的担忧，怎么这次拿地从开始到现在都不怎么顺利呢？这从没有过的状态。

他急于想知道答案，所以边用固定电话拨米灿的电话，边对徐冰说："你等一下，我还想听听你融资方面的工作。"

徐冰感觉老板有些急，所以点点头，没有出声。

四

米灿的电话通了好久，但是没有人接听。许怀远放下话筒，停了半分钟再打过去，这回米灿很快接听电话了。

"董事长，你好！我正在大湖市金色家园项目售楼处，刚才正在开会，没注意你电话。"米灿接通电话后，开始解释。

许怀远打断他，直接问："什么情况？9月份的销售怎么一半都还没有完成？我前面也没听你汇报啊！"

米灿忙说："我上两周都把销售情况汇总给你的啊，哦，我是交给汤佳的，她没给你吗？另外，公司系统上也有汇报的啊！"

许怀远一听，知道问题在哪儿了，汤佳这两个星期都在沙洲南都公司帮忙，所以每天只来半天。很多文件就不能直接打印后送给他了。许怀远记得她给自己发过短信，说是把一周的销售汇总发到他邮箱了。也怪，这阵子忙着人民路土地竞拍，所以没怎么注意。

"说说，什么原因？怎么所有楼盘都没有完成任务呢？"许怀远急于知道答案。

米灿沉吟了一会，说："下半年开始，整个市场好像就不行了，大家开始观望。我们星辰最近几个月没有新开盘的，都是老盘，所以反应不明显。因为我们的楼盘都有老客户，前面有些交了定金的，这几个月就顺利签约了，所以我们的资金回笼没有受影响。但是业内很多楼盘在9月份新开盘的，成交都很差，市场好像突然翻转了。”

许怀远一听这话，就知道米灿在替自己辩解，心里微微泛起一股子火气，责问道：“我之前不是跟你说过吗？营销工作不能仅仅关注回款，回款是滞后的，不能很准确地反映市场动态，你们要密切跟踪客户来访的数据。营销工作要往前延伸，你怎么没有把这个情况告诉我呢？”他说到这儿，忙打开自己邮箱，找到汤佳转发的邮件，发现米灿自己也直接把邮件发送到他邮箱了。

于是，他对米灿说了一句：“你手机别挂，我先看一下你的销售周报。”

销售周报里除了回款金额，确实也有每周客户登记数量，但是米灿并没有环比分析，所以也没有前瞻性的结论，只是完成了工作任务。

许怀远看完，立即对米灿一顿数落：“米灿，你这个汇总分析也就是项目公司销售经理的水平，你就直接地把这些数据合并、转发一下，你这个营销总监的职责呢？你要结合市场和项目情况给出你的分析报告，要配合集团的资金预算做出你的预算。你这个工作意识压根就没有。营销是集团最重要的支柱，没有预测性，我们就没了眼睛。上次人民路土地竞买的时候，你叫得也很凶吧，说第四季度销售很好，没有问题。我们听你这么信心满满，就去跟人家飚地了。你现在倒好，我们拿地才两个月不到，你就告诉我市场反转了，你的工作预见性在哪儿？”

许怀远想着未来可能产生的资金链问题，心里越来越急，所以也就越说越火，他最讨厌的就是敷衍了事，表面看起来工作是做了，但是工作没有做到位。你工作不到位的话等于没做，甚至还不如不做。因为你不在这个岗位上的话，那我老板可能还会去自己把关一下，反而能避免错误决策。

米灿在电话那头无言以对，他知道自己前期工作没有到位，检查分析浮光掠影，说话随心所欲。听许怀远这么一通数落，他只能照单全收。最后，等许怀远说完，他才小心翼翼地说：“董事长，我知道工作不到位，我一定尽快弥补。这些天我一路在踩盘，除了我们星辰自己的楼盘之外，别的楼盘我也在调研分析。我会在本周日的营销会议上拿出可靠的结论来的！”

许怀远听他这么说，稍微平静了一些，心想还好你小子已经在弥补，否则真是不合适在这个岗位上了。于是，他电话里发话：“行，你尽快把市场的一手数据统计出来，然后拿出你的对策，时间是周日之前!”说完，没等米灿回话他就把电话挂了。

徐冰见许怀远这个阵仗，忙给老板茶杯里冲了些热水，淡化一下情绪。

许怀远喝了口水，站起身来移步到沙发，示意徐冰过来坐下。然后表情严肃地说：“你听到了吧？米灿说市场反转了，八天前开会，他还信心很足。所以，你们所有人的工作都要一竿子到底，要务实，不能模模糊糊，反反复复。我们是一个集团，不是说摊子大了，可以更加宏观，工作就可以模糊一点了，这是不对的！集团化管理，它的前提就是各项工作要更加精细，要见微知著，否则你们这些高管都差之毫厘，到了下面就是谬以千里了！”

徐冰听许怀远这么说，知道米灿接下来会有一阵很难过的日子了。董事长就是这样，一旦盯上你，除非你把工作做起色了，否则你别想过好日子。

许怀远说完这一通话，语气开始平静，站起来从办公桌上拿来一个小笔记本，打开后，对徐冰说：“来吧，融资工作什么进展？”

徐冰小心翼翼地回复：“上周开始，我一方面在催促投资发展中心拿出融资资料，一方面开始物色可能的资金来源。资料方面，公司基础资料是现成的，就是项目资料需要尽快补上，主要是项目可行性研究报告，这由刘仪的部门在做，另外，我也让营销中心提供报告。资金来源方面，我在业内做了一个探测，基本反应是这样的，能够做我们这么大融资额度的资金方很少，基本可以排除银行和信托公司，因为目前我们项目的规划设计、行政报批都还刚刚开始，银行资金不可能进来。信托公司方面，因为我们的额度太大，走市场募集途径很困难，目前集合信托产品能够超过五亿元的都不多。所以，我主要的搜索方向还是通过银行、信托、财务顾问公司等寻找大型国有企业的理财资金，我设想他们进来的方式应该是股权质押融资。交易结构是我们把绝大多数的股权技术性过户给他们，并由董事长你提供无限连带责任担保。等资金借期届满，我们行使股权回购，把股权收回。目前的主要问题是，大额资金本就稀缺，而我们又是股权融资，这样导致可以合作的资金方就更少了。”

许怀远听完，心里又是一阵担忧，徐冰说得没错，虽然股权融资是可行的，但是这么大融资金额是比较难找的，唉，当时买地之前就没想到这一层！如果按照1∶1配资拿地的话，那资金方需要提供17.5亿元资金，这个数字放在哪家公司都是不小的数字。他现在做过的融资中，信托公司单笔资金最大的一笔就是7亿元，那也已经是很少的了。

于是，他沉吟了一下，说道："这个项目的融资金额是大了一点，但是项目的优势也很明显，加上我们集团整体的负债率不超过40%，应该说我们融资拿地是完全能够实现的。金额大也有好处，同样做一笔生意，做我们一单，相当于做人家好几单！所以，你自己要有信心，这个社会有钱的企业、机构多的是，好的项目少，所以我们这个融资难度应该不大。我今天要把融资条件给你明确一下。第一是融资额度，就是17.5亿元，我们要做最坏的准备，要设想房地产市场全面滑坡，销售停顿的状况。第二，资金成本方面，我想控制在12%以内，这是成本上限，不能再高了。第三，交易结构方面，股权没有问题，我们可以把80%左右过户给人家，但是要排除过于严格的资金监管措施，这样会让我们开发运作束手束脚的。至于我个人无限责任担保也没有问题，谁让我是老板呢！第四，资金到账时间，我要求在土地出让金支付的前一个月到账，也就是说你只有两个月的运作时间。这几点，你听明白了吗？"

徐冰忙点头："明白了。"

许怀远嗯了一声，又问一句："那你还有什么问题？"

徐冰深吸一口气，说："董事长，别的都没有什么问题，可能时间紧了点，整个融资过程最起码要两个月，此外你也需要给资金方时间去筹措这17.5亿元。"

许怀远摇摇头，坚决地说："我只能给你两个月时间，你只有提前不能延后。你完成这项工作，我给你重奖；如果完不成，你要受罚！"

徐冰听许怀远这么说，没有办法，只得点头同意。然后离开了办公室。

许怀远抬手看表，发现已经是中午十二点半了。但即使是这个时间，他都没有一点饿的感觉。

他站到了窗前，眺望着沙洲市中心的群楼，感到一种从未有过的不安。

这个项目的地段是绝无仅有的，而且研讨会之后，他自己也越来越有感觉能把这个项目做好。但是，未来的挑战非常之多，很多没有预料的情况都会出现，自己要好好应对了。

五

张倩跟陈立人刚开始交往的时候，感觉一个最现实的好处便是倒腾房子。

那次青龙山广电培训中心里的顶层大套算是一个见面礼。张倩自己拿出100万元拿下，把房产证办好，然后按照300万元评估，又从银行贷款180万元，30年贷款期限，每月只要偿还2万多元，基本上她的固定工资就够每月还贷了。

然后，她拿着这180万元又去买了几套房子，其中两套地段非常好，是找陈立人的秘书替她打招呼的。张倩要的折扣也不是很大，也就在七八折的样子，但是因为只要支付几十万元定金就可以把房子锁定，然后过几个月再倒出去，每次都可以赚上几十万元乃至上百万元。几次下来，张倩发现自己竟然赚了好几百万，加上青龙山那套没有变现的200万元，嘿嘿，成绩真是不错!

真会运作资源的，谁做这种显山露水的事情？这不，半年不到，很多同事朋友就盯上她了，要她帮忙买房、打折。

陈立人赶紧叫停："你这么倒腾，我还有几天可以玩的？不出一年就是满城风雨了，沙洲很多人都知道你跟我熟悉，有便宜房子可弄。然后进一步推测……"

被张倩缠得没有办法，陈立人只好做些辅导。

陈立人只是透露了很少一部分的秘诀。他说，当初在大湖市的时候，全省都知道他在抓大湖沿线的规划，而且规定让那些沿湖的工厂全部搬迁，留下了至少500米的岸线用作公共绿化用地。他这一招立即获得了美名，相对其他城市的规划控制，效果要好得多。但是，大家忽略掉一个问题，那就是500米拆迁完毕后，还是会有一个岸线资源可以利用的，因为大家都不能靠湖了，那么靠着这个湖景长廊就是最好的地块了。而这里500至1000米的空间是模糊的，究竟规划做什么是不清楚的。而周边已经拿地的开发商就会跟他来争取空间，他们都有很久以前就拿下来的地，当时价格也很便宜。但是现在政府收回土地只能在当时的拿地价格基础上稍做补偿。那这里面开发商吃亏就大啦，他们肯定是要来公关的。呵呵，这里的利益，要比你炒房要大得多吧?!

张倩听他这么说，恍然大悟，大声道："你怎么那么聪明啊？你得了大便宜!"

陈立人听到张倩表扬他，忍不住自豪，继续说："是啊，你想，省里市里领导一看，发现大湖市的规划控制真不错，几年以后效果出来，湖岸线都得到了保留，规划了很多标志性项目。到了这个时候，大家就只想着我的好了。对开发商来说，我们政府把沿湖风光带、旅游项目搞好以后，他们原来的项目更加值钱了，而且，因为政府统一行动，他本来要退出来的地，因为我给他们开个口子，所以得到了保留，最后结果是，他没有损失，还挣得更多了，所以他觉得非常划算，也会念着我的好处。当然，我不会对每个人都放行，这就是各方都赢，满意度还很高。"

张倩很想知道他到底挣了多少钱，但是她也知道，陈立人是不可能告诉她的，于是采取小小的激将手段，说："唉，你有什么用，最后还不是开发商挣得多?"

陈立人一听这话，果然中计，心想怎么能在张倩面前输了面子呢，他哼了一声，说："你不懂，如果会运作，情形就不一样了，懂吗？傻丫头……"

张倩眼睛一亮，连连点头："哦，我知道你什么意思了，那敢情你还是大老板呐！说，挣了多少钱?"

陈立人一看说漏了嘴，忙打住："我没这么说，我是说会运作的话，就可以让开发商帮你打工。至于我，我哪有时间去挣这个钱呢?"

张倩到这时候才明白陈立人为什么说她挣的都是败坏名声的小钱了。原来这里有这么多讲究。心里忽然想起一件事，忙问："哎对了，那么……你在青龙山做的什么规划也是设了一个局了?"

陈立人呵呵一笑，回答道："是啊，你真聪明!"

张倩听他这么回答真的有点失望，叹了口气，说："唉！我一直以为在广电培训中心房子的事情上，你为了帮我的忙给我面子，是犯了多么大的一个规！原来也是你设的一个局啊！”

她这个时候才反应过来，搞半天对陈立人来说这本就是一个可以通融的地方，那个什么山脊控制线就是他布的一张网，就等着有人找他办事。最后的结果很可笑，他和局里都没吃亏，就她吃了一个暗亏，要不是得到一点利益作为补偿，那自己才冤呢。

也就是从这次开始，张倩才真正了解了自己手里这张名字叫“陈立人”的牌有多值钱了！他可是管着规划、国土、建设、房产等各个重大口子的，这些部门都是房地产开发的核心管理部门，哪家企业不得求政府办事？想着自己前面只是用他的名头来炒炒房子，那真是高射炮打蚊子。

张倩的计划是，得尽快有自己的地盘，这次人民路项目的突进，其实就是出于这样一个意图。

六

星辰集团拍下人民路地块已经有一个多月了。

按照当时的急切劲，张倩恨不得马上要陈立人去找许怀远，暗示他把项目转让出来，给他们这帮人腾地，否则……

陈立人哈哈大笑，劝她先放松下来，许怀远那边有的是机会，只是看什么时机进入。对商人而言，项目是很多的，但是政府资源人脉是稀缺的，他换项目也不会换人脉资源，何况这事情连梁文龙也卷入进去了。

他本来一直觉得梁文龙是不太掺和商业方面的事情的，因为作为J省省会城市的市委书记，又是省委常委，做生意赚钱的诱惑要远远低于政治上的升迁。但没想到，他儿子卷进来了。然后他再看老梁，发现他的出招真是稳准狠，跟他在官场上一个样。

所以，当龙昌地产想去找星辰谈并购转让时，陈立人拦住张倩，让她不要轻举妄动。

“为什么呢？”张倩觉得奇怪。自己已经真金白银投资到基金中去了，而且为了防止龙昌地产摘牌后土地出让金的支付，作为基金管理人要求资金先到账50%，第二期资金应不迟于其余50%付款的进度。

陈立人觉得奇怪：“那你们既然志在必得，为什么就不能跟许怀远死扛到底自己把项目拿下呢？”

张倩叹了口气，摊了摊手：“我们之前从没想过项目会旁落啊！这回不知道许怀远脑子里的哪一根筋出了问题，他比价格整整高出了10亿元，要知道这不是纯住宅项目哎，我们按照最高的风险系数，预测土地拍卖价格不会超过28亿元的。而且，我们后来知道，星辰集团在讨论这个地块挂牌的时候，也是有价格上限的，就是25亿元。可到拍卖那天，许怀远像疯了一样地举牌，直接喊到了35亿元。我们这边哪里来得及反应呢？”

“哈哈！”陈立人笑了，据国土局的人说，许怀远是在大街上跟人撞车，把脑子撞糊涂了，原来跟集团总裁严尚群商定价格是25亿元，搞成35亿元了。

陈立人继续分析：“那你们认为地价到35亿元是没法赚到钱的，那只能放弃啊！为什么还要去跟许怀远商谈转让或者合作呢？”

张倩连连摇头：“我也不知道。他们现在的意思是，这个基金是有专门用途的，就是为这个项目准备的，据说有不少企业会跟进，作为项目的产业导入。还有原因就是，恒基集团参与的话，肯定是高端百货和购物中心，这是有选址标准的，你知道他们选项目，就是把地段看得最重要！当务之急还是先把项目拿下来，然后再跟政府重新商谈条件。”

陈立人点点头：“这倒是的，商业的选址是特别重要的。那你不是说他们有比我更强大的靠山吗？但他们怎么去和许怀远谈？就直截了当地让许怀远转让这个项目？许怀远再怎么也是一个大集团的掌门人，他做项目哪能想一出是一出，如果这样他在业内怎么发展？在公司怎么树立威望？”

陈立人的建议是，张倩先不要明着卷入与许怀远的争斗，让他们先出手过招。他语重心长地说：“张倩，你先不动，前期投入的那点资金肯定没有问题，最多是赔人家一点利息。你一定要等双方厮杀到精疲力竭的时候，再正式出场。”

同时，他想起梁文龙给他安排的任务，要求调整三号线地铁站点的事情，这个问题自己得好好斟酌。这个动静太大，牵涉面很广，沙洲有好几个签约的项目都是假定人民路地铁站的情形下引进的，包括许怀远的这个项目在内。这些投资商岂是束手就擒的主？在沙洲市，梁文龙是第一号人物，可是放大到J省呢？许怀远就没几个政治靠山？所以，想要给星辰集团设置障碍，方法是多样的。这个，得权衡，再权衡了，张倩的利益关系只是其中之一。

陈立人给张倩提供指导意见，跟着他们走，但自己留上一手。

“你现在要做的工作是跟许怀远保持接触，及时了解星辰集团的各种信息，知己知彼才能有必胜把握。另外，许怀远这么大的盘子，就在沙洲也是可以做很多事情的，领导会随时调走的，但是这些老板是一直在的，所以，你不必迅速站队，可以先骑墙看着。到最后双方精疲力竭，形势也明朗了，你再出手。那个时候，你人气也有了，利益也自然在其中！”

张倩竖起大拇指，一个劲夸：“高！”

七

梁文龙这两天心情不太好。手头一堆的事情，总也干不完，总也觉得干不好。

干不好的一个最重要的原因就是手下能做事、想做事的少，虽说自己只是定调子、抓部署、盘人员，但碰上不愿意做事、没有能力做事的，自己就得重新安排补上。所以，一把手是最难的，难在任何一件事情的最后一把力、最后的完善都得他来完成，而其实前面的事情都只是常规做做就可以了，能够做到有责任心、有担当就算不错的干部了。前面的事情就算有一定的创造性、建设性，但落实下来的时候就要见真章了，而见真章的事情往往是那最后一把力，没法完成的时候就得一把手来。到了这时候，一把手要承揽所有的矛盾，然后再蒸煮烹调、画龙点睛……当然，成不了的事情也得一把手快刀斩乱麻、大破大立，全面地得罪人。

梁文龙要做什么？首先，他得有高度，要能够审时度势、决策部署，而且是创造性的。现在很多人说道国内的发展如何快速，好像简简单单就来了，他们哪里知道这有多难！大了不说，就一个城市的发展建设来看，其总体定位、发展思路、操作路径就很难。城市之间的资源争夺、资金争夺、人才争夺、发展理念比拼都是白热化的。所以为什么在很多一把手那里，什么产业集群、园区运营等都很精通，这是被逼得没有办法的事情。在发展过程中会有很多问题产生，而解决这些问题的唯一方法就是发展，但是发展本身又是一个需要周期调整、新陈代谢的事情，不是主观意志能够决定得了的。所以，当矛盾越来越多、问题越来越多的时候，所有的人可以躲开，但是一把手躲不掉，他得承担这些事情，包括矛盾。而这时，往往会发生这样的事情，即客观的矛盾会被别人当成主观的而跟他过不去，形成人事矛盾。所以，一把手最后还是主观、客观矛盾的总集合，说理的地方都没有！

比如最近几年，沙洲的发展一直在遭人诟病，说作为一个大省的省会城市，人文教育资源国内领先，科技潜力很大，但就是发展不起来。书记、市长一直在换，但沙洲就是这个样子。这在做强做大省会城市、核心城市呼声日趋高涨的当下，是重要的政治任务。于是，三年前，梁文龙从大湖市委书记的位子上被调了过来，不是因为他会跑官要官，那是他干出来的。

在他主政之下的大湖市，五年之内新兴产业崛起，城市建设上了一个台阶，有目共睹。照理就凭这点政绩，他是可以直接去省委的。自己年龄也到了，不管是否还有进步，自己就不想这么累了。但组织上最后协商，鉴于梁文龙在大湖市以及更早的文山市的突出成绩，需要他带领沙洲来一个大的突破。梁文龙自己知道，等他突破完，他的发展空间就到头了，而且，他这一任就是为后人打基础的。几年之内突破，哪有这么容易？

充分调研、审时度势、高瞻远瞩之下的沙洲发展规划，就是科教兴市。这是梁文龙这几年牢牢抓住的根本目标。围绕这个目标，梁文龙是做了周密部署的。在他的任上，就是要启动几个新兴产业集群，并形成教育、科技研发、人才集聚的基本态势，为沙洲今后的发展打下基础。

梁文龙认为，现在开始，沙州面临一个很好的发展时机。之前，像沿海城市，依赖交通港口便利条件，集聚了大量的外贸加工业，成就了第一轮发展。现在他们也在走高质量增长方式，在三驾马车中，外贸的发展空间有限了，投资拉动的效应也越来越弱了，所以接下来就是比拼内需，以及在内需的基础上完成产业升级和转型。而沙洲在内需和科技创新方面，完全可以和东部沿海城市一拼高下的。这就是机遇。

梁文龙对房地产业一直评价不高。这些开发商只是利用了前一个阶段政府投资拉动形成的机遇，轻轻松松地赚了钱，然后就以为这是市场化经营带来的财富。这是一个纯市场化获得的财富吗？房地产行业的暴富，只是因为某次机会给了一批投机者一个千载难逢的财富暴增机遇。他们凭什么呀？赚了钱以后，他们就好像成了整个时代的财富英雄，这是他们应该获得的社会地位吗？

所以他对人民路项目的整体目标，压根就不是一个房地产项目。现在沙洲市中心，一下子能推出14万平方米地的机会已经不多了，政府必须充分利用好这些稀缺的土地资源。他给整个项目的定位，就是现代服务业和科技产业园区，商业只是配套，住宅也只是一个现金流补偿。这里面核心的内容，梁文龙想塑造一个高科技产业孵化器，规划面积有20万平方米，已经超过了国家级的高科技孵化器规模。也就是因为这个目标，所以在14万平方米用地指标当中，他特意拿出6万多平方米作为科教用地，以降低土地成本，降低门槛，引进产业。

为了打造这个科技孵化器，梁文龙甚至动用了自己儿子在国外的资源。巧了，他这个引以为豪的学霸儿子在国外做的就是产业投资，接触了一大批成长中的科技企业，很多都是留学生，有一些自主的知识产权。梁文龙感觉自己儿子所选择的路是正的，所以，也确实存了一点私心，他想帮儿子创造条件，让他在国内有一个自己的练兵场。甚至，他还在为儿子创造其他的基础和条件。

梁文龙扪心自问，他这个出发点是经得起检验的。于公于私，都能说得通。辛辛苦苦干了一辈子，为所在的省、城市的经济和社会发展做出了多大贡献？这是一个房地产商能够比的吗？凭什么我就不能为自己儿子创造点什么？

所以他在去年也没有过多避嫌，指令招商部门接待儿子所在的产业投资基金，初步达成了全面的产城运营投资合作协议。

梁文龙部署了一番很好的棋，有条不紊地向前推进，尤其是围绕主城区的这些小区和企业拆迁，政府花了很大的代价，就是为了打造一个科技产业居住综合的标杆项目。

在土地指标这么紧张的情况下，梁文龙给这个项目一下子安排了14万平方米的土地指标。然后在一个月走公开招拍挂程序，这只是走一个流程，土地又是内定挂牌给恒基集团以及幕后儿子的产业投资公司的。

但，好了！嗅觉灵敏的房地产商杀出来了。这个地段的土地，以这个价格出让，当然有溢价空间的，谁不知道呢？但这是你房地产开发模式所能做的项目吗？

你星辰集团对这个项目有多少的资源准备和长远的规划构想？你所有的想法不就是拿下项目、炒作一段时间，然后建房子卖给普通市民，然后你自己拍屁股走人吗？

梁文龙是听说过许怀远这个人的，据说这个人很低调，在江湖上口碑也很好。据说赚了钱以后还烧香拜佛，产生了信仰，好像格调还不错。但梁文龙始终觉得这只是一个深度包装。

可气的是，梁文龙精心部署、长期酝酿，推出来的一个项目，许怀远竟然在大街上把这个项目给高价拍下来了。这也太不严肃了吧？这么大的事情，许怀远就没有提前计划好时间？

果然，针对这个项目，他们星辰第一个出手的动作，就是搞了一个研讨会，请一些外国专家明星人物来作秀，提前给项目包装一下，为的就是给后期的销售做铺垫。这不就是房地产开发公司惯有的套路吗？搞产城一体化的大项目，是靠市场炒作、吸引眼球能做好吗？

而沙州市属的几家媒体竟然也跑过去采访，还想为他们报道和造势，这些新闻从业人员没有政治觉悟和意识，那主管他们的领导呢？

好在这次陈立人多了个心眼，提前跟他说了这个事情，所以他打电话，要求宣传部门，让几家媒体把这稿件撤掉。所以梁文龙由此感慨，这一把手得多累！

人民路项目的事情，他梁文龙可以不预设立场让谁来做？但你星辰集团必须按照市委市政府的意图来实施这个项目。如果不能实现这个总体意图，那么就让他们把项目给吐出来，该上的手段和方法一定要上，就这么简单。如果国家所有的事情都让市场经济说了算，那会有一个什么样的发展面貌出来？

至于儿子的事情，只要这个项目按照自己意图走，一定有他发挥作用的地方，其他社会资本进来也可以，但只是配合。这就是于公和于私两不误，与其让这些房地产商赚完所有的钱，不如给自己儿子这样的年轻人——未来的社会精英，创造一些条件。

为什么不呢?!

第十章　永失母爱

一

周日，星辰集团大会议室。今年第四季度营销工作会议正式开始。

会议由米灿的营销管理中心负责筹划，集团董事长许怀远、总裁严尚群、副总裁周达成、财务总监徐冰等高管全部参加。显然，在星辰集团目前的背景之下，这个会议的重要性就大大增加了。

米灿为了这个会议，在外面跑了一大圈，作为星辰集团的老员工，他对许怀远的心思是知道的。但即便这样，节奏还是晚了一拍。关键是，拿地之前他对第四季度的销售形势盲目乐观了，没有去认真分析，拿出结论，对集团拿地做出预警。

米灿想着未来几个月老板会天天向他要销售回款的情形，头皮都是麻的。所以，他今天这个会议作了周密部署。首先，他把每个项目公司的营销副总、营销经理全部通知到会，让他们一个个过堂，这样可以让老板们掌握第一手情况，不要把全部责任往他身上推。其次，他把集团领导都请来，这样可以让领导们都能发表意见，到时候如果销售还是不行，那么他也可以有个借口。第三，今天一线员工和集团高层直接对话，还能要一些政策，平时自己去向上要政策、要支持总是被打回来，今天就直接对接了。

会议开始，米灿全程主持。首先是项目公司汇报营销工作，每个项目都是由营销经理汇报，营销副总或者总监来沟通。今天会议还有一个特点，每个项目公司总经理都没有被邀请，这是米灿给许怀远出的主意，这样很多话就可以少了一层顾忌。这就是严尚群强调的，项目公司营销导向、市场导向，以营销目标追溯管理效率，从市场结果对开发管理提要求。

米灿的这个安排，效果不错。各个项目的营销经理对现场都很了解，几乎都能报出客户的姓名，对每天来案场的客户心态也很了解。虽然9月份销售距目标很远，但是领导们至少了解了真实情况，这样就可以为决策提供依据了。营销经理只负责汇报结果和面临的状况；而他们汇报之后，项目公司的营销副总或者总监负责分析，并提出一些初步的营销工作建议。到了最后，米灿会从整个集团的营销工作层面提出建议。这样，会议就会形成一个多层次的信息搜集，多层次的营销建议，最后到领导们决策的时候会比较有底。

米灿边听汇报边观察许怀远、严尚群的脸色。两位大佬都是面无表情，只是都很认真，在不停地记录。

等十五个项目汇报完毕，时间已经接近中午，轮到米灿自己发表集团营销中心的意见了。于是，米灿请示了一下严尚群，是否继续？严尚群点点头。

米灿的发言总体上三个方面。一是房地产政策解读，米灿一带而过，只是提出政府主要在做行业维稳的事情，不会往死里整房地产。二是市场方面的信息汇总，他把最近了解到的其他企业、其他城市的普遍情况作了综述，结论是四季度面临市场调整，销售不容乐观。三是对星辰集团的各个分公司的销售情况做了分析，主要是针对销售目标未能达成做出一些分析，结论是市场是主要原因，内部潜力可以挖掘，但是总体来说四季度的营销工作需要对目标、销售政策重新调整，需要在集团层面做出决策。他的建议是加大促销力度，同时需要集团决策，降价销售，以尽快跑量。

听完米灿的发言，许怀远脸色不是太好，可以用严峻来形容。因为之前集团上下一直对销售前景是乐观的，而经过今天这次营销工作大排查，各个项目的情况大体类似，后面的销售形势不容乐观。如果不能迅速改观，今年春节都不会好过。

严尚群听完报告，表情也很凝重，开始对米灿发问："你的报告结论我们先存而不论。我首先要追究一下责任，这不是事后清算，而是为了使我们今后的工作更具前瞻性。我想追责的是，在我们花巨资拿地之前是开过会的，会上重点谈到了后续资金保障的问题，你们营销中心当时是很乐观的。我必须要一个原因，为什么两个月之内对房地产形势的判断有这么大误差？要知道，这会给集团运营带来巨大影响，这是一个严肃的问题！”

许怀远上次电话里责问过米灿，今天听严尚群也抓住了这个问题，自己也想听听米灿怎么说？

米灿沉默了一会，站起来对大家鞠了一个躬，慢慢地说道：“我代表营销管理中心、全体营销人员对集团表示抱歉，我们的工作确实存在较大的不足，我可以接受任何处罚。”

下面公司的各路营销人员看到他们的营销老大这个举动，全部沉默下来。

许怀远一看米灿肯这么做，点了点头，示意他继续回答问题。

严尚群也发话表示肯定：“好！米总监能勇于承认自己不足，我认为是好的。那么追责的事情我们另外再议。你回答我的问题吧！”

米灿坐下来，继续回答：“我也在仔细分析这里的原因，首先，我们内部工作肯定有不到位的地方。其次就是外部环境。9月份上半个月的营销目标是基本达成的，但是进入下半个月，国内主要媒体开始大范围报道一些负面消息。一是不动产登记条例出台，会对存量房进行登记确认，大家猜测可能是房地产税的正式出台，会加大房地产持有环节的成本。二是大量金融机构在三四线城市的借款逾期了，所以最近大家都忽然对三四线没有信心了。之前是因为三四线城市没有限购，它的发展阶段也比一二线城市要慢一拍，而且，这些城市的土地价格、行政规费、公共配套费用都是比较低的，总体来看是没有什么泡沫的。相比一二线城市的限购问题，大家都是比较看好三四线城市的，而我们集团前几年的主要布局也在地级市、县城。我们现在十五个项目中，在省会城市沙洲的项目只有南都一个，人民路是刚拿的，其余项目一半在地级市，一半在县城，这些都是这阵市场低迷的重灾区。所以，我的结论是，我们营销工作本身而言，工作失误不是很大。销售回款下降，这是我们几年前的项目布局决定的。但是，我们营销中心犯了一个致命的错误，就是没有及时掌握销售态势，给集团预警，反而想当然地给集团提供了错误的决策信息。”

米灿这番话，让许怀远、严尚群面面相觑。这小子把一半的责任揽了下来，另一半的责任没有揽，似乎是集团的战略有问题了。但是，仔细想想，他说的话是有道理的！也就是说，星辰集团目前的任务不是拿地，而是要好好消化这些存量房子，即使是拿地，也应该是保守拿地，不该这么激进。

严尚群稍稍沉默了一会，他说：“好，米总监的这个分析是有道理的，上午的会议到此结束。下午主要讨论营销对策，各项目公司的营销人员可以回去了，我们集团会对第四季度的营销工作重新部署，也会专门会议传达。下午的会议，主要由集团营销中心、财务中心、投资发展中心参加！”

众人开始退出会议室，熙熙攘攘的人群挤在了门口。

忽然，许怀远手机响起，他拿起来一看，是自己弟弟许怀荣的。许怀远刚把手机放在耳边，还没来得及问呢，突然电话那头哭声传来！

许怀远立即心跳加速，全身瞬间弥漫着一种揪心的感觉，不好！肯定是老娘出事了。

“大哥！老妈走啦……老妈走啦！”电话那头不仅是许怀荣的电话，还有大姐的哭声。

许怀远眼前一黑，身体瘫坐在了椅子上。

严尚群马上转过身来扶住他，连声问：“怎么啦怎么啦？什么事什么事？”

许怀远声音沙哑地说了一句：“老娘走了……”

说完，两行泪水夺眶而出。

二

许怀远的座驾疾驰在回老家的路上。

他坐在后排，全程不出声音，只是双手紧紧地捧住脸，泪水淌满了他的双手十指。千真万确，母亲走了，他连最后一面都没见上。

生死转化如此无情，世事如此匆忙，许怀远其实早就在计划母亲离世后的各种事情，自己心里也在准备母亲离开自己的那一天。

但是，就算是这样预料中的事情，临来了还是充满着意外，充满了伤感。母亲生死的事实确实在时间上划分了一个界限，但是在许怀远的心里却没有切开。在他没有真正见到母亲的身影之前，他总觉得母亲还在。甚至他怀疑，时间的划分是个假象，人的存在不是时间决定的。

许怀远此时的心情，对人生的疑惑甚至超过了母亲离世的痛苦，然后发现，这种疑惑中隐藏的痛苦才是真正的痛苦。

严尚群就在副驾驶座位上，不敢多打搅他。他是知道许怀远老娘经历的，也知道许怀远母子的感情的，所以他什么话都不说，就让许怀远自己坐那儿无声哭泣。

严尚群对老太也很有感情，每次回老家都会过去看看，比许怀远还跑得勤快。这个老太虽然在农村，但说话做事很有智慧。严尚群每次去看望老太太都会跟她聊一聊，星辰集团的很多人不理解，以为严尚群是因为跟许怀远的关系所以才这么耐心跟老太太说话，他们哪里知道，这个老太太很多质朴无华的话，是看透世事、穿越过人生的艰难困苦后得到的智慧心得。唉，以后再要听老太太的说话，已经不可能了！

一路上，严尚群的眼圈也是红红的，在压抑自己。他跟许怀远不同的是，他还在不断地低声通话，安排集团办公室派人去许怀远老家协助办理丧事。同时，他也在许怀远的亲朋好友名单里筛选参与丧事的名单。到了许怀远这个地步，政商各界朋友太多了，这个事情也要应对好的。好在两人是发小，彼此老家又近，他对许怀远的亲属、朋友都很熟悉，所以大部分事情许怀远就让他代劳了。

车很快到了通往老家的那条公路，许怀远透过车窗，看着熟悉的道路，心如刀割。车身几个转弯，到了自家院子门外。

许怀远刚打开车门，右脚跟跄着地，他就看到大姐、二姐弯腰痛哭着跑过来。自己老婆张红也红着双眼跑来。家门口已经围满了村上的乡亲，村委会的人也赶了过来。

“怀远，妈是一个人走的，我们谁都没在场……”说完，大姐二姐就大声哭了出来。

许怀远抹一把泪，忙低声说：“你们别大声哭，尤其不要在妈妈旁边哭。另外，四十八小时之内不要动妈妈身子。”

然后又想起一件大事，赶忙回过头吩咐严尚群：“尚群，你知道的，我老娘一辈子念佛，这个丧事全过程不能杀生，不能宰杀任何动物牲口家禽，我们就举办一个素食的丧事。只要是素食，可以不考虑价格，尽量办得高档一些。”

许怀远说完，忙理了理衣服，擦干了眼泪，稳了稳步伐，走向老娘的房间。他要为老娘送最后一程。

到了房门口，许怀远先听到一片念佛的声音，哦，原来是村里的一些老人平时都是陪母亲念佛的。估计老娘生前都安排好了，所以房间里只有念佛声音，安静祥和。这给急促、悲伤的许怀远些许安慰。

随后，他往里看，就看到里面床上一个瘦小的身影，侧身卧着，此时已经盖上了白色床单。似梦似真，许怀远有点恍惚，但是老娘已经离去的感觉真真切切。并且，所有的意识集中到一个问题上，这么一走，哪里还有见面机会啊?!

然后，他的脑子里瞬间涌起自己对老娘一生的各种影像、画面、语言、场景……悲从中来，他猛地张大了嘴巴，想要大声哭出来，却又不敢哭出声来。好不容易憋住，许怀远无主而又凄惶地跪倒在地板上，一连磕了三个头下去，泪水涔涔而下。

三

很久很久，许怀远才从母亲房间出来。问起老娘走之前的情况。

大姐二姐是一直在这陪着老娘的，按她们俩的话，老太走之前没有什么不适，也就是一天到晚在佛堂里念佛，有时候念完后也会出来走走，走的时候其实也在念。许怀远知道，老太这是在经行呢。但是，据她们俩介绍，老太这些天一直在说马上要走了，马上要走了，要她们通知许怀远、许怀荣回来。

“啊，她真是这样说的?”许怀远生气地责问:“那你们为什么不通知我回来?”大姐二姐都惭愧说:“谁相信她的这种话呢？她身体这么好……”

怪不得老话说养儿养女一场空，自己老娘走的时候，没一个在场的。

按照两个姐姐的说法，母亲今天一早起来还是好好的。早上六点钟，几个早起念佛的老太过来找母亲，大家照例早课念佛。到了七点钟，她们一起吃的早餐。老娘喝了碗稀饭，喝了半碗豆浆，还吃了半根油条，是浸泡在豆浆里吃的。然后大家一起聊天，中间还看了一位老法师的佛教视频。据老太们说，看到视频中有往生念佛的章节，大家一起跟着念，念着念着，母亲就犯困，说坐不住了，这是从来没有的。于是大家就扶她到房间里，在床上躺下。其他老太太继续去看视频，等看完视频跟她来告别，发现老太已经没有呼吸了。

整个过程就这么简单，一点苦都没吃到。干净利索，吉祥得很。

许怀远听到这里，含泪笑了。这个走法真是有点传奇色彩啊，呵呵，想不到老娘一生念佛，竟然还能有这么个结局。

一阵悲喜交加之后，许怀远忽然想起，母亲行将离去的时候，正是米灿在作报告，正把行业政策、国内市场分析等数据列出来。许怀远那时觉得山雨欲来风满楼的感觉，所以他脸色开始严峻。最后米灿受严尚群问责，重新解释销售存在问题，指出星辰集团开发项目三四线城市居多，是这次销售不畅的重灾区，他和严尚群面面相觑的时候，可能是母亲正式离去的时候。

与此同时，许怀远想起无为大师对他说过的话，母亲十万声佛号中九千九百九十九万声都是为了他许怀远。可是当他星辰集团的问题刚刚开始出现点苗头的时候，老娘突然离去了！

想到这儿，许怀远一阵心悸，难道我这次真的会有重大危机，以至于老娘都作为代价离开我了?！如果是这样，那自己玩命也得把人民路项目扛下去，直至成功开发！

接下来，许怀远对丧事的每个环节，每个人的分工都进行了安排。他尤其交代大家为老太太念佛，等这个安排好后，许怀远心里稍稍安定下来，自己也开始默默念佛。

母亲的丧事还是很顺利，每个环节、每个细节都控制得很好。

给母亲出殡、并且做了一场隆重的超度法事之后，许怀远心情开始平复。

他很快回到公司开始正常上班。星辰集团的一大堆事务在等着他处理，他没有时间停留，没有时间投入到更多的悲伤中去。

坐在从老家回沙洲的车上，许怀远突然想，很多看起来成功而繁忙的事业其实都是不必要的，因为人生的最后就是自己一个人走，带不走任何东西。如果想简单、安宁地生活，那么所谓的事业其实也就是一大堆妄缘。一旦走上这条不归路，没有谁可以回头。

四

《土地出让合同》签订完毕，前期50%的土地出让金17.5亿元也终于打入国土局账户，许怀远开始重点关注两大工作重点，销售和融资。

上次被中断的营销会议继续，集团需要对整个营销工作进行新的决策和部署。这个会议只有集团高管们参加。

首先是米灿对今后营销工作提供建议。米灿在这段时间做了不少工作，对各个项目所在城市的房地产市场做了详尽调研，尤其是从总体供求状况来判断这个城市未来销售的走势、成交金额。在这个基础上，他给星辰旗下的各个楼盘做了竞争力评分，得出在每个城市的市场份额。最后，他弄出一个数据模型，预测了成交概率、成交总金额。认为按照目前销售政策，到春节前的三个多月，成交金额不会超过15亿元。

"不超过15亿元？"许怀远前面听米灿的工作，还是认可他这一番苦功的，但是最后的预测让他大吃一惊！要按照这个数字，那春节前资金就非常紧张了，当下他立即发声："这是肯定不够的！你们营销中心要坚决完成今年任务，集团暂时没有降低销售回款目标。"

听许怀远这么大声、急切地表态，会议室一片寂静。

良久，严尚群发话："米灿啊米灿，你要早点拿出这个模型有多好！这对我们的决策将非常重要。有了这个模型，即使最后结论误差大，但是也有个区间数据出来。我们就能够心中有数了。可是前期的工作压根就是看天吃饭，做到哪儿算哪儿，说到哪儿算哪儿。"

米灿知道会有这个结果，这是他必须要承受的。如果他今天再把销售回款数据往大里说，那么到了年底，他又是罪人一个。还不如眼下低个头、认个错，保守一点预估，那么到了春节前还能少些罪责。所以，他小声说："许董、严总，我知道我前面工作有重大失误。但是根据目前的市场形势、销售政策，就是这样的结果，误差不会很大。我不能再犯盲目乐观的错误啊！"

严尚群不回答米灿的话，他让财务总监徐冰报预算。徐冰把集团未来三个多月的资金支出预算列了出来，指出资金缺口在40亿元，他财务部门可以按照15亿元的融资目标来进行，但是销售回款最起码需要达到25亿元。作为财务总监，他的任务就是把资金链、现金流给预算出来，为集团下达营销目标提供依据。

接下来就是副总裁周达成对营销工作提想法。他把春节前的工程款支付数据做了汇总，最后报的数据是16亿元，比之前预计增加了3亿元。

严尚群一听就急了："老周，你那儿怎么多出来这么多？"

许怀远也立即问："不是计划13亿元吗？怎么回事？"

周达成忙说："现在建筑公司都很精明，我们之前是按照我们的资金支付额度来确定工期的。但是他们是按照支付节点来安排工程进度的。今年我们资金流很充裕，他们当然是加班加点，赶快增加产值。所以，就多出来3亿元。"

许怀远一听，心里更着急。营销中心的销售回款要往下降目标；工程管理中心的工程支付在提高支付目标；财务中心只提供应付款数据。这什么压力都往上跑，这哪成呢？

于是，他脸色严峻，语调缓缓地说："营销中心的数据是根据现有价格和销售政策的预测数据。我现在提出的目标是，后面三个多月，销售回款25亿元。这是集团需要，办法你们想！一周时间之内，拿出可行的方案。"

米灿赶紧点头，他知道老板的风格，这个事情没有商量余地，自己只能奔着这个目标赶。

然后，许怀远的目光转向周达成："工程中心的工作，要注意一点，我们是甲方，在工程进度、施工计划方面我们要起主导作用。现在销售不好，工程中心需要排查一下，能否在11亿元的基础上往下压缩至10亿元？我们不需要去违反合同，根据形象进度支付工程款没有问题，但是进度方面放缓。你跟他们打好招呼，我们现在拿了一个大项目，销售不好，资金紧缺，让他们也悠着点。"

周达成也赶紧点头，在笔记本上记录下来。

许怀远说完，转身对严尚群说会议继续。

严尚群听许怀远刚才的几个指示，已经把主要任务下达了，于是直接进行会议总结："现在，集团的任务和相应的困难已经很清晰了，但是我们分析出形势和困难，不是为自己完不成工作目标寻找理由，而是要继续围绕目标，转化思路，提出切实可行的办法来。所以，营销中心全年的任务和目标不做改变，但是思路、政策可以谈。至于工程中心，这是比较可控的，周总你应该有经验、有能力来控制预算。希望大家切实把关，使集团能够顺利发展！”

说完，他宣布散会。

五

下午，许怀远、严尚群紧锣密鼓地安排了两次会谈。一是召集财务管理人员开会，商讨对外融资事宜；二是规划设计的招标方案评审会。

融资方面，经过一段时间的准备，融资的初步资料已经基本就绪。现在就需要基本确定能够合作的金融机构了。

徐冰介绍前期接触的一些机构，有信托、券商，以及基金公司，也接触了一些大型国企、央企资金。总体来说，大家对星辰集团的整体实力还是比较认可的，对人民路项目的地段也很认可。但主要问题是融资额度太大，集合信托肯定做不起来，所以目前谈的主要是单一资金信托。但即使这样，寻找这么大的单一资金来源也很困难，因为对投资方来说风险过于集中了。券商资产管理计划也是类似信托的业务，所以难点与信托公司是一致的。

严尚群之前没与徐冰交流过，现在一听这个难题，倒抽一口凉气，忙问：“那怎么办？”

徐冰看了一眼许怀远，回答说：“现在这些机构都在帮我们寻找大额的单一资金，其实也不需要一家单独出这个资金的，也可以几家合起来做一个信托计划。但这需要一定时间。”

许怀远上次听徐冰就是这样的回答，现在半个月过去，还是这个回答，不禁有点急，问：“那现在有意向的投资人没有？”

徐冰看出许怀远有点急，回答说：“有几家信托在联系，因为他们是专业机构，会与投资人熟悉一点。我们自己没有这方面的直接关系。这段时间，主要准备基础资料，尤其是可行性报告，资金方没见到这个，他们是无法对所投项目的安全性做出判断的。”

严尚群问：“那他们看过可行性研究报告了吗？有什么初步反应？注意啊，我们的工作要有预见性，不能被动等待，主动权掌握在人家手里，最后能不能做让人家说了算，那我们就麻烦了。必要的时候我们可以自己直接找投资人，然后借助一下信托等通道嘛！”

徐冰一听严尚群这话，连连点头，心里佩服总裁真是管理专家，什么都能抓到点子上。于是回答：“有几家对我们的项目做了初步判断的，觉得我们项目中商业地产的比例太大，现在商业地产经营不好，所以影响销售，他们担心现金流会不会有问题。加上我们融资额度确实很大，所以他们认为如果我们融资额度只是10亿元的话，他们现在就可以答应。”

严尚群连连摇头：“一比一的配资比例已经是最低要求了，不能退让。做融资自己要有信心，融资额度大，投资人难找，这是一方面。但是另外一方面，人家一把做笔大买卖，一年任务就完成了，这也是好事。所以，你们自己不能先怯了场，要好好分析自己的项目，找到项目的投资价值，你自己有信心了，才有信心跟人家对话！”

许怀远点头，发话道：“是啊，你一开始就跟我讲融资额度大，我就觉得不对劲。你看，严总也看出来了吧？你这样怎么能做好融资工作呢？”

徐冰忙说：“两位领导批评得对，我一定消除这个心理。”

严尚群点点头，说：“你的融资工作我和董事长都要及时了解，你每个星期给我们专门汇报一次进展，这个工作不能掉链子。”

然后，严尚群看一眼许怀远，问：“还有要说的吗？”

许怀远摇摇头，挥挥手，让徐冰退出了办公室。

目送徐冰走出办公室大门，许怀远突然感到一阵劳累，叹了口气：“唉！我们这些高管，这么多年还是没有锻炼出来，你看，一碰到事情就差那么点。总是要我们去给他们补上一块。等哪一天我们补不动了，那就……”

严尚群这一阵也很累，眼睛里都是血丝，也叹口气说：“企业都这样，所以不能对管理的效率太理想化，尤其不能按照这个理想化的效果来做决策。”

许怀远知道严尚群的潜台词，摇头苦笑：“行行行，我这是自作自受！”

六

下午四点，短暂休息后，许怀远通知规划设计招标定标会开始。

这么多钱砸进去了，项目需要尽快推进，推进速度越快，资金的沉淀成本就越少。那天许怀远从拍卖现场出来，就想到了一个总经理人选，就是李光华。小伙子脑子反应快，工作方式直接，效率高，正是这种大项目合适的人选。

此刻，许怀远一进会议室，就听李光华在数落人。

“什么？还有一家公司的投标文件没到？是哪家？”他在问。

“史蒂夫教授推荐的那家公司”，负责此次招标文件收集的一位员工回答道。

李光华说道：“没有准时提交投标文件的，就算自动放弃，这是我们在招标文件里写得清清楚楚的。定标会就是四点钟正式开始！”

许怀远听着这个说话的劲头，暗地里高兴，心想总算没有选错这个总经理。这小子就有一股子风风火火的创业劲，在星辰集团的管理层中间十分明显。

他进了门，咳嗽一声。李光华立即站起来：“董事长，各项工作都准备好了，就差一家，我准备把他们放弃掉！”

许怀远扫视一下会议室，见严尚群、周达成、米灿，以及其他几个招标评审成员都已到场。于是点点头，说：“那就听你的，开始。”

会议室里很多人一愣，心想那是国际专家推荐的设计团队啊，怎么说放弃就放弃了呢？

许怀远落座，知道大家疑惑，说道：“我们这么大的项目，进度效率是第一位的，这就像打仗，令行禁止，如果这都做不到了，那么我们的团队还有战斗力吗？”

评审会开始了。

每个设计团队30分钟演示，说明设计意图，解说设计思路，展现规划效果。对建筑工程的造价做了估算，同时也报了自己的设计费用价格。会议安排的程序还是不错，可见组织工作是到位的。

总共有五个设计团队，有一家没到，现场就四家设计公司介绍方案，都是在设计任务书的框架之下各自发挥。

沙洲设计院首先汇报方案。他们的方案相对传统，空间上没有太多创新，但是经济技术指标上实现得很好。他们把各个业态规划得比较实用，但是在整体性上较弱，没有体现一个标杆项目的审美价值。

京海设计院是第二个汇报。他们的方案有较多创新，做了较多异型处理，体现建筑物独立于功能的外观价值。为了弥补商业不足，他们把商业裙楼加高了一层，做到了九层，并大大增加了垂直电梯，最大便利地引渡人流到上面去。总体来看，项目形象高端，空间多样。

第三个汇报的是深港设计院，他们则几乎颠覆了传统的商业综合体，他们几乎没有闭合的大型商业空间，把购物、娱乐、休闲、文化各种业态之间的边界模糊了。主创设计师提出一个理念，就是围绕消费需求组织业态、规划空间，而不是围绕产品和服务。他们设计了好几个中庭，其中一个中庭可以用巨大来形容。设计思想就是先造场，形成独特的空间，然后嵌入产品和服务。这个思路让星辰集团的高管们眼前一亮，尤其是米灿，觉得增加了很多可以销售的商铺。

第四个方案的设计团队来自新加坡。他们先设定了一个主题，叫作星空。然后在空间摆布上很接近于深海设计院的风格。但是，他们在设计任务书之外增加了不少体验性功能，比如他们在中庭了设计了攀岩墙，在负一层设计了一个大型水族馆。在最高的八层裙楼的屋顶，设计了一个巨大的星空天幕，在第八层的中央设计了一个开心农场，大概有2000平方米，未来会采用厚土栽培的方式，种植蔬菜绿草。这个方案也是让大家感到新奇，但是经济技术指标实现不是太好，而且工程造价也很大。

四个方案演示完毕，设计公司退场。这时时间已经是傍晚六点半了，接下来就是评审们集体讨论。

最后大家在京海和深港方案之间确定一个基础方案，同时再整合其他方案的有利因素。

等讨论完毕，大伙散场，许怀远已经累得几乎没有力气了。严尚群晚上还要约见规划局领导，先走了。

许怀远一个人回到办公室。在老板椅上仰躺了好一会，他才缓过神来。

今天是老母亲走后的第一天上班，白天几乎没有时间来感受这种不同。

现在，他一个人在办公室，他那么真切地觉得，一个长久以来一直存在的庇护已经永远离开了他。那种温暖绵长的叮咛和呵护，在他的生活中终于消失不见了……

很久，他悲伤落寞地站起身来，关上灯，离开了办公室。

第十一章　釜底抽薪

一

老娘去世，许怀远整整几个月都在郁郁寡欢之中。直到有一个消息传来，才把他从低落的心情中提振起来。那就是，人民路项目的地价快速上涨了。

过去几年住宅地块价格的迅速上涨，到一个高位后需要重新蓄积上涨能量了。而对比之下，商业用地的价格也开始补涨了。在星辰集团拍下人民路地块的三个月后，同一区域内位置稍差的一块地价也创了新高，楼面地价比人民路地块的价格还高了三百多元。

许怀远听说沙洲新一批土地挂牌结果后立即从座位上站立起来。他赶紧让秘书小董把严尚群叫过来。好家伙！自从许怀远拿下这块地以后，自己可没少受严尚群的批评，尤其是拿地当晚得知结果后，严尚群差点要冲到许怀远的家里来兴师问罪。严尚群在星辰集团的股份总共5%，但一直是操着大股东的心，自从人民路地块拿下后，他的头发都白了一层。天天在做资金预算。

秘书小董过来回话："董事长，严总说了他现在马上要出去办一件紧急事情，没空来见你。但他知道你要说什么事，他让我转达，地价上涨是好事，但不要高兴得太早！"

"哈哈！"许怀远大笑，每次都这样，严尚群听闻利好消息后是高兴的，但总还时刻警惕着。他们两人一个偏乐观，一个偏保守，多年配合下来，效果确实不错。沙洲房产行业的很多老板都羡慕许怀远有这么一个搭档。

但是这几天他们两人一直都在一起，没听说他有什么急事啊！于是问：“紧急事情？他告诉你去哪儿了吗?“

小董说：“听他司机说，严总去规划局找邢局长去了。”

许怀远点点头，规划局？有什么紧急事情呢?

正在这时，公司前台来电话，沙洲电视台美女记者张倩来访。

二

许怀远很少接受电视台的采访，即使在自己事业刚刚成功时，他也很少接受采访。

他不喜欢好的名声，因为人的心思一旦放到了这个上面，做事情就不容易务实，在本来单纯的企业经营上面凭空增加了一个顾虑，用心就不专一了。

张倩这次来不完全是采访，还叠加了另外一层意思，说是有人想投资合作。许怀远是善于合作的，只要是合情合理的合作伙伴他都欢迎。另外，他是听说过这个张倩的，也经常在电视画面上见到，小道消息说她跟市里面的某领导很熟。所以，他答应了张倩的见面采访的要求。

对张倩来说很简单，采访是一个由头，至于采访完了何时发布那是另外一回事了，反正这个专题采访也没有时效性的要求。她更重要的是接触，跟许怀远接触并了解他的意图。

张倩今天的打扮是按照清新脱俗的路子上走的，虽然她这两年染上了不少社会气息，但底子还是在的。所以出门之前，她在镜子面前又检查了一遍，心头假想着许怀远看她的神情。这么些年，张倩接触的男人太多了，她对男人看着她的眼神里有什么内容几乎是明察秋毫的。最近这段时间，张倩一直在研究许怀远，各种来源的消息是，许怀远没有红颜知己，也没有各种不良嗜好。唯一的嗜好是收藏，主要是红木家具、一些当代名人的字画，甚至还收藏一些茶叶。据说许怀远喜欢喝好茶叶，那是比吃饭重要的事情。

所以，总体判断，许怀远是一个格调较高的人，而且他还有佛教信仰，据说皈依了佛门做了在家弟子。哈哈！张倩最喜欢跟这样的人打交道。

张倩从没近距离见过许怀远，这次她终于将要见到了。奇怪！张倩见过很多成功的男人，但是想到马上要见到许怀远，她心里有种紧张和慌乱。可能是最近她不断听说过他的传奇故事，所以觉得马上要见的男人很不一般。

星辰大厦总共有三十六层，许怀远的办公室并不在最高一层，他把自己的办公楼层选在十八层。这是个奇怪的数字，很多国内的老板都非常讨厌这个数字，因为它总被联想到十八层地狱。但是许怀远毫不讲究，他就选择中间这层，仅仅因为上下沟通方便，而且有平常心的意思在里面。当秘书引导张倩说，董事长在十八层的时候，张倩吃了一惊，甚至感到好笑，怎么会这样呢？这许怀远真是一个奇怪的人！所以，她更觉得马上要见的男人是个不平常的人。

电梯到十八层，门打开了，跟着秘书右拐进入走廊，在走廊的尽头，张倩看到一个瘦瘦高高的五旬男士正在慢慢走出来迎客。他正是许怀远。

许怀远的招牌迎客动作就是这样，一般的客人来临，他就在办公室门口等候；更为重要的客人来了，他会直接在电梯口等候。

许怀远慢慢走上前来迎接张倩，笑容满面。张倩的第一感觉是这个男人很干净、明亮，身形动作很稳健，周身协调性良好。等张倩走近，他伸出手来："呵呵欢迎啊，小张记者……"

张倩听许怀远这么称呼她，觉得比较亲切随和，但她同时知道，许怀远这样称呼就很难对她有想法了。

张倩再度检索了一下许怀远的眼神，发现许怀远的眼睛里是那种我确认你是一个美女但任何想法都没有的客观的眼神，就像看到一个漂亮的茶具、办公桌或者窗外的风景一样。许怀远的手掌绵软，力量适中，时间不长也不短，适时抽手。跟他说话的时候，语气很平稳，眼睛还能够善意地看着你。

许怀远把张倩引入办公室，带她参观。许怀远的办公室足有500平方米，中式风格，里面全套紫檀办公家具——那是许怀远专门延请一流的红木雕刻专家定做的，即使是笔筒、茶托都是紫檀做的。他的办公桌、椅子、书柜、文件柜是清代风格，花团锦簇，龙凤呈祥，但全然没有匠气。接待宾客用的一圈沙发茶几是明代风格，简约有致，那深沉的紫檀色泽显得经典华贵。办公室内最让人感觉分量重的是门口屏风后的小型会议桌，都是紫檀大器，非常难得。这也是他许怀远的商业智慧。他的办公室就是他的一个场面，这个场面必须达到惊人的程度，让任何来宾都能感受到这家公司的底气和内涵！

许怀远引导张倩来到茶室。张倩看到满室简约、精致、富有神韵的桌子、椅子、橱柜，张倩忍不住赞叹：“好漂亮的家具，看得出许董对文玩收藏很有兴趣啊！”

许怀远微笑着引导张倩坐下来，示意手下泡茶，同时对张倩说：“嗨，我初中毕业的底子，哪里来的文玩雅好？我就是对家具收藏有点兴趣，再加上看得懂、看得见、摸得着，最后在办公室里面还用得着，所以就认准这个了，哈哈！”

张倩听他这么说，也哈哈大笑起来。果然，许怀远还是一个有一定人格魅力的人，他很实诚，很坦白。

两人就这么聊了一会，主要都是围绕沙洲房地产的情况，各个楼盘、各个老板的风格特点，最近遇到的问题。张倩的重点是，很多企业和老板找过张倩，来协助办理一些事情，最后都是圆满解决了的。

许怀远之前听说过有关张倩的一些绯闻，但他在不了解具体情况的前提下从不随便评论别人。但今天听张倩的这些介绍，他明白了，眼前的这个女记者今天来是有目的的。

最后，两人自然而然过渡到许怀远的人民路项目。

“是这样，许董，”张倩收回话头，稍显正式地对许怀远说，“我有几个朋友对人民路项目感兴趣，想看看有没有投资合作开发的机会？”

许怀远脸上展现的是一点也不矫揉造作的微笑：“可以啊！我这个人从来不拒绝合作，互利共赢嘛！不知道对方是什么样的公司？小张记者，你知道合作伙伴是很重要的，背景、理念、共同的市场判断……”

张倩点头：“就是恒基集团，他们在沙洲有住宅开发，但他们的更大优势其实在商业地产上。他们几个月前也参与过土地拍卖，就是沙洲龙昌地产，后来被你抢走了！”

许怀远哈哈大笑：“是他们啊！嗨，我听说过这家公司，他们好像一直在跟踪这个项目的，前期跟政府有沟通，倒是我坏了他们的大事。小张你知道吗？我这个人喜欢按照市场规律来做决定，不太喜欢跟政府勾兑合作，因为你知道政府有他们的意图，一旦提出来，企业不一定能够实现得了。你贪图政府给的政策，但可能会让企业做决策时违背了市场规律。所以，很多人说我许怀远的星辰集团不尊重政府，其实我农民出身，深知创业艰险，哪里会不尊重人呢？何况是管我们的政府官员？但是，我宁愿挣一些不讨好的苦钱，避免这种误会，所以我上次是按照市场规律来拿的地，没有考虑其他的。”

许怀远今天对张倩说这番话，不仅仅是因为张倩是电视台记者，而是因为她跟政府官员熟悉，具体是跟哪些政府官员熟悉，许怀远不打听。但是，他是想通过张倩来转达。

张倩点头：“哦，你当时把价格抬到35亿元，是有预测的？我们听了都觉得实在是太高了！”

许怀远呵呵一笑：“星辰集团完全是靠市场规律做大的，在对市场的判断上我们得有超前的能力，否则哪里来的市场机会？你看，这个龙昌公司，当初没有拿地，现在想想还是可以做，所以又来谈了。我们还是得按照市场规律来谈合作，但是，他们未必有勇气来投资，因为价格又不同了嘛！”

张倩仔细想想，还真是觉得许怀远他们是靠能力吃饭，这不，昨天刚刚拍出的一块商业用地，位置还没这么好，价格已经超过人民路项目了。现在许怀远答应合作，但新时代基金这帮合伙人未必能出得起价格。

张倩干咳一下，心想与其自己猜测，不如现在直接让许怀远报价，于是问：“那如果合作，现在人民路地块的作价会是多少呢？”

许怀远思考了一下，慢慢回答：“具体要让我的投资部门来测算一下。总的报价依据嘛，应该是我们当初拍买下来的底价，加上我们这几个月来在资金运作上的成本，唉，不瞒你说，我们为了筹集资金，很多住宅楼盘的销售价格都放低了。这些都是机会成本，即使不能全算进来，但总要计算部分进来，这个价格还真不会低。”

张倩听他这么个算法，知道今天是白来了。今天她之所以来，是陈立人让她过来试探的。陈立人的意思很简单，以许怀远的商业敏锐度，他应该能够感受到山雨欲来风满楼的态势，从沙洲市一把手梁文龙到主管副市长陈立人的态度，你许怀远会感觉不到压力？所以派张倩过来就是暗示，现在还来得及寻求保护伞，而且这边是投资合作！

许怀远当然明白这里的意思。当初拿地的时候，他是急躁了点，但现在冷静下来了，也知道这个项目隐隐约约的背后势力了。他不是拒绝合作，而是他自己的实际成本就是这样，做企业就是为了赚钱的，总不见得亏本来投诚一个莫名的势力吧？

张倩还想再试探一下，于是亮出一个明媚的笑脸，问许怀远：“许董，您报一个价格区间好了，我既然问了，就像知道一个大概的结果。行吗？”

许怀远点头，想了一会，说：“啧，我这个综合成本确实比较高，大家都看到了，我们星辰集团全省的楼盘都在打折，就是为保这个项目的后续开发，我没细算，加价幅度不会低于10亿元，所以，我预计这个价格不会低于45亿元。”

张倩虽然有些准备，但也被吓了一跳：“45亿元？！”就过了短短三个月，许怀远的报价多了10亿元！这怎么合作？

看来，这许怀远真是一个油盐不进的角色。都这个时候了，你还想着赚土地差价？

张倩觉得，无论哪个方面，自己跟眼前这个男人已经难有交集了。于是干脆利落地结束了谈话。

三

从星辰集团出来，张倩就给陈立人打了一个电话，把许怀远的态度和报价报告了一下。

陈立人听完哈哈大笑：“这个许怀远，到现在了还想着土地溢价，不出两个月他就得乖乖地把这个项目吐出来，而且是在大幅亏损的情况下转让。现在你就别睬他了，保持联系就行！”

张倩明白他的意思，也知道后面有足够的手段来实现这个目标。为今之计，就是继续等，当然该下的药还是得下，而且得下猛了。

张倩又给龙昌地产在沙洲的负责人打电话，报告这边谈的情况。他们不是说资源很强大吗？也得发挥他们的力量。

这边的负责人是从东南亚来的，名叫赵一亭，他来沙洲很早，做过几个住宅楼盘。那时候国内的房地产刚刚开始，赵一亭有点资金实力，而且有过开发经验，所以在沙洲东郊开发了几个小型的楼盘。那时候地价便宜，开发品质不错，赵一亭赚了不少钱。

十多年来，赵一亭丧失了多轮发展机会。最后他的房地产开发公司越做越小，但是赵一亭有一点不错，他自始至终保留了一个二十多人的团队，但专业健全，房产营销能力也还可以。赵一亭一方面是恋旧，另一方面他是遵循很多海外企业的模式，员工是终身制的。除非员工自己辞职，老板是不裁员的。赵一亭到后来每年都在甩卖资产维持公司运转，在最困难的时候，他从没有主动抛弃员工。

正是这个优点吸引了恒基集团。恒基集团老板周贤明是赵一亭多年的老朋友，年轻时候一起在美国一所大学读过书。不同的是，赵一亭没有读完，也没有拿到毕业证书，而周贤明则一路读完，最后还拿下一个博士学位。两位老同学多年没见，有一次偶然见面，发现各自的企业发展情况已经是天上地下——周贤明是东南亚知名的商贸、地产、金融家族企业，在国内也有不少高端商业中心。而赵一亭，则龟缩在沙洲东郊的一个住宅区内办公，而且还在继续亏损中。周贤明审时度势，收购了赵一亭公司大部分的股份，其余由赵一亭继续持有，而最值钱的就是赵一亭的一帮员工。

张倩跟赵一亭认识就是由其中一位介绍的，她叫周海娟，她是张倩的姑姑。这个周海娟跟赵一亭很多年了，最初是销售员，后来是总经理秘书，再后来是司机加总经理秘书，现在的职位是赵一亭的副总经理。赵一亭公司被恒基控股后，企业名称还是龙昌地产，保留了二级开发资质。张倩在龙昌公司参股了，她真金白银1000万元就是进入的这个公司，但她是隐形股东，名义股东是她姑姑周海娟。另外2000万元进入了时代公司，张倩是基金管理人。

三个月前，人民路地块挂牌，原来发誓赌咒一般下决心要拿下这个地块的赵一亭，到了最后关头还是举而不坚，败下阵来。虽然恒基集团是大股东，他赵一亭只是35%的小股东，但是现场是由他出面的，你还能直接逼着他举牌不成？

后来，随着商业地产的补涨行情出现，二线城市的商业用地价格上涨，赵一亭发现自己这回又错了。但这次的错误已经不是他一个人的利害关系了，而是连带着一个已经发起了的基金。而据赵一亭几次透露，这个基金的实际操盘人中就有梁文龙的学霸儿子梁逸飞。

赵一亭运作这个项目特别认真，来沙洲十几年来没有真正结识到政府资源，在他看来，这就是他没有发展好的根本原因。而这次，有这么强大的政府关系作为后盾，赵一亭很有点十年磨一剑的心理。加上这次恒基集团也是购物中心的运营专家，所以他信心满满。

没承想半路杀出个程咬金，让许怀远搅和了。

按照他们内部商议，认为许怀远没认真做过项目，对商业地产的资金需求不了解，就算是拼个九牛二虎之力把项目弄开业了，那也只是才起步。商业资源的积累、商业运营能力不是一两天就能具备的。所以，他们现在策略是，不断给项目制造不利条件，让许怀远资金撑不住，然后低价转让这个项目。这种做法能获得的利益要比拍卖会上安全得多。

许怀远，一定会把这个项目吐出来的。

四

梁文龙主政沙洲市已有三个年头了，各方面关系正好到了稳定坚实的时候。十五年前，梁文龙从沙洲市计经委主任走上文山副市长岗位时，现在的省委书记李思秋刚上任金州市的工业副市长，两人的起点是一样的。金州就是J省的经济特区，李思秋励精图治，凭着对招商引资的重视，李思秋将金州市的一个国家级开发区做成了J省“十五”期内知名的发展典型。于是六年之前他从金州市委书记一下子跃升为J省省委副书记兼任沙洲市委书记，比梁文龙高了一级。在沙洲市当了三年市委书记后，直接走上了J省的党政一把手位置！梁文龙虽然勤勉踏实，思路独特，在文山市、大港市干出了成绩，最后也终于走上了沙洲市一把手的位置，但是与李思秋形成的这半个级别的差距，看来是这辈子无望了！

不过，梁文龙也想开了，好歹他也是这个省会城市的一方大员，那也是明星政治人物了。他老梁家八辈子也没有出过大官，到他这个份上，知足了。

他现在关心的是，他这个任上，会给沙洲市带来什么变化，奠定怎么样的城市格局，打下怎样的发展基础，进而在沙洲市历史上留下什么样的记录？至于当更大的官，也就不用多想了，他只要做好沙洲市的一把手就可以了。梁文龙常读史书，多年前就形成一个观念，到了他这个份上，自己是不用考虑财富的，这不是他考虑的重点，也不会是他李思秋考虑的重点。他要做的是在沙洲市做一些经得起时间检验的大事、正确的事。这是一个有历史观的官员、一个对社会有使命的官员要考虑的，为了一己私利而丧失节气、丢了品德的官员是他梁文龙不屑的。他也不能让这样的官员在他的眼皮底下得势。

今年年初他给沙洲市制定的十大重点建设项目就是他的一个近期目标。现在第三季度马上过去了，可眼看着每个项目都没有什么进展，真是有点恼火！在这个沙洲市做点事情就是这么难，各个利益团体、各种关系纠缠，每做一件事都得费好大劲。

这不，今年年初他安排招商局长陈兆海带队去南方招商，与恒基集团签订了人民路项目的投资意向协议。招商局长陈兆海是梁文龙秘书出身，在文海市的时候就开始做招商工作。后来梁文龙来沙洲后，就任沙洲招商局局长。陈兆海跟他儿子梁逸飞很小就熟，他儿子有很多事情会先跟陈兆海说，然后再到梁文龙这边。儿子所在的普罗西公司看中人民路项目的事情也是陈兆海告诉梁文龙的，很多细节梁文龙并不知道。他很相信儿子的做事风格，他会兼顾他们公司的目标和沙洲城市发展大局，更重要的是他父亲的影响。

儿子梁逸飞之前在外国一所大学学的数学，拿的是硕士学位。据说梁逸飞的专业学得真的很好，参与了好多人工智能领域的研究项目，在国际核心刊物上发表过论文。但现在外国比较担心科技外流，很多高科技企业，或者企业的核心部门都越来越排外，梁逸飞所在的人工智能行业也有这种倾向。所以毕业后，梁逸飞去学习价值投资。因为学习能力强，人也勤奋，梁逸飞在投资银行的表现很不错。这也是梁文龙引以为傲的事情。但是2008年金融危机爆发后的十年内，高科技的泡沫不断破裂，各类投资基金纷纷破产，覆巢之下岂有完卵？梁逸飞所在的基金业破产了。然后，梁逸飞就回国了，加盟了有东南亚华人背景的普罗西公司。

梁逸飞有一点做得很好，他清楚地知道，作为基金经理人其实最重要的是熟悉产业，而且要精通这个领域，然后才能识别项目的潜在投资价值和竞争能力。所以，他一方面在财务、投资方面不断强化自己的能力，更重要的精力他很用心地在积累产业资源、优质项目。经济下行，很多人都只是看到了项目失败，而他却在认真分析哪些项目还有成功的基础因素，根据产业链组合原则，然后建立一个项目库。

他跟踪这类项目有好多年，建立了一个项目库，然后筛选项目，形成价值链投资模式，寻找基金合作。几个项目运作成功以后，他就开始独立发起基金，成为普罗西公司基金的投资合伙人。所以，梁文龙对这个儿子一直骄傲无比，有情怀，有理想，还有思路和手段，国家未来不就要靠儿子这样的人才吗？

梁文龙从不喜欢给自己家人的小事情谋划什么，比如上学、工作、做点生意等，那是小官小吏做的，做几下名声就坏了。儿子从小学、中学，直到最后去国外上大学，那都是靠自己努力达到的，就是国外的这个大学的全额奖学金，也是他自己考来的。

这个儿子好啊，从小特别自信，喜欢靠自己获得成功，从不给自己父亲添什么麻烦，这是他对外号称勤政、廉政的一个最好的支撑！儿子博士读完，进入一家知名的投资银行，这也完全是靠自己。儿子事业雄心很大，几年以后回到国内，跟人发起了一个产业基金。今年春节期间儿子请假回家过年，梁文龙跟他儿子说起了他对沙洲的整体发展布局，并谈到了人民路项目，父子两人一拍即合，由恒基集团出面拿下项目，后期他们基金公司专门为这个项目发起产业基金，增资龙昌公司，解决后期资金接续和科技产业园运营的问题。

这次儿子回来有一个变化，那就是感觉儿子更深沉了，对自己父亲也不是什么话都讲了。比如儿子在谈及项目公司股权的时候，欲言又止，后来他干脆就跳过没说。他是知道自己儿子的，儿子博士毕业，思维周密，谋事内敛，他会设计一切利益主体的权利义务，会防范一切风险的。而这其中也一定包含他自己父亲的仕途风险！所以，他不要多说，只要帮助儿子做这个工作就可以了。

所以，梁文龙这次不仅仅是项目和沙洲发展大计的问题，而且必须要在儿子面前把这个面子给挣回来的。

五

做任何事情，布局非常重要，这个局的好坏将决定整个事态的发展过程和最终结果。而在布局中，刚开始的几个落点更为关键，它不只是预设了整个局的核心点以及枢纽作用，关键是它还规划了这个局究竟会在什么样的范围展开。你打你的，我打我的，高明的棋手一开始就将你拖入到他擅长的套路中去，打他的优势。

梁文龙是围棋高手，当然知道这个布局的重要。许怀远也是，他不是一上来就短兵相接的打法，而是隔空施为、设局做套的打法。

梁文龙正在谋划这个事呢，他的手机响了起来，是陈立人打的。陈立人在电话里问：“书记啊，想约你一个时间，有个事情要请示一下。”

梁文龙看了一下手表，时针指向十一点整，距离中午有一个小时。下午行程有三个，分别是下午两点参加市信访工作会议，他要出席并讲话；下午三点半是接待一个外国企业家代表团，他们来沙洲市参观和探讨装备制造业方面的投资机会，可能会对沿江开发区进行大规模投资；下午四点半则是接待国家质量监督局的工作组，他们来对沙洲市的食品卫生工作进行调查和沟通；下午六点则要参加一个答谢会……没有别的时间，只有中午吃饭、休息时间可以，于是他让陈立人现在就过来。

陈立人不一会来到办公室，进门坐下便说：“我今天来主要是汇报一下地铁三号线站点的规划问题。经过专家第二轮的论证，大家发现三号线在人民路应该设站，因为这是城市中心区，需要解决一个大量商务办公、商业零售人流集中到达的问题。至于替代方案黄河路站点，现在虽然人流量要少很多，可以在未来设站。”

梁文龙听完，沉吟了一会，说：“立人，我觉得从交通规划的角度，我们应该听取专家的。我们不应该提供主导意见，因为我们不是内行，我们也没有分析过专业数据。所以，我的意见是，对星辰集团这个项目重点还是主动参与、辅导，我们政府有的一些资源也可以帮助他们对接，现在不是说赋能吗？我们可以做些赋能的事情。”

但这话在陈立人现在听来，应该是反着听的。事实很明确，陈兆海确实跟恒基公司签过约，而且恒基集团的一个海外股东就是普罗西公司，而梁文龙儿子梁逸飞在这个公司里面担任过基金经理。所以，这个项目必须得让许怀远吐出来，否则张倩说的那个基金只能解散，而前期费用就泡汤了。

于是，陈立人呵呵笑着说：“书记，我还是有些不同意见。在城市规划方面，这些专家比我们更有话语权，但是，专家是不懂得城市经营的。从长远看，人民路肯定是要地铁站点的，而且还不只是一条线路经过那儿，因为它就是沙洲的副中心。但是，我们政府的财政实力是有限的，不可能把地铁线路一下子全部铺开。人民路这个地块，对，就是星辰集团拿的这个地，我们花了多少的拆迁成本啊？做了多少工作啊？那儿的土地价格已经很贵了，如果我们继续在那儿搞建设的话，那成本更大。但是，如果我们把三号线的站点往南移动一公里，正好在黄河路与中央大道的交会处设站，你看看效果呢……”

梁文龙哈哈一笑，知道他的意思了，接过话说：“你的意思是这边土地价格便宜，旧城改造的成本低。”

“对！”陈立人点头，继续说：“人民路已经是商业中心了，我们短期之内没有必要为它再锦上添花，而是应该把宝贵的财政资源用到带动性更强的区域上。现在沙洲中心商圈内商业店铺的密度已经是太高了，我们是不是可以放大它呢？”

梁文龙不得不承认陈立人说得有道理，从政府卖地的角度看，将地铁站南移也是上策。这就看修建地铁是为便民还是为便于土地运作了。

“最关键是……”陈立人目光里透出一种谋略，坚定地看着梁文龙，“人民路那儿还有多少土地可以卖呢？我们的地铁投资也是要讲回报的，现在财政这么紧张，各个政府平台公司都借了很多银行贷款，还款压力非常大。城市发展，是不是也该考虑一下经营效益呢？关键是，现在这个地块被民营企业拿下来，那几乎就是房地产开发模式，我们原计划在人民路建设一个产业聚集区的目标就很难实现了。”

梁文龙沉思了一会，说：“这样，你去跟专家们说，地铁规划不能仅仅考虑目前的格局，还要考虑未来。你让专家再讨论一下人民路站点的问题，别的站点其实问题不大的。当然，我们刚才只是讨论，还只是个人想法，还不算发表正式的个人意见。”

陈立人继续说：“那如果在黄河路设站的话，现在的省建筑设计院、黄河路小学要拆迁，因为将来到这两个单位的人流量不可能很多，所以，我们必须重新规划好的商业项目，而且要趁早推出来，以便提前对接，这样就形成了两大商业中心南北呼应、错位发展的格局。”

梁文龙一听这个思路，觉得有道理，他用嘉许的神情看着陈立人：“立人啊，听你一番城市经营的高论，果然不同凡响，想得这么远，账还算得这么清，到底是名牌大学毕业的高才生！

成了！陈立人听到这儿，心里有谱了，只要梁文龙定调子，专家那儿的事情还不是很好办的？要这么定规划，那他许怀远巨资竞买下来的地块最起码要贬值30%，虽然它仍然是两条主要干道的交汇处，但是没有地铁站来引导人流，而要从黄河路口步行一公里过来，那这里传统的商业中心位置肯定是被替代了，只能成为一个次中心。而这30%的地价就差不多是他能获得的开发利润了。关键是，听梁老大的意思是，他还会在黄河路推出新地块，那这样一来人民路地块又增加了一个竞争对手。那许怀远麻烦就更大了！

第十二章　连环博弈

一

人民路地铁站点真是要取消了！

消息来源是省交通规划设计院。他们在上次方案评比中获得赞成票最多，所以最后由他们担纲人民路项目的建筑方案设计。他们在规划局了解地铁站点的问题时，规划局技术科的人明确告诉他们，三号线暂时不在人民路设站点了。

他们还真敢下手，这么大的事情也敢挟私报复。

许怀远气呼呼地在办公室里兜了半天的圈子，也没有想出好办法来。这事情看来已很难改变了。星辰集团在这块地上一下子损失了10亿元的市值，这是多大的损失！一刹那间，许怀远觉得自己多年来保持的淡定、从容都没了。他从来没有碰到自己拍下的地还会贬值的，半个月前，他还为地价上涨高兴呢，没承想，半个月后，地价大幅度贬值了。还真应了严尚群说的那句话，不要高兴得太早！这个损失他可以认，但是这口恶气他实在无法忍受。他脑子里在飞速盘算，究竟该如何处理？

这时，严尚群敲门进来，也是一脸怒容，他也刚知道这个消息。

“尚群，这事怎么办？还真让他们改过来了！”许怀远背着双手快速踱步，他的情绪真有点失控了。

严尚群一屁股在红木椅子上坐下去，半天没有出声。半晌后，他开始烧水、泡茶。

许怀远忽然停下说："尚群，我们是不是可以向省委、中纪委反映一下？也不能这么由他说了算的。这也太不像话了！"

严尚群点点头："我也是这么想的，不能让他说了算！我听规划局老邢说，专家重新论证的结论还是在人民路站点设站，但副市长陈立人力排众议，提出要经营城市的理念，超前规划，而且不能只围绕建设内容来规划，还要考虑产业协同、产业聚集。他打着市委市政府的招牌，一手推翻了专家的结论。所以才把地铁站南移一公里的。"

许怀远听完这个，忽然想起上周电视台记者张倩来访并谈到投资合作的事情。那看来，陈立人在人民路项目里面卷入很深啊！

严尚群叹口气，说道："你才知道啊？这个记者可是沙洲房地产行业谁都不敢得罪的人。规划局老邢说，就是来沙洲开发的国内大牌房产公司都要请她做顾问的。据说，京海有家房产公司在城东有个楼盘，因为外立面的问题规划局就拖了他们9个月，就是因为项目公司总经理把张倩得罪了。你想想，耽误9个月时间，光财务费用得多少钱？她来跟你谈合作，你怎么回复的？"

许怀远说："她是说有朋友想投资合作，我说欢迎合作！然后她问我土地作价，我初步测算了一下是45亿元。"

严尚群听完就拍腿，说："怀远，我发现你现在是大企业病犯了，你以为我们星辰集团做大了，这些事情就可以不重视了？我们企业做得再大，这些关系还得经营维护。这个女人你应该听说过的吧？她跟你谈合作，你还跟她谈土地溢价？她要真是参与投资进来了，我们的资金问题、规划报批问题都能迎刃而解。"

许怀远也是暗暗叫苦，最近地价上涨，觉得自己的判断很好，所以心里不免自大了一点。记得当时，他还嘲笑了龙昌地产，说他们胆子小。可现在麻烦来了，人家动你的根基来了！

但想到这帮人这么胆大妄为，连一个城市的地铁站也能说动就动，那还了得。于是说道："尚群，现在说这些都没用。我想，我们也不是任人宰割的羔羊，星辰集团到今天可不是靠运气！陈立人不就是一个副市长吗？我想办法就是了！这样，我们就找到专家的意见，一个一个地找到这些专家，把他们的意见拿到。然后我们再向市委、省里反映。陈立人这件事情就算不是贪污，他也是公报私仇，官僚主义。”

严尚群摇摇头：“这还是不行！就是专家意见都拿到，那也无法说他就是公报私仇啊！首先，他跟我们的仇谁知道？其次，他说放大中心商圈、均衡一下城市资源，这也有道理。就算是他这个观点错误，那也只能算是工作思路问题啊！我们能告他什么呢？”

许怀远听这个分析，胸口又堵住了，确实，这行不通。那怎么办？

严尚群这时招呼许怀远坐下来，说：“不要急啊，现在毕竟还没建成，一切都还来得及。就算现在的站点内部定了下来，但也是要经过公示的。而只要公示，我们就有机会！”

许怀远眼前一亮，忙坐下来：“对啊，现在不是什么都要公示听证吗？我们可以发表不同意见啊”

“对!”严尚群端起茶杯，啜了一口茶，说道：“你想，我们只要把人民路商圈现有的商场、写字楼业主号召一下，联名要求把站点放在人民路，他梁文龙能强行违背民意？这个时候，我们再把专家评审意见拿出来，就够了。但是，现在有两个问题，一是人民路商圈这些商业写字楼的业主如何串联起来？因为这里有不少是国有商场，商场老总的命运还让市里面攥着呢。二是，专家意见我们能不能拿到？规划局老邢跟我透露一点结论是可以的，但是要他把这些专家意见都提供给我们，他不一定敢做。”

许怀远稍做思考，脸露微笑：“这些都好办。人民路商圈里有几个商会，比如步行街工作委员会，他们还是全国性的机构，至少里面的民营企业或者非沙洲市属的企业都可以参加。你想，人民路站点取消，对他们的效应更是立竿见影的，现在商业竞争这么激烈，能放弃掉这么大的一个利好吗？写字楼的业主更好办了，我们把他们串联起来，更加容易。至于专家意见，也好办，首先我们找到这些专家的名单，我们就可以自己找到他们。就算规划局、地铁建设指挥部不给我们专家名单，那我们星辰集团就以自己名义在全国找一些城市交通规划专家，由我们民营企业自己来出报告，这也是可以的。现在不是讲究施政为民吗？那我们就做一个专业的报告，然后找家媒体公布出来。不就是花点钱吗？我们只要把这个10亿元损失补回来，不是什么都有了吗?”

严尚群一听这番话，站了起来，大声说:“对啊！我们就这么干!”

二

串联活动非常顺利。

人民路周围的写字楼业主首先蹿了出来，因为前几年人民路建造起了好几个300米以上的高楼，这些开发商早就把地铁站当作利好了，现在购房的业主听说人民路站点要取消，那还得了？这几栋写字楼的业主有五六千号人，地铁站迁移直接影响他们房子的价值，这等于是把他们的房价打了一个七折！这还得了，网上立即炸开锅了。

这个消息是李光华率先在沙洲房地产新闻网站上捅出去的，别看这个网站是个地方性的，但是人气很旺，都是本市这些炒楼炒房一族，但凡有什么消息传播得特快。李光华现在已经被集团任命为人民路项目的总经理，可以说是全部精力投入了这个项目，现在听说地铁站要改动，那不直接影响他这个总经理的业绩吗？所以，许怀远和严尚群刚刚提出要串联人民路业主进行抗议，他一个小时就发动了网络串联了。

他们的第一个帖子就开宗明义，直接把星辰集团的事情给捅了出去。标题是《人民路地王项目出师不利，人民路地铁站竟被取消》，文中把规划局通知他们地铁站点取消的事情披露出来，还大打悲情牌，说星辰集团本来已经准备花巨资引入一个知名的动漫资源，为沙洲年轻时尚一族打造一个国内最高端的游乐项目。但是因为地铁站取消，该项目被迫终止。这个帖子内容有很多的受众，现在动漫是非常火爆的，有大批的粉丝。帖子一发出来，短短五分钟，跟帖的已经有100多个，大多指责沙洲市政府脑子进水的，并且都表示要抗议。

等许怀远第二天看到这个帖子时，下面跟帖的人已经有500多个，点击数量已经超过三万。跟帖当中还有网友把规划局、地铁建设指挥部的电话、负责人姓名全公布了出来。

上午十点不到，严尚群匆匆走进许怀远办公室，大声说道:“怀远，哈哈，规划局老邢的电话都被打爆了。看来我们光靠写字楼这帮业主就可能把这地铁站给挣回来，看来官僚主义为所欲为的时代已经过去了啊！”

许怀远站起来说道：“好！要的就是这个结果，我倒要看看他们怎么交代？”

严尚群说，他已经找到了两次参与沙洲地铁三号线规划的大部分专家名单，而且已经联系上了几个。国家城市轨道交通研究院的老院长宋元明本来就很气愤，他在电话里说，修建地铁从来就是为疏散交通、便利老百姓的，没听说过修地铁是为了政府卖地的。所以，当星辰集团提出想采集他们意见时，老先生直接就说：“你们可以把我的话做电话录音，我非常支持企业维护自己的权利！沙洲市太过分了，我从没碰到过这样违反城市化发展规律的事。”

许怀远很高兴，感到现在社会跟以前不一样了，只要事情不那么公允，就会有人出来反对。于是他让严尚群赶紧联系所有专家，把他们的意见记录下来。

“对了，”他说，“我们可以把宋院长的谈话当面播放给其他专家听，专家一听已经有了第一炮了，那他们就敢放第二、第三炮。我们赶快收集好，尽快向社会公布出去。”说完，许怀远长长地吁了口气。从听说站点调整到现在，他一口气已经憋了好几天了，直到现在才有一件让自己感到解气的事情。

第二个帖子的标题就叫作《修地铁是为卖地？还是为便民？——地铁专家质疑沙洲三号线站点》。这个帖子是米灿执笔的，他把参加本次地铁规划论证的专家意见直接发了出来，这还不算，米灿还请吴越帮忙，把这个当作新闻由头，通知了国内不少的新闻媒体。吴越常年做媒体广告投放，认识不少媒体的朋友，还真把这个事情捅了出去，结果本地媒体应者寥寥，京海媒体、南方很多媒体兴趣非常大，都说沙洲出现民营企业与政府对掐的事情，绝对是亮点，都要求过来采访。

严尚群一看这个阵势开始担心，忙赶过来与许怀远商量。

“怀远，这件事要捅出来，我们得罪的范围就广啦。他们要反弹起来，我们就麻烦了，他们万一鼓动税务、建设、房产这些机关都来找我们的麻烦，那也够我们喝一壶的！”

许怀远不是没想过这个问题，他也是没有办法，他问严尚群：“就算我们忍气吞声认了这个巨大亏损，那么我们后面就会顺利吗？兄弟，这个仗不是我要打的，是他陈立人骑到我头上来的！所以，我的意思是，开弓没有回头箭，就是往死里整。10个亿啊，什么概念，我们星辰集团这么多年打拼才有50亿净资产，让陈立人这么搞一下，我们就被蒸发掉五分之一，这件事没有什么好妥协的！”

这时候，米灿匆匆跑进来，报告一个内幕消息：“董事长、严总，吴越刚才打来电话报出一个内幕。”

“什么新闻?”许怀远、严尚群同时问。

米灿说，吴越在一个沙洲富太太俱乐部里认识一个人，她说她们这个圈子有很多内幕消息。比如说人民路项目，他们俱乐部在三个月前就做过一次股权众筹，说是要投资这个人民路项目。发起人是赵一亭龙昌房产公司的副总经理，叫周海娟。你知道周海娟是谁吗?“

严尚群一听米灿又卖关子，忙说：“快说，别拖!“

米灿说：“她的侄女就是张倩。据她说，我们这次抢了他们的项目，他们对星辰集团非常痛恨！”

许怀远听完，神情严峻，发话：“这个事情要透露出去，不管真假，先爆出去。否则，我们后患无穷。”

严尚群犹豫不决，一直在踱步，最后说：“我同意反击，陈立人这个人心思缜密，做事情很有套路，如果是他卷进项目中来了，那么我们只有将他轰下来，否则我们集团所有资金就会一直被冻在这个项目上。即使我们不能轰他下台，那也要让他在公众面前不好下手，因为我们直接公开了我们跟他的矛盾嘛！”

于是，三人商定，把这个事情正式通到网上去。但是这个活必须是星辰集团之外的人来做，因为我们有利害关系，说不清楚。

米灿建议，这个活由吴越来做。

三

吴越在沙洲的广告传媒界还是有点名气，许怀远认识这个人，印象也不错，于是安排见面。

吴越最近业务清淡，原来鲲鹏传媒起家的报纸广告代理萎缩得厉害，电视广告也一路下滑。所以，现在也在向互联网、自媒体运行方面发展，正想找这方面的业务练手呢，突然接到这么一个互联网业务，而且米灿给的价格也高，想了半天，兄弟的忙还是得帮。于是答应出手。

吴越让手下做了分析、策划写了几个帖子，标题很有看点：

《人民路地铁站变更的真正内幕》

《星辰集团面临的陷阱》

《敢问，沙洲地铁三号线，真的是无私的吗？》

…………

吴越之前做过报纸编辑，因为他策划的标题好，屡屡受到报社领导的称赞，以至于后来报社内部每每遇到标题出不来的时候，就让他来救急。后来他做广告代理，一个很大的优势就是抓人眼球的标题。

标题吸引人不算，他还利用线上线下媒体的人脉，到处爆料，而且连所谓的“新闻眼”都策划了一大堆。而且，他还策动了几个网站，许诺了不少的费用，大家一看有钱挣，事情也比较好玩，就一发不可收了。

要知道，现在的网络游民很多，队伍在不断壮大。现在逮着一个话题，而且又是星辰集团登高一呼，要与政府掰手腕，网民顿时一边倒，全是声讨沙洲市政府的。那些新闻媒体一看网上这么热，那也不能落后。

李光华的两个帖子一直在发酵。尤其是第二个，专家质疑沙洲市政府的帖子已经被转发到各大网站上去了。全国的网友都在声讨这个事情。这几年房地产涨价太快，老百姓怨气很大，一直都在指责政府高价卖地，导致房价失控。但是大家本来也没有什么证据可以说的，因为政府搞城市建设天经地义，大家不好说什么。但是这个帖子中发布的内容就把政府的意图表达了出来，而且是引用国家城市轨道交通研究院院长和其他几位专家的话来说的，这个问题就大了！除了沙洲人民路商圈的业主们感到窝火，沙洲市民也觉得气愤，哦，搞半天你们这帮公仆在规划地铁站点的时候，都是从卖地角度考虑的，怪不得人民路地块35亿元卖完，然后就准备把地铁站搬到黄河路，敢情这个地铁站点就是一个卖点啊？将来说不定还会搬来搬去呢！

许怀远平时不怎么上网，但是这几天一直在网上搜索有关这个话题的新闻、评论。眼看着这个事情发酵越来越大，心里非常痛快！

接下来的事情，已经用不着星辰集团来串联了。很快，人民路商圈的业主们开始集合发声了，他们已经到市政府、规划局、地铁建设指挥部去抗议了。而且，这帮业主素养还是不错，几百个人组成团队，没有吵吵嚷嚷的，有礼有节。还推举了代表人，需要跟政府对话。此外，在网上也发布了公开信，要求对政府轻易改变规划提供理由，并且发问，既然政府认为专家的意见也可以不采纳，那么请政府拿出意见来。

业主中还有人把人民路商圈现有的人流量与黄河路交叉口的人流量做了比较，据说这两个数据的比例是1∶10，就是说地铁站的南移，政府是抛弃了现有的每天100万的人流量，而选择了10万的人流量，那么这个地铁是为了便民还是为了卖地?

星辰集团这边也没有闲着，李光华、米灿等人纷纷接受媒体采访，介绍人民路地块拿地前后变迁。大多数媒体对沙洲市政府的意图责问：抛弃中心商圈而转向一个培植中的商圈，让现在绝大多数的人不方便，而为了让今后可能的新商圈人流量方便，这种思路只能说明城市的资源成了商品，因为商品才会被商业化地运作。

最后，各大媒体重磅消息出台！星辰集团为了维护自己作为地主应有的合理权益，在全国邀请城市轨道交通专家来把脉沙洲地铁规划，最后将形成报告正式公布。同时，星辰集团要求市政府对地铁三号线的规划问题举行听证会，董事长许怀远表示，将由星辰集团出面邀请国际国内专家学者参会，所有差旅费、误工费都由星辰集团来报销。不为别的，只为维护企业自身利益，以求得公平、公正的结果。

各大媒体的标题十分抢眼，例如《企业走上前台，与政府掰手腕》《沙洲房产开发商对政府规划说“不”》《政府决策，该如何进一步倾听民意?》，等等。

许怀远在办公室宽大的椅子上，欣赏着这些媒体的报道，忍不住哈哈大笑。他知道，这么一来，够沙洲市那帮领导喝一壶的了。

但是，他也知道，从现在开始他跟相关人员就是一个鱼死网破的结局了。作为一个企业家，他没有必要与政府斗，甚至他也反思到了自己这是属于

"贪嗔痴"的表现，但是他做领导的难道就不是吗？为什么就要如此大动干戈来针对星辰集团呢？他们这个贪嗔痴岂不是更加厉害？别看你好像高高在上，但是邪不压正，我就要铲除你们！

想到这里，他把一个纸杯结结实实地揉成了一团，然后，一把扔进垃圾箱里。

四

等陈立人知道地铁站点的事情已经在网上掀起这么大波澜时，已经是几天以后的事情了。

首先是陈立人秘书刘大卫急着打他手机："陈市长，出事情了！"

陈立人一惊："出事？能出什么事情？"脑海里飞速旋转，工伤事故？火灾？还是自己哪点有什么问题？这年头，官员不好当，上面纪委巡视组查线索，下面互联网老百姓起哄，再加上生产事故、校车问题等随时都有定时炸弹被引爆。

"您不是要求改变地铁三号线的人民路站点吗？现在网上炸开锅了，都在炒作这个事情。说是沙洲市朝令夕改重大规划，是为了卖地，与民争利！"刘大卫说。

陈立人立即反应，是星辰集团许怀远搞鬼，于是心里安定不少，淡定地问："地铁站点变动有什么大惊小怪的？能兴什么风浪出来呢？"

刘大卫电话里支支吾吾说起一个事情："陈市长，您还没看到网上的传言吧？网上有人把张倩记者和你扯到一起了，说你调整地铁站目的是取悦美女，而不是经营城市。还说……"

"什么？"陈立人一听这个简直气晕了："是谁？这么胆大妄为？竟然敢在网上这么造谣！你赶紧通知市公安局，让他们赶快查，赶快删帖！"

但是，哪里还来得及？地铁站这么大的事情，网上传播开来后根本就无法控制。

这个还不算，到第五天沙洲市政府办主任陈海洋也给陈立人紧急来电，说市政府接到很多媒体记者的采访要求。

陈立人觉得奇怪："媒体？他们为什么也来跟着瞎起哄？"

陈海洋回道："本来没什么事情，但是现在人民路商圈的那些买了写字楼的业主闹了起来，他们觉得地铁站被拿掉，让他们投资的写字楼价值大大缩水了。所以这几天他们都到规划局、地铁建设指挥部聚会，要求政府给个说法。另外，那个星辰集团的许怀远还在召集全国的城市交通规划专家，承诺给大家报销差旅费、工作费用，要求专家出具沙洲三号线地铁规划研究报告，准备跟我们交涉。而且，他还要求政府尽快召开市民听证会，他要维护企业的合法权利。本来这个事情不大，但是他这个行为被媒体当作新闻在炒作……"

陈立人开始一听是许怀远在闹事，觉得没有什么，但是听到后来，觉得这个事情不对劲了。这确实是一个好的新闻题材，很容易被炒作成一场全国性的新闻。再加上那帮业主闹事，这就把他改变站点的事情完全公开化了，而且专家也齐刷刷地站到了许怀远这一边，沙洲政府就更加被动了！

这件事情闹再大也不会对他有致命结果，只是这么全国一公开，再想私自决定改变站点就难了。他陈立人千算万算没想到有这么一招。尤其是，许怀远竟然策反了这些专家！这里肯定有问题，因为专家怎么跟自己对立起来了呢？肯定是规划局、地铁建设指挥部他们在跟专家沟通时不够耐心，为了尽快让专家同意修改方案，所以就把领导的底牌给卖了！陈立人顿时怒从心头起，赶紧抓起电话给规划局打电话。

巧了，规划局局长邢思源打他手机了，电话那头邢思源期期艾艾地汇报工作："陈市长，地铁站点的事情闹大了，你看到网上的炒作了吧？我这儿有好多媒体要求采访，竟然还有新华社……"

新华社记者？会采访这个事情？陈立人觉得奇怪，不就是一些市民呼声吗？现在呼声多了去了，什么假药假疫苗……他们闲着没事干来采访这个？再说关于地铁站点规划不合乎自己心意，很多老百姓会闹腾，沙洲之前出现过几次，也没见记者跟着起哄的啊！

邢思源也觉得疑惑，回道："是啊，不知道这次什么情况？新华社记者说，现在政府施政的首要目标是民生，让老百姓满意。人民路四号口附近很多老小区，路网一直不完善，现在就指望这条地铁呢。要是把这伙人激发起来，那更麻烦。还有就是，这次星辰集团公开叫板，把原来仅仅履行程序的公示给搞大了！所以新华社觉得这也是一个新闻由头。”

“嗨！他许怀远行啊，这招高明啊！”陈立人倒抽一口凉气。这个点抓得非常好，现在怕事情闹大的是他陈立人，不是他许怀远！而且他这么做，就是公开亮相了，一下子到明处了。而现在政府这边，无论是否有理，一旦出现网络热点，老百姓都不会站在政府这边的。而且，这事情一旦让新华社发个报道，作为一个老百姓参政议政、企业家问责政府决策的典型，那他就麻烦了。

于是，他根本来不及责怪邢思源工作不力的问题了，忙命令道：“你们不要接受任何媒体的采访。我马上向梁书记汇报，由市委宣传部来统一扎口！”

然后，他忙打电话给梁文龙，梁文龙在电话那头也是莫名其妙：“啊！还有这事情？是星辰集团发起的吗？他们能掀多大风浪？”

陈立人把现在商圈业主、媒体记者的状况做了汇报。

梁文龙忙对他说：“要重视这事情，你先到我办公室，见面商议！”

现在，很多事情根本无法预料。比如抽个烟，烟盒让人拍了照片发到网上，结果为了平息民愤，纪委介入，一查就出问题了。

五

等几天以后沙洲市公安局在网上查封相关市领导的帖子的时候，大家已经隐隐约约地猜测到，是谁在干预地铁站点变更的事情了！

陈立人原本以为能够内部搞定对星辰集团的精准打击，没想到捅了一个马蜂窝。

第二天正好是省里面的经济工作会议，梁文龙去出席会议了。没想到这事情连李思秋都关注了，这么大的会议间隙，李思秋专门向梁文龙询问此事，说一定要好好处理。

最后他语重心长地说：“老梁啊，现在我们面临的形势跟以前是不一样的了，事关老百姓利益的事情要慎重。我知道，在这件事情上你是很无辜的，但是，现在老百姓参政议政的方式越来越多，兴趣也越来越大，有时候我们的决策过程的重要性已经超过了结果本身。所以，我们很多问题即便是正确的决策，但是在表现形式上不能武断了，要经得起社会的检验，经得起评价。

这件事情上，你们要迅速作出回应，不要拖延！我们这些领导干部都很不容易，不要在一些小的事情上牵出更多乱七八糟的东西出来……”

梁文龙听了这番话，气得胃都疼，忙说：“嗨，老李你这是什么话？什么叫更多乱七八糟的东西？这人民路项目就是沙洲一盘棋中的关键部分，怎么就能由着开发商说了算？这些民营企业老板现在有钱就任性，政府规划变更一下还得他们同意？”

李思秋哈哈大笑：“对不起，我说错话了。这个三号线规划还没定下来啊！”

梁文龙心想这事情还真得赶紧汇报一下，别真糊里糊涂被舆论带到沟里去了。于是索性把这事情的前应后果向李思秋汇报一下。

“这个事情，这盘棋是毫无问题的，土地出让必须要走程序，而走程序的话政府就不能完全控制，所以要预见到被其他企业抢了过去。好，你厉害，把这个废掉，转而把更多的资源向新的区域倾斜，你民营企业不是愿意高价买地吗？那我就把你套在那儿为沙洲的城市建设做贡献，你们交的土地出让金我们转移到新的旧城改造上去。而旧城改造还得吸引社会资本吧，所以我规划新的地铁站。整个的逻辑没毛病，既体现市场经济规律，又能实现政府意图，这很好啊！你说，我哪里有问题？”梁文龙就事论事公开讨论说。

李思秋点点头，肯定了梁文龙的做法，但又表达了一下的他的想法：“老梁啊，现在民营企业也不容易，市场竞争也很残酷。他们呢，当然不会像政府一样能够全面看待问题，他们肯定是有空子就钻，有钱就挣。我们当领导的，也要主动去指导他们。其实政府和企业最终的目标都是一致的，他们要赚钱，政府也要敢于让他们赚钱。但赚钱是有竞争的，所以要长远规划，走可持续发展的道路。在这点上，企业是完全能够接受的，还是要多指导、多沟通。”

梁文龙听李思秋这番话，觉得很有道理。这个老李的领导水平确实比自己要高明，刚才这番话就体现了一个高层领导的水平。还有，李思秋业务能力肯定不如自己，但他从年轻时候起就是心气平稳，考虑问题全面，说话慢条斯理，总给人留有余地。这，确实是自己要学习的地方。

几天以后，沙洲市规划局搞了一个新闻发布会，表示非常欢迎社会各界对城市建设的监督和参与，也认可相关企业、个人通过合理途径表达异义。

最后决定，沙洲市地铁三号线人民路地铁站还是保留。黄河路口的地铁站将来也会建设，但将跟东西走向的五号线整体规划。

更加出人意料的是，规划局局长邢思源在新闻发布会上说，市委市政府高度重视这次企业发起的这场跟政府对话，我们非但不会责怪企业，而且还将积极与星辰集团联系，协商人民路项目的总体规划，切实解决企业的需求。今后沙洲规划局将改善工作作风，增强服务意识，接受市民、企业的监督。

许怀远和严尚群看到这个结果，真是感觉出人意料，没想到事情进展如此顺利。但同时，两人更加担心后续的“关照”。

六

这个事情尘埃落定，一个传言又开始出现，说星辰集团资金链告急，集团高管们已经集体卷款跑路！

米灿一听这个谣言，开始发急：“什么人散布这个谣言？真恶毒！”

确实，这种谣言是最伤人的，因为客户一听会觉得你的房子可能会烂尾，可能会潜伏着各种问题。果然，持续近30天的旺销现象开始停滞，米灿还接到各个楼盘售楼处的电话，说有老百姓怕星辰集团破产，想要退房。

然后是项目所在城市的政府部门纷纷打来电话，询问情况。最后是银行，星辰集团目前银行贷款余额还有20多亿元，涉及七八家银行。

连许怀远外甥曾欢所在的股份制银行也开始过问，外甥急急忙忙地打进电话来问许怀远：“老舅，怎么回事？网上很多人谣传说你准备卷款跑路！”

许怀远气极，他一个上午接到了银行方面的十几个电话，费了很大口舌，结果越描越黑。银行现在也是惊弓之鸟，一听什么风吹草动，就宁信其有，不信其无。

这种事情非常恐怖，企业就怕这种银行挤兑的事情。一个正常的企业都有可能被这种事情给整趴下来。许怀远赶紧电话通知严尚群来办公室商量。

严尚群也正在为这个事情焦头烂额，银行信贷经理、行长们打给他的电话也是一个没少。

“怀远，要快速反应！不能等待，这样下去很容易出事……”

两人迅速商定几个措施。第一，要找到这个造谣的人，查一下最早是哪里发出来的消息。第二，让集团法律顾问发布声明，通知各个网站不要再传播这个消息，否则一律追究责任，追偿各种直接和间接的损失。第三，让米灿赶紧召集新闻发布会，或者直接发布新闻通稿，最好电视媒体前来采访，许怀远、严尚群都公开露脸。第四，以集团名义发布悬赏公告，对提供造谣者的准确线索的，奖励十万元；除提供线索之外还提供证据的，奖励一百万元。

两人磋商完这个方案，通知营销中心、总裁办、法务部火速处理此事。忽然徐冰急匆匆进许怀远办公室，报告一个消息："董事长，好几家银行已经把我们的账户都冻结了，我现在几笔应付款都付不出去了！"

许怀远气极，大骂银行："银行这帮人是猪吗？我人好好地在这儿，封我账户做什么？按照贷款合同，只要是贷款存续期内，他们有什么理由冻结我们的账户？再说，我这么降价销售不是为了快速回笼资金吗？这不对银行也有好处吗？"

严尚群觉得奇怪，问："银行对我们的现金流是了解的，最近我们通过降价促销不是回笼了不少资金吗？干吗要冻结我们的账户？"

徐冰回答说："银行没有正式停我们的账户，而是说我们各种账户资料、手续要补充完善，实际上我们的对外支付就受阻了，我也觉得很奇怪，外面都在说我们的人民路项目现在是一个大窟窿，砸多少钱进去都是填不满。不知他们哪来的消息？"

七

足足忙了一个星期，许怀远、严尚群终于把银行的问题解决了，所有账户的冻结也解除了。

严尚群已经向省公安厅报案，追查这个造谣的人。结果发现，发第一个造谣帖子的来自城南的一个住宅区，那个小区是上次参与拍地的龙昌公司的，显而易见，造谣者是他们。严尚群强烈要求追究他们的责任。省厅的回复是，他们该抓人就会抓人，但也只是一个刑事拘留，会交由管辖地派出所来处理。

关于银行方面的担忧问题，还是徐冰想出来一招，解决了这个困厄。他提议由集团出面邀请各个相关银行，组成风险考评小组，将集团的财务信息彻底公开一次。这等于是让银行又集体做了一次尽职调查。从公司的应收款、应付款、债务累计、重大合同、对外担保，到销售数据、销售价格，最后到纳税记录，等等，都做了一遍调查。

这一查，各家银行都放心了。汇总查看前几年的财务报表，银行信贷经理们个个佩服，整个集团的资金预算制度非常健全，而且之前几年的现金流非常丰富，怪不得星辰集团敢高价拿地。之前是因为星辰集团各家子公司独立开户，各家银行对他们总的资金状况不了解。

关键一个指标，星辰集团的负债率40%都没到，远远低于整个行业，资金链基本上没有问题。但各银行还是担心人民路项目，这个春节前就要支付的17.5亿元资金，资金缺口在10多亿元，是近在眼前的事情。严尚群解释，星辰集团将积极引进战略投资者，共同把这个项目做好。

各银行很快解除了账户限制，但还是将他们公司的贷款列入了“关注”类。他们担心股权融资的问题能否到账，毕竟现在房地产发展到了尾声。敢大举进入房地产领域的资金真的很难找了。

八

春节还有两个多月了，这对所有企业来说都是一个关口。

人们都把春节作为一个新账旧账一起算的最后节点。因为春节代表的是一年来的总结，而且这个总结是生活价值层面的，是高于所有的大事小事、计划未来的。不管你做什么行业、何种工作？最后都归结为你生活得如何？而这个生活得如何，就要在春节这一个时间点上完全体现出来。活得好的，要显摆；活得不好的，也要死死护住一个面子。所以，春节成了所有人的情结，欠钱的要在春节前还掉，要账的必须在这天之前了断。于是所有的企业、个人在春节前都会面临一个倒计时。

许怀远早年创业的时候，经常被人追债，逼得在外面过春节。但是，近十年来他一直非常自如地面对这个大考。高歌猛进的房地产让他始终处在一个从容不迫的状态，每到过年，他都是在给人支付钱，多少人会踏破门槛来求他，把这个要命的钱拿回去，好完成一个年度总结。许怀远从不在这个节点上刁难人，他很多时候也是出于一种人生价值层面的同情和理解，能给的就给，看人家困难的就多支付一点，尽量让人家在春节期间能平安地过上几天。

他总回忆小时候，有那么特别困苦的几年，母亲带着他们五个子女，每到春节都是紧紧巴巴的，能吃顿饱饭就不错了。眼看春节来临，家家户户在置办年货了，可是他们家还欠着生产队里的一大笔账，往往是没钱没粮。那个时候母亲那种绝望和无助的眼神，让许怀远至今想起来都心酸。

贫困的痛苦是全方位的，它会一刀一刀地削去你所有对生活的那种丰满的想法和感受，它会逼得你连一口气都不能好好地呼出来！许怀远深深知道这种苦楚。所以，每年许怀远都会去孤儿院、养老院做些捐助，他能从中得到无比的愉快。

往年，许怀远在春节的一个月前就会要求集团召开会议，早早地把各类应付款安排好。因为他知道，有时候给钱就像救火一样急迫。但是，今年这个春节，许怀远没有一点把握。十年来没有出现过的忧患再次来临。这个忧患只是因为他在夏天拿下了人民路地块，这个决策改变了集团一直从容的资金链。

现在，人民路项目真的成了一个资金的窟窿了。沙洲市出台了商业地产新规定，商业用地性质的房子销售比例不能超过50%，而且户型还要扩大面积，300平方米以下的户型不超过20%。这个新规定将使星辰集团未来三到五年都难以过上从容的生活。陈立人也太狠了，他竟然会在这个环节上狠插一刀！后来他问过相关的政府部门，像沙洲市的这样的规定在好多城市是有先例的，因为开发商将商铺一卖了之，最后经营不起来，会导致商铺的投资者被深度套牢。所以，几个城市都开始做出这样的规定。只不过，沙洲市特别地关照了一下星辰集团，将商业地产的比例放大了，使他能够零散销售出去的物业更加少得可怜。他陈立人整人还整得师出有名，美其名曰“保护广大房地产投资者的利益”！

此刻，他站在办公室的落地玻璃前面，想起了严尚群在阻止他超预算拿地时的眼神。唉！尚群说的是对的，我们星辰集团已经没必要去寅吃卯粮、冒太大的风险了。这可能真是一念之差。总结当时的心境，许怀远觉得这就是佛家说的贪嗔痴中的“贪”，他前面十年运作得都很好，就是想贪图在房地产黄金时代即将过去的时刻，吃上最后的一口。而最后的一口，可能会让他长久地背负沉重的包袱。

第十三章　寻求庇护

一

自从那次聚会后，吴越、米灿、张天民再没一起聚过。今天是周六，三人相约吃饭聊天。

见面后，先聊各自工作和生意，发现大家都很困难。钱是越来越难赚，人是越来越劳累。

米灿则说起这段时间的工作，连连摇头："唉，老许要拿地，我兴奋个啥呀？还在会议上大声疾呼要拿地，还信心满满地说销售会很好。唉，我还给自己挖了一个大坑！"

张天民是做了工程要钱难。那个保障房项目，真是一个大坑，他们天风建筑往里面已垫接近两亿元的资金了，到现在所有工程都结束了，但是竣工验收又迟迟不办了。那个项目经理够损，自己没钱付，故意拖延每个环节。但是他又不想承担拖延的责任，就是让老百姓来挑毛病，三天两头整改，还要继续往里面砸钱。真是流氓！

三人中，数吴越最落寞。听完两人诉苦，轮到他的时候，他不吭声了。

"哪有你这样的？光听我们的悲惨故事，不行……快说！"张天民张大嘴巴想听故事呢。

吴越摊了摊手，耸了耸肩，说道："我最近公司也麻烦，接连两个月的楼盘销售也不景气，佣金结算回来一点，还不够给员工发基本工资的。我广告那块，今年拿的几家卫视的广告时段，本来都是酒厂会包揽的，可是今年好了，酒厂压根就没做什么广告，说是因为没钱做。可越是没钱做广告，销售越是不行啊。害得我现在连避孕套的广告都抢着做！”

张天民哈哈大笑，大声说：“现在也就是避孕套生意好做了，永恒的黄金产业！”这小子高兴起来不管不顾，这么大声说话，邻近几张桌子都听得清清楚楚。吓得吴越、米灿赶紧扯他袖子。

三人边喝酒边聊天，聊到最后，大家都觉得心有苦闷，无法排解。

米灿忽然发话：“我们是不是报应啊？”

张天民不信这个，说：“秀才你扯淡呢！我们怎么会有报应呢？哪次不是按约付款还加小费的？其他方面，我们也没做过什么伤天害理的事情吧？”

还有更加蹊跷的事情，一个星期前，张天民就被一辆电动车撞了一下，在惠丰大桥的下坡道上被撞得翻滚下来，足足滚了十几个来回，身体倒没什么大碍，就是被人手机拍了下来，视频里那个情形十分狼狈。朋友圈里大家都拿这件事来开涮，很多人还把这个当作“滚蛋”的表情包，不断发到微信群里。再往前追溯一个月，就是他自己被人愚弄了一下，差点就出了事，结果又被米灿他们嘲笑了好一阵，直接把张天民的外号都改成了“张大仙”。

这么一桩桩、一件件比对下来，张天民有点怂了，最后说一句：“要不，我们也去庙里烧烧香什么的？宁信其有，不信其无啊！”

吴越是一直就信这个的，生命多么神奇，世界多么复杂，凭人类掌握的知识体系怎么可能了解真相呢？

不过，吴越此刻不敢狂妄，因为他发现文章中有两点跟自己是吻合的。一是自己的头发，确实是油乎乎的怎么洗都没用；二是自己的腰确实有点酸痛，在座位上一个小时就受不了，驾车时更加难受。

这三个人越说越倒霉，越说越相信自己遭遇了果报。

米灿忽然想起一事，说这几天无相寺的公众号上发布了一个消息，说是有个知名的法师本周开始要讲一部佛经，据说要讲半年多。机会非常难得！

吴越一向对佛教充满兴趣，但他不喜欢一上来就是烧香拜佛，因为你什么都还没有搞明白，就稀里糊涂地拜上了，这不是迷信吗？

此刻听说有人讲解佛经，他倒是很感兴趣，说：“明天周末，西方都是在这个日子去教堂的，我们干脆一起去无相寺，去会会这个有名的法师!”

米灿、张天民都说好。

二

初冬的无相寺，宁静祥和。正好是一个大晴天，温暖红润的阳光倾洒在无相寺的高塔、大殿、古树上，给整个无相寺涂上了一层金色光芒。

吴越、米灿、张天民等一大早来到寺院门口，买了门票，进入大门。今天是周末，但因为进入冬天，旅游旺季已过，加上现代人喜欢睡懒觉，所以三人进来后发现人并不多。

三人进来后的话题聚焦在佛教知识上。

米灿对佛教的典故、佛界的一些名人比较熟悉，对无相寺的每个地方也了解。因为许怀远的原因，星辰集团的员工尤其是高管们如果不懂一点佛教，那是与老板没有共同语言的。

至于张天民，他对佛教的印象就是所谓的救苦救难、消灾求财，可能对做生意有利。

吴越之前在大学里研究文史哲、阴阳五行等，所以对佛教中的一些经典还是读过一些的。也知道一些专有名词和概念，例如般若、涅槃、业障之类，平时也经常琢磨，但因为知识不系统，所以不是很了解，至于佛教到底是怎么回事更不清楚。他心里真正的想法是，自己年轻时期应该让心拓展得更远、更广，也应该经历更多更丰富的人生。国人讲五十而知天命，那么在五十岁之前因为对人生和命运没有太多感悟，所以就没有必要尽快地受一种信仰约束。

米灿比较熟悉这里的布局，他带着二人从天王殿开始，一路给弥勒菩萨、韦陀菩萨、四大天王磕头，往功德箱捐钱。然后是文殊殿、地藏殿、观音殿、祖师殿等一路磕了过去。

最后到了大雄宝殿，三人都请了上好的香，点上后供在了香炉里，再跪在大殿上的拜垫上磕头。三人心里所求的都是恳请佛祖保佑，不要总这么倒霉，能发财的话还是请佛祖多照顾一下!

这三人一路过来表现出的虔诚态度，让寺院的其他香客为之侧目，只有他们三人自己知道，今天这么苦干，是心里发虚！

“秀才！接下来呢，该去哪儿了？”张天民一路下来累得够呛，即便是初冬，他也鬓角出汗了。

米灿说，接下来就该碰碰运气，看能否见到无为大师了。但是，他说无为大师一般很难见到，除非是很有佛缘。据说，全国各地来的信众为了见无为大师，有时候在沙洲一住就是半个月。

“哦……”吴越有点失望，但自己也觉得一直在胡作非为，不会一下子那么幸运见到无为大师的。

但首先要知道无为大师在哪？米灿说，无为大师有时候会出去化缘，不一定在寺里。就是在寺院，平常香客也不知道他在哪儿？于是，他们先问大雄宝殿殿内负责请香的人，看来是在寺里常住的居士，是两个五十左右的女居士。

“呵呵，看你们倒是挺诚心的。但是来这烧过香、拜过佛就行了，干吗一定要见到师父呢？”两位中的一位问。

她这么一问，还真问出了一个问题来。对啊，干吗一定要见到无为大师呢？

三人张口结舌，一时之间无法回答。看来，这里的长期服务的居士也是有些道道的。

米灿先开口，说：“嗨，我们都是俗人，早就听说无为大师的神奇，所以一直想见见。今天不是来了吗？来了就是缘，我们想尽一下缘分。”

这话对得不错。那个女居士笑了，用手往后面一指，说：“那就要看看有没有缘分了。今天法堂里有讲经，道真师父在讲经，你们到那儿去看看，说不定会碰到师父。”

三人于是便往法堂走去。

三

法堂是一个三层楼的建筑。远远看去，每层都有几个金色大字。最顶层上有“华藏庄严”四个大字，估计是藏经的地方。第二层四个大字：“智慧如海”。第一层中间两个大字：“法堂”。左右分别又是两个大字：般若；持戒。

法堂两侧是门联：如是甚深微妙法，百千万劫难遭遇。

吴越看到这个有种莫名的兴奋，这几个字看起来都是微言大义！尤其是看到“甚深微妙”四字，心里想起禅宗拈花微笑、六祖慧能大师心动幡动等典故。心想，今天来就算见不到无为大师，但能听听法师讲座也不错。他可是从来没有听过法师讲经呢！

法堂门口，有张海报，上面对所讲佛经做了说明，另外对主讲的道真法师也做了介绍。让三人感到惊奇的是，道真法师出家之前是沙洲大学哲学系年轻的副教授，推算时间，那时吴越还没进校门。

三人在门口被盘问了好久，才被允许进去。据介绍，今天这场法会是要预约才能来听的。他们三人纯粹是误打误撞闯了进来的。三人轻轻走进法堂，找个座位坐下来。

法堂不是很大，估计也就是三四百平方米，布置精巧，内饰庄严。正对门口供着一尊佛，应该就是教主释迦牟尼，也就是常说的如来佛祖。左右两侧分别是大迦叶、阿难两位尊者，这两位尊者三人都不清楚了。迎着大门空出来一条廊道，没有安排座位。两侧相向而设了五六排座位，估计也就容纳一百多号人落座。

今天到场的人不是太多，有六七十位听众，大多数是在家信众。讲台上主讲的法师是一个四五十岁的和尚，气色清雅，神情端庄，很有学者风范。看上去跟海报上的照片一致，他应该就是道真法师了。

四

道真法师的讲座才开始不久，好像讲的是这么一个故事。佛陀的一个弟子外出有事，没能赶上一个大居士供养给大家饭局。于是他来到街上乞食，一户一户的化缘。哪知道他化缘碰到了一个妖女，对他动了心……

张天民一听这个，顿时来了兴趣，伸长脖子听。心想，这等好事要落在我老张头上，那岂不是求之不得？呵呵，原来佛经里还能有这样的故事。

但这种事情在佛弟子那儿，显然是一场灾难，所以佛陀知道后立即派最有动力的菩萨去救他。然后，阿难被救回来后，佛陀问他为什么就抵挡不了诱惑？要他认真琢磨自己的心是怎么回事？这种粗俗的心背后还有什么真正的心？这种真正的心又在哪儿可以找到？

道真法师讲完这第一段，为了让听众有更深切的体会，于是就邀请大家参与讨论——什么是真正的初心，它在哪儿？

但是，几分钟过去，在座的没有人出来回答。这个场合就像回到学校课堂，老师提问，下面学生都不敢发言。

道真法师一再鼓励大家发言，但还是无人应答。吴越一贯喜欢探讨这种问题，见在座的人都不好意思回答，他就想跟道真法师讨论一下。他正想站起来呢，却见张天民“呼”地站了起来。

吴越一惊，这个张天民怎么在这里也冲动呢？且看看他是如何作答。

张天民说：“师父，我听了半天是这个感觉，好像佛祖耍了阿难半天，最后阿难无法回答。我想起一个场景，就像一个木偶，他要找到自己是如何指挥自己手脚的，这是很困难的。因为他自己就是一个木偶，他哪知道后面的机关在哪儿呢？”

“呵呵，好好好！”道真法师上下打量着张天民，脸上露出惊讶的笑容，说道：“这位施主回答得好啊，直接把感受说出来了。而且，他这个比喻有点意思，可以帮助大家理解。所以，我还是希望大家直接回答，不要用迂回曲折、计度衡量的心思。就是说得不好也不要紧。”

这时，米灿站起来回答：“我觉得我同伴那个比喻可以的，如果再进一步说，阿难就像一台电脑，佛陀是人。电脑有自己的操作系统和运算能力。但是电脑自己不知道它的能力是从哪儿来，也不知道它的心在哪儿。在这个框框里是没有答案的！”

道真法师连连点头，称赞道：“不错不错，理解得也很好！”

今天的事情很奇怪，张天民、米灿两个一贯寻欢作乐的主竟然爆发出这么大的学习热情，吴越哑然失笑。

那接下来就该轮到吴越了，因为他们三个一起来的。果然，道真法师的眼光落到了吴越身上。

吴越站起身来，说道：“我的理解是，佛陀让阿难找的，就是在各种妄缘之上存着的真心，但它本身又不是‘有’跟‘无’的问题。似乎有又似乎没有，若说没有却还真有，大概这就是你们佛教说的什么‘道’了吧？”

吴越这段话显示出了很好的哲学功底，也展现了他优秀的表达能力。道真法师看着他，有点惊讶，因为听吴越说话里有两次提到“你们佛教”，显然，眼前这个年轻人还没有进入佛门，只是刚刚接触佛教。但是，他竟然能够一下子说出这番话来，真是难得！

道真法师连连点头，最后由衷地笑了起来。

就在道真法师想开口评价一下吴越的发言时，忽然，门口出现一个脸容瘦削但精神矍铄的老和尚，慢慢走进法堂。估计他正好听到吴越的回答，所以他一进门就目光灼灼地向吴越看过来，停驻在他的脸上，足足有五六秒钟，就像在鉴定一件器物一般。

吴越被老和尚这么一看，只觉得脑子里一片空白，似乎所有的内心活动在一瞬间停了下来，但同时又欣喜和踊跃。

“无为大师！”法堂内有信众叫了起来。堂内立即群情涌动。

听堂内大众的惊呼声，吴越才知道，眼前盯着自己看的老和尚，就是国内佛界泰斗无为大师！

五

无为大师进来的时间非常巧合，正好是道真法师讲完第一讲，并且互动交流时。

无为大师看了吴越一会，没有说话。然后把眼光转向道真法师，道真法师忙从讲坛下来，把无为大师搀扶上去。

老和尚慢慢悠悠，坐稳坐正，然后眼睛看着全场，笑容祥和。吴越这时候再看他眼神，就像一盏明灯一样照满全屋。

道真法师说：“各位施主，今天特别高兴，师父前来看望大家。因为今天是第一讲，所以，师父特意赶过来看望大家。接下来，我们请师父来给大家做一个简短开示。”

法堂内的信众一听这个立即低声欢呼起来，一齐双手合十，向老和尚鞠躬顶礼。但欢呼声很快过去，法堂内肃静下来。到底是佛教信众，平日训练有素，不像普通大众见到一个偶像会喧闹半天。

老和尚缓缓地在座位上坐下，双手合十，闭眼默念几下，眼睛再度睁开。

吴越觉得很神奇，无为大师就这么一个简单的动作，竟似潜藏了无比广大的能量。尤其是那双眼睛，仔细看去其实目光很柔和，但是你就感到有一种耀人心目的光芒在里面。经他这眼光慢慢一扫，全场犹遭磁力摄住，一片寂静、安宁，欢愉。

“各位菩萨，善男子善女人，”大师开口说话，声音不大，但是吐字清楚，“今日到此听经，盖宿世因缘甚深，福德俱足。昔日，天台智者大师创立三止三观法门，有天竺僧人听后，觉得暗合本经教义。于是告诉了智者大师。智者大师很高兴啊，但是他知道自己说的与佛经说的差距一定会很大，但当时这部佛经还没传到国内，所以，智者大师遂筑拜经台，日日向西方礼拜感应，想求得在自己有生之年一睹此经，但十八年而未得。

“一直到唐中宗时代，才有高僧将佛经传来。”

无为大师简洁明了，字字殷重，虽带有一些文言文的特点，但是在场信众都能听得清清楚楚。

大师说完上述励志的话后，又做了一些劝慰：“大家切莫急切，囫囵吞枣，而要耐心思考求证。因缘生法，时间一到，就能领悟要旨。”

法堂内，大家听大师这样殷切期望，不住唏嘘。

最后，无为大师眼睛扫视了吴越等三人一下，忽然举手招呼道真法师凑近说话。几句话后，道真法师脸露惊喜笑容。然后道真法师大声说：“各位今日有缘，师父要为大家念诵经咒，特别殊胜！”

吴越心中一动，难道老和尚知道自己这次来的目的？他怎么会忽然要念诵经咒呢？一时间，吴越心潮澎湃，想当世高僧果然不同凡响，悲天悯人不算，还善知信众恐惧困厄。于是，他跟米灿、张天民小声说：“注意到了吗？大师一进来就在观察我们，刚才又看了一眼，老和尚知道我们最近很倒霉！”

米灿立即回过神来，连连点头。张天民将信将疑，抬头向无为大师看去。

就在这时，三人同时发现，无为大师忽然向张天民招招手。张天民大吃一惊，忙站起来，想过去，但似乎又不相信，所以迈不动脚步。这时道真法师微笑一下，说道：“那位施主，师父让你过来。”

张天民这才离开座位，走了过去，脸上诚惶诚恐，不知所措。

等张天民到了近前，道真法师给张天民一个拜垫，让他跪拜法堂里供着的佛像，而且是让他长跪不起。

然后，无为大师从座位上下来，灼灼目光盯着张天民看。让全场信众都料想不到的事情发生了，无为大师忽然抬起右手掌，朝张天民头顶上就是一掌！

“孽障！枉了你一副直肠，却是醉生梦死、寻欢作乐，不畏因，不畏果！”

这一记响亮的巴掌，打得张天民晕头转向。张天民跪在那儿，吓得一动不动……

张天民安顿好了，道真法师再向米灿招手，米灿赶紧起身来到讲台前，没等道真法师安排，他自己并排跪在了张天民旁边。道真法师微微一笑，朝无为大师看看，无为大师瞄了米灿一眼，没说话，点了点头。

吴越一看这个情形，就知道第三个就是要点他了，于是自己主动站起来，往讲台前走，心想自己像他们两个一样跪着肯定没错。

但是不对，他还没到讲台，只见无为大师对他招招手。吴越顿时一愣，老和尚是什么意思？让他上讲台？他站在那儿不知所措。

道真法师赶紧过来，轻声说：“快上去跪拜师父！”

吴越顿时明白，老和尚特别照顾他，心里感动又惭愧，自己何德何能？这么多年干了这么多见不得人的事，老和尚还要特别关照自己。他赶紧上去，紧贴讲台，向无为大师磕头跪拜。

无为大师又是像刚才进门那样盯着他几秒钟，脸上露出笑容，伸出手来摸住吴越的头顶，说了一句：“先以欲勾牵，后令入佛智。你终于回头了！”然后，无为大师离开麦克风，说了一连串吴越听不懂的咒语。

好家伙，吴越顿时感觉从内心无穷尽的深处，被连根提起一股气来，然后自己脑子一片空白，全身清凉、奇妙、舒适……

“哇！这好像是摸顶啊！”台下有人惊叫起来。

吴越自己没听见这句话，是张天民、米灿事后告诉他的。台下好多人羡慕吴越这个福气，第一次见面就能获得老和尚这种关照。后来据无相寺很多居士说，那是要多年跟随无为大师的人才有这种摸顶的待遇的。什么是摸顶呢？据说就是得道的高僧将自己的真气灌入弟子的身心内部，但前提是弟子要有这个慧根。

这个待遇真不是一般的。当然这是吴越后来才知道的。

几分钟过后，老和尚才停止念咒，把手从吴越头顶移开，也没让吴越起身。所以吴越就继续跪着。

无为大师回到座位上，结跏趺坐，就着麦克风开始念诵一大段复杂的咒语，老和尚眼睛微闭，声音低沉，借着麦克风的扩音效果，呈现威猛、宏大的效果。

这时，法堂内的出家师父和不少信众也跟着大师念诵。法堂里顿时有“嗡嗡嗡”的声音充斥四壁，如同洪流，也如同连绵不断的滚雷，回旋升腾，荡涤人心。

第十四章 知途迷返

一

无为大师在脑袋上的几个巴掌把张天民打得六魂出窍，他纵然不知道老和尚说的什么意思，但有一点是肯定的，那就是说他内心似乎不太健康。

但这一巴掌也把张天民也打糊涂了。老和尚怎么知道他有轻佻语气的，而且上来就直接骂张天民是孽障，还要他多吃斋，多念佛。

无为大师非同小可，他的话肯定要听的。所以，自打这次以后，张天民一有空就往无相寺跑。

张天民一来二去认识了里面不少出家和尚。他与其中一个叫原明的小和尚关系混熟了，所以了解到不少掌故。原明是去年才出家的，大学毕业没几年。

“哇！你就这样出家了，大学也白读了？”张天民问。

原明和尚正色说：“不会啊！师父说世间法和出世间的法都是相通的，我们上过大学后再来研究佛教理论也是很好的。你看，道真法师原来还是沙洲大学的副教授，跟师父接触三天就出家了！”

张天民点点头，说道：“你们都厉害，是有福报的人。我这辈子估计是不会出家的，外面的生活我是离不开啊！”

原明说道：“我知道，你是觉得还没有玩够。但是你要注意啊，不能一边吃斋念佛，一边还寻欢作乐的。要是这样，师父那一巴掌就白打了！”

张天民叹了一口气，说："我知道啊！但是他这一巴掌打得也太早了一点吧，我今年才三十五岁，他一巴掌把我的幸福都打掉了……"

据原明和尚说，能像张天民这样让师父打上一巴掌的，那是福气，多少人想挨这么一下都还不行呢。

张天民将信将疑，但是他知道老和尚这一巴掌就是对他有所提醒的。所以，他也慢慢看一些佛学书籍，来了解一些佛教知识。同时，他对无相寺的了解也加深了。

等真正了解后，他才大吃一惊，原来无相寺真是藏龙卧虎！出家师父里面有很多上过大学、读过研究生的，甚至还有在国外留学拿到博士学位的。还有从美国硅谷回来的一个师父，叫原通，是专门研究通信技术的，也有不少专利，现在无相寺正在筹备一个大型佛教网站，叫作"明灯网"，可以让信众在线上参与寺院的早课、晚课，有情景模拟功能，这个智能化网站就是他负责的。

不算出家人，无相寺里面的很多居士也有很了不起的。张天民听说居士里有一帮从东北来的，跟他一样是做建筑工程的，都是老板。其中几个是同一个家族里的，生意很大，每年做几十亿的产值，但是为了亲近无为大师，他们都是一年中有几个月住在这里。上次在大雄宝殿给他们指路的两个小老太是从大城市来的，之前是一个公务员，刚刚退休，所以就到寺院里做长期居士了。据她说，寺院里的文殊殿复建的时候，东北那帮做老板的都是自己干活，那个文殊殿的大梁都是他们用人力拉上去的。

这些情况大大出乎张天民的意料之外，当他在电话里告诉吴越、米灿的时候，他们两人也是大吃一惊。

张天民这一阵被无为大师一巴掌吓得连女人都不敢想了，每次心里有点想法，就想到那一巴掌。所以，逛寺庙现在成了他的一大习惯。

否则，我到哪儿去呢？他说。

二

原明见他还是挺认真的样子，所以也会认真接待他，也经常给他讲讲佛法。他说，佛要的是你对他说的话相信，然后对他的主张接受，再按他说的去奉行，别的烧香拜佛都是假的。所以你先要好好学习佛法，要了解佛祖的根本要旨，不要盲信、迷信。

有一天，原明和尚站在大雄宝殿门口，看着熙熙攘攘进进出出的人流，跟张天民说："无相寺每天少则几千、多则上万人来，但大都是来求现世福报的，尤其是来求钱财的，没有几个是真正信佛的。所以，学佛是讲究机、缘的，你先好好看些佛学方面的书，也读一些经典，然后要提炼一些问题出来，如果没有问题，那么我们就没有办法来跟你说佛法。而且，什么问题都可以问，不能藏着掖着，佛教是科学，是经得起问的。"

通过这段时间的接触，张天民对佛教有了一点了解，但还是不明白佛教的几个主张。所以，今天听原明一说，就说道："那我问了，你也要跟我说实话，不能糊弄我！"

原明被他这话气乐了，忙说："当然，出家人不打妄语，问吧！"

"好！我的第一个问题，佛教说看透世事，认为人生没有意思，难道现在世界上这么多人都是在犯糊涂？都是在做梦？那么，不做梦的人生又是怎么样的呢？就是像你们和尚一样清心寡欲，那这个人还活着做什么？不如死了！"张天民不是一个虚伪的人，他心里有什么一定会说出来。他这话已经憋了有一阵了，终于忍不住问起来。

原明回答他说："那，你死了，准备去哪儿？"

张天民立即干脆地回答："死了就死了，我还管他去哪儿呢？"

"如果去地狱，你去吗？"原明问。

"有事说事，有理说理，你把我们都不能见到的东西来吓唬我，这就不是讨论。我看了一些佛学书，你们都爱讲人生是苦的，苦的原因是有太多欲望，然后说为了追求欲望，所以很多人犯下很多罪孽，所以就要去地狱，或者下辈子就变成了猪。但是，你见到了地狱吗？你能证明圈里的这头猪就是清朝的一个宰相吗？你没有见到，怎么就拿它来吓唬人呢？"

原明让张天民问了个张口结舌，想了半天，回答道："不能见到的东西，我们不能拿来给你看，或者描述给你看。但是，人现在看不到的东西，也不能说没有啊！"

"那么，你们说的佛法也就是宁信其有，不敢信其无的态度了？那不还是我刚才说的在吓唬人吗？很多信佛的人就喜欢动不动就说人家要下地狱，靠这个是不行的，你要能证明！”

原明搔了搔头，看着张天民不解的表情、天真的眼神，想了好一会说道：“佛教的目的就是为了让你相信那些我们还不知道的东西。虽然用现在的知识是无法说清楚的，但是佛法中有一整套可以让你信奉的东西。”

“那我信不起来，我感觉不到，揣度不起来，怎么办呢？你们和尚不是说要度人吗？怎么度我？”张天民继续发问。

原明今天碰到了一个打破砂锅问到底的，没有办法，于是费尽心思给张天民普法：“那我们就从人的感知开始，我们可以从现有的感知去推测一些结论，这没问题吧？比如你没有看到山后着火了，但是你看到有浓烟冒出，那就可以判断山后有火，是不是呢？”

张天民点头：“这个可以有。你说说看！”

原明说道：“你看，我们这世界从小范围看，各类动物植物，都是一个神奇不可知的世界，都潜藏着规律性的东西。比如任何一个蚂蚁窝都有蚁王蚁后，他们有他们的语言，蚂蚁之间能够听懂。小羊羔一生下来没人教它，它却会去寻母羊的奶吃。很多动物第一次见到它的天敌自然就会逃跑。再看植物，它们有的连根系都没有，却自己能感知水源。再往上面说，星空无限，每个星球都有它的运转规律，各有各的气候和物理构造，那么，这个地球上怎么会有人呢？为什么地球上才有适合人生存的条件呢？还有，除了人这样的高等生命，是不是还存在更高级的生命呢？他们的生存条件或许就不是我们地球这样的了，他们也不需要我们这样的身体，所以能够抗受更加寒冷的环境，能够在太空里做更多的穿梭，在我们所谓的时间空间里游荡。从一个系统来看，只要有低级的蝼蚁大象，有高级一点的人类，那为什么就不能有更为高级的生命呢？难道说，人类的大脑已经是宇宙世界里最高的智能了？可以这样说吗？”

张天民摇摇头，说：“不行啊，现在不是到处有‘UFO’的传闻吗？宇宙里肯定还有高级生命的。”

原明继续问：“好了，按照常理来说，生命的层次越高，那么他的文明程度、道德水平就应该更高，就像人类总要比畜生文明一点一样，是吗？而且，越是高级的生命，可能对物质形态的依赖就越小，说不定，他们在各种光芒中就能存在了，在以我们想象之外的物质形式里长期存在着，比我们更加长久。比如说，天道的生命有的能活九万九千岁，而很多低等生物的寿命只有一天，这些在很多佛典里都有记载的。你说，这些可能性大不大?”

“哦，这样啊，那这里的可能性很大！”张天民终于有点明白原明的意思了。

“所以啊，各种经典里都谈到对宇宙的认识，宇宙有各种各样大大小小的世界，有巨大的无可比拟的世界，有小如微尘中的微观世界，这些用现代科学知识来看，说得一点都没错啊。

“哦，是这样的。”张天民到了这个时候，才开始有点信服，但是他又说：“假如有轮回，假如人的生命之上还有更为高级的生命，但是你能保证那种生命就没有痛苦吗？比如说成了佛了，难道佛就没有痛苦了?”

他的这个问题，又是常人不会问的问题，所以原明又想了半天，才说：“我只能说，任何低级的还没有智慧和觉悟的生命，所受的局限就越多，所遭遇的痛苦也就越多。你看人，我们有智能、科技，所以我们的生命就有很大的自由，但是动物们呢？他们只能在有限的范围里生存，而且随时有被猎杀的可能。比之于他们，我们是不是更加自由了呢？所以，我们要追求最为圆满、最为自由无碍的一种生命。我这样说，你觉得明白了吗？就像我刚才说的，你没看到山后的火，但是你看到了山后升起的烟雾，你应该可以判断山后有火。”原明和尚真是费了老大的劲，在跟张天民说。

三

经过刚才一番讨论，张天民对佛教的观念有点认同了，但是还有一个问题，原明没有回答出来。而这个问题是张天民的最后一个障碍。那就是欲望。

他问原明：“为什么不能有欲望?”

原明对这个问题如临大敌，他回答道：“因为欲望是最有诱惑力的，一旦沉浸，人的心性会被扰乱，无法回到清净本来的状态。”

张天民步步紧逼：“你说的清净本来状态，就算你修到了，我们大家都修到了，但是这个世界已经没有生命了，那修的目的是什么呢？你想，男女之间有了爱欲，所以才有了生命，你想连我们的生命都是从这里来的，你现在说修到后来连生命都没有了，这个世界还有什么好玩的？”

原明回答：“你已经背着你妻子忍不住在外面瞎混，你说这个诱惑力还不大吗？怎么不会惑乱心性呢？”

张天民忽然嘻嘻一笑，问：“小和尚同志，你自己已经能够在心里不想男女之事了吗？快说！我要听实话！”

原明碰上这么一个无赖的主，满脸通红，他一时之间回答不了这个问题，于是只得说了声“罪过罪过”，匆匆告辞。

张天民在后面哈哈大笑。

四

时间里有花开的声音
我用朝霞一样的心
阅读你的眼睛……
你走来，
白色的翅膀划过峰顶
我用飘荡的云彩
迎接你的衣裙……

杨雪不知从哪儿弄到一本诗集，匆匆地走进蓝莓的办公室。

“蓝莓姐，看不出来，上次那个来砸我们场子的鲲鹏传媒的吴越，竟然是一个很有名气的诗人，我在百度上一输入他的姓名，哇，里面竟然还有他的专门介绍：吴越，九十年代知名校园诗人，代表作有诗集《花开花落》《流浪的青春》《一千零一夜》。哈哈，令人感到惊奇的是，他在《一千零一夜》里竟然还有一首《献给莓的诗》，你听着啊！”说完，她打开诗集，找到这首诗，一边在办公室踱步朗诵，一边用眼睛偷瞄蓝莓。

蓝莓听她忽然朗诵起这首诗歌，惊讶地站起身来，又缓缓坐下，说：“你怎么去百度他的？对他产生兴趣了？”

杨雪停下来，凑近前来认真地看蓝莓的脸，神神秘秘地说：“嗯，我对这个老男人充满好奇呀！真想不到哈，他竟然是一个诗人，而且按照本小姐不低的欣赏水平来看，很有才气，很有前途嘛！尤其是这首献给莓小姐的诗，简直可以跟徐志摩的比啊，甚至有过之而无不及啊！可是他怎么去开公司做生意了呢？而且还学得油嘴滑舌、尖酸刻薄，简直是太气人了！哎呀，我想起来了，这个莓小姐会不会是你啊？”

蓝莓知道她已经做了很多功课了，是瞒不住她了。她叹了口气，说：“是的，这首诗就是写给我的，包括这整部诗集《一千零一夜》，怎么样？写得还可以吧？”

杨雪大幅度地连连点头：“嗯，还算你态度老实，直接交代了哈！我上次看你们两人碰面时诡异的表情就知道，你们一定有着很复杂的、很痛苦的故事，而且我也终于知道了你现在为什么还没有结婚的原因了。哎对了，我可不是专门想打听你的隐私啊，我是关心你……”

蓝莓苦笑着说：“小妮子，你是不是想从我这儿听到一点悲伤的故事，你就有了生活的欢乐了？”

杨雪立即在脸上挤出一副很痛苦的表情：“不不不，我也是很痛苦的，但是听故事的兴趣么，也是很大的……怎么样，说来听听？”

蓝莓摇摇头，脸色灰暗，又叹了一口气，说道：“小雪啊，我是不会把这些故事说给你听的，而且你也不要在台里面说这事情了啊。但是，我要给你一句话，女人什么都不重要，什么知名主持人、电视台花旦都没用，能找到一个真心爱你、你又能爱上他的人才是最最重要的。”

杨雪立马也是叹口气：“姐姐啊，你说得轻巧，真心爱你而且你还能爱上他的人，嗨，这种人哪儿去找啊？我们这些年轻人可不比你们那会了！”

蓝莓点点头，发愣好久，才说：“小妮子，我的事情不用你操心了。你去忙你的吧，好好想想这一期到底该怎么做？对了，上次那期有关感情的话题材料准备得怎么样了？能找到几个有真实经历的采访对象吗？”

杨雪撇了撇嘴，说道：“唉，我真怀疑这个节目的策划老刘，选题越来越下作了，你说这个事情谁会来告诉你啊？这才真正是人家的隐私！”

蓝莓想了想，觉得也是，便说：“那能不能找到间接的人采访呢？比如说他朋友的感情经历，或者他朋友的朋友的也行。我们不就想知道这里面的故事吗，又不是非要找到直接的主人公。”

杨雪一听立即叫好："对啊！我怎么就没想到呢？我们可以按照这个思路去采集资料啊，对对对，但是，这样的人也不好找哇。"

蓝莓一摆手，说道："这就是你的事情了，我已经提供了思路了哈，我想应该能够找到的。你可以在我们之前接触的人里面再挖挖，只要不是说的自己的事情，那人家可就有兴趣了！对了，上次我们在约客年华认识的那两个人呢，我觉得他们圈子里肯定有这样的素材。再说，那个星辰集团的营销总监，叫什么来着，外号还挺好玩的那个……"杨雪说的是这么一件事，半年前有一次，蓝莓和她去沙洲知名的酒吧一条街体验生活。她们两人一出场，那真是惊倒了酒吧所有的好色之徒。而那回米灿、张天民在里面，于是就轮番上来搭讪，还留下了名片。蓝莓和杨雪正好要做一个关于都市情感的节目，就是杨雪提出的那种情感话题。于是那次在酒吧，她们跟米灿、张天民聊起了这个话题。后来，张天民、米灿才发现她们两人是电视台做节目的，还把她们谈话作了录音。两人吓得抱头鼠窜。

"对对，叫秀才！"杨雪一听蓝莓提起，立即想了起来，大声说道："那两个人后来好像还打电话到我们栏目组的，还特别关心我们给他们的录音会不会播出去。"

蓝莓一握拳头，说："好！就拿他们两人开刀，就跟他们说，除非能够提供好的素材，否则我们就直接用他们的录音了！"

五

米灿第二天就向许怀远说起了那次在无相寺见到无为大师的情形，把整个事情的来龙去脉都说了一遍。最后说到，无为大师见到吴越，竟然摸着他的头顶念咒的事情。

许怀远很受震动，他跟无为大师久了，知道这个情形是不多的。全国有太多的信众，想见一面都不容易。还有很多老板，请求无为大师开光、主持开业仪式什么的，都被老和尚骂得远远的。

你想，老和尚的法名叫无为，什么都是神龙不见首尾的，平时跟你握个手就不错的了，哪里还会按着你的头顶念咒的。尤其是，大师对吴越说的那一句"你终于回头了"，这句话可不是一般的佛缘。

经过许怀远这么一解释，米灿这下对吴越更加信服了。天知道吴越这个家伙什么来路，反正平时就是挺神经，也挺神奇。

许怀远同时表扬他，前面这段工作做得不错。

这一回在地铁站点的网络炒作上统筹很好，他通知了J省的不少新闻媒体，把这个话题推了出去，此外也算是给星辰集团的人民路项目做了一个市场预热。结果是不错的，很多投资客户还打电话到公司，说如果人民路项目开盘，想订购一些商铺。

关键是，他向许怀远推荐了吴越。许怀远、严尚群对吴越的印象都非常好，这个年轻人思路广，国内的媒体认识很多，京海和南方的几家特别尖锐的媒体都是他找来的。而且还在网上把陈立人忽隐忽现地拉下水来，起到了敲山震虎的效果。用许怀远的话来说，这样以后，星辰集团就在明处，他陈立人就在暗处了，今后想搞星辰集团，他也要顾忌到名声，人家会自然想象他的态度究竟是出于公心还是私心。

米灿这几天的心情有了较大改善，自从上个月在无相寺有了这个奇遇，他的心真的安静下来了。所以，这一阵就没怎么出门，都在公司认真研究年度营销任务的事情。

这时，忽然接到一个固定电话，是陌生来电。从电话号码来看，应该是市中心一带的号码，他觉得很大可能是促销电话，于是犹豫了好久才接的电话。

电话里是一个女孩的声音，普通话还挺标准，上来就是："大哥，您好！还认识我吗？"

米灿一听这个开头，心想大概是电话营销了，正想挂掉，但是一想一般的电话营销，里面的普通话不可能这么标准啊，是机器人电话？要知道，最近这段时间，人工智能的电话营销很多。嘿，可以继续听听。

米灿深呼吸一下，端正了自己的语音，问："机器人，你好！你知道大哥我是谁吗？"

"哈哈哈哈……大哥，您太有趣了！"对方听完米灿的问答，哈哈大笑，声音那么好听，显然不是机器人，因为机器人不可能有这么丰富的语调的。

米灿被自己给整懵了，这是谁啊？我不认识啊。

这时候，电话那头继续跟他说话："喂，大哥，我帮你回忆一下。你还记得上次在风情街我们见面的事吗？就我和我姐，电视台的……"

米灿终于醒过神来："啊呀！是你啊，就是那个长得白白甜甜的那个小妞？"米灿这是脱口而出，因为后来他和张天民在一起时经常说起这事，两人私下给蓝莓的称号是"女神"，给杨雪的称号是"白甜小妞"。这时，忽然接到杨雪的电话，米灿口中就直接说出外号。

杨雪一听米灿这么叫她，有点气愤："你才是傻白甜呢！"但自己知道，米灿对自己和蓝莓是肯定记忆犹新的。

米灿自从在无相寺跪拜过后，寻花问柳的事情他是不敢想了。看来，冥冥之中真有天意，人在做天在看，自己还真是放浪不得。但是，心头的欲望还是有的，只是觉得自己不能再胡闹，倒是可以找个良家妇女谈恋爱、结婚算了。

说来奇怪，这几天还真想起了杨雪，心想，要是能够找到这样干净、漂亮的女孩谈恋爱结婚，倒也不辱没自己了。没承想，今天、现在，杨雪就给自己打电话了，这是多好的机缘巧合！

于是，米灿挺起精神，认真接听电话。

杨雪在电话这头叹了口气，说："唉，是这么个事情，上次我们不是给你和你那同伴做了谈话录音了吗？哎呀我告诉你，录得特别清楚，我们怎么处理都能听出是你们的声音。我们本来想不用这个了，怕影响到你们的声誉，但是台里领导呢非得要用，而且还想把你们的单位名称也给打上去……"

米灿一听脑袋"嗡"的一下就闷了，心想我最近刚刚有点缓过神来，这电视台要把我们的单位名称往字幕上一写，那我岂不是又卷入旋涡了？那还了得？他忙大声说："喂喂，杨雪，这个不行啊，这个不行的，你们要这么搞，我会丢饭碗的！"

杨雪装作一副很理解的样子，说道："哦，有这么严重啊？嗯，我幸亏打这个电话给您。但是，我们台领导觉得你们说得真好，所以觉得特别典型，您看这事怎么办呢？我们这个节目本周六黄金时间就要播了呀！"小姑娘红口白牙，说得还挺真。

米灿真是紧张了，这声音要播出来，一般人是听不出来，但是熟悉人是一听就知道了，因为每个人说话的语调音色在那儿摆着呢，再加上这种敏感话题听的人会特别留心、分辨，这要出来，那还了得？他坚决地说：“杨雪啊，你们不能这样的啊，我们上次可是说好了的，你们不播出去的，你们这是侵犯隐私权，我可以告你们电视台的。”

杨雪这小丫头就恨这种人，所以一听米灿说告他们，忙笑里藏刀地回：“谁说不是呢？但是我们台领导说了，这种事情谁敢去告啊？一旦去法院，那么姓名都是真的，岂不是黑上加黑吗？你知道，电视台现在为了追求收视率，那真是什么事情都做得出来，有人因为上节目被逼得上吊的都有……”

米灿听到这儿，终于有点知道这小姑娘肯定是有吓唬他的成分了，于是，忙问：“哎呀，小杨啊，帮帮忙啊，不能播啊。”

“帮忙是吧？没问题的。但是您最好能够提供一些更好的素材，那么我们台一看你这些新提供的素材更好、更抓人，就会把你的这个材料替换下来。”杨雪终于说出了主要目的。

经过一番讨论，米灿终于知道他们电视台还是想要什么情爱方面的故事，而且可以采用朋友的朋友的素材。米灿一想，自己这不是现成的吗？吴越就有过这种经历，而且，他还很了解吴越的故事情节，还有吴越的一大套知名的理论。最关键是，吴越自己是老板，又没结婚，把他的故事拿来说一下根本就不会影响到什么。

于是，他答应杨雪，找个时间他带着张天民一起赴约电视台，谈谈真实故事。

第十五章　资金危机

一

地铁站的事情基本尘埃落定，因为按照目前舆情，人民路的站点应该问题不大。一个本来已经没有胜算的局面竟然给扳回来了！许怀远恢复了往日的自信，他重新找到了那种冲破重重困厄、夺取最后胜利的感觉。他还是认为，决定事业成败的永远是过人的胆识、出众的智慧。只要充分利用民意的力量、市场的力量，一切都会有公正、客观的结果。呵呵，在这些面前，市委书记算什么?

因为这一仗的原因，人民路项目的知名度提高了很多，公司接到很多电话，表示有意向投资人民路项目的商铺，总体形势又朝许怀远有利的方向发展了。

跟许怀远不一样，这一仗打赢了，严尚群并没有高兴，反而一直是忧心忡忡。在他看来，虽然在地铁站点的事情上星辰集团似乎是赢了，但物极必反，今后的困难会更多。

坐在许怀远办公室，严尚群很认真地提醒着："怀远，这次我们是彻底得罪政府了，今后我们会面临一系列的问题，他的后手还没有开始呢！据熟悉他的人介绍，陈立人的性格是非常强势，是有仇必报型的，我们要在各个方面准备他的反扑！"

"嗯，我也知道啊。"许怀远经严尚群一提醒，也迅速冷静了下来。他陈立人毕竟是主管城市建设的副市长，能够动用的力量和手段太多了。关键是，他在暗处，我们在明处，这个准备工作就很难做。

“比如说，如果我们的土地出让金一时半会凑不齐，按照合同我们只要承担滞纳金就可以了，时间可以拖得很长。但是鉴于目前我们与政府的关系，他们很可能会直接收我们的地，还要没收保证金。光看这一条，我们就面临很大的风险。”严尚群说完，忧戚之色写在脸上。

的确，横亘在前面的一个致命问题没有得到解决，那就是资金。资金的两个来源都没有落实，一个是销售回款，一个对外融资。

二

马上要进入十二月份了，已经是这一年度的最后一个月了。星辰集团的营销未见起色。

上次营销会议的决定是到下一年度的春节前，回款25亿元。米灿的营销管理中心已经想尽了各种方法，销售回款就是上不来。但是，他上次会议上拿出来的预测模型倒是有很高的准确率，因为上次米灿预测十一月、十二月及春节前的三个月，总的销售金额会是15亿元，而一个月过去，十一月的销售回款就是5.2亿元，而且连每天的数据误差都很小。

那也就是说，米灿这个预测模型的内在逻辑、结构、计算标准是对的。而最后的结果正在朝他上次预测的目标靠近。

严尚群又好气又好笑，多次找米灿谈话，说：“你让我怎么说你？你说你现在的预测多准！要是之前就这样做工作，哪里会有集团整个的资金链危机？现在你有什么想法？上次要你拿方案，目标就是围绕三个月25亿元的回笼目标，你有什么条件？”

米灿在电脑上演示给严尚群看，说：“你看，现在全国三四线城市的楼盘销售都是溃不成军了，我们现在有这个成绩已经很好了，完全是因为我们项目在每个城市的地段位置比较好，所以相对抗跌一些。如果要回笼25亿元目标，只有一个方法，那就是降价退出！”

说完，他将销售总额调整到25亿元，根据这个反推各个楼盘的价格，结果出来了，严尚群吓了一跳。

哇！几乎是现有均价的7.5折，对大多数楼盘来说，这基本是亏本价格。但是，几个重点城市的降价敏感度不高，所以它们的价格要好一些。比如大湖市、姑苏市房价下降了15%，而省会城市沙洲市的南都新城项目则只有9%的降价幅度。也就是说，南都新城只要降价9%，就可以实现翻番的销售回款，三个月回款可以达到12亿元，几乎占了一半。

严尚群在短暂的惊呼之后，开始陷入长时间静默。

很久很久，他问米灿："你觉得，假如就按照这个价格来，你春节前实现25亿元的可能性有多大？"

米灿忙纠正："不可能了，现在只剩下两个月多一点的时间了，如果按照这个价格，未来两个多月冲一冲的话，可能会接近18亿元。加上11月份的5.2亿元，大概就是23亿元左右，比设定目标要少2亿元。但是，如果这个25亿元真的是必须的，那么现在就要开始大幅度降价，并启动促销活动。"

严尚群脑海里迅速扒拉了一下，现在两家银行的10亿元贷款总算是凑齐了，但是，年底的工程款支付控制在13亿元，而另外50%的土地出让金是17.5亿元，累计30.5亿元。融资方面，保守计算的话，10亿元是没有问题的，因为按照这个融资配比，自有资金已经达到了二比一了。这个安全系数已经远远超过行业水平了。

"也就是说，我们只要在年底完成18亿元，就可以渡过这个资金难关？"米灿问。

严尚群点头，但是又摇头："这个降价幅度确实有点大了，不知道董事长会怎么想？"

米灿小心翼翼地说："我私下觉得，如果这么僵持下去，明年形势只会更差！耽误一年的回笼，资金成本就达到12%左右，那不是等于打了一个88折？这段时间以来，我反复修正过这个模型，不谦虚地说，能够像我们这样数字化地预测未来销售形势的，很少很少。但是，如果我们不能去先人一步地实施退出战略，那么，我们也就会是温水里的青蛙，慢慢地死掉！"

严尚群听完，眼睛一亮，连连点头，说："米灿啊米灿，看来你还真是下了功夫了，你这个问题想得很透，已经比我透彻！这就是我两个月来一直在想的问题。今天你用数字化的方法提醒我了。可能，需要我们壮士断腕了，否则可能连手臂都保不住！”

米灿没想到总裁会这么评价他，心里一热，说道：“严总，你看，需要我做什么？”

严尚群说道：“我们要一起想办法说服董事长，大幅度降价，不要恋战！所以，我需要你准备一套方案，严格按照18亿元的目标，来一次大清仓！明天一早，我们就少数几个人碰一下头。”

米灿明白了严尚群的意思，连连点头。

三

临近中午的时候，严尚群、徐冰敲门进来了，是有关新时代公司那边的融资事宜。许怀远正在焦虑这个事情呢，忙让他们到小会议室坐下。

“什么情况？”许怀远问。

徐冰忙回答：“他们让投资经理韩松回话给我们了，他们基本同意我们的规划方案，但是提了一个要求，再增加一层地下室。”

“什么？再加一层地下室？是整层吗？”许怀远叫了起来，眼睛看着严尚群。

严尚群长吁一口气：“是的，再加一个整层，这样地下室将达到三层，总面积将达到20万平方米。他们说，你这里有地铁站，地下商业价值很大，原来我们地下一层考虑商业，地下二层考虑停车，车位有点不够。”

许怀远急道：“谁不知道车位越多越好吗？但那会增加多少成本啊？7万平方米，是3亿元的造价。现在我们可销售的本来就少了，资金链已经很紧张了，他们不能太理想化啊！”

严尚群说道：“是啊，我也这么说的。现在我们设计的地下二层的层高是五米，可以采用立体停车库的，虽说总体车位还是不足，但是已经够规划条件了。但是，他们的想法是，在这么一个寸土寸金的地方，可以做一个整层的地下商业，这对整个项目的价值提升是很有帮助的。唉！他们也就是债权投资，倒显得好像他们是开发商一样的。你说，这不是淡吃萝卜咸操心吗？”

“对啊，这是什么意思？项目是我们的，这种决策应该由我们来做。将来他们的本金利息收回，就没他们什么事情了啊！”许怀远连连摇头。

徐冰这时候说：“没办法，他们新时代集团作了决定了，说除非是这样规划，否则他们不会给我们投资。”

许怀远开始沉默，右手又摸起了下巴。

严尚群盯着徐冰：“现在除了这个新时代，就没有靠谱一点的投资人了吗？”

徐冰期期艾艾地说：“有几家在接触，资金成本比新时代高了3个点，而且还没有像新时代这么态度明确。再说，按照土地出让合同，还有一个月就要付另外的一半17.5亿元了，眼看到春节了，资金更加紧张了。关键是，前一阵因为地铁站点的事情，国内的金融机构都担心我们跟地方政府的关系不好，会给项目带来风险，所以都很谨慎。”

许怀远咂一下嘴，又叹了口气，说：“又是这个陈立人的原因，他把我们给搞惨了！尚群，你看这事怎么办？”

严尚群脸色也很为难，一时半会下不了决心，他转身问徐冰：“那他们新时代集团是不是就剩这最后一个条件了？”

徐冰点头：“他们说了，如果我们按照这个思路对方案进行修改，并且把方案报到规划局批下来，他们就放款，一定不会耽误我们的出让金支付。”

许怀远问严尚群：“这个方案修改并批复，需要多少时间？”

严尚群稍稍计算了一下，说：“方案已经在规划局了，而且专家评审会也已经过了，那么接下来会很快。估计快的话25天，慢的话需要30天，倒是正好能够赶上这个支付节点。”

时间很紧，如果放弃掉这个资金，那真会耽误土地出让金支付。许怀远咬咬牙，说道：“好吧，答应他们的条件，赶快修改方案、并进行报批。但是，我们这几天就要签订合作协议，他们的保证金也要支付过来！”

徐冰如释重负，忙说：“好的，他们说了，如果我们同意，他们总裁过来考察一下本周就可以签订协议，签完协议后五天内第一笔保证金到我们账上。”

许怀远点头：“好，就按这个办，让他们尽快过来签协议。”

说完，许怀远稍稍松了一口气，苦笑一下，对严尚群说：“看起来，这个新时代还是很专业认真嘛，对项目的规划比我们操的心还多！”

严尚群双手一摊，说：“也好啊，说不定今后还可以长期合作呢。”

许怀远点头，半年来一直悬着的心，终于有点落地的感觉了。

四

第二天，许怀远早早来到了会议室。

他昨晚就已经接到严尚群的通知，今天早上碰一个头。八点不到，严尚群、米灿、徐冰四人就来到了小会议室。与会的就他们四个人。

首先，米灿把上个月的销售数据做了汇报，他主要是结合他的预测模型来汇报的，详细说明了这5.2亿元的销售金额是有哪些楼盘组成，分别由哪些决定性的因素，哪些重要的外部条件组成的参数，等等。

最后，他说：“董事长、严总，经过一段时间的反复思考，我觉得我们的形势是非常严峻的。当然，前面是因为我们营销中心没有给出精准的分析，所以导致集团拿地过于激进了。但是，我的失误已经犯下了，集团也已经面临这样的情况了，需要去补救。所以，我大胆建议集团做大幅度地降价。我对具体的降价幅度也做了一个预测，按照下面的降价幅度，我们有可能在两个多月的时间之内回笼18亿元。具体的降价幅度分为三个层次，第一层，是沙洲南都新城项目，降价幅度为12%；大湖、姑苏、金州三个主要地级市，降价幅度为16%；其余县级城市的项目，降价幅度为25%。我这个建议有些冒昧，希望董事长、总裁谅解！”

许怀远听到这里，急火攻心，一巴掌拍在了桌子上：“米灿，你……你胆子也太大了！你竟然提出这样的建议?！”

会议室顿时一片寂静，徐冰吓得大气不敢吭一声。

许怀远转过头来看着严尚群，想听他的意见，但严尚群则是沉默，盯着投影画面，暂时不发表意见。

许怀远大声说：“你知道，降价25%以上意味着什么吗？徐冰，你告诉他！”

徐冰急忙说：“降价25%，意味着我们几乎会亏本，因为我们大量的间接费用、财务费用加上去，一个项目的毛利润也就是20%左右。”

“是啊，你让我们星辰集团的一大半项目几乎白做，那我们前几年辛辛苦苦就白干了？”许怀远气得从椅子上站立起来。他盯着米灿，大声斥责道：“你这个营销总监还能不能干？你不能干就直接说，你这个建议不是逃跑主义吗？如果都像你这样，星辰集团还能发展吗？”

等许怀远发完这一大通火，稍稍平静下来后，米灿沉郁地说：“董事长，我今天这个建议是经过了很长时间考虑的，这三个多月我一直在市场上跑动，现在三四线城市的房市就是面临着一个胜利大逃亡的形势。因为，三四线城市支撑房价的几个重要因素已经没有了，之前因为J省是制造业大省，大量的外来员工纷纷挤进来，所以也带动了其他各类服务业。但是，现在产业升级导致工厂大面积倒闭，几乎所有城市的人口都在减少。此外，前面这些年因为三四线城市没有限购政策，所以导致大量的开发商进去开发，现在的供应量都已经饱和了。现在就几个主要的地级市，以及沙洲市，因为城市规模较大，人口的受教育程度较高，所以还能够完成产业升级、转型，服务业也能够做起来。但是，你看看这些县城，他们还有几个能够快速完成转型的？我们不能再幻想了，这个时候该逃就要逃，不能指望明年、后年还能回暖。总的来说，我们星辰集团当初囤地的价格不高，对比后来限购以后转移过来的开发商，我们的土地成本是很有优势的。只要跑得快，我们还是有利润的。”

米灿显然是有准备的，他这么一席话分析得还挺透彻。许怀远本来怒气冲冲地看着他，心想你能说出个子丑寅卯来？但是，听到后来，发现这小子竟然分析得头头是道，不由地长吸了一口气，平静了下来。

严尚群这时开口，问徐冰：“徐冰，你发表一下意见吧。”

徐冰没想到严尚群突然问他，他看了一下许怀远的脸色，又观察了一下严尚群的表情，一时之间不知道怎么回答。

许怀远手一抬，对他说：“说吧，把自己心里话说出来。”

徐冰想了想，问米灿：“降价幅度确实比较大，能不能幅度再小一点，折中一下呢？房产销售我不太懂，但价格是不是全部因素？”

米灿摇摇头，坚决地说：“如果要快速退出市场，价格就要一步到位，吞吞吐吐，温水煮青蛙，最后会死人的！而且，我们这么大的折扣是有一个硬性条件的，那就是必须全部用现款买房！”

“哦？全部现款？人家要按揭怎么办？”许怀远问。

米灿回答："是的，必须是全付现款。按揭可以办，但是需要在十天之内付全款，后面按揭办下来后再把资金置换出来。现在三四线城市的按揭要排队，银行不是太愿意做按揭业务，所以我这么做是逼业主向亲朋好友借一下，等一年半年按揭办完后再还。这样，我们的销售回款才能保证！"

许怀远不再吭声，他琢磨米灿和徐冰的态度。作为财务总监，寻求利润最大化是没有错的，徐冰的回答符合他的职责。而米灿这小子，今天这个态度倒是让许怀远刮目相看，他倒是有一股稳、准、狠的态度在里面的。

然后，他看严尚群，问道："尚群，你的意见呢？"

严尚群见许怀远已经平静下来，便慢慢地说话："首先，我同意米灿对三四线城市的分析，前几年市场浮躁跟风，导致这类城市的供应量非常大，我觉得不可恋战，需要快速撤离。而撤离，是不能患得患失的。其次，从集团的形势来看，资金缺口摆在那儿，如果我们不去填满，那么我们对外的违约成本、融资成本会更大。所以，我想啊，凡事相反相成，正因为我们对现金流有迫切需求，所以导致我们对销售回笼更加不能等待。所以，我们才有机会快速决策，果断决策，因为我们必须破釜沉舟，这或许是形势强加给我们的一次机会。第三，从集团面临的资金链风险来看，我觉得值得我们去保守而又积极地准备一次，我们降价是为了拥有更大的安全系数。要知道，这是一个房地产的多事之秋，三四线城市肯定会进入一个较长的盘整期，我们没有必要去赌这个周期的。所以，我的意见是，可以采纳米灿的建议，当然，这只是我个人意见，集团还要审慎地走一个决策程序。"

许怀远看着这个老搭档，听他这么一番话，心里暗暗钦佩。这位老兄三下五除二地阐明了形势，分析了利弊，而且还很辩证，决策水平确实高明。听他这么一分析，许怀远觉得心里有底多了。

"好吧！我原则同意大幅度降价销售，但是南都新城是我们的最重要的粮仓，要紧密结合销售形势做灵活调整。至于其他城市的降价幅度我认为基本可以。集团会最后做一个书面决定，下发到各个子公司。米灿，你好好地干，前面的事情已经过去了，不要有太多包袱。集团今天面临这个情况，第一责任人是我，所以，只要完成你刚才说的目标，我年终照样会奖励你！"

米灿心头一热，大声说："好的，我一定完成目标！"

严尚群最后提醒：“一旦降价，要注意安抚好老客户，可能会闹事。所以需要我们做好充分的准备。”

五

大力度的营销战略调整工作完成，许怀远心里稍稍安定了一些。未雨绸缪的工作做好了，那么即使来一个漫长的冬天也不是太可怕了。

融资工作也有了进展，上午十点，许怀远将接待一家新时代公司的代表，双方已经进入实质性的接触、洽谈了。

之前，这家机构与徐冰已经有过大量的电话沟通、交流，也安排过人员到沙洲市做过市场调研。这次是他们公司的总裁亲自来拜访许怀远，如果条件一致，双方就可以拟定一个框架性合作协议。看来，整个形势正在朝有利的方向发展。

最近这阵子，许怀远、严尚群都在紧盯着融资的事情，各类金融机构、投资公司、基金公司纷纷来访。每来一家机构，就要一大套资料，把集团各个部门都忙成一团，但是大部分机构获得资料后，都是没有什么明确回应。很快两个月都要过去了，至今没有一家正式确定投资意向的。许怀远、严尚群两人接到的名片已经有一大沓了，徐冰更是疲于应付这类机构，那些仅仅是意向性接触的机构都被他过滤掉了。

今天来的这家机构是近两个月来的唯一都能符合星辰融资条件的。严尚群开的条件也比较苛刻，配资额度是一比一，资金成本只能控制在银行同期贷款成本的二倍以内，也就是12%以内，此外星辰提供的股权质押比例不高于25%。按照这几个条件进行了第一轮接触，大多数都是不符合的。

就在严尚群考虑改善融资条件的时候，这家机构的投资意向逐步明确了。所以，今天双方高层进行第一轮会谈。

十点整，客人准时到达。这是一个高高瘦瘦的中年男士，笑容和蔼，彬彬有礼。他带了两个助手，一个是与徐冰见过一次的投资经理，韩松。另一个是三十岁不到、长得很漂亮的女助理。

徐冰把他们直接带到小型会议室，并通知许怀远、严尚群进场。双方寒暄落座。

许怀远稍稍打量了一下眼前的这个客人。他习惯在第一时间去观察分析一个陌生人的印象，因为这第一印象最为直观，也往往能够呈现这个人性格的主要特征。眼前这个人名片上的职位是新时代投资集团的总裁，沈洋。突出的印象不是一个做实业出身的，因为实业出身的老板们其神情往往更加复杂，因为他平时管理的对象是一个繁复的组织，还有很多的操作细节，所以没有那么抽象简单。做金融的，更多是对一个项目的结构性思考，他需要的是逻辑严密合缝，快速从一大堆数据、现象中整理出清晰的结构来，他的神情一般不会那么复杂。当然，一个人的职业特征要能够在脸上体现出来，那就要求他的职业经历会很长。

所以，许怀远第一时间判断，眼前这个人应该有过很多年的投资经历。就在许怀远打量他的时候，对方也不急不慢地在许怀远脸上扫过，双方眼光遇合时，彼此在阅读对方的心理状态。许怀远忽然觉得，眼前这个人心机很深，今天的初次谈判可能会有不少杀招。

“沈总，有劳您从深港市赶来，幸会啊！”严尚群率先表示欢迎，也把自己名片递给了对方。

沈洋很有礼貌地点头致意，说：“许董、严总，幸会啊，我们来沙洲是应该的，做金融是服务，应该上门的。”

许怀远听他说得客气，微笑着说：“现在是资金为王啊，我们就像农民种田，赚点微薄的利润，赚钱比你们难多了啊。”

沈洋微微一笑：“许董是高人，您这是暗示我资金成本不能太高嘛！”

在场众人哈哈一笑，场面气氛顿时轻松起来。

严尚群一听，两三句话就已经切入正题，于是加快推进。问：“沈总，不知道你们公司是什么背景？你们的资金来源是什么？”

沈洋还没发话，那个美女助理已经开始介绍：“各位领导，我把我们公司介绍一下。我们新时代投资集团是深港市几家实力企业共同出资组建的一家投资型公司，我们主要以产业投资为主，严格意义上不属于金融领域的公司。我们的投资形式为股权投资，主要投向集中在星级酒店、旅游度假区、商业地产、物流地产等项目上。我们在国内投资过不少案例，比如广惠弘景广场、深港市海天大酒店、东南省紫罗兰度假区等，但是我们都只是股权投资，不参与项目的运营。合作模式一般采取假股真债，主要是固定收益。”

美女助理口齿清楚，三言两语把公司做了一个简要但完整的介绍。介绍完毕，她还把他们的公司宣传册分发到许怀远这边的几个人座位上。

然后，沈洋做了补充：“我们公司的股东都是做国际贸易的，平时有很大的现金流，也能从国外银行拿到信用证，所以我们的资金成本比之于国内的资金会有成本优势。也就是这个原因，所以我们才能满足你们的成本要求。我们的资金来源就是公司的自有资金，你们这次融资额度比较大，我们这次会将几个股东现有资金做一个集合，加起来将满足你们的额度。呵呵，为了不浪费大家时间，也便于你们了解我们的公司，我们这次把几家公司的银行账户余额证明也带来了。请各位过目一下。”

说到这里，他让投资经理韩松把银行出具的书面证明递了过来。

许怀远、严尚群、徐冰都过目了一下，果然，上面都是银行出具的资金证明，证明出具时间也就在最近一周内。非但如此，韩松还特意准备了一分复印件，可以让星辰集团去核实。

这还不算，韩松还出具几家公司的委托书，上面清清楚楚写着：兹委托新时代投资集团进行投资理财，资金额度是多少多少。徐冰大吃一惊，因为在电话里他并没有提这些要求，关键是这里的资金证明加起来足有20亿元，显然对方这家公司的实力非比寻常！他忙了近两个月，终于见到了这么一个非常靠谱的投资人，眼看着困扰他两个月的融资工作已经有了眉目，心情有点激动。

许怀远则不动声色，点了点头，说：“感谢沈总，没想到你们准备得这么认真。既然你们这么坦诚，那么我们可以进行实质性的商谈，看看还有哪些问题需要明确?”

沈洋还是很谦虚，伸出右手，示意星辰方面还有什么问题需要了解。

严尚群做过类似业务，这也是他之前要求徐冰去做的，知道没有问题。于是，他点点头。然后，他再看看徐冰是不是还有问题。

经过一番询问，严尚群、徐冰都说暂时没有问题了。他现在急于想知道，对方会有什么要求?

“好！既然贵公司没有问题了，那么我们谈谈我们的条件。”沈洋举重若轻地说，“第一是资金成本，我们可以满足你们不超过12%的要求，但是这个12%不包含信托的通道费用，这个需要你们承担，是不是可以？”

许怀远、严尚群互相看了一下，点了点头，由严尚群表态：“可以。”

“第二，我们需要70%的股权过户给我们，当然这只是技术性过户，届时资金借期结束，你们可以溢价回购，可以配合。但是，你们留下的30%股权需要质押给我们，以上都由信托机构来实施。这一点是否可以？”

严尚群小声与许怀远商量了一下，还是由严尚群表态：“我们的想法是65%的股权过户，其余35%可以质押。但是你们在董事会成员中只占少数席位。是否可以？”

沈洋仔细思考了一下，做了表态：“我个人没有意见，但是我需要咨询我们的法律顾问，如何在股东会上保留足够的权利。因为我们不参与具体经营。此外，我们需要委派财务总监，你们的资金预算需要我们同意。是否可以？”

许怀远和严尚群压根就没有想到，今天的初次会谈会这样深入，以至于没有安排法律顾问到场。但是，对方也没有法律顾问，所以还是公平的。

于是，两人再度商量，决定同意沈洋的要求。

“第三个问题，资金借期设定为二年，但是你们可以提前一年还款，只需要提前一个月通知我们就可以。这点是否同意？”沈洋继续问。

这个条件正好符合许怀远、严尚群的要求，两人不约而同地点头同意。

“第四，我们需要聘请设计公司对你们的建筑设计方案进行审核，除了之前谈妥的增加一层地下室之外，我们还会提出自己的意见。你们原来聘请的设计公司可以继续推进工作，但我们在过程中就要介入。”沈洋抛出了最后一个问题。

“哦？”许怀远、严尚群都有点奇怪：“你们要介入设计方案？你们不是只负责投资、不参与经营吗？”

沈洋摇摇头：“建筑设计不是具体经营，而是战略定位，这是股东会议才能做决定的事项。如果，我是说万一出现你们无法偿还我们投资本息的时候，我们需要对项目进行处置，那么我们要保证这个项目是符合我们的要求的，因为我们知道哪些投资人喜欢投资什么样的项目，未来的处置就会顺利很多。当然，我们会尽量与你们沟通一致，因为我们的利益是绑在一起的。而且，我们会请国际国内的专家来做顾问，不仅是规划设计方面的专家，还会有商业运营方面的专家。是否可以？”

许怀远、严尚群又是一阵商量，然后由严尚群表态：“你们可以提合理的建议，但是我们要有主导权，因为我们相信，我们应该会达成一致。我们也欢迎更加完善的意见。如果双方分歧太大，无法合作，我们需要你们承担期间的财务成本。”

沈洋点点头：“没有问题。如果这些条件没有问题，我们双方可以签订一个框架性合作协议，约定彼此责任。”

严尚群说：“我们需要你们公司支付10%的保证金，也就是1.75亿元。否则，我们还会继续与其他投资人接触、商谈。”

沈洋显然是有备而来，几乎没有做太多思考，说：“我们计算过了，你们的财务成本每个月是3500万元，我们可以先支付三个月的履约保证金，也就是说1.05亿元。这是上限。是否可以？”

许怀远一听，觉得可以，问：“框架性协议签订后的五个工作日之内支付，是否可以？”

沈洋的眼光停留在许怀远脸上，他微笑着、缓缓地点头：“可以。”

六

星辰集团的大幅降价开始了！

行动开始之前，米灿故意“泄密”，各类房地产网上爆出大量小道消息。诸如：

“重磅，楼市危急，后天开始，星辰集团老许砸场子了！”

“绝密，星辰集团举起价格战大旗，刚需改善赶紧下手！”

“可靠消息，星辰集团十五盘星夜降价，楼市终结者出现！”

一条条这样的标题，在各个城市网上吊足大家胃口，幕未拉开而声势先起来了。到了周五，星辰集团正式的消息出现了：

“全省十五个楼盘联动促销，一步到价，一步到位”。

“四线城市七折亏本撤退，三线城市八折离场，二线城市九折出货。”

“欢迎抄底，积极出货，星辰集团将价格一降到底。”

这些网络文章是第一波，在房产形势观望的关键时候，这些刺眼的文章一出来，马上各路媒体蜂拥而来，于是自然形成第二波炒作。然后是“星辰各大售楼处爆棚”“某某楼盘半天被抢100套”“星辰集团疯狂打折，所有房子遭哄抢”等消息再度热炒，形成第三波。半个月之内，星辰集团再度集聚市场眼光。

很快，短短十五天，星辰旗下楼盘回款达到9亿多，几乎完成了原定18亿元的一半！

许怀远哭笑不得，在办公室里不断踱步，骂道：“米灿这小子，够狠！这半个月把星辰集团这么多年来培植的高大上品牌全砸了……”

严尚群则哈哈大笑，说：“这就对了，你看那些什么‘清仓大甩卖’之类的促销，哪来的情调去考虑品牌啊？现金为王，长久生存才是王道。到时候我们逃出来了，人家死在里面了，最后人家会佩服我们的勇气、决心、智慧的。只要我们活下来，品牌自然而然就保持住了！”

许怀远喜忧参半，看到资金大量回笼，感觉很高兴。看到前几年辛辛苦苦抢地、盖楼，最后却是不怎么挣钱，又是黯然伤神。

与此同时，另一个麻烦也在发酵，随着星辰楼盘打折消息的快速传播，不少楼盘的老业主也开始闹事，说是自己买的房子降价造成很大损失，要星辰给个说法！

米灿对老业主闹事是有预案的。他的意见是，价格是市场行为，赚钱亏本自己负责，星辰集团没有义务承诺业主一定要购房赚钱的。所以，降价促销一开始，他就通知了各个售楼处，一旦老业主闹事，尽量先安抚，让他们不要闹事，不要让他们抱成一团，以后可以商量做一些增值回馈。另外，为了确保现场秩序不致混乱，米灿还特别与省内几家大的安保公司联系，临时增加了很多安保人员。最后，所有项目公司总经理提前拜访当地派出所，让他们提前做好准备，一旦局势不可控，则由派出所介入。

正是因为以上措施得力，所以，开始的半个月之内，各项目的老业主没能掀起什么波澜。有些三五成群的业主，也被迅速拆散、安抚。

但事情比想象得复杂，因为这次促销力度大，宣传广泛，所以老业主被刺激得更深。而且现在网络无地界，一个城市一旦有业主聚集闹事，另一个城市也很快呼应起来。到最后，几个城市的老业主串联了起来，联合向星辰集团施压。J省北部几个县城闹得最凶，老业主把售楼处围起来，不许新客户进场买房。如果事态进一步恶化，可能会发生冲突。

米灿急了，急匆匆来找许怀远、严尚群，问："董事长，严总，怎么办？我之前没有做充分考虑，这些业主简直不可理喻，越来越过分了。"

许怀远摇摇头，说："不能这样说，你要考虑购房者的心态。国家的房价其实一直是由政府托底的，所以这个市场并不彻底，老百姓闹事是很正常的。我们首先要给予理解，然后才能解决这个问题。"

米灿急了："哎哟，我们理解他们了，那我们怎么办？我们的房价现在已经是七五折了，再理解他们是什么意思？老客户也享受这个价格、然后再退钱？！"

严尚群沉吟良久，说："这些老业主的房子到底有多少贬值幅度？"

米灿回道："几个北部县城的房价虽然号称七折销售，但那是最高优惠价格。而且老业主大多是去年购买的房子，当时价格是今年价格的九折多一点，所以实际价差也就在15%。大湖、姑苏、金州几个城市本来就是八五折出货，今年上半年在去年基础上有过提价5%，所以在这个基础上打85折，大部分老业主贬值幅度在百分之七八的样子。但是，今年的购房业主损失会大一点。"

许怀远想了半天，问："有没有多赢的思路呢？我们大家再琢磨一下……"

米灿想了一下，说："我们经常会用客户拓展客户的方式销售，在这里是不是可以用一下？比如，我们规定，如果老客户能带新客户来购房，那么可以按房价总额1%提成，他只要能够带来10个客户，那么就会有10%的提成。我想，他们一定会想办法邀请新客户来成交的。此外，我们将所有的房源优先向他们邀请过来的新客户敞开，这样新客户也愿意跟他们合作。"

严尚群点一下头，说："这是一个方法，可以将本来的对立的新老客户之间统一立场，加速我们客户拓展，资金回笼速度也加快了。其实只要我们提前回笼资金，就可以节省一大笔财务费用！"

米灿说道："是啊，总比现在让他们围住售楼处好啊！我们这个政策一出台，老业主想顺应我们做事，还能捞点实惠，他们抱成一团的局面很快就会破解。”

许怀远在办公室踱步半天，最后发表意见，说：“你们想的这个方法可以部分解决一些问题，但是没从根本上解决老百姓的核心要求。他们现在火头上，你再让他们替你去拉客户买房，估计有点难！我想这样吧，我们办企业赚钱，说到底是取之于民用之于民的，对我们来说，就是一个资金链的问题。只要这个资金链得以解决，我们受一些损失也不要紧。所以我们还是要理解老百姓买房保值的起码要求，对他们的贬值损失，我们可以做些补偿。但是，需要在三年之内，逐步进行补偿，现在不行。可能这样的措施会妥当一些！”

许怀远之所以有这个话，是因为他忽然想起来自己老母亲对他说的，自己前生是盖寺庙造福众生的，想想这个天下财富本来就不是哪一个人的。何必呢？

严尚群看着许怀远，忽然心有所动，说道：“怀远啊，你这做企业家的心境越来越高啦！其实，这也是我想提而不敢提的事情。其实，我们做企业做来做去，就是一个游戏。只要这个游戏能够玩下去，多挣一点少挣一点是无所谓的。而且，我们这样做，市场是能看明白的，老百姓是看得懂的，这样做，会更加让老百姓尊重我们，我们客群的忠诚度会进一步提高。只要有这个，我们就能长久发展！我完全同意你的意见，分三年补偿完毕，年化率3%—5%，我们也能承受。我们可以出个通告，让大家放心！”

米灿心里也很有触动，大声说：“唉！难得你们两位老板如此胸怀，我米灿佩服。好，我赶快去执行这个办法！”

果然，这个举措大为奏效！各地售楼处的老业主很快散去了。不仅如此，星辰集团的这个举动确实很有胸怀，也很具长远智慧，所以不少媒体又把这个当一次新闻进行广泛报道。许怀远接受采访，开诚布公地阐明了星辰集团的企业理念。

市场反响非常不错！新老业主都很满意。所以，各楼盘的销售金额又是大幅度增加了。总算资金高度紧张的星辰集团松了口气。

第十六章　遭遇绝症

一

一个问题还没彻底解决，另一个问题产生了，而且是更大的问题。这就是规划报批。

当初出让公告中对土地的用途分类有四种，列出了建设内容，分别是商业、高端酒店、科创大厦、住宅四个类别，这是没有异议的。但是其中住宅是20万平方米也是明确的，但商业部分是包含了酒店式公寓、高端酒店、购物中心，这三个类别应该各占多少，是要在后期的规划方案里面体现的。这三个类别，不同的规划内容，会导致不一样的资金回笼。

首先，看酒店式公寓。这个部分还算是回笼资金较为快速的，因为年轻白领阶层喜欢这样的公寓，房型小，单价要比住宅低很多，虽然没有住宅的优点，但还是有能够销售的部分。这个部分，规划局现在的意思是要尽量减少，理由是现在沙洲市里最多的就是这些，而且人民路项目这么高端定位，这么多小产权的东西影响整个项目的品质，因为这些一旦被销售出去，基本上就是住宿和小企业办公。他们要求总的比例不超过50%，而且还要扩大单套面积。

其次，购物中心。购物中心的不同规划，也直接影响销售回笼。如果规划中沿街商铺的比例大一些，那么就容易销售。如果沿街商铺变少，而大体量围合建筑增加，那销售就很难。因为是整个一层，不会有实际墙体分割，所以所谓商铺只能虚拟分割。这种商铺是很不好销售的，而且沙洲两年前就已经规定，不允许这种虚拟分割商铺独立办证，所以销售回笼资金的路就被堵死了。

最后一个是高端酒店。这个高端有不同的定位，六星级、五星级、精品酒店都能叫高端，但是投入的资金是不一样的，可以说差别很大。

以上三个部分虽然问题很多，但总还能被分割成无数个独立产权，至少国家法律法规层面是可以被无限分割的，如果规划局真要卡你，星辰集团也可以公开反击。但是210亩中的100亩科创用地，那就麻烦了，因为沙洲市政府的文件都列明，这只能是50%可以销售，而且可销售的部分还得是科技创业企业，这些企业还得有独特的技术优势。如果不是这样，就不能销售，不给办理独立的土地证、房产证。而哪些企业的技术算是优势？这是没有认定标准的。

到了这地步，也就说，人民路项目中明确可以销售回笼的就是20万平方米住宅，其他部分，包括商铺、酒店式公寓、产业大厦、购物中心的产品定位都得向规划局报批。还有，地下停车场到底配建多少面积，地下几层，都得规划局说了算。

而这，就是当初严尚群反复规劝许怀远不要进入的原因，除非你星辰集团建的房子除了住宅其他都不销售，全部自己持有。所以，在拍地之前你就得跟区、市两级政府还有规划局商量沟通，否则你就会被卡在这里，动弹不得。

更何况，你直接抢拍了这个地不算，还跟沙洲市的一把手扳上了手腕。你这个掌舵的集团董事长简直是被前面几年的胜利冲昏了头脑！

所以，当李光华抱着一大堆规划文本来到许怀远办公室诉苦时，许怀远才知道自己竟然连出昏着，犯下了这么一个严重错误！

“董事长，方案又被驳回了，真的没有料到事情会这样复杂……”李光华脸色青白，原来那种不知天高地厚的劲全没了。

许怀远摆摆手，长叹一声：“主要责任在我，当时严总是反复劝我的，是我当初特别想拿这个地，不允许人家反对。”

这次的规划方案已经是第三稿了。按照沙洲市出台的新规定，商业物业包括酒店式公寓只能销售50%，所以项目把酒店式公寓全部做成“SOHO”式的公寓了，增加户型面积，平均在100—150平方米，满足一个中小企业应该有的办公面积。但显然，这样的户型是不太适合销售的。但就是这种重大让步，还是不能报批通过，那真是麻烦了。

李光华介绍说：“这次打回的主要原因不是酒店式公寓，大家对酒店式公寓现在的产品定位是满意的，据说市委书记梁文龙对我们在这点的规划还是很认可的，觉得我们是认真做了市场调研的。但驳回我们整体方案的也是他……”

许怀远觉得奇怪：“梁文龙到底是什么意思？”

李光华回答：“规划局邢局长说，梁书记主要对我们对研发用地的规划很不满意。我们现在的容积率没有用足，因为考虑到这个房子比酒店式公寓更加难以消化，而且产权划分都有问题，所以我们只做到了2.8的容积率。结果梁书记很不满意，说这么绝版的地段，你们容积率都做不足，没有这个能力就不要来抢地。”

许怀远听这个话，顿时觉得没有脾气，这是严尚群、李光华、米灿他们的一致意见。因为这个100亩要做足的话，地上建筑面积增加近10万平方米不算，地下还要增加4万平方米，这样下来建设成本增加7亿元，这对星辰集团的资金压力实在是太大了。

“难道我们做低容积率，不占这个便宜还不行吗？”李光华愤愤难平。

但许怀远内心觉得，梁文龙的这个看法还是有道理的，现在城市用地越来越稀缺，规划就得高瞻远瞩，不能仅仅考虑眼前的困难。

现在没有讨论的余地了，这个项目只能按照这个意思修改。好在有一点是有利的，那就是新时代基金要求增加一层地下室。正好对应扩充的地上面积，所以使得规划变更不至于太浪费。于是吩咐下去：“赶紧修改，春节前争取把方案定下来，赶紧进入施工图阶段，春节后三月份无论如何要开工，项目再也拖不起了！”

二

可能真的是许怀远的这次土地竞拍透支了自己的福报，连续的厄运降临。

这次是张红的身体情况出现了问题。

张红今年开始，一直感到肠胃不舒服，总是觉得里面有一种堵得很严实的感觉。最近几个月，胃开始难受，还隐隐作痛。

许怀远劝过他好几次，尽快去医院做个检查，不要拖出什么事情来。但是张红觉得自己的胃以前一直是很好的，应该不会有什么问题。加上现在去医院检查一个什么毛病，那是太麻烦了。先是等诊断医生下结论要老半天，等诊断出来，开单据收费做检查，放射科又下班了。然后你要等整整一个中午过去，到了下午你才能正式做检查。所以，无论怎么节省时间，你总要花费一天时间。

当然，许怀远认识不少院长、专家、主任，是可以加快的，但是张红不愿意去为了这个小事麻烦人家。加上星辰集团最近事情特别多，许怀远起得早、回得晚，也没有太多精力去关照她。

好了，这事一拖再拖，半年就过去了。

到了最近，张红胃部的难受劲加大了，之前吃一些消炎药还能管点用，这时就没用了。她自己也急了，让许怀远给人打招呼，要去医院看看。

许怀远给人民医院的老院长余锦洲打电话，让他安排一下。

于是余院长给张红特别安排了一个胃病专家，让张红直接去看。结果，中午不到，许怀远就接到余院长电话："许总啊，夫人胃部有问题，你尽快来医院！"

天，要出事！余院长是许怀远多年朋友，一般状况能这么急着催他去医院吗？接完电话，许怀远一直在确认这个事实，一边感觉自己像做梦一样。

他赶紧通知司机到楼下，另通知秘书小董推掉下午所有的安排。

从星辰集团到医院只有三公里，但是今天是周一，交通比较繁忙。许怀远的车走走停停，将近半小时才到人民医院。而且，行程要经过人民路地块。许怀远在车里看着项目围挡，头皮阵阵发麻，后背发凉。怎么又来了项目地块了？

他又突然想起上次在无相寺里无为大师对他说的一番话：你这一生，有两个女人替你造就了很大的福德。一个是在替你培福，一个是替你在消灾。这事情能过去，你要感恩这两人！

我的天！无为大师说的两个女人，不就是自己的老娘和妻子张红吗？这老娘已经走了，难道张红也要走？

想到这里，许怀远眼前一黑，顿时觉得这个人生真不是一个太好的东西，怎么埋藏了那么多歹意呢？但许怀远也知道，这就是佛家说的无常，今天才真正体会到。

三

离医院最后200米的时候更加堵了，许怀远实在忍不住了，让司机停车，自己下车走路。一路奔跑往医院赶。

到了医院，他按余院长指点，直接去他办公室。余院长想得很周到，第一时间在他会议室召集了几个专家，正在会诊。

许怀远进门后，他们在讨论。余院长看到他，示意他坐下。

几位专家在看放射科出具的检测报告。上已经有初步结论，胃部有2×0.5厘米的一块阴影，就在胃黏膜上，不知道有没有进入胃的肌肉层，癌变的可能性很大。

现场几位胃病专家、CT专家一致判断，癌症的可能性很大，几乎可以确诊。进一步做切片检查，只是为了更好地确认是几期？

眼前的情况就是如此，排山倒海，层层推进而来，容不得你有任何反抗。天！许怀远眼前一黑，几乎就站立不住。他一屁股坐在沙发上，神思恍惚起来。

这一切究竟是什么原因？难道就是因为自己拿了人民路这块地？否则那次无为大师怎么就提到了自己有两个女人在培植福德呢？他现在揣测老和尚的话，那是不是就是许怀远这次拿的大项目，非得要他赔上这两个女人？

这一刹那，他是真后悔啊！

他真后悔拿了这么一块地了。几个月下来，这块地已经让他操碎了心。他回想起了当时在大街上竞买的情形，他那时也觉得自己已经很勉强了，感觉自己是吃不动这块地的。而且，命运似乎也充分给过他暗示，以至于这么多年没有车辆碰擦经历的他，还在大街上撞车了。撞了车了，还不肯停下来处理，非得夺路而逃，搞得像电视剧一样的让人家在后面追。追上了，那也就算了，自己停下来处理这个事情，反正现场也有人在按照25亿元的价格上限在参与竞拍呢，自己为什么又要去冲动呢？那时，严尚群反复提醒自己，说用这么多资金去拿一块地，风险过于集中，这就是决策的大忌。但是，他自己没听进去啊。

现在他老娘走了，张红也开始有问题了，这一切是不是就因为这个项目呢？

但是，许怀远也怀疑，这一切是自己的感知猜测、迷信瞎想呢？还是确有其事？许怀远一片茫然。

他接受了专家的意见，明天一早让张红来医院做胃镜检查，进行详细分析，然后再做决定。

“怀远啊，夫人的这个病基本确诊，只是大小、早期晚期的问题了，所以你需要做好准备！”余院长直截了当地告诉他。

许怀远点点头，心里一阵酸楚。自己这个苦命的老婆，今年50岁刚过，一生节俭，整天为他提心吊胆，也没有好好地享受过人生。这几年一直说要许怀远陪她出去旅游，但是许怀远实在太忙，他根本就没有时间陪她。现在好了，癌症来了，无声无息的，这个夺命恶魔很有可能会提前来结束生命，结束这个完整的家庭。人这一生也太凄惶了吧，怎么就是这么一个过程呢？

许怀远想到家庭，便想到了远在美国的儿子，他这个家庭的三分之一在万里之外呢。得赶紧让他知道这个事情！本来是圣诞节要放假了，这小子就应该回来过的，但是他说想在国外过一个正宗的圣诞节，所以不回来了。许怀远很有意见，一来是自己也想见见儿子，好长时间没见着儿子了。二来是你奶奶、爸爸都是笃信佛教的，人家过圣诞节你在那儿瞎凑什么热闹啊？现在好了，你老娘生大病了，你不回也不行了。

四

人很奇怪，在碰到大事的时候，不管你是位高权重还是富甲一方，你都很脆弱，都会想起自己的亲人。

于是，许怀远离开院长办公室，到走廊里拨通儿子的手机。儿子手机是开着的，但是很长时间没接。许怀远突然想起时差，抬手一看表，时间是下午一点半，儿子那儿的时间正是半夜，他有可能是睡着了，也有可能没睡。

要按往常，许怀远这个电话就算了。但是，眼下这个事情，怎么也得通知他啊。于是，许怀远再拨电话。

过了不久，儿子接电话了，语气急促，第一句就是："哎呀，老爸，我在洗澡呢，你什么事情啊？这么着急……"

许怀远听他说在洗澡，赶紧说："那你先洗澡，洗完后给我回拨过来！"

"啥情况啊？好的……"儿子感觉有点奇怪，但也没继续问，放下电话洗澡去了。

很快，一分钟都没到，儿子就回拨过来了。急吼吼地问："爸，快说，啥事？"

"唉！"许怀远长叹口气，忽然千言万语不知道怎么说。他是知道儿子对张红的感情的，他忽然觉得要直截了当、毫无遮掩地把情况告诉儿子，实在是有点残忍。

他这么一来，电话那头的儿子更加着急了："爸你说啊，什么情况？急死我了……"

许怀远咬咬牙，直接告知："悠悠，你妈生病了，医生基本确诊，是胃癌。"

"什么？"许怀远的手机听筒震了一下，估计是小子在那边跳了起来，："什么？爸，爸，你说清楚了，是我妈？得了癌症？你不会是骗我回家的吧？"

许怀远欲哭无泪，叹了一口气，说道："瞎说什么呢？我拿你妈开玩笑啊？是真的，今天是CT检查，基本可以断定了，明天做胃镜检查，就是看早期晚期了……"

"啊啊啊……都在谈早期晚期了……？"电话那头五六秒钟没有声音，随后，电话那头爆出一声大哭："哇……"然后是好一阵沉默。

足足有五分钟，电话那头重新响起儿子的说话声："爸，爸，一定，一定，你一定要救我妈啊！一定啊，我马上回家……现在就动身！"到最后，儿子已经完全哭了出来。

看儿子紧张、痛苦成这样，许怀远心理略有安慰，儿子还是很孝顺的，刚才那个反应真是母子连心。然后，他怕儿子心情大变，影响旅途安全，赶紧提醒："悠悠，你放心，我们一定看好你妈的病。你路上小心一点，千万别慌啊!。"

许怀远也忍不住眼睛潮湿。

在医院接待办公室找到张红，许怀远忍住悲伤，说："正好有点事情，我们南都新城想办一个社区医院，所以临时来找一下余院长。我刚才问了一下结果，院长说你这个胃病拖得太久了，需要住下来调理一阵子。"他是想先瞒住张红病情，就说因为明天还要来做一次胃镜检查，所以今天干脆就在医院里住下来。

张红看到许怀远突然进会议室，感到惊奇，神色立即一变，半天才缓过劲来，试探说道："唉，看来我的病不轻啊……"

许怀远一愣，强颜一笑："没什么的，不就是胃病吗?"

张红摇摇头，脸色惨白，两眼失神，她慢慢说道："如果我的病不重要，你根本就不会来的，你那么忙的。而且我这边检查完才半个小时，你就赶到了……"

许怀远知道瞒不住她了，忙握住她的手，说："是有点问题。但是，你的病在胃里，就算是有那个病，这是最轻的一种，完全可以治好的!"

张红闭上了眼睛，办公室里一阵死寂。

许怀远知道，这个时候说任何话都是多余的。这需要张红自己面对。很久，她睁开眼睛，问："要儿子回来吗?"

许怀远点头："我跟他说了，他都急死了，马上动身回来!"

听到儿子要回来，张红脸上露出笑容。然后又说："你不要吓唬他，我的病应该没什么大事。"说完，她忽然感到一阵疼痛，用左手捂住胃部。许怀远心里顿时一紧，忙扶住她，赶快呼叫医生过来。

五

许怀远连续几个月都是在处理突发事情和重大事情，早已经筋疲力尽。

张红的胃癌确诊，又给他增加了一个巨大的压力，而且这个压力是直接关系到家庭的。好在儿子许悠回来了，还从美国直接带回来很多新的抗癌药物。

到底是年轻人体力好，动手能力也快，加上心疼老妈，他白天在医院跑来跑去办手续、送单子、拿药品，晚上还在网上不断搜寻各类治疗癌症的方法，搜寻国际国内的专家。而且，考虑问题特别全面，有一天许怀远在医院看到儿子连心理咨询的专家都找来了，就是为了给张红舒解压力。

有了儿子在张罗，许怀远压力大大减，他只要负责与余锦洲院长商量治疗方案、物色手术医生就可以了。

人在医院里担心张红的病情，集团的几个大事也正压迫着许怀远的心脏。

张红住院的第四天，公司与新时代集团的投资合作基本成功了，双方的框架性合作协议签订下来了。合同条款基本锁定了投资意向，即只要按照增加一层地下室的目标去进行，他们可以支付1.05亿元的合作保证金。

框架协议还是新时代公司的总裁沈洋来签订的，从深港飞过来，签完协议就走了。他还是那么客客气气的，很冷静低调。他保证，五天内打款到星辰集团账上。

第五天，严尚群电话过来了："怀远，金海岸的1.05亿元的保证金已经到账了。看来，他们的投资是没有问题了！"

"嗯，好啊！"许怀远接电话的时候正在医院等待张红的检查结论。他这个几个月来几乎没有一件好事，今天这个电话总算是一个例外。他很劳累、但高兴地说："尚群啊，星辰集团的资金链危机可以说基本过去了，你可以启动春节前的资金支付计划了，也可以跟各个建筑公司商量给钱的方案了。等你们沟通差不多了，回公司做一个最后的平衡，这样，今年这个年我们就算过去了！"

严尚群电话里也是如释重负的语气，说道："好啊，我有数了，这几天你放心在医院里陪张红吧！我先出一个初步方案，跟各个供应商先沟通一下。你放心吧！"

放下这个电话，许怀远长久以来紧绷着的心终于松了下来。到目前为止，米灿的大幅降价回笼计划已经接近15亿元，加上之前账上的资金余额5亿元，目前账户上有20亿元。按照米灿的计划，到春节还有3亿元的回款，这样总计23亿元。而在支付方面，建设银行、招商银行的两笔10亿元的贷款已经偿还了，接下来要付的就是工程资金13亿元。新时代的17.5亿元到账之后，那么星辰集团到春节前还有10亿元的流动资金，这就为明年人民路项目的前期投入做了充分保证。

米灿最近几个月来表现出的大智大勇让许怀远很满意，看来这些核心的高管正在公司危难中成长起来，已经能够承担公司的重担了。许怀远想到这些，长长地舒了一口气，想着这次张红的一劫能够化解的话，他也该好好地休息一阵了。

张红的综合检查结论出来了，胃镜显示张红是低分化腺癌，已经属于二期稍晚，而“PET-CT”检查未发现有转移迹象。许悠拿到报告赶快在网上搜索，了解什么意思。

等搜完，许怀远见儿子的脸色喜忧参半。

他赶紧拿过他的手机，眯眼细看。等看完内容，许怀远也是又放心又紧张，既为癌细胞没有转移而高兴，也为这个高恶性的低分化担忧。

父子两人赶紧来到院长办公室。余院长看完报告，倒是胸有成竹的样子，他安慰父子两人，说：“你们放心，我看问题还不大，应该可以治好。我来安排专家会诊一下。”

很快，专家会诊的意见出来了，一致认为张红的癌症虽然没有转移，但是面临较大的风险，要赶快安排手术，不能拖延。

余院长说：“怀远啊，医院手术档期非常紧密，我只能给你安排到三天以后，正好你们也可以做一些必要的准备。”

许怀远知道，这是最快的节奏了。于是握住院长的手表示感谢。然后他和儿子赶紧配合签字，办理手续。

六

吴越的经历突然在网上流传。事情的起因，还是因为省电视台的那个深夜谈话节目。

杨雪连哄带骗地把米灿约到了电视台，威逼他提供素材。为了达到目的，杨雪拿出了上次在茶吧里面的聊天录音。天！里面果然有张天民和米灿的谈话声音。

米灿一方面是因为想巴结、追求杨雪，另一方面确实受这个录音的威胁。杨雪这个小丫头大胆任性，真得罪她了，她真敢把素材捅出去。所以他就添油加醋，把吴越的经历做了叙述。

更主要的，米灿其实很想在杨雪面前显摆，吹嘘自己的朋友是如何有才华，如何厉害！最后，他表明了一个最核心的身份——诗人，出版过诗集，现在自己做文化传播公司。

米灿哪里知道，杨雪一直在追踪研究吴越，她了解到蓝莓不结婚，就是因为吴越这个人。感觉这个人对蓝莓的伤害很大！听米灿这么介绍，顿时觉得这个人八九不离十就是吴越。于是她问：“这个人是不是出版过一本诗集，叫作《一千零一夜》？”

米灿吃了一惊，脱口而出：“是的，你怎么知道？”

等他发觉自己说错话已经晚了。

好啊！原来蓝莓姐是被这个男人欺负了。他的诗集《一千零一夜》是这么来的。蓝梅姐碰上这样的男人，那要吃多大的亏啊？

让杨雪尤其感到恼火的是那次座谈会，好家伙！他整个要端了节目组的饭碗！那是多么大的冤仇。好了，现在抓到这样的把柄，杨雪下决心要报仇雪恨。

但电视节目还是没有做成。因为这个话题过于敏感，没有直接当事人愿意接受采访，更没有人愿意出镜头。所以，节目组思考再三，还是决定放弃。

电视节目没法做，这杨雪就郁闷了，心想这是多么好的素材，多么好的报仇机会，不能浪费了！于是她就洋洋洒洒地组织了好多篇文章，捅到网上去了。

也怪吴越这个素材太丰富，又是诗人，又是文化公司的老板，诗集的名称又叫《一千零一夜》。可想而知，点击率应当很高吧！

很快，网上就有人，把吴越的照片给自己贴出来了，把吴越公司的名称、网站，全部找了出来。

等米灿发现这个情况，已经来不及阻止了。他气得在电视台门口堵了三天，想找杨雪理论。这个小妮子太坏了，竟然这么充分利用了米灿热情的心。

吴越是什么人？那可是自己真正的兄弟，他再怎么样也不能见色忘友到这个地步啊！何况杨雪的小丫头到现在连手都没让他握一下！米灿简直被气疯了。

杨雪也吓坏了，她虽然想报一下仇，但也没想到会闹出这么大的动静。她躲在家里都不敢来上班了。

调解这事情的还是蓝莓。蓝莓后来才知道，杨雪为她做了这么一件义举，而且让她意想不到的是，事件的主人公竟然是她这么熟悉的吴越。

听闻吴越有这样的一些事情。蓝梅内心酸楚的同时，又有点释然。酸楚的原因在于，吴越冒险刺激的情感经历，可能有自己的原因在内。

蓝莓给吴越打了个电话，告诉他米灿正在追着杨雪理论，小姑娘都吓得不敢上班，让吴越劝劝米灿。吴越这才知道自己一不小心，又成了网络名人。

吴越第一时间非常恼火。因为是蓝莓给他打的这个电话，他自认为在蓝莓心中自己保持多年的、这么一个振振有词的纯洁的形象，散落一地了。他赶紧给米灿打电话，劝他不要这么紧张，小事一桩。

米灿这才放下心理负担，但他跟杨雪算是杠上了。小妮子，我总有一天会在你身上报仇雪恨。

吴越在网上这么热了一把，刚开始还是内心平静的。可是后来，自己再认真回顾这些事情的时候，他内心生起一种恐慌、愧疚。原来，自己不经意间做过这么多荒唐事情。

但他知道自己做的坏事被公之于众后，原来的“罪”就慢慢消失了。其原理就相当于，本来是衣服上一摊醒目的污渍，如果把它掩藏起来，表面感觉还是挺干净，但反而延长了这个污渍的消失过程。现在好了，被抖搂出来了，就会有利于水、空气、阳光对它的消解。

所以，吴越非但不制止，反而还在网上做了回应，对自己往昔的行为做深刻检讨、忏悔。他这么一来，朋友圈里对他的评价反而上升了。甚至，很多男人觉得吴越这些故事简直是人生的骄傲。

省电视台的王翔专门打了一个电话给他：“吴越，你先做了这些风流韵事，然后再来忏悔，你等于先弄得名闻江湖，然后再退隐修道。我要好好向你学习！”

吴越听他这么说，哭笑不得。唉，真是罪过罪过！

七

就在这些故事激活、生发演变的过程中，突然有人找上门来！

找上门来的不是别人，正是多年前吴越接触的第一个对象——小艾。

小艾给吴越留下了几段语音，声音里显示心情非常落寞，说无论如何要跟吴越见一面。吴越觉得奇怪，开始怀疑是否给她的家庭带来麻烦。但细想一下，也不会啊，米灿所说和杨雪发布的主要的吴越的故事，而且吴越的真实姓名也并没有直接透露。至于小艾，几乎就没人去关注的。

那她非要约自己见面，做什么呢？

几天以后，吴越跟小艾见面了，见面地点还是在那家书吧。

几年不见，小艾脸容清瘦了很多，甚至可以用憔悴来形容。神情气质带了一种很深的忧郁，平添了一种楚楚可怜的神态。

一刹那间，吴越还以为小艾安排这次约见的目的是鸳梦重温呢，哪知道随着交谈的深入，吴越从惊讶、到惊恐，最后到了被击倒！

四年前，小艾男友从国外名校学成回来，到沙洲一所国内重点大学做老师，然后两人结婚了，也得到双方家长、亲友的祝福。两人都是老师，所以工作也不算太忙，生活比较稳定。

“那不是挺好的嘛？”吴越由衷感到高兴。哪知吴越的话音未落，小艾发出了一声悲哀的长叹。

“吴越，跟你交往的那一次，是我这辈子最错误的一步！”小艾眼睛湿润，一脸绝望。

吴越被吓了一跳，他怎么也没想到她是这个反应。

“你知道吗？我后来几次都是按照你的标准与别人交往。因为你当时给我提供的是一个非常合适的样本……”小艾在说这些话的时候，脸上浮现出一丝苦涩的笑意。

“样本？”吴越发懵，问道。

小艾停顿了一下，继续说：“你想，当时你出现在我面前，特别具有样本意义。首先你格调很高，品位不俗；其次，你那时还年轻，长相嘛，还算是有型的；最后，你还特别能侃。唉，你做思想工作太厉害了！”

多年以后，在听他当初的女友夸赞他特别厉害时，吴越才真正觉得自己内心有点不安。

吴越至今还记得，他跟小艾的那次是没有任何防护措施的，因为他那时候是带着一种目的，他也很相信自己的感觉。他当时对小艾是有判断的，她还从没真正跨出过这一步，而且她是有要求的。你想她跟自己在网上交流了整整一年才约见，而且平常交流的内容都是很具有人文品质的。所以，他没有采取防护措施，而小艾也是。事实证明，他们对对方的判断都没有错。

小艾摇摇头，继续说道：“其实事后，我很担心你是否有传染病。但是很多天以后，我也没有发现异常反应，很长时间也是没有问题。所以，我认为，只要是像你这样的人，肯定是没有问题的。所以，我就有了侥幸之心……”

吴越一听，顿时激动起来：“什么？你难道后来碰到传染病人了？”

女孩只是连连摇头，不肯回答吴越的问题，脸撇向窗户，泪水直流。

吴越急得搓手，连连发问：“喂，小艾，你倒是说话啊，什么病？”

经过很长时间的情绪调整后，小艾才回答：“艾滋病……”

吴越瞪大了眼睛，急问：“那你做了什么检测？怎么确诊的？”

小艾断断续续回答：“我先是去买了试剂，唾液和血液我都检测了，都显示阳性。这下我真的慌了，只能去做实名检测。天！我那时已经怀孕几个月了，是我老公的。”

“我做了两个试剂的测试，结果是一阴一阳，不能排除，需要去确诊实验室检测，那时我已经开始疯了，我已经百分之百地感到这回要中了，很奇怪，就是有那种预感，像是有人在跟我说话，给我强加了这个病！果然，复合检测ABC三种试剂，都是阳性。完全，已经无力回天了！”小艾说到这里，开始掩面而泣，泪雨滂沱。

这回轮到吴越脸色煞白了，足足有十分钟，吴越瘫坐在椅子上。他开始怀疑自己在做梦，感觉这个梦应该会过去，就像他好多次遇见的噩梦一样，他在梦里很着急，然后一念之间突然醒了，最后梦里的恶劣状况一下子消失了。

但此刻，他听到自己突突的心跳，急促的呼吸，还有室内其他客人的谈话和笑声，所有这些正是在发生的不可推翻的现实。这下完了，都是真的！

然后，吴越陷入迷茫，什么情况？什么原因？像小艾这样的一个女人，怎么会有这样的结果？对吴越而言，艾滋病这样的事情平时都是传说一样的，而现在竟然活生生地出现在自己身边，而且是跟自己有过交集的女人。

这事情虽然不是自己直接所为，但他是埋下祸根的人。

“吴越，虽然这不是你直接传染给我的，但这跟你有很大关系。你看起来格调高雅，品位不俗，也更懂女人心理，但是你更可怕知道吗？如果那次我们只是简单的一次，后面就不会再犯！可是你那时说得多好，就像一点过错没有一样，所以我就……”

吴越怎么也没有想到自己一直沾沾自喜的游说能力，在小艾这边竟然是这么大的罪过！随着小艾的叙说、分析，吴越汗水涔涔而下，全身湿透，甚至他感觉自己脚底下都湿了。

我的个妈，她说的是有道理的，观念决定行为！自己怎么就造了这么大的一个孽呢？

怎么办？这个艾滋病一旦获得，那等于是被判了死刑，小艾自己得了不算，肚子里的宝宝也感染了。这个滥觞之过，就是他吴越开启的。他压根没想到自己的这套理论竟然有这么大的社会副作用。

“孩子的问题，我只能悄悄打掉。我谎称自己遭遇车祸，被送到医院，然后医院把胎儿打掉了……你知道，孩子已经成形，后来被打胎出来，我看到小孩小手紧紧抓着自己的肚子，小手上都有鲜血。你想，那是多大的痛苦！是我把他杀了！”

小艾说完这番话，浑身笼罩在巨大的痛苦之中，整整一个小时没有说话。吴越瘫坐在椅子上，如同一个无可辩解的罪犯，全身都在发抖。

最后，小艾用那种绝望无助又充满恨意的眼光看着吴越说：“吴越，你和我都不是坏人，尤其是你，你也真的不是坏人！这几天我在网上看到你的忏悔和道歉，我也很佩服你的勇气。但你曾经是魔鬼撒旦，是你，为我打开潘多拉的魔盒！”

瞬间，他感觉自己被定格在沙漠里的一块礁石上，烈日在烤着他……

第十七章　闯下大祸

一

一个月内，吴越第二次跪在了无为大师的面前，内心充满恐慌、惭愧、祈求。

老和尚最近在闭关，已经有一个多星期了，这段时间他是不吃不喝，不见任何人的。闭关的地点就在方丈室后面的那个禅房，是无相寺最隐秘的地方了，寺里的出家人一般都不清楚，就是知道的也不跟外人讲。这回吴越非常诚心地想拜见大师，并且保证不打扰他，只是近距离地跪拜就可以。

老和尚闭关期间是有人在周边警戒的，防止各类信众、游客前来打扰，禅房30米开外就已经不能再进入了。就这个地方还是原明小和尚指点，吴越才知道的。他就在这个30米处跪下，不出任何声音。

吴越从早到晚一直跪着，即便膝盖疼痛无比，他也不管不顾，不吭一声。他身体也不乱动，静静地跪着，完全是一副自我受罚的状态。

不少来寺里的信众、游客都对吴越的这个态度很好奇，觉得这个人如此虔诚，如此信仰无为大师，肯定有他的道理，所以很多人莫名其妙地就跟着吴越跪下了。这情形很像大街上看到有人在排队，所以很多人不知道排队干什么，也跟着排起队来，因为他们觉得能够有人排队领取的东西肯定是好的。但是他们都只是跪上一会就走了，没有坚持满半个小时的，大多数嘴里都是念念有词，“南无阿弥陀佛，南无阿弥陀佛，南无阿弥陀佛……”这一切让原明小和尚哭笑不得，一再让他们嘴里不要发声。

第一天吴越跪了整整九个小时，到了傍晚才离开无相寺。

第二天，他从早上八点一直跪到晚上八点，整整十二个小时。

两天下来他感觉很累很累，膝盖先是疼，后来就麻木了。幸亏后来原明给他拿了一个蒲团过来，吴越跪在上面减轻了膝盖的承压。

刚刚过去的一周，他觉得自己身处惊涛骇浪的大海上，绝望而痛苦，迷茫而不解，在禅房的三十米外跪着，反而像看到了远处的陆地，自己有希望上岸。

到第三天上午，吴越还是早早地过来跪着，他不是急盼着无为大师能尽快出来接见他，他想着这么一边跪着消消自己业障，一边就等老和尚出来。

中午的时候，禅房的门口有了动静，看护的两个僧人忽然跪下，门打开了，无为大师出关了。

老和尚缓缓地步出禅房小门，神色平静安详，身形移动犹如脚踩莲花。吴越看过去，顿时觉得周边的空气都祥和了很多，老和尚出门抬头，就看到了吴越，沉静的眸子透出关怀、怜悯、埋怨的神色。他跟旁边的僧人说了句什么话，僧人对吴越招手，让他过去。

老和尚也不让人扶，在禅房外行走，一群七八个人跟在后头行走。吴越知道，这是经行，他老人家在里面打坐了一个多星期，血脉接近停滞，所以出关后要走动走动，疏导周身气血。众人跟在后面，都不说话，吴越感觉安稳自在，心里连连称奇。同时猜测，这下，小艾姑娘可能有救！

走了几圈之后，无为大师步入前面的丈室，只有两个僧人进去，其他人在门口等着。

不久，其中一位僧人出来跟吴越示意进门，吴越整肃心情，进入丈室。

进入后，吴越看到老和尚坐在一张宽大的木椅上，面色沉静庄严地看着他。吴越双手合十，带着无比羞惭之心跪下，额头叩地。

老和尚先是不说话，看着吴越好一会，说："你总算及时回头，这两天也知道忏悔消业。种子还是在的，但总在轮回途中，怎么办呢？"

吴越低头，认真思索老和尚说的每一字。老和尚的意思是，好像知道自己的前生后世似的，这是让吴越极为吃惊的事情。

老和尚继续说：“老衲我也是业障深重，最近几年身体大不如前，所以每过一段时间就要闭关一次。”

吴越听他这样说，心情激动惭愧，差点眼泪都掉下来了。

老和尚平静地看他，说：“众生的病都是心病，所以从理上说都能医好，但这只是理上，具体地要看个人造化。你们也只是一个妄缘和合，才造就如此恶业。此恶业一旦形成，是很难消的，只能缓解拖延一点时间。”

吴越只听他说前半句，意思是不要太过自责。至于后面，他是听到了，但没有反应过来，他是在说自己吗？

但无为大师这话在身边的两个出家和尚听来，那是殊为惊奇的事。难道眼前这个年轻人未来有很大的责任？老和尚这么评价人是很难得的事情。

吴越此刻关心的重点不在这儿，他还是关心小艾的事情，于是低声问：“师父，她这病能治吗？”

老和尚沉吟了一会，说：“我且问你，病从何来？”

吴越听他这么问，知道老和尚说什么意思，于是试探地回答：“您是说，生死都是正常的，哪里来的病呢？进一步说，本来就没有病，又治什么病呢？”

老和尚看着吴越，点头嘉许：“嗯，你终究有些慧根，能够有这番理解，好啊！但既然这样，你为什么要来求治病呢？”说到这里，老和尚一字一字慢悠悠地说出。

吴越发现自己上当，自作聪明，把自己给绕进去了。

说来也很奇怪，老和尚从来对信众都是客气、随和的，但对吴越，好像多了一种要求。上次第一次见面也是，老和尚虽说是摸了他的头，好像对他特别关照，但那次他让吴越跪了有一个多小时，整场的人都没有他这么个待遇。今天也是如此。

到了这个地步，吴越只能说实话了，当下回复道：“师父，如果是我自己的命，不要也罢，自作自受的事情，抱什么期望呢？只是世人都看重这个命，此事因我而起，心里难安。”

哪知老和尚还有更厉害的，继续问：“如此，用你这生的命换她的命，如何？”

吴越呆了，他没想到老和尚会来这么一手。

吴越见他还很严肃，眯着眼睛在沉思，好像这事情他能够决定一样的，然后又睁开眼睛问吴越："你要认真回答，如你同意，老和尚当想尽一切办法，救治她。"

老和尚彻底把他逼入了墙角。电光火石之间，吴越长叹一声："唉，长老，我不管您说的是真是假，但这能够换来换去的命，我吴越不要也罢，只求你帮她治好！"

老和尚听吴越竟能如此峰回路转，做出这么个回复，微微一笑："呵呵，有趣！"

吴越也是苦笑，不再出声。但知道自己这关是对付过去了。

老和尚又闭目沉思一会，脸色凝重，说："这事情毕竟凶险得很，佛门里也常说一句话，定业难消。我想想……"

吴越感觉老和尚肯定在辨别这事情的因缘果报，那是真正的高僧才能做到的。他抬头看着老和尚，眼睛一眨不眨。尽等老和尚进一步开示。

半晌过去，无为大师脸色舒展开来，点头说："病不好治，但这也算是入门机缘，福德因缘在，从此可以上路！"

老和尚继续说："西人医病，就是围绕人的粗大色身治疗，无论如何精细，总是在末而不在本。中医看病，玄而化之，故有阴阳五行、经络气脉，算是大契宗旨，但又往往不够精微，功效也没那么快。所以，医界经常说，要中体西用，互相结合，但即便这样，也有局限。在老衲看来，心生万法，万法归一。如守得本来，不生不灭的事情，病从何来啊？"

吴越听到这里，觉得老和尚对西医、中医的总结极其到位，但是对什么"心生万法，万法归一"不怎么理解，但总而言之，是说心法，有一套严密的体系，足以由内而外构成一个从心到物的世界体系。现在谈心法治心病，必须要体认这个，然后那种施治方法才能真正生效。

思索至此，吴越恍然大悟，原来老和尚说的是这么治法。于是，认真点头："师父今天这番话，令我茅塞顿开。我们所谓的生命，都是花开花落，不重要的。真正的生命就像树的根，一直在的，真要治病也必须从根上救治。"

听吴越这么说，老和尚呵呵一笑："小施主果然有慧根。好，老和尚我答应一试，不过要看各自的因缘。”

吴越听到这里，才感觉有点希望，连连磕头致谢，说：“长老，您尽力，我尽心。”

老和尚点头，让侍者取过笔墨，写下一个药方，说道：“这是一百年前法眼宗传人天心法师传我的一个药方，专治血液之类的病，你先去药房配三十副，让此女服下。但现在药房里的药材不够好，只能阻止恶化，不能治愈，真正好的药材要去雪窦山的陡峭上采集，唉，那要看机缘巧合了……最难的，你和那得病的女子要能够相信，心病可以心治。如果这点做不到，还是枉然。因为药治其表，心才治根。”

吴越认真点头，表示记住了。

吴越再次磕头拜谢，告辞出来。

到了门外，吴越发现自己早已通身是汗。他一半是高兴，一半是担忧。高兴的是，小艾的艾滋病毒，他总算也讨得了一个方法，尽管不一定有救。担忧的是，米灿、张天民两人可能有障碍。

想到这儿，赶紧给米灿、张天民电话，说起这个事情。哪想到这两人听完的反应很神奇，竟然有点迟疑。

二

说来奇怪，小艾的表现令人称奇。

吴越第二天就见到小艾，并把老和尚在深山专门采的中药配制好，送给她。

吴越这次是到她的家里去看望的，她现在一个人住在沙洲郊区的一个楼盘里，这是一个最近才交付的楼盘，居民入住率不高。吴越知道这个小区，很快就找到了。

小艾情况已经不妙，呼吸道开始感染，颈脖子、腋下等处淋巴也开始肿大，医生说这是进入急性感染症状。接下来会头疼、全身皮疹，肝脾肿大……她也在寻找各种方法。

她说，最近一个星期她始终有一个奇怪的感觉，好像有人开始在帮她了。自己的直觉是在做一场噩梦，噩梦醒来后便一切都好了。最近有三次了，晚上做几乎相同的梦，梦里经常出现黑魆魆的山岗，还发生大地震，导致大地开裂，岩浆涌出，还有海水翻滚像是被煮开了一样，出现各种稀奇古怪的猛兽来追她……但每次做完这种梦以后，她身体的感觉就好一点。

吴越听了很是惊奇。

这下小艾看到了希望。

然后，小艾激动得跪倒在地，眼泪唰唰地流下，瘦弱的肩膀不断抽搐。吴越也是激动地流下泪水，上前抱住她安慰她。

说来奇怪，几年前他们两人也抱过，但那是偷尝禁果，吴越至今记得是兴奋、紧张、慌乱……此刻，小艾对他而言是一个同病相怜的生命个体，连一点感觉都没有了。甚至，他觉得，这个场景好像很多次在他的梦里出现过。

当天下午，吴越就熬了汤药给小艾服下，小艾服完药就通身出汗，并且昏昏沉沉睡下去了。

一直到晚上九点钟，小艾整整睡了五个小时后才醒来，醒来后，小艾觉得挺神奇。刚开始她的嗓子很疼，但此刻好像不怎么疼了，全身好像褪掉了一层厚厚的衣服，顿时轻松很多。

“吴越你不知道，我已经很长时间没法吃东西了，肚子很饿，但吞咽的时候很痛苦，所以慢慢地看到食物已经条件反射不敢吃，但肚子又饿。今天吃了不少粥，疼痛感好多了。吴越，谢谢你！可能真的有救……”小艾在微信里的这段语音留言，让吴越无比激动。

呼吸道感染大为减轻，颈脖子、腋下的淋巴肿大开始好转，胃口也好多了。

到一周七天过去的时候，小艾的表现更好了。

吴越看她这个表现，心情大好，内心的不安慢慢正在减轻。他也有一个最坏的准备，就算她过不了这关，那也是业缘，但她能通过此事进入佛门，也是好事。

但，就在他感觉峰回路转、心情放松的时候，一场更大的灾祸正在袭来！

三

张天民竟然没能放弃那最后一念。

这是一个星期天的下午，本来张天民跟久未见面的老婆约好，由他送女儿萌萌去一个珠心算培训机构的。但是，他的手机上忽然有人发来一个消息："大哥，还记得我吗？"

"是你？上次让我挨劫又挨揍，还赔钱你怎么还敢来找我？"张天民感到奇怪。

女孩回话："大哥，上次的事情对不起！我也是没有办法，是被他们逼的。"

"你今天找我干吗？"张天民心里已经在天人交战。

"上次那几个人早就被抓进去了，我跟他们一起的时间很短。我觉得，上次你对我还是挺好的，所以……"

"被抓进去了？"张天民呼吸开始急促，要是那几个真被抓进去了，那眼前这个女孩不就可以继续了吗？

女孩不说话，没多久手机上传来几个截图，是一个电视画面，上面是几个人被警察押着从一处民居出来。女孩继续发消息："这是电视新闻，你看是不是上次几个？"

张天民仔细一看，果然是他们几个，光头、方脸和一个胖小子。

"抢劫，被抓了，最轻的也要十五年以后才能出来了。"女孩说。

张天民一看，这事不假，于是问："那你找我干吗？"

很快，手机屏幕上显示一行字："我看你人其实不错的，所以，我想跟你……行吗，大哥？"

张天民看到这个，全身血气就冲了上来，那种无法遏制的欲望已经冲破了所有界限。

与此同时，张天民脑海中清晰地呈现出无为大师的图像，图像是老和尚是神情严厉、目光炯炯地看着他的样子。一刹那，张天民感觉老和尚就在他的面前一样，已经举起了手掌……他头往旁边一侧，有躲开的意思。

他双手合十，口中念念有词："哎呀，大师啊，就放我一次吧！这一次不算的，其实是旧账，上次那回没有完成。只要这次完成，我就死心了，再也不做了。一定一定！"

然后，张天民忙给老婆谢丽电话，说自己临时有急事，女儿培训的事情还是由她自己送吧。他老婆在电话里气急败坏："张天民，你混蛋！我下午约了去机场接人的……"

但这时候的张天民已经顾不了了，他还没等谢丽说完，就把电话给挂了。

这次女孩没有骗他，张天民进房间之前就在楼下做了详细检查。等张天民上楼进入房间，看到那女孩毫不设防地迎向他，就再无顾忌……

最后，当他起身时，忽然有一种从未有过的空虚之感。更为关键的是，他忽然觉得自己终于跨过了一个界限，进入了一个无法控制的危险的区域。他感到了恐惧。

就在这时，他的手机忽然响起。他被这手机铃声吓得跳了起来，如同惊弓之鸟！

他慌乱地接听电话："喂！"

电话那头是父亲愤怒的声音，随后在号啕大哭："你这个死小子啊……你该遭天谴啊，为什么不是你死啊?!"

张天民头脑"轰"的一声就被炸懵了，死？是谁死了？是谁?

忽然，一个极端的念头从恐惧的大海中跳了出来，谢丽和萌萌出事了！

四

果然，是他一直想补偿父爱而还没有来得及对她补偿的女儿出事了！

原来，张天民匆匆挂完电话跑出来后，谢丽只能急急忙忙地自己去送女儿萌萌去培训。但是，她下午要去机场接人，心情着急，再加上经验不足，结果在张天民家门口道路的一公里处与一辆渣土车相撞了。

他可怜的才六岁的女儿萌萌直接飞出了车窗，被疾驶而来的一辆轿车碾过，当场死亡！而谢丽的车整个侧翻，车辆着火，被烧得不成人样了。

当张天民发疯一样快赶到的时候，他看到有一具担架放在地上，一块白布盖着一个弱小的身体，白布的边沿露出女儿衣服的一角。而谢丽的身子，已经被抬上了担架，准备送往医院。

无数的悔恨、负罪感、悲痛全部涌上来，张天民一刹那明白，他之前的所有欢乐原来就是以这个结果为代价的。他踉踉跄跄地跑到了近前，一边抽打自己耳光，一边跪倒大哭："天啦！天啦！萌萌、萌萌、萌萌啊…… 爸爸该死！爸爸该死！爸爸该死啊！天啦……”

他跪在地上，抱住白布下面的女儿幼小的身体，连续大声叫道：“天啦！无为大师啊，我错了，我真的错啦！你们救救我吧，让我去死，快让我去死啊，换我女儿回来呀……”

这时候，他父亲走上前来，朝准了他的脸，狠狠的一巴掌甩了上来。张天民不躲不避，受过这一掌。然后，他抱住老爷子的两腿，号啕大哭。

他父亲“扑通”一声也坐倒在地上，浑浊的泪水淌下来，老头子摇着头、慢慢地用力骂着：“你去死……你去死……我们老张家没你这个儿子！”

骂完，上身往后一仰，昏了过去。

第十八章　千古之谜

一

张天民也在无相寺跪着了，他跪在地藏殿的门口。

已经七天了。他身边安放着女儿萌萌、老婆谢丽的相框。他自己背上还贴了一张纸，纸上写了四个大字：淫欲害人。

无相寺香客众多，每天来地藏殿上香拜佛菩萨的不止千人，张天民这么一跪下去，而且是这幅情景，很多人都猜到了大概的故事。走过的人都是唏嘘不已。

张天民这几天的痛苦，如同那滚滚而来的潮水，充斥了全部的身体、脑海。他晚上根本无法入睡，就像有无数的蚂蚁在咬啮着他全身的神经、心脏。

跪在地藏殿门口，七天来他的泪水几乎没有断过，感觉自己在经历一场噩梦一样，急切盼望着噩梦醒来。七天以来，他脑子里“嗡嗡嗡”地响成一片，只有一个感觉，那就是百死莫赎！

女儿死了！谢丽在送到医院后维持了两天，最后也走了！医生说她连一点的求生意志都没有了，昏迷的时候一直在喊“萌萌！萌萌！妈妈来了，妈妈来了……”

医生说，碰到这种情况，根本就无法挽回。

可怜的一对母女！她们怎么会碰上自己这么一个混蛋？碰到了自己这么一个愚蠢无知、纵欲无度、毫无责任心的混蛋？

他忽然惊醒过来！自己怎么可以这样对待妻女？你自己要追求欲望，但自己最亲近的人的幸福为何被抛弃了？如今妻子女儿双双离去，再无任何挽回的机会。这是一个张天民实在无法消化得了的结果，也是张天民无法忍受的痛苦！短短几天，张天民人都脱形了，头发蓬乱，还缠着一圈纱布，胡子拉碴，面目污垢，身上的衣服也破了，因为一直在跪着，膝盖上的血迹已经渗透出了裤子。父亲病倒在医院，母亲在家里也是卧床不起……整整一个家庭就这么散架了。

他这么跪着不是为了自己赎罪，所以他一心求地藏菩萨来保佑他的女儿和谢丽。可怜的母女两人，在世的时候没有得到他一点的照顾，没有得到他一点的温暖，最后还是因为自己的无耻纵欲，导致她们惨死在了大街上。

张天民的头上缠着一圈纱布，那是因为痛恨自己而去撞墙弄破的。撞的那一刻，他真的已经不想活了！因为他感觉没有脸面活下去了，也没有了任何的目的再活下去了。他上次听原明和尚讲述以后，他相信还有“另外的世界”，所以他想赶过去照顾、保护她那幼小的女儿，这个他一直觉得亏欠而始终没能补偿的女儿。如果不是吴越、米灿强行拦着，张天民真就把自己撞死了。当时，吴越说了一句：“天民，你到哪儿都赎不了这个罪！我们想好再说！”张天民一听这个话，觉得有点道理，所以没再撞墙了。

作为张天民最好的两个朋友，如此家庭悲剧，他们难辞其咎！三个人经常这么寻欢作乐，无法无天，还彼此互相声援，沆瀣一气。现在好了，这个就摆在了眼前，是如此惨烈。

这几天，他们两人谁一有空就赶过来，在旁边看着张天民。有时候给他送一瓶水，有时候给他送点干粮。另外，也怕张天民想不开，出现意外。

二

下午四点钟左右，吴越、米灿相约来到地藏殿门口。

张天民还在那儿跪着，脸色苍白，闭着眼睛，不管不顾周围的香客。跟前几天不同，今天他是跪在一个拜垫上了。拜垫是原明和尚给他拿来的，前几天就拿来了，但张天民不肯用，他需要强烈的肢体痛苦来惩罚自己。看今天的情形，似乎要好一些了，张天民的神情平静了不少。

张天民这么长时间跪拜，也惊动了寺院不少人，主要不是跪拜本身的原因，而是张天民背后这个凄惨的故事。

吴越来到地藏殿的时候，正好道真法师也在。吴越、米灿有点惊喜，忙上前合十请安。道真法师对他们三人印象都很深，之后好几次讲座过程中，也有交流。

道真法师看吴越、米灿过来，也是双手合十，道一声“阿弥陀佛”，然后指指张天民，说：“我刚才跟他说了一些话，他心情好多了。”

米灿忙说：“谢谢道真师父！”

吴越点点头，但也有疑问：“这个代价也大了一点。请问师父，这是他自己种下的因，怎么就报到了他妻子女儿身上了呢？这里是什么一个因果关系？”

道真法师想了一下，说道：“因果是一个很大的秘密，一般人看起来就是一个直接的线性关系，其实因果非常复杂。我勉强给你们说明一下。从浅层次来看，他做的恶因，怎么会让妻女来承担？似乎解释不通。但是，你想，他一直沉湎于那个欲望，他当然会忽视对家人的照顾。而且，很多欲望上来的时候，他会横生波澜，情绪激烈，所以处理日常事务的时候，就自然会疏于考虑，并且连累其他人的计划、安排。还有情绪，在这个前提下，谁跟他靠得近，谁受到的影响就多。偶然之中有必然，今天碰巧是车祸，明天可能又会是另外一种悲剧。”

道真法师这一番阐述，只听得吴越、米灿直点头。到底是哲学老师出身，平常人讲的听上去似乎很迷信的“因果报应”，被他这么一讲，非常分明。

吴越听道真法师的见地很透彻，而且跟无为大师不同，道真法师不比无为大师那种神圣庄严，沟通起来要自由一点。

于是，他问：“师父，我接下来一个问题，可能会有点冒犯，请您原谅。”

道真法师微微一笑：“你问吧，没关系的。”

吴越问：“人的欲望如此强烈，到底是什么原因？你们出家师父有这种欲望吗？如果有的话，又是什么样的一种程度？”

道真法师听他问这个问题，脸色立显凝重，他思考了很久，说：“这样，我们到大雄宝殿的门口去说。”

吴越、米灿一听道真法师这么郑重其事，非常高兴。忙跟着道真法师往前迈步。

道真法师忽然回头，对跪在那儿的张天民也说了一句：“张施主，你也过来吧，今天机会难得，我为你们说一下这个道理！”

张天民虽然悲伤，但是他知道，自己之所以有这个悲剧，就是因为欲望害人，所以也很想知道真正的原因，于是收起谢丽、萌萌的相框，跟在后面来了。

三

初冬的下午，阳光普照，无相寺的大雄宝殿金碧辉煌，烟气缭绕。

道真法师带着三人来到大雄宝殿的台阶上站定，向下俯瞰。此刻，虽然接近黄昏，但是还有很多香客在上来。

道真法师指着人群，说：“你们看，有没有长得好看的男众女众?”

吴越、米灿向下望去，熙熙攘攘的人群中，虽然长得好看的不多，但还是有几个长得好的年轻男子、女子。

道真法师说：“你们是男的，你们选漂亮的女众看好了。如果找到，而且让你们有心动的感觉了，再跟我说！”

无相寺是江南第一丛林，名声在外，每天来这朝拜的游客、信众足有万人。现在已经是四点半了，夕阳欲堕，但还是人头攒动。

不一会，米灿看到了一个漂亮女子。那女子穿着发白的牛仔裤，身材高挑，脸型精致，眼睛也很漂亮。她正在拾级而上，左顾右盼。米灿悄悄拉了一下吴越，吴越顺着他的眼光往下看，果然，眼前这个女子很漂亮，比蓝莓逊色不多。

于是，两人跟道真法师努努嘴，意思是这个女子漂亮，让他们心动了。

道真法师也注意到了，说：“我也看到了，这个女子确实不错。是个美女！你看她，两腿修长，这样就把整个身体抬高了，使她的形体显得更加有韵律。按照你们的眼光来看，女子身材也不错，胸部挺拔，女性特征更加明显。脸型较小，是典型的鸭蛋形的脸，所以眼睛就容易显得大。是吧？这是典型的漂亮女人的样子。”

吴越、米灿见道真法师三言两语把眼前这个女子勾勒得很准确，心里在想，他怎么也很会欣赏美女呢？

道真法师知道他们在想什么，笑着说：“这很正常啊，和尚也会审美，这有什么好奇怪的？我历来反对那种虚伪、教条的说法，噢，一看到美女，就要把她们看成狐狸、妖怪，这是不真实的。要从最基本的事实开始，不能虚伪谄曲。”

吴越一听道真法师这个话，暗暗叹服。心想自己素来孤傲，思想见地方面很少把人放在眼里，但是最近这段时间发现佛教中知识也是蛮多的。无为大师就不用说了，而眼前这个道真法师也确实厉害，谈经论法，别开生面，能够从普通事实开始，深入浅出。

于是，他们认真聚集心思，听道真法师继续往下说。

道真法师说：“你们再认真看她，仔细看她各处，脸、身体、神情气质，是不是还是那么漂亮？注意，不要轻易产生欲念，因为这个会蒙蔽你的真实感受。”

三人定住神，认真观察。那女子这时走到垃圾桶旁边吐了一口痰，拿出一包餐巾纸来擦嘴。然后，又拿出一面镜子，对着镜子照着。吴越仔细看去，发现她的神情中还是有些轻佻，有一种自以为是的风格在里面。眼睛看人的时候，直来直去，没有太多的内涵在里面。

道真法师说：“是吧？你越看就会越觉得她还是有很多不完美的地方，都会有缺点。我们每个人都是如此的，因为我们的相都是有缺陷的。如果脸上没有，那么身体上可能就有；就算是身体和相貌都没有缺点，那么她的神情气质上就会有……因为什么呢？因为众生真正藏着的那个最完美的东西，是无法用形态来完全表达的，一旦表达出来，就会有缺陷。而我们，往往是把这个追求完美的心将眼前的对象加工过了。比如，它想象成我们看天上的云彩，其实它就是空气尘埃组成的一团物质，但是我们会把天堂美景，看成是无比美妙的各种人物、景观。为什么？因为我们内心有一个完整的、没有瑕疵的东西。所以，我们看这个美女，其实那个美的感觉往往是我们心里被她的外貌触发而生起的各种联想，是所有这些联想、欲望、情绪、意志综合形成的一个感觉。作为一个有缺陷的人来说，我们内心一直对这个本源有冲动的……”

这时，道真法师从地下捡起一片树叶，放在手掌上，说道：“你们看，这是一片金黄色的树叶，它被冬天的气温逼迫，凋落了下来，但你想它曾经在树上时，它也是一片多么漂亮的树叶。颜色青中带黄，黄中带粉，经络清晰，树叶表皮毛茸茸的，在这夕阳下发出细微的光来。你们说，这个是不是也很漂亮？”

然后，道真法师抬起手，用手指向树上的一只鸟：“你们再看，那只鸟是不是也很漂亮？黄色、蓝色、绿色的羽毛交织在一起，黄色的嘴巴，还有那两只眼睛，单纯清澈，是不是也很漂亮迷人？你再看，大殿拐角，一只漂亮的花猫，它一双眼睛晶莹剔透，也很可爱。”

然后，道真法师把手指向西方的天幕，说：“你们看这个蓝色的天空、金色的夕阳，它们代表着宇宙深处的各种神奇美妙，它也有另一种美，是吧？”

这时，张天民也短暂地忘了痛苦悲伤，眼睛紧跟着到道真法师的手势和神情。

“还有很多很多，充满了我们的世界。我们放大来看，大自然有高耸的山峰、奔腾的河流、静谧的峡谷、一望无际的草原……它们中有很多很多沁人心脾的美妙，那么所有这些，我们是不是都很想去拥有？”

米灿他们点头，说道：“是啊，有一年我在大草原上躺着，压根就不想回来，很想把自己消融到自然的美景中去！”

吴越也说：“有一年我跟随一艘远洋船只到了大海的深处，看到蓝色的、无边的海洋，我觉得很有那种把自己这个小小的身体抛弃而去追逐那个无限世界的想法……”

道真法师点头，问：“为什么？”

三人没有回答，只是静静地等待。

道真法师双手合十了一下，微微闭目，又睁开，说道：“从生命哲学的角度看，我们现在，是一个有限的存在，我们被肉身包裹着，有着那么一点点的思维，但是我们总在追溯那个本源。所以我们对那个本源世界充满向往、冲动。因为我们原来都是圆满的、无限的，是因为进入了这些有限的存在之后，所以我们纯真的初心被裹挟了，左冲右突出不去，所以很多时候就无奈地转移方向了，去追逐那些似是而非的目标，以及各种固执的嗜好……

“而在这些种种爱好之中，男人女人的美貌是吸引力最大的。因为这个凡俗世界本来就是一阴一阳两个基本的性质对峙、化合而成，他们之间有强烈的和合功能。你想，男女性爱是能够诞生生命的大本能，它能不厉害吗？”

道真法师把阴阳五行学说和佛教义趣甚至道家思想融合到一起，把三人经常想到而又无法彻底知悉、准确表达的问题一下子说清楚了。听到这里，三人有如释重负的感觉，顿时心怀踊跃，点头的点头，搓手的搓手。

“对对对！就是这个感觉！”米灿连连点头。

张天民也是黯然点头。他想起了女儿出事的那个下午，他在宾馆里与那个女孩做完之后就是一种空空荡荡的感觉。自己当时似乎是满足了，但是又没有被满足。

道真法师说：“为什么男人容易抛弃女人？女人也会背叛男人？听我刚才这么分析之后，你就会觉得答案很好找了。”

吴越恍然大悟，说：“您说的意思就是，男人对女人、女人对男人的追逐，男人女人之间的欢爱，其实还是一种妄想。在这些情爱的背后，是人在对本体的追寻、返归，所以能够产生了极大的快乐，但这个快乐本身不是最后的目标。所以这个世界充满了恩爱情仇？”

道真法师点头赞许，说道：“对！如果你仅仅是围绕着性爱，那么你就是舍本而逐末了。而这，恰恰是绝大多数饮食男女正迷失于其中的源头。”

三人听到这儿，算是真正明白了。张天民抬起头来，往后仰着，闭上眼睛，很久很久说不出话来……

四

很长时间过去，米灿又问：“师父，虽然认识到了这个道理，但是一旦遇上漂亮的女人，你们……你们这样的出家人也还会有反应吗？”

道真法师长叹一声：“对于男女欲望的豁免，除了需要见地，还需要长期的修持才能达到。遇到漂亮的女人，不要说你们，就是我这样出家修道二十多年的人，有时候也会短暂停留在她们的脸上、身上。她们中很多人确实很奇妙，全身蕴含着微妙迷人的东西，非常漂亮，我们也会心有波澜。

“因为我们修持时间长了，就很快能够觉悟、摆脱。所有这些都不是长久的，都是不能穷尽的，就算我这辈子不出家做和尚，一生泡在美女堆里，我也无法寻找到最后的满足感。

“世间情爱，让人痴迷至深。千百年来，多少人感叹‘问情为何物，直叫人生死相许’，梁山伯祝英台等故事家喻户晓，人们还编排了牛郎织女的故事……所有这些，都是围绕本源追寻而产生出来的，人类把这些当成了最美好的东西。这就是人类的情爱故事，古往今来，成为人们心中梦寐以求的目标。”

“我明白了。”张天民豁然开朗，大声说道。

“对了！”道真法师看他大梦苏醒的样子，高兴地一巴掌拍在了他的背上。

张天民“嗷”的一声哭了出来，泪雨滂沱：“天啊，我一直有这个感觉的啊，我就是压制不住冲动，所以一直想去找那种感觉，原来，原来……这个感觉不是冲动带来的，我要早知道这个道理，我哪会这么犯浑啊？可怜我的老婆、女儿……呜呜呜……啊啊啊……”

此刻，晚霞满天，无相寺宏大的建筑在依稀微薄的天光中凸显出来，显得庄严肃穆。

嘈杂的人声已经没有了。只听得张天民的号啕大哭，响彻寺内。

五

第二天，张天民不再去地藏殿门口下跪了，他直接找道真法师，说要出家。

道真法师听他这个请求，似乎早有预料，但他说要向无为大师汇报。据说老和尚有一个规定，也算是佛门规矩，想出家的人如果父母亲还在，那还是得父母亲同意。

张天民点头，长叹一声：“唉，我父母亲就我这么一个儿子，没想到他们生我养我，竟然是这么一个结果……”说到这里，张天民又是泪水长流，“我怎么就这么糊涂呢？”

道真法师也是凄然动容，劝慰说：“如果你这次能够幡然悔悟，然后再去度化你妻子、女儿，这未必不是好事！”

张天民默然，暗暗下定决心要出家修道，但是父母亲那儿确实是个问题。

其一，谢丽和萌萌刚走，如果自己再离开家，那这个家就彻底散伙了。虽然老父亲现在恨自己入骨，但毕竟自己是他们俩唯一的儿子。

其二，父母亲传宗接代的观念根深蒂固，原来一直指望他还能和谢丽再生一个男孩，继承老张家香火。现在唯一的孙女也车祸走了，父母亲肯定得让他再婚，生育孙子孙女。其实张天民最怕的就是这个，不像是普通夫妻之间离婚，自己重组家庭，孩子还在，再生一个小孩也是好事。如果自己再组一个家庭，他会时时刻刻想着萌萌，这种心理的阴影已经不可能去掉了。如果没有出家这条路，他压根就不想再活了！

其三，谢丽也是独生女，他把人家女儿给害死了，作为女婿他不需要承担责任？即使谢丽父母对这个女婿也是恨之入骨，但张天民就能够豁免掉这个未来的赡养责任？

但是，张天民内心确实很坚决。

他哀痛而又坚决地说：“我这辈子已经不想做别的了，我这条烂命在今生一定要扳回一些什么来。我唯一能做、想做的就是向我的女儿、向谢丽赎罪！”

第十九章　苦口婆心

一

张天民上次听了道真法师一番剖析，决心出家修道。但道真法师认为，很多人因为在世间遇到不顺心的事情，就想遁入空门，未必是好事，寺院也不赞同此种心情之下出家修行。

正好，无相寺将举办一个短期出家的活动，活动内容就是让社会上的信众、居士模拟出家，跟寺院的僧人一起过短期的出家生活，活动期限为一个月，主持这次活动的就是道真法师自己。

道真法师建议张天民，可以先参加这个活动，尝试一下出家修道的生活，等心愿坚固了，再正式出家也不晚。同时，他邀请吴越、米灿一起参加。据说，活动结束后会让大家报告心得，每个人的心得将有无为大师亲自评估。

“这个短期出家，其实真正用心了，能够积累很大功德的。用之于世间目标，有时候还特别有效呢！你们最近事情多、业障也多，可以参加的。”道真法师建议说。

吴越一听，非常喜欢，赶紧去报名点提交资料。米灿跟在后面，满脸遗憾。因为他要上班，是不可能抽出整月的时间的，特别是现在星辰集团资金紧张，正是需要营销中心大量回款的时候。

这次活动设定人数是100名，成员来自全国各地。无相寺在国内声誉很大，尤其是无为大师每次都会出场点拨，更是难得的机遇。所以，寺院网站上公布才一天，报名人数就已经突破1000人。寺院赶紧发出通告，人员已经满了，再等以后机会。

负责报名审核的一位刘姓居士对吴越和米灿说，寺院会从这1000人中筛选出100人，都是要修行过多年的，报名时会要求参加者写上几句心得，寺院就是根据这个心得结合报名人的经历来选择。以往每年只有50人左右，是铁打不动的，来的都是老修行，一般都有十年以上的修行经历。而且，无为大师的标准是，能按规矩坐一小时以上，熟读几部大的佛经，才有资格参加这个活动。所以很多人都知道这个门槛，新学的人会很难跟上。

这位刘居士说：“今年人数增加到108人，而且时间长达一个月，实属罕见，而且是大师在最后才安排的，很突然。”

米灿觉得好奇：“那是什么原因？”

刘居士无奈地叹口气：“不清楚啊，寺里有些出家师父很紧张，说师公这么做肯定有原因，今年师公明显增加了很多事情，身体也不是太好，大家担心他……”

吴越、米灿听说还有这个可能，开始担心，吴越更加难过，虽然他跟老和尚才见过两次，但老和尚对他真是特别关爱。现在听说老和尚身体不好，看来自己还是福德浅薄。

刘居士说：“师公太辛苦了！他几乎不睡觉的，他每天要做早课晚课，每天还要研究注解佛经，这两项工作就要超过十二小时。然后，他每天要给全国很多信众回复邮件，他的弟子门徒有几十万，就算挑着回复，那也是很大的工作量。另外，白天还要出席一些佛教界的活动。还有很多信众，各种困难都要来找他，挡都挡不住，有的人为了见他，在这里能住上几个月，你想想看……”

吴越听了很吃惊，看来自己运气还是很好的，一个月就见了他两次，而且两次见面都很受关爱，尤其最近这次见面，老和尚跟他谈了一个多小时。他的时间这么宝贵，自己却占了他这么多时间。

刘居士说：“就说这次，马上活动要开始了，这些报名的人中到底选哪些人可以参加活动，他也要把关的。他时间宝贵，这些人只有他看了才行。你们三个人，是师公他老人家特别关照过的，要你们参加的，否则那轮到你们这些人呢？”

米灿一听机会这么宝贵，更加觉得珍惜，双手合十，口中连连念诵“阿弥陀佛，阿弥陀佛……”

刘居士继续说：“师公他这么消耗下去，怎么得了？听说这次师公出去，是到外省出席一个千年古寺的开光，这个寺院是师公的祖庭，叫崇光寺。重建崇光寺祖庭一直是他老人家的心愿。他说过，这件事情一了，他就一了百了了。”

吴越、米灿听刘居士这么说，真的觉得无为老和尚在暗示什么。米灿在手机上查了这个崇光寺，发现他在东南的一个县，而且在较为偏僻的山里，忍不住惊呼：“哎呀，这个地方好远，这趟旅途还是很辛苦啊！”

刘居士叹了口气，说道：“是啊，本来他也不准备去的。因为师公安排了首座道和师父去做寺院的住持，一切都已经安顿好了。但据说他要采集一种中药，治疗一种非常厉害的病毒，师公说只有在崇光寺附近的深山里才有。唉！我刚才不是说，前一阵有个年轻人过来求看病，在禅房前跪了很长时间吗？就是要治这个恶病。师父没办法，家里没有合适的药，所以只能去新采了。这种药只有他自己认识，所以他要亲自跑一趟山里。”

吴越听完，呆了。

二

无相寺的短期出家活动开始了。

吴越暗下决心，要尽快入门。但第一天下来，吴越才明白，为什么要老修行才能参加了，这个活动还是要有经验的人参加才合适的。

首先是，报到的当天晚上，竟然没有晚饭。吴越那天一直在公司里布置这一个月的工作，因为他一个月之内不来上班，公司总得运转吧！好在吴越平时就是授权放权的老板，所以离开他还是没有问题。但是就这么提前处理一个月之内要发生的事情，毕竟要花些时间。所以吴越忙得连中餐都没吃，只是吃了几块面包，下午三点才结束工作，然后回家拿些换洗衣物，往无相寺赶。好不容易在傍晚五点钟赶到，办理入住手续，取得房间钥匙，最后找到房间。这个时候肚子咕噜噜叫了，一看表，嗯，还能出去找点东西吃。哪知道同宿舍的几位老修行人说，晚上不吃饭的，佛教里叫“过午不食”。吴越这才想起是有这么个规矩，那就只能算了。这一个晚上饿得非常难受。

然后是睡觉。到了九点钟，宿舍整个熄灯睡觉。吴越饿着肚子哪来的睡意？这下翻来覆去很难入睡。最后总算想了一招，数息。说来奇怪，吴越清楚感觉，当他开始完成了第一个呼吸吐纳时，全身浮躁难安的气息就此停止，很快就此睡了过去。但没多长时间，朦胧中就听到寺院开始打板，意思是起床了，已经到了凌晨三点钟。吴越心想，这个出家修行真是厉害，与世俗世界如此不同，在红尘世界的人还在呼呼大睡的时候，出家人已经起床。吴越知道这必然有好处，但此刻感觉自己就像一个蒸了半熟的山芋，不生不熟，很难受。那些老修行人倒是很适应，听到打板声音，立即起床毫不含糊，然后就是穿衣穿鞋，洗脸刷牙，利利索索地赶往早课的大殿。吴越稍稍赖一下床，等起来发现还有十分钟，总算他腿脚利索，三分钟前赶到无相寺早课所在的观音大殿。

还有就是早晚课。吴越上了早课大殿，发现大多数人都能够背诵经咒，无论是出家僧人还是这些居士。晚课也是如此。吴越平时总觉得自己在语言文字上能力强大，但这些经咒文字生僻，没有准备的话，真是读不出来。

最后是打坐。他遇到更大的麻烦了，因为发现大多数人都能够把腿脚双盘，搞得像个麻花一样的。而吴越单盘都很吃力，压在上面的那条腿的膝盖都是翘起来的，所以身体不平衡。这次活动以老修行人为主，所以主持活动的道真法师和其他法师都不教具体方法，吴越全靠自己前几日在网上查询资料获得一些资讯，拿过来依样画葫芦地算是打坐了。这个姿势还好办，关键是这一坐就是一炷香，据说是一小时多的时间。吴越是新学，先是用单盘，左右腿换了几次，坚持了前半炷香。后半炷香开始，他已经没法单盘了，只能散座。哪里知道这个散座也很吃力，因为他没有找到窍门，坐法不均衡，极其难受。好不容易熬到那一声引磬敲响，一座结束，吴越已是到了极限。

但是吴越想起老和尚对自己的这番恩德，加上道真法师的邀请，就觉得自己必须赶紧克服这些不适应，尽快进入状态。

但奇怪的是吴越一天下来竟然觉得不算太累，也不算太困。可见这些修行方法、作息时间还是很有道理的。住在寺里的第二个晚上，吴越还没到晚上九点就睡着了，这一觉很深入，一直到凌晨打板声响起，吴越几乎就没有浪费过一分钟。

很快一周时间过去了，吴越跟随大家一起受了五戒。很快，吴越从一开始的不熟悉、不适应中很快调整过来。

第二周，进入模拟出家活动的第二个环节，吴越和张天民在活动中碰面了。这个环节主要是忏悔业障。

张天民在这个活动中出名了，他的忏悔最为彻底，也最为翔实。他把自己这么多年来追逐女色的经历彻底翻了个遍。好家伙，他大概是花了很多时间做了回忆、记录，唯恐自己疏漏掉哪一桩事情。很多事情吴越也是第一次知道。

到最后，张天民把自己的妻子、女儿遭遇车祸的事情说了出来，指出这个车祸完全是自己的欲望造成的。他把故事讲完，自己又号啕大哭起来。台下的人也惊呆了，个个难掩悲戚。

他忏悔完毕，主持这场活动的道源法师总结，说通过今天的忏悔，是他听过的最具针砭作用的案例。大家应该感谢张天民师兄，他能这样充分地揭露人性中的丑恶念头，它们是如此强烈繁盛，当它们展现出来的时候又是如此无聊恶俗，它们造下的罪孽是如此严重，真是为大家提供了一个活生生的教材。

最后道源法师问："今天张天民施主能够这样以切身体会，把这个欲望掰开来说明，让大家看清楚，这真是一件很大的功德，不是所有人都有这个勇气的。"

吴越第一次认识道源法师，发现他说话也是鞭辟入里，发人深省。看来这无相寺真是藏龙卧虎，有一大批人才。

吴越忽然觉得，张天民遭此大祸未必没有福德在里面，假以时日，他可能也是一员得力干将。

三

无为大师是在活动的最后一天的早上才跟大家见面的。

据说前一日晚上才回到无相寺。大家一直在盼望着跟他见面，很多人来参加这个活动的目的就是为了见到老和尚。眼看着活动快要结束了，心想这回是没有希望了，老和尚总算出现了。

吴越他们是在早课结束后得到通知的，大家正要去斋堂早餐呢，老和尚就出现了。他真是突然出现的，连道真、道源法师他们都没事先准备好。

只听得禅堂门口有人惊叫了一声："师父！"

众人再看时，只见老和尚被几个年轻僧人拥戴着进来了。参加活动的所有人都双手合十，无论远近都向老和尚顶礼。

老和尚步履沉稳地走上了讲台。吴越离讲台很近，上上下下认真地看了老和尚一遍，觉得跟一个月前见他时瘦了一些，但精神还是不错，脸色仍是和蔼吉祥。老和尚坐好之后，满脸微笑，眼睛开始全场顾盼，平和中透出神采。

侍者把话筒交给他，老和尚开始讲话："各位，老和尚我突然来拜访大家，抱歉，耽误大家行堂了。"

众人听他这么说，顿时唏嘘一片。老和尚出手示意大家安静，继续说："无相寺每年有一个短期出家的活动，我们这次的短期出家很特别，人数达到一百零八位，时间有一个月。这是很稀有难得的。现在社会，大家都是越来越忙了，工作越来越多，生活越来越多样，信息也是越来越复杂。大家能够抽出一个月时间来参加活动，不容易。因为大家都在红尘中，尘缘未了，要抽出一个月的时间，很难。"

停顿了一会，老和尚接着说："但是，我们住在娑婆世界里，犹如在苦海中，如果没有坚定的决心，别说一个月，就是一天都难以抽出来。"说到这里，老和尚提高了声音，"我们要下定决心脱离苦海！所以，无相寺的短期出家就是真出家，不是假的。虽然时间短，但如认真用好这一个月，那么出家一个月就会比几十年出家的人修得还要好，当然，也会比我老和尚修得还好。你们不要怀疑！"

老和尚这样说话，这样自谦，让大家都很感动，底下"嗡嗡嗡"一阵声音泛起。老和尚轻轻举手示意，大家便又静了下来。

老和尚继续说："当年，六祖慧能大师来到黄梅拜见五祖弘忍祖师，五祖问他来做什么？慧能大师就是一句话，我来学做佛。就这么简单的一句话，就已经远远超过了几十年的修行的人了。为什么？学佛修行，不同于世间事业，需要论资排辈。所以，老衲我风尘仆仆赶回来，就是为了找一个向大家学习切磋的机会。你们在这里一个月下来了，有了出家修道的体会，今天下午就要散了，大家呢也不要忙着合影拍照留念，这些没什么用。今天老和尚出个主意，想让大家留下一句话下来，可以作为这次修行的心得。就是现在，我给大家准备好了纸张和笔，你们现在就写下来，写完后再去斋堂。”

哇，看来老和尚是早就准备好了的，他这是给大家一个突然袭击。因为他才讲完，刚才跟他来的几个出家僧人就开始给每个人分发纸张和笔。

吴越心里感慨，自己这是第三次见老和尚，结果每次都是出乎意料。这次更有趣，突然来这一手，真是他的一番苦心。

纸张和笔发完，禅堂里一片静默。只见无为大师神情严肃地看着大家，良久不说话。然后才开口：“人的生命就像眼睛一眨那么短暂，无常迅速，说来就来。所以，今天诸位要想着马上就要死了，现在就要了这个生死，怎么了法？死前你们是怎么悟的？就把这个写下来。”

四

老和尚等于又打了一棒过来，对吴越来说这已经是第三棒了。这老和尚真不愧是名满天下的高僧，教化众生是一套又一套的。

寺院里本来就是过午不食，现在是早上七点，上一顿是昨天中午十二点。很多人肚子饿得咕咕叫，老和尚在这个时点上突然杀出来，也是能掐会算的。

他明显是不给时间让大家多想。就此刻，直如生死关头，你想说什么？做什么？赶快道来！

这一招确实也激发了这些修行的人们，大家都很快速地写下几句话。有的干脆就写几个字。吴越偷偷地瞄前后左右，发现大家的答案很多都是一样的，基本上都是“念佛求生净土”。

吴越今天和张天民坐在一起。两人互相看看，想象着现在就要生死一别，确实也升起情真意切的感慨。

“老张，”吴越说道，“兄弟我这辈子对不住你！在你最糊涂的时候，我没有及时规劝、制止，甚至心里面还想着让你把我带坏，结果酿成了这样的大祸！好了，我们兄弟现在就此别过，你看我们怎么个死法，怎么个了断？”

张天民还没从自己的悲痛当中恢复过来，但此刻听吴越这么半真半假的说话，也是感慨万千！

他稍稍想了一下，拿过纸和笔写下一句话：“安心去‘地狱’。”

吴越一看，吓了一跳，问：“你就写这个？”

张天民心如死灰，满脸坚定，说自己得先受罪，那里才让我心安。

吴越震惊之余细想一下，这确实是他真实所想，未尝不是一种安心的方法，所以也就不劝他修改了。

那他自己写什么呢？

这个阶段吴越也已经把《楞严经》读了十几遍，他完全相信老和尚说的话，为了给小艾治病，加倍努力。即便这次出家活动中如此匆忙，他也一直用手机软件阅读。

吴越以前有些文史哲的功底，也喜欢做一些形而上的思考，但他学佛修行的时间很短，如果眼前就是生死关头的话，他还真不知道做什么选择？真正的生命只能是当下才有的，不可能有一个真正的彼岸世界。吴越想：自己以这种心态跟大家一样念佛，很难确信一定能够有结果。这么多人念，怎么会都能去呢？要是念念佛就能去极乐世界的话，那极乐世界不就人满为患了吗？

时间不多，吴越也来不及多想，毕竟还不是真的马上要死去，索性就是自己想到什么就写什么吧！一琢磨，写下一个诗偈：“念佛是谁不是谁，万丈红尘梦里飞。无念无求无人我，净土何论归不归？”

吴越写完，就匆匆忙忙交了上去。然后就去斋堂吃早饭，也就是行堂。

五

下午的活动，就是针对早上各人提出的问题进行互动、解答。

大部分的问题，还是关于念佛的。老和尚慈悲恳切，拣其主要问题合并开示。老和尚殷勤嘱咐大家，已经来不及自己造船了，一定要借船渡海。

但是，并没有涉及吴越、张天民的两个问题。

最后，道真法师正式宣布本次短期出家活动结束，这个晚上大家可以自由活动。

张天民立志出家，他就不想出寺院了，他现在很害怕回家，一到家就想起谢丽和萌萌。但是，寺院规矩，举凡出家必须要征得父母亲同意。所以，他正在跟道真法师申请，让他现在寺里面做义工。张天民有个长处，就是擅长建房子。正好无相寺里正在建造几个新的大殿，分别是佛母殿、禅院精舍、法物流通处等，所以张天民的建筑工程管理派上了用场。

吴越记挂着无为大师去山里采摘中药材的事情，不知道该不该去找老和尚？心想他这么忙碌，自己多去打扰实在不是一件好事。

但到了晚上八点左右，跟吴越同宿舍的赵老师忽然给他打电话，说是无为大师要见他，让他直接去后面的方丈室。赵老师电话里很兴奋："师兄啊，不得了，老和尚亲自点名要见你，有什么开示要跟我们分享啊！"

吴越听了很高兴，心想肯定是自己写的打油诗有内容，老和尚要特别指点一下自己。于是兴冲冲地往方丈室赶去。

很快，一路小跑，到了方丈室门口时道源法师在等着，引导吴越往里面走。

到了里面一看，张天民竟然也在，还是坐着的。老和尚正满脸和蔼地跟他说话："你出事之前，其实老衲是规劝过的，可惜你着了心魔，已经听不得劝了。所以，吃了这个苦头，累及妻女，都是因为福德浅薄。不过，你吃了这个苦可能就会回心转意。"

张天民听老和尚这么说，忽然想起，那次出事的时候，自己的脑海里是出现过无为大师的面容的，心里顿时吃惊，说："唉，我真是该死！"说完，他从座位上站起身来，跪地磕头。

老和尚长叹一声，说："你经此大劫，果能勇猛发心，来日可能成大器的。"

张天民听老和尚说这个话，顿时来了信心，问："大师，我能够出家吗？"

老和尚点点头，说道："你的因缘到了，老衲可以收你为弟子，但你要安顿好父母。当年六祖慧能大师出家修行，也是安顿好自己的老母亲之后才北上的。这个，有问题吗？"

张天民又惊又喜，连忙磕头："只要师父您老人家这么说，我父母亲肯定会答应。我家里做企业多年，老两口和我的岳父母的养老是不成问题的。”

无为大师展颜一笑，示意他坐下，说道：“好，这就好。你可以回去征求一下意见，事情安置妥当再来找我。”

张天民退下，坐到位子上。

吩咐完张天民的事情，老和尚把脸转向吴越，乐呵呵地说：“小施主，我们又见面了。”

吴越赶紧跪下磕头，接连三拜。

老和尚看着他，并没有示意他起来，开始说话：“嗯，我看了你的偈子，写得好啊。‘念佛是谁不是谁，万丈红尘梦里飞。无念无求无人我，净土何论归不归？’真好！看来已经悟道了。”

吴越听他这么说，知道不好，赶紧说：“哪里哪里？师父不要取笑我。”

老和尚哼了一下，说道：“老衲我不才，劝请大家殷勤念佛。当然，这个念嘛，不是口头念，是实相念佛，念念在兹，念而无念，无念而念，直至一念无生，花开见佛。你这偈子说净土去不去无所谓，慢心不轻啊！”

吴越跪着不起，分辩说：“师父，我不是骄慢，我是有疑啊！”

老和尚又是哼一声：“有疑就有疑，不要说什么‘无念无求无人我’，真做到这样，那阿弥陀佛的净土世界真可以不去，因为你一念无生、花开见佛了嘛！”

吴越这才明白自己的问题，试探地说：“我这是文人习气冒出来，执着境界了。”

老和尚慢慢点头，说：“其实，这还是一个信的问题。是信了，才有境界的。‘信为道源功德母，长养一切诸善根。’”

吴越听老和尚突然提出这个问题，不知道他这个话从何说起。他懂这个道理，信则有，不信则无。

于是，吴越说：“我是信的！”

老和尚看了看他，问：“你说说看，怎么个信法？”

吴越这时候已经知道，老和尚又要点化他。而且上次求他看病，老和尚也是提出了难信难行的问题。为了有所呼应，不负老和尚苦心，他回答道：“当年禅宗二祖慧可大师举身不安，烦恼缠身，痛苦无以复加，所以去找祖师达摩。达摩祖师却说，你觉得自己的心很难安定，那么你把心拿出来，我替你安。结果慧可大师遍寻自己的心而不见，于是达摩祖师说，我已经帮你把心安好了。于是慧可大师心就安了，这个就是心病，用心来治，对吗？”

老和尚听他说完，先是微微一笑，嘉许道：“呵呵，你果然伶俐，不错！”

然而，正当吴越略有满足之时，老和尚却又目光炯炯地看着吴越的脸，一声不吭，足有十几秒钟。吴越这下知道，看来自己又是说错话了，情急之下脑子里又是一片空白。

老和尚一字一句说道：“那个不是达摩祖师真正的医法！真正的医法是达摩老祖不愿意轻易施治，慧可祖师裁掉了自己一只臂膀表明自己决心，在满身痛楚的时候他说出心不见了，老祖才说帮你安好了。这才是真信，也是真正接引人。无上心法，哪有这么简单？你能像慧可祖师一样砍断自己手臂吗？如果能做到，就是真信，就真不用念佛了，你行吗？”

吴越没想到老和尚在这里等着他，被他这么一棒打过来，半晌又是无语。

方丈室里一片静默，两位侍候在旁的出家人也是不敢说话。张天民则是在旁边看呆了，他搞不懂老和尚为什么对吴越这么严厉。

吴越脑子里快速旋转，觉得怎么回话都不对。他脑子里想起庄子和惠子的诡辩：“子非我，安知我不知鱼之乐？”

但，此刻，哪里能有这种诡辩的余地呢？

半天过去，吴越觉得自己真是狂妄自大，堕在口头禅上了，又赶紧双手合十，轻声念佛，不再辩解。

老和尚见吴越这么做，脸上才真正露出一丝笑容，说道：“呵呵，毕竟有些慧根，知错就改。你这个第六意识很强，但这也最是顽劣、最难克服的障碍。”

老和尚说到这里，吴越是听出了一点头绪了。他是在警醒自己在修道上妄想不能太多，要老实恳切。

老和尚目注吴越，又是如同看透吴越的前尘往事一样，说：“你我有甚深缘分，非此一生一世。我今天收你这个弟子，法名道心，你可以此行世。”

老和尚说完这话，旁边两个出家师父也是一惊，要知道老和尚已经十多年没有收徒了，而且就是十多年前肯收，到现在也就不到十个弟子。今天一收成双，真是稀有。尤其这吴越，连法号都送了，“道心”这个法名可不一般啊！

吴越也是惊喜非常，同时又深感惭愧，与张天民一起跪倒磕头。

最后，老和尚果然取出一大包中药材，交给吴越，说：“此药交给那女子吃下去，十天之内就有分晓。她跟你毕竟不同，仅仅是心法来治，未必相信！”

吴越这才知道，那个刘居士所讲的是真的。当下感激涕零，领了药材包裹，拜谢而出。

六

小艾三十多副中药吃完了，可能是期许太高，所以自觉。

身体情况并没有多大改善，只是原来的喉咙发炎变好了，吃饭喝水没有问题了，全身各处淋巴肿大的情况并没有根本好转，他越来越急了！

吴越把中药材给她送过去的时候，小艾跟他说起这些事情。

“吴越，看来我是不行了，这个病实在厉害，全世界也没有几个治愈成功的案例。我最近接连做了两次检查，医生说没有太多改善。但是这次通过你，念诵佛经，确实收获很大，我变得平静了，生命有轮回，生生死死中生命形式换来换去很正常。”

吴越听说她病情并没有太多好转，心里失望。但听她说现在心里的感受，又觉得很好。于是宽慰道：“你能有这样的体会真是不错。这个病肯定很难治，但是我还是觉得你能痊愈，你不要想着没有几个治愈的个例，那是人家的事情。你想，你前面这些经历，比如梦里出现老和尚的情形，这样的案例能有几个？”

小艾听吴越这么说，心情好转一些：“确实，我的这个情形也不多啊！一开始我也很高兴，原来经常做的那个梦，里面的场景开始变亮，黑魆魆的山岗没了，呈现出宽广的平原。那些猛兽、鬼怪之类的也统统消失。我想这些都是好的兆头，但其实病情没有好转。而且，还很奇怪，梦里却经常出现一个十岁左右的孩童，穿着古代的服装，瞪大了眼睛看我！我后来忽然想起被我打掉的那个孩子，是不是他在向我索要什么呢？还有，我告诉你一个秘密，我特别喜欢吃鱼子、小鱼小虾这些，据说，吃这些的罪本身就很大，因为生命数量多。唉，我家在洞庭湖边，盛产鱼虾，我太喜欢吃了。那时候父亲叔伯都是渔民，我们家族就我一个女孩，所以全家都疼我，他们知道我喜欢吃，就不断给我弄回来。”说到这里，小艾苦笑。

然后，小艾甚至开始交代后事，说她还有几个未了的心愿。

吴越心里暗暗叫苦，很明显，小艾的信心不足。她一方面去医院检查获得不好的结论，然后又自己想着这些不好的因素，这么综合下来，肯定不会有效果。

吴越心里面翻江倒海，想着该怎么激发她的信心呢？他最后是一股子不愿放弃的决心，凝练出这一番话来：“小艾，我们都不是坏人，甚至我们可以说是有理想、对生命有追求的人。你知道我为什么对你病情感到紧张？因为我觉得其实我们内心很认真很执着，在追求生命意义。所以几年以前我用一个错误的观念把你打动了，可以说是我把你拉下了水。所以，今天你这个事情不仅仅是一个病和一条命的事，还有你我的一个出路的问题！我们的生命苟且到今天，就是因为没有目标引领。现在，我是找到了，我可以很肯定的，这是一个出路。所以我很想把你拉上岸来，因为当年是我把你拉下水的。但，这个事情是很不容易的，能知道生命真相，证明这个生命的真相，并且通过这个而把病治好，这个概率当然很小很小。你想想看，这怎么会简简单单把你的病看好呢？这是艾滋病啊！

“但是我不甘心，如果我信仰的东西是对的，那么即使是你这病好不了，我也要从我和你的经历当中看到、实证到足以让我信服的东西。我可以接受这么一个结果，一段时间以后，你死了，我没有把你救过来。但是要让我和你都感到生命是不朽的，是可以通过千百年来人们的信仰，或任何一种有效的方式得到解决的。如果世界不存在这么一套隐形的循环的系统，可以让生命梯级而上，从小我走向大我，从短暂走向永恒，那么这个世界的存在是没有合理性的。我跟你说实话，我吴越绝对不相信这个结论，就是那些年我声色犬马、绝望无聊的时候我也没放弃过这个追求！

“所以，小艾，我们今生有缘，我们一起来做一件事情。就是把你治病这件事情当作一次实验。我们不用关心最后的结果。人总是有死的那一天，这次你就是死了，我也要看到你另外一种生命在延续。所以我请求你做以下几件事情：第一，就是你自我感觉身体好一点了，也不要去再做这个检查。第二，忏悔自己的过失。第三，你把这个中药吃下去，你要知道这是无为大师，跑了1000多千米到深山老林里给你采出来的，这是多大的恩德！”

小艾听完吴越这一番话，感动得大哭，点头答应了他的请求。

第二十章　牢狱之灾

一

短短几个月，吴越如同被换了一个人。

这么多年来自己之所以蝇营狗苟，一直是因为没有一个终极目标引领。在这个终极目标缺失的情况下，生命只能属于一次性消费的那种。那就是机不可失时不再来，趁自己还活着，吃喝玩乐。

而这段时间以来，跟无为大师、道真法师以及各路朋友的接触，吴越感觉眼前终于为他打开了一个大门。门里面什么情况不清楚，他能否越过这道门也还未知，但这个结果超出了他的想象。吴越这段时间公司的发展状况也不错，接了好几个大的项目，引进了几个高水平的人才，新增了两个项目组。因为有了一个核心价值观支撑，吴越现在很有把握在自己的小公司试验一种企业文化来，那就是彻底无为而治，以心养心，自由圆融。

但就当他进入自我感觉良好、业务进展顺利的时候，属于他的业报很快也来了，而这是一个怎么都想不到的牢狱之灾！

周五，这个星期的最后一个工作日，吴越在办公室处理文件的时候，忽然门口一阵嘈杂，李洁好像在门口阻拦什么人进来，但是很快，办公室里冲进来五个青壮男人，将吴越团团包围住。其中一个冷酷威严地问："你是吴越？公司是你的？"

吴越诧异："是啊，你们是什么人？怎么就闯进……"

话还没说完，有三个人同时扑上来抓住他，而且是立即将他双手反剪，直接把他摁到了地上。吴越两个手臂立即钻心的疼痛，鼻子撞在了地板上，也是一阵尖锐的酸痛。当下破口骂道："你们什么人？李洁赶快报警！"

李洁冲进来，看到吴越被摁倒在地上，顿时急叫："哎呀，你们什么人？"说完，立即拿起一个拖把，抡起来就打。

其中一人一把抓过李洁的拖把，叱喝道："我们就是警察，别妨碍公务，否则连你也抓起来！"

警察？吴越脑海里闪过无数事情，觉得没有一件会是跟眼前的这个遭遇相关联的。他怎么就招惹上警察了呢？

这时，其中一人亮起了《刑事拘留通知书》，宣布道："吴越，你涉嫌利用网络诽谤他人名誉，造成严重社会影响，我们正式拘留你。"

"诽谤?!"吴越心里立即反应过来，这事应该与陈立人有关。但是，当时他没有指名道姓啊，怎么就被拘留了呢？而且还是刑事拘留。于是他大声说道："你们抓人可要讲证据，我诽谤谁了你们告诉我？"

"证据？没有证据我们会抓你吗？"其中有一个方脸型、四十多岁的人盯着吴越看，眼神锐利，"等进去以后我们会跟你谈证据的，带走！"

说完，他把《刑事拘留通知书》放在了办公桌上，让手下押着吴越离开办公室。

吴越心想这回真是麻烦了，摊上陈立人的事情，就很难有公道了。于是，转身对李洁说："李洁，赶快通知米灿米总，就是经常来找我的那个。就说这事情很严重！"

在去派出所的路上，吴越一直在想，看来网上发帖的事情就不要抵赖了，他们肯定是掌握证据了。但是，他的帖子里写的是"一些市领导"，显然没有对陈立人指名道姓，没有侵犯特定的哪个人，应该问题不大啊。再说，就在网上这么发发帖子，难不成还是犯罪行为？不就是一个行政拘留吗？怎么成了刑事案件了呢？

二

米灿第一时间接到了李洁的电话，说是吴越被抓进去了。他连忙报告许怀远、严尚群。

“什么？吴越被抓进去了？”许怀远十分震惊。他对吴越的印象很好，是一个有才华又有正义感的青年。而且，吴越跟星辰一直有业务往来，最近一次为了地铁站点的事情，他在网络上还帮了大忙。

米灿很着急，说道：“据说是涉嫌网络诽谤罪，就是帮我们发的那些映射陈立人的帖子，搞不好要判刑的。吴越那几个帖子实在是厉害，尤其是有关陈立人的绯闻，一直在网上发酵……”

确实如此，就在张天民出事、小艾得病、禅修这些事情一波又一波发生的时候，有关陈立人的绯闻被不断发掘、传播出来，主要原因是陈立人自己作风不正，这样的事情是网上最容易火起来的。

许怀远顿时醒悟，说道：“所以，这个事情，陈立人必须要找到源头，确定为谣传，否则他的后果很严重！”

严尚群忙说：“嗯，这事情对陈立人而言就是致命的！得赶紧想办法让吴越出来，否则他在里面受不住！”

许怀远也焦急，忙打电话给星辰集团的法律顾问，告诉他这个事情，问他有什么处理意见？

律师姓吴，是沙洲最知名的律师之一。他在电话里就当场回复：“许董，这个事情很麻烦。我跟你说实话，如果不是因为得罪了人，这种事情我一个电话就可以保释出来。但是他今天是得罪了沙洲主要领导，你找谁都不愿意帮这个忙的。许董，这个事情有点麻烦，我要好好想想……”

“哦？难道他们就能够一手遮天？”许怀远一听，又窝火又难受。要按往常，这种事情他也是能通融搞定，但是眼下吴越就是因为掺和了星辰集团和陈立人的矛盾，那不摆明了是一个牺牲品吗？

吴律师电话里沉吟一会，说：“许董，这样好了，我先通过关系问问，这是陈立人一个人的意思，还是市委书记梁文龙也在内？”

许怀远气呼呼得说道：“那还用问吗？他们肯定一起的啊！”

吴律师却表达不同意见，电话那头说：“许董，据我了解，梁文龙不一定会这么做。其实，你们这个事情我也知道一些过程和细节，梁文龙应该不是那种小肚鸡肠的人。他这个人就事论事特别较真，但要说他会整人，我觉得不会。”

严尚群也是这个意思，他说：“我听规划局老邢说，真正阻挠我们项目的就是陈立人，梁文龙主要是不相信我们星辰集团能够做好这个项目。加上我们这次规划又确实有点保守，所以他对我们不看好，但说到要整人，我觉得不会。你要知道，现在的一把手比二把手、三把手要增加太多的工作量，他是没有精力来做这种打击报复的事情的。所以，我们还得注意区分，不能把真有公心的领导都推向我们的对立面。”

许怀远点头，满意严尚群的这个策略。

半小时后，吴律师回电过来：“许董，这事情是南城区公安局指令辖区派出所干的，据说梁文龙事先不知道。而且，据说是一个女同志报案后，公安局再立案的。”

三

确定是谁在整吴越以后，吴律师说：“许董、严总，我得赶快到看守所去看望吴越。一是给那些办事的人打打招呼，不要在里面吃苦头。另外就是提醒他在里面该怎么说话。”

许怀远连连点头：“好的，请你尽快过去，这是星辰集团的好朋友，该花钱就花钱，一切费用都由我们来承担！”

放下电话，许怀远气恨难平，对严尚群说道：“尚群啊，这个陈立人的报复心还真是很强。开弓没有回头箭，看来我们一定要想办法把他拉下来才行，否则我们在沙洲不会有好日子过。”

严尚群道：“要把他拉下水可不是一件容易的事情啊！除非我们掌握住他有贪污受贿的证据，否则不可能。”

许怀远冷冷一笑，神情非常严峻，说道：“快了，他已经做得太明显了，我一定会找到证据的！”

严尚群点头，缓缓地说道：“这样的官员也该有人对付他们了，否则他觉得自己很厉害，谁都怕他们似的。难道我们做企业的就没有一点主动权了？你要相信，更高的政治层面，一定有国家理想和政治高度的人在主持，在这个理想和高度之下，所有邪魔外道就不能长久立足。会有人来主持公道，天下总有说理的地方。怀远，我们就发动关系救人。这样好了，我们给各路朋友打招呼。政商两界我们都有朋友，就像上次一样，我们做一些串联的工作，给沙洲市委市政府施加压力！”

这时，米灿说道：“干脆，我就直接写个材料，把事情原委说清楚，请你们两位老板在自己朋友圈子里散发出去不就行了吗？现在，我们跟陈立人就是水火不两立了，怕他什么，直接公开宣战！”

许怀远回到办公室，酝酿好情绪，开始跟这么多年认识的一些领导打电话，报告在沙洲市围绕人民路地块发生的事情，请求帮忙解救吴越。不管有没有用，无论是直接的还是间接认识的，他都打电话、发短消息，不厌其烦。

一个人不管在社会上有多厉害，不管你是在政界商界演艺界，你只要做得过分，只要大家觉得你缺少公正、自私狭隘，那么反应和评价是一样的。这就是道，不因行业职业身份而有区别。许怀远从来就相信这个。就是菩萨，那也是一手仗剑，一手经卷，难不成学佛就学迂了？

许怀远这次真是动了气了，没有一个结果，他就不罢休。星辰集团好歹也是一个几十亿净资产的企业，而且都是在健康经营、合法合规地经营，我们为什么要怕你呢？我们是按照市场公开竞争的原则拿下的地块，这符合天道地道人道，你们凭什么阴魂不散、四处设卡、不断整人？我就不信你陈立人你所在的组织、所在的系统完全被你主导，缺少天下公心、公德？

果然，凡不善者总有他不善的表现。几天下来，绝大多数领导还是非常支持许怀远的。大家都认为这是正常的市场拿地，地块的各种规划条件、商务条件都放在那儿呢，作为一个地方领导，就算是心里有更为理想的意图、偏好，但你要允许竞争吧！

一串电话下来，效果还是不错！消息发出去了，而且以他许怀远的身份，人家会想就算是他一面之词、证据不足，那也应该有个基本状况才会把一个房地产老板激怒的。再加上，上次媒体网络炒作沙洲地铁站点的事情，很多人知道了星辰集团和陈立人的矛盾，所以，大家都会觉得整个事情的可信度比较高。

只要播下这个舆情，这件事情就会不断发酵。所以，任何事情，只要有公平正义，就不怕那些搞阴谋诡计的人。只要下定决心，去搬动眼前的障碍，那么障碍就会一点点消失。就像某位伟人讲的，政治斗争就是这样，扫帚不到，灰尘不会自己跑掉。

最后，许怀远电话把李光华叫到办公室。

“董事长，什么事情？”李光华急忙赶过来。

“上次听你说，那次在大街上追尾他们车的那些人，叫什么公司来着？在城中有过大量的拆迁业务？”许怀远问。

李光华点头，回道：“是大发工程公司，现在我们南华新城做土方。听他们吹牛说，城内几个区的拆迁都是他们搞定的，政府正规地拆，拆不动的，就找他们。”

那次碰车，几个家伙后来知道许怀远果真是星辰集团老板，心里很高兴，因为有赚钱机会了。第二天他们来公司拜访李光华，说被撞的奔驰就让保险公司来赔偿，但是希望星辰集团能够给点业务做做。后来，在跟他们的交谈中才发现，原来他们也不是纯粹的混混，而是有正常公司的，主要业务就是土石方工程、城内拆迁、夜总会。李光华一听他们是干这个的，就多了一个心眼，他给许怀远汇报，说这方面的力量也做一些储备，万一要用到这些人也说不定的。许怀远同意给一些业务做，一开始的时候怕他们不好好做事，哪知道这帮人做事还真不含糊，土石方做得不错，还有几个人工挖空桩的工程，他们也做了，质量也可以。所以，现在，正准备给他们增加业务呢。

“董事长，你找他们，有什么难事吗？”李光华奇怪。

许怀远点点头，说：“我们都知道，陈立人一直负责城市建设，前一阵听说他那个张倩在老城区的拆迁过程中捞了不少好处，所以，我想从城内拆迁工作上开始挖，看看能不能抓住一点证据。”

李光华一听这事，立即来劲了：“我也觉得这个人太过分了，我们可以从这地方下手。他这里肯定有事的！这样，我先跟他们聊一下，他们在陈立人与星辰之间，肯定会选择我们的。”

“好！”许怀远点头：“你先捞一些信息上来，我们先分析一下。注意哦，我就是要把陈立人扳倒了，不惜代价，达成目标。懂吗？”

李光华点头：“好的，我明白，不惜代价！”

四

等吴越到了看守所，进了审讯室，他才发现问题严重了，竟然总共有五个警察一起审问他。自己这辈子可从来没想到还会有这样的经历。

“你叫吴越？鲲鹏传媒有限公司的法定代表人是吗？”担任主审的就是那个四十多岁的方脸警察，他先核实吴越身份。

“是的。”吴越努力使自己镇定下来，脑海里飞速思考应对。

“我们掌握了你在网上诽谤沙洲市领导的证据，你自己交代吧。”主审警察说。

吴越装作糊涂地说：“你们是指一个月前在网上发布的那些帖子？就因为这个，我犯罪了？”

主审冷冷地盯着他：“最高人民法院刚刚出台了关于利用网络诽谤他人的司法解释，而且要重点抓一批典型案例，小子，你自己撞枪口上了！”

吴越想起来了，好像前一阵子有过这个新闻的，几个网络大腕就是为这个事情被抓的。但是他知道，这种罪行的认定是比较模糊的，他绝不能往这个定罪的条件上靠。

于是他说：“我实事求是啊，发这个帖子，我没有诽谤的意图。你们也知道，现在网上就流行谩骂，发泄一下小老百姓的怨气，这个东西不能当真的。所以，那几篇帖子都是我胡诌的，我压根就没想去诽谤谁，影响谁。他们也没有得罪过我呀，我干吗要诽谤呢？你们看我发的那些帖子，我从来没有明确指出是哪个领导吧？我所有的帖子一概没有。后来被网友们误传了，夸大了，那都不是我的事情，这是其一。其二，我没有确认任何事实，所有语句都是‘听说’‘据说’‘据传’……我没有肯定过一件事情。法律对这类网上言谈应该不会禁止吧？其三，我公司来来往往的人也很多，你们不能把那些帖子全部算到我头上的。”

吴越这几点抓得很好，都是事实。他是新闻记者出身，有职业敏感度，报道涉及人的姓名、具体事件要核实才行，现在看来这点帮助了他。

方脸警察忽然笑了，说道：“吴越，你很聪明嘛！确实，你的这些事情其实都不是很大，只要老实交代清楚，我们可以从宽处理的。我们也想快点结案，所以你必须要交代，你说的‘市里一些领导’主要是指谁？”

吴越心里冷笑，你们这不是套我吗？把我当傻子？于是说：“谢谢警官理解，我确实就这么点小事情，完全是无聊发泄，看人家在网上议论地铁站点不该转移，所以一时情绪发作，就胡诌了一下。要说我诽谤，那真是冤枉死我了！”

“你胡诌的？那你怎么就会胡诌市领导跟记者的事情？你是听谁说的？”警察问。

吴越立即说：“这个我也是听人家说的。至于我呢，也就是因为听说了这些事情，压抑不住，就在网上显摆，以示我掌握内幕。网民不都是这个德行吗？”

“听人家说的，那是听谁说的？”警察立即问。

吴越稍作思考，回答：“我是在一个饭局上听人说的……”

“什么饭局？都有哪些人参加？”警察继续追踪。

吴越到这时候就不好再回答了，只是说：“时间长了，谁记得哪个饭局？又是谁说的呢？”

方脸警察提示他：“如果你是听人家说的，那么你就是传播谣言。如果你是自己编造的，那么你就是造谣诽谤。情节的轻重是有本质区别的。我希望你能够回忆起来，否则你就麻烦了！”

吴越点头答应。这个问题暂时搁置。

那个主要负责审讯的提出新的话题：“你跟星辰集团什么关系？”

吴越听这话非常警惕，斟酌了一下，说：“我是做广告传媒、房地产营销代理的，星辰集团是我们的客户。我们会做他们的一些广告设计、广告发布业务。这些都是有合同的，你们可以查证。”吴越在接星辰集团的这单网上业务的时候，是签过一个合同，合同里面的合作内容是企业品牌策划、VI系统的优化。从字面上看，没有任何问题。

“我们看到你在网上发布了这些帖子以后，你公司就收到了一笔两百万的费用。你怎么解释这个事情？”警察转移话题，忽然问到钱的问题。

吴越心想，这两件事情是绝对不能挂钩的，自己绝对不能坦白。如果说了，那么他跟星辰集团两边都会有问题，一个是主使，一个是执行，那搞不好许怀远、米灿都得进来。

于是，吴越回答道："我们的合同里规定了付款时间的，这个跟我在网上发帖没有关系。你们可以查我公司的账目，我有很多房地产公司的客户，星辰集团只是其中之一，向我公司支付业务费用很正常的。"

审讯警察见吴越回答滴水不漏，十分恼怒，说："哼哼，你真聪明，回答得真好！"说完，对旁边几个警察示意了一下。那几个走上前来，把吴越从凳子上直接架起来。

方脸的警察说道："吴越，你确实很聪明，你听着，我们没有迫害你，我们只是要你清醒一下头脑。你自己再好好想想，你该怎么交代问题。"说完，带着所有警察离开了屋子。

"喂，你们回来，你们回来，我要见律师！"他喊道。

但是，几个警察都走了，审讯室里就剩下他一个人。因为刚才说话用力，身体晃动，手腕上被铐着的地方开始钻心疼痛。

五

为了搭救吴越，严尚群重点在省市两级的官员中放风，诉说星辰集团正在遭遇不公平对待，比如政府限制销售比例等。同时，把吴越被羁押的事情也到处扩散了出去。最后，因为他在大型国企工作过，有大量的朋友在企业界，他开始跟朋友收集陈立人的负面消息。

米灿则动员手下在网上发布消息，说是上次指责沙洲政府的网友被刑事拘留了。但是，这次网络就没上次那么自由了，很快，他们发的各类帖子都被封杀了。看来，因为上次原因，网络监管部门做了防范了。

"这倒是吃一堑、长一智啊。"米灿哀叹，要在网上获得上次那样的效果是很难了。但是不是还有别的办法呢？

这时，手下负责媒体对接业务的人说："米总，这个因为网络诽谤罪而被刑事拘留的本身是个新闻啊，可以通知媒体嘛！"

米灿突然开窍，对啊，吴越是做传媒的，他跟媒体的关系很好啊。要赶快通知他的公司管业务的，发动全国媒体。于是米灿打电话给李洁，让他找鲲鹏传媒现在管事的负责人给他打个电话。李洁应声而去。

过了一会，那边就有人给米灿打手机了，是吴越公司的一个副总打来的，名字叫管俊生，是吴越大学同班同学，一直在帮助吴越打理公司。米灿去吴越公司的时候经常碰到他，所以也较熟悉。

“米总，您好！是不是吴越有什么消息了？”管俊生电话里焦急地问。

“还没有，但是我们集团老板、总裁都在忙吴越的事，我们公司的法律顾问已经去看守所了。”米灿先安定一下他的情绪，然后问：“现在公司运作正常吧？”

管俊生叹了口气：“唉！公司业务倒是正常的，该做的还在做，该加班的还是加班。现在唯一的问题就是很多支出没有吴越签字财务不好走账，马上要月底要发工资，也没法弄。而且春节也要到了，一年下来的奖金分配方案也要出台。最关键的是，公司在外面有很多应收款，吴越要是不出面就要不到，所以一切都挤在这个节骨眼上了。”

“嗯，这有点麻烦，今年各行业都差，钱不好要的，如果老板再不出场就更要不到了。老管，这事先放一放。我现在想知道，你们跟全国的各个媒体也熟悉吗？能不能动员一下他们，把吴越这个事情报道一下？”

管俊生忙说：“对啊！我怎么就没有想到呢？我马上来安排，吴越在媒体界口碑好着呢，朋友也多，让大家帮帮忙，呼吁一下！”

米灿一听也很高兴，忙让他们赶快联系。

六

晚上，吴律师来到星辰集团，向许怀远、严尚群他们报告吴越在里面的情况。

“怎么样？”米灿急忙问，“有没有在里面挨揍？”

吴律师“嗨”了一声：“进了那里，多多少少都要吃些苦头的。幸好我进去得及时，否则他今天晚上就别想睡觉了！”

“啊，什么情况？”许怀远问。

吴律师摇摇头，苦笑说：“老套路，反正不让你睡觉。你想，这要几个晚上下来，你能受得了？”

严尚群点点头：“我也听说过，那吴越交代什么了？“

吴律师微微一笑："还好，吴越在里面很聪明，没有露出一点马脚。他说那些帖子完全是因为自己无聊，所以跟着发泄一下，而且内容上也都注明了是道听途说，没有明确指是哪个人，所以，这点是非常好的。另外，审讯中提到了星辰集团给他支付费用的问题，他说是正常的品牌推广和营销代理业务，跟发帖没有关系。所以，按照这个来定性，那就是网络造谣，也就是行政拘留的范畴。"

米灿叫了一声好，说道："我知道，他很聪明的，警察要想在嘴巴上赢过他不容易的。"

吴律师点头："嗯，今天正好巧了，碰到熟人了，沙洲刑警大队的副队长张浩天在那儿。是我高中同学，据他说，他们也知道吴越这点事情不大，而且也很难立案，所以就想让吴越自己交代一点什么。这事情，他们刑警队收到过指令，是局领导亲自打的电话。所以，这个事情还是很麻烦，如果吴越不交代一点什么，他在里面就出不来。我跟吴越暗示过了，说他审讯中的回答都很好，不能改动，尤其是星辰集团支付这笔费用的问题，绝对不能承认。他们现在很难把诽谤的事实定下来，因为确实很难区分吴越是在网上宣泄还是有意造谣的。但是一旦收受星辰集团的费用事情坐实，那么造谣诽谤的事情也就坐实了，还会让星辰集团也受到牵连。虽然问题不大，但它是个事情！"

许怀远担忧地说："那就是怕吴越在里面吃苦头，最后受不了而交代出来啊。这个在里面是很难受的。他真的被判刑了，也就半年一年，也很快就出来了。但是羁押期间的这个罪不好受啊！吴律师怎么办？"

吴律师摇了摇手："没有太大事情，吴越有一点做得很好，他对警察说自己是做传媒的，认识很多全国性媒体，所以警察对这一点有点忌讳。"

"现在有个问题你们要未雨绸缪，就是你们给鲲鹏传媒支付过两百万元的钱，这个是他们紧抓不放的。你们要赶快补充一些合同、业务单据等，一定要把这个钱与发帖的事情分开来。"

不等许怀远、严尚群发话，米灿忙答应："我明天就办，多准备一些书面沟通文件、会议纪要之类的东西。"

七

果然如米灿手下说的，吴越被抓的这个话题新闻性也很强。

第二天，国内一些网络自媒体开始报道吴越涉嫌网络诽谤罪的事情了。一开始是京海、东城两家媒体，很快国内其他媒体纷纷转载，网络上也开始了。

“沙洲一公司老板涉嫌诽谤沙洲市领导，被刑事拘留。”

“沙洲地铁站点事件有下文，发帖网友涉及网络诽谤罪被抓。”

“网络诽谤政府领导，沙洲市公安局拘留网友。”

这个话题比上次的地铁站调整的话题更加敏感。首先，因为这里涉及网络诽谤这个新的罪种，国内案例不多见。其次，这诽谤涉及的是政府领导，在地位上很不对等，关系到公权力和个人的人权问题，所以网上是一边倒地支持吴越，认为政府领导就说不得了吗？而且，吴越说的究竟是不是事实呢？最后，这个事情本来就是上次网络事件的一个延续，很容易激发、扩大原来关注的人。

但是，就在米灿他们认为事情能够解决时候，忽然网络上再也没有吴越的帖子了。

“坏了！”米灿惊呼，“这次沙洲市肯定跟各路媒体交涉过了，公安局肯定给各大网站施加压力了。”

果然，沙洲市公安部门接受沙洲晚报记者独家采访，对外宣称，沙洲市公安局对吴姓商人的刑事拘留是有合法程序的，也是初步掌握了重要证据的，希望媒体不要炒作这件事情，到时候会给大家一个结果的。

这下好了，吴越还是被羁押在看守所，一点都没有放出来的意思。而且，连吴律师进去会面都很难了。

“媒体炒作是双刃剑，好处是社会上都知道有这个事情了，他们不可能枉法裁判，吴越也能受到一定程度的保护，不会被进一步‘查’出什么事情来。但是，你要知道，碰到喜欢拍领导马屁的恶毒警察，把吴越整出一个偷税罪、行贿罪、强奸罪来都是可能的，那就麻烦了。

吴律师继续说：“这次，沙洲公安局一定会弄出一个结果，让吴越供出一些有利于他们的言论来！你想，如果最后没有什么证据，那不就是说沙洲公安局抓人抓错了吗？那他们怎么向全国的新闻媒体交代呢？”

许怀远、严尚群一听吴律师这个话，头皮都发麻了。

米灿忙问：“那吴越在里面就麻烦了，就是说负责这个案子的警察无论如何都会逼吴越就范的。各种可能的手段都会使？”

吴律师叹了口气，说道：“这我就不知道了，反正你们也知道，基层警察就是这样，真要让你交代，那他们手段多的是。真要深究下去，你很难逃避得了。”

许怀远缓缓点头：“也是，虽然吴越做了一些技术性的规避措施，但目的还是明确的。公安局要紧追不放，也不是一个冤案。嗯，这样，我们首先要保证吴越在里面不吃苦头，吴律师你看，是不是可以再问一下你同学李天浩？让他保证吴越在里面不受折磨啊！”

吴律师回道：“他会有数的，身体的折磨不会很多。但是，软性的折磨手段也很多啊，就不让你睡觉这一点也够了。所以，这个媒体炒作就是有利有弊，最后结果不好说啊！”

严尚群沉默了半天，忽然开口问：“假如吴越把星辰集团跟他的合作事情供了出来，对我们星辰有什么坏的结果？”

吴律师摇摇头说：“也没有什么太大结果，你们可以找个顶罪的人，把这个事情大包大揽，就说是他自己联系吴越，做的这个事情。真的把这个承认了，最多也就是半年一年的刑期。现在，沙洲公安局是一定要有个证据、有个结果的，否则已经不好对媒体交代。”

米灿一听，立即拍腿站了起来，说道：“对啊，我把它包揽了不就行了吗？我去扛下来，然后进去陪吴越一起待上一阵不就出来了吗？否则的话，吴越要吃多少苦头？我是知道他的，你别看他是一个文化人，他是肯定不会供出星辰集团和我的，这家伙真犟起来那是死都不怕的。董事长、严总，我主动出击算了！”

许怀远、严尚群一愣，没想到米灿这么个反应。

吴律师一听，顿时觉得这个主意不错

许怀远、严尚群盯着米灿，两人都很感动。许怀远问：“唉，米灿，你真愿意这样做？”

米灿急着说道：“哎呀，我都急死了！你们不知道吴越，这家伙犯起倔来是不要命的，又不肯出卖朋友，那他在里面要受多少苦啊？我在外面看着他这个局面，我还不如到里面去呢！”

许怀远长叹一声，说道：“你们可真的是好朋友啊！不错不错！”

严尚群也是叹了一口气，说道：“也行。反正现在的营销工作也基本部署好了，进去陪陪老朋友吧。我们星辰集团呢，算是低下一次头，让他陈立人也好受一些。”

吴律师忙说：“那行，我给我同学打电话，把我们的意见告诉他。然后，米灿去派出所自首，我进去见吴越，告诉他直接认了这个‘罪’。”

许怀远、严尚群、米灿都点头同意。

第二十一章　终有转圜

一

梁文龙的心情真的有点糟糕，最近几个月，围绕沙洲星辰集团和人民路项目，已经有两次重大的网络舆情了。第一次是变更人民路地铁站点的问题，第二次是沙洲公安系统抓捕几个年轻人网络上诽谤政府领导的事情。上次地铁站变更的事情，梁文龙听李思秋的建议，在具体诉求目标、政府态度上都做了较大让步。应该说，这个结果是不错的，老百姓对沙洲政府及时处理网络呼声，积极满足老百姓的需求，评价都是正面的。

但这回是涉及市政府领导的绯闻，虽说没有直接指明是陈立人，但电视台记者张倩的照片都发出来了。虽然首次发帖的时候做了处理，但到了网上就被迅速催化了，不仅是那个女记者张倩，还有大湖市、文山市很多地方的女人照片都被搜罗上来了。绯闻都涉及同一个人——陈立人。

从一系列的消息来看，陈立人在某些方面肯定是有些问题的。梁文龙之前也听说过类似传闻，但他总觉得陈立人在城市建设管理方面还真算得上一员大将，有高度，有视野，有手腕，执行力很强，能给梁文龙省不少的劲。所以从梁文龙以往的视角来看，他还能因为作风问题把自己的仕途给耽误了？他陈立人再怎么糊涂也不可能这么没有原则吧？但现在看来，陈立人是有点过分的，自己得赶紧在生活方面跟他远离，以免影响领导干部整体形象。

梁文龙还有一件感到很恼火的事情是，从三天前开始，自己儿子梁逸飞竟然也被当作人民路项目的内幕发到网上了。网上没有指名道姓说梁逸飞是他儿子，但透露了儿子之前任职普罗西公司的基金经理的经历，而且说儿子梁逸飞有意参与人民路项目，还介绍他的身份是沙洲市主要领导的儿子！

所以，当市委宣传部负责舆情监管的负责人向他秘书转达这个消息时，梁文龙的反应是震怒。

“可耻！简直无法无天！”他气得拍起了桌子。儿子是梁文龙最关切的，是他毕生的成果，也是整个家族的未来希望。这么有抱负、有使命、积极向上的儿子竟然也成了这些唯利是图的商人攻击的目标。是可忍，孰不可忍？

儿子一直是靠自己的能力在发展，从没有得到过家庭的一点助力，而且儿子规划的发展角度多好！搜集前沿的技术成果，分析其技术特征和市场潜能，然后组织产业基金，踏踏实实地做产业的孵化和转化。这对沙洲这样的城市是多么正确合理的一个合作诉求。别说儿子这回没能真正介入人民路项目，就是真介入进来了，这又有什么可说三道四的？举贤不避亲，任人只看才，我应该有什么顾忌？难道我梁文龙这样的资源条件反而还成了儿子的发展阻力了？

梁文龙发完一通火，最后冷静下来，吩咐部下：“给我查，一查到底！看看是不是星辰集团干的？他们到底还想做什么？”

二

米灿到辖区派出所自首去了，承认自己为了公司利益，采取了不正当的方法，聘请吴越公司在网上诽谤沙洲市领导。本来以为这事能够就此罢休，但事情并没有得到化解，情况比预计的要更加严重。

这天，吴律师匆匆赶到许怀远办公室，跟许怀远、严尚群报告新的进展。为了节省沟通时间，许怀远把李光华也叫来了，一起听一下进展。

吴律师说，这次沙洲市委宣传部、公安局专门就此事开了一个会议，要趁此机会净化网络环境，严厉打击造谣生事的人。这次会上，宣传部负责网络舆情的专门提到要对星辰集团进一步追查取证。

严尚群这么好的涵养也开始激动了：“这是要做什么？他们以为这是什么年代？领导干部还能用公权力来对付老百姓？他陈立人的绯闻，在房地产行业不是什么新闻，这么大张旗鼓地追查我们诽谤，还要脸吗？”

许怀远最近面临各种烦心的事情，张红一直在化疗，吃饭睡觉都成问题，这个已经够让他操心的了。现在围绕人民路项目如此没完没了，心中郁闷、恼火、悲哀，此刻他快要爆发了。

他面色冷峻，手指却气得微颤，说道：“我们已经退让到最后的防线了，我把吴越和米灿都送进去了，他们还想怎么样？如果还不罢休，那我就启动最强烈的报复！我们星辰集团栉风沐雨打拼到今天，不是依靠别人赏赐的，我们赚的每一分钱都合理合法，都是从市场上赚来的，我们今天就是抢下了这个地块、动了人家的奶酪，那又如何？土地的公开招拍挂是国家法律，我们犯了什么罪了？他陈立人就不该说吗？是自己做下的事情，是自己招来的议论，难道这还成了星辰的罪过？不行，我们要反击！”

严尚群深以为然：“如果这样，确实也到了我们绝地反击的时候了。但是公开实名举报，涉及证据的搜集问题，这个要听吴律师的意见。”

吴律师仔细斟酌了一下，说：“总体感觉，陈立人贪腐的证据还是容易搜集一些，据我们在大湖、文海两市的同行说，陈立人的套路很神奇。他每结交一个女人，这个女人就成为他的代言人，若隐若现地打着他的旗号做各种利益交换的买卖。他在钱的方面不沾手，也不问，但事实就像隐名的股东一样的。”

一直在旁边不作声的李光华听到陈立人这个模式，忍不住哈哈大笑：“这老小子高明啊！这些女人成了每个子公司的股东和法定代表人，陈立人什么事情都不用干，什么钱也不用出，真是一个人才！”

严尚群介绍说：“这些女人之间还会互相之间业务竞争、争风吃醋，所以要搜集陈立人的证据就从这些女人开始，而且要分化她们，各个击破。我这边已经有点线索了，最近沙洲这边是张倩最得宠的，最近几年陈立人在沙洲工作，那边没有什么新的利益输送机会，她们感觉自己被明显冷落了。所以，他们决定到大湖、文海两地进行实地调查，估计能找到证据。星辰集团在那里都有公司，有些人脉线索，我已经安排下去了，估计快有结果了。”

许怀远连连点头，觉得严尚群真是想得周到，这些事情都提前布局了。

三

针对星辰集团的调查花了两个星期时间。调查的范围不仅仅是搜集固定网络谣言的证据，还有另一个任务是调查星辰集团是否合规经营。

合规经营的内容就多了。首先税收是个大的方面，其次是在经营过程中是否涉及行贿贪腐，最后是否涉及资产违规转移的问题。

检查的结果，让各路检查人员大吃一惊。

第一，许怀远的星辰集团在税务方面几乎就没有问题，至少在沙洲市的开发项目是如此。这确实得益于许怀远的理念、严尚群的严谨细致。许怀远历来觉得自己从事房地产开发，从来没想到会这么挣钱，赚钱了就得通过交税的行为返还给社会一部分。所以，有了这个世界观做基础，星辰集团的纳税问题就很简单了，如实缴纳。严尚群则是在税务统筹、合理避税上做得很专业，他经常强调一个观点，在税收方面不要去冒险，这种钻营平常做得多了，哪一天遇到问题，那就很麻烦。所以，集团这么两位领导带头，税收工作就做得很好。

第二，行贿方面的问题。这方面就更少了，许怀远从来就认为，你可以在拍卖场上拼命飙价格，就是冒险突进，那也只是市场风险。但是你一旦涉及行贿等问题，一旦被发现，则对企业就是灭顶之灾。所以，星辰集团这几年除了节假日给各个部门表示敬意，送一些小额礼品之外，不存在任何行贿和利益交换的问题。

第三，是否涉及个人不法收入向海外转移的情况，这是银行方面重点来查询的问题。结果发现，星辰集团这么多年开发了一个又一个项目，环环相扣，资金使用效率很高，确实形成了高额利润。但最后，这些资金都是堆集在这次人民路项目上了。

嘿！现在竟然还有这样的企业？这个调查结果不仅让陈立人惊了个目瞪口呆，同时内心升起凉意，因为把这种人作为对手，麻烦就大了！

财贸委的负责人汪若海在向梁文龙汇报这些事情后，也让梁文龙大吃一惊。

汪若海说：“许怀远这个人用一个字就可以概括，那就是轴。他很多的开发项目都是不看数字，只是举牌拿地，到最后所有的人败下阵来，他们还在举牌。他们赌的就是未来地价、房价的升值。”

梁文龙听说许怀远是这个性格，也觉得这个人有点意思，看来还真不能对人武断下结论。

汪若海是梁文龙多年的旧交，他肯定不会是收了许怀远的钱而故意在他面前说好话的，他的话是有可信度的。

建设局长陈建国则向梁文龙汇报许怀远在房产界的口碑。他说，许怀远口碑极好，他跟很多人合作开发，几乎都是把他该赚的钱多分一些给人家。而论贡献，他往往是出钱、出力最多的。最奇葩的是，有个开发商跟他合作，许怀远出钱出力多，是大股东，但是他们公司整个的经营权交给了那个开发商。后来那个开发商澳门赌钱输了十多亿元，所以把项目的首期的销售回款全部挪走、偿还赌债，总共三个多亿。你知道许怀远干了一件什么事情?

梁文龙被话题吸引，抬手示意陈建国继续。

陈建国接着说，许怀远竟然没有追究这个开发商的责任。理由是，人家都在生死边缘了，能够撑人一把是一把。许怀远继续投资这个项目，直到项目开发结束。就是在这种情况下，他还是按照股权比例分配利润，先前被挪用的资金逐步归还。乖乖，三个亿搁置不追究，还继续给人家分配利润。

梁文龙听完，点点头，没有做过多的表态，但心里面在想，这个许怀远的确厉害！他要么是一个好人，要么就是一个十恶不赦的坏人。他不仅看准了房地产的发展大势，大赚特赚，而且还一直在沽名钓誉，笼络人心。手下这些人听到的传奇和故事，梁文龙目前听到的都是谋略。这个人，还得继续甄别。

最后，他问:“这方面没问题就好。但是他在网上造谣的事情怎么说呢?”梁文龙对许怀远所有的反感就来自于这点，他千不该万不该在网上污蔑自己和儿子。

但这个问题的答案是，公安局网警查到了那个帖子最初发到网上的IP地址，跟星辰集团没有关联。然后，他们又突击查封了星辰集团、所有子公司的主要电脑，没有发现网上造谣市委书记梁文龙和儿子梁逸飞的证据，包括内存、硬盘、打印机留存文件、邮箱。

“哦，不是他们？”梁文龙听说这个答案，觉得出乎意料，“那网上造谣我的文章从哪儿冒出来的呢？”

公安局的办案人员报告：“我们初步推断，是有人在浑水摸鱼。因为诽谤陈市长的两个关键人员已经被抓起来了，一个是被捕，一个是主动投案的。而且在二十天前就进去了。但是网上造谣您的帖子是在他们进去之后才出现的。也就是说，这个时候，星辰集团已经被打草惊蛇了，这个时候他们应该不会再继续造您的谣言了。”

梁文龙听完，疑惑道：“这又是谁跟我有仇呢？”

四

沙洲市公安局专门开了一个新闻发布会，正式告诉广大媒体，星辰集团营销总监米灿勾结鲲鹏传媒公司吴越对市领导造谣诽谤，致使政府公信力受到严重影响。为了遏制这种网上不负责任的言行，沙洲市检察院将尽快提起公诉，惩治这类犯罪行为。

这个事情虽然很小，但是对星辰集团的影响很大。现在社会上都知道星辰集团与沙洲市主要领导的关系很僵，这对项目的后期运作会产生很大影响。首先是银行，他们开始关注星辰的贷款，因为他们知道，有了这样一个特大的负面因素，再加上人民路地块后续的50%土地出让金要支付，那星辰集团的资金链就很危急了！

另外，市场上的投资者，他们的小道消息也很多，他们也会觉得项目可能会面临政治风险，那么原来的投资意向就会退却。

许怀远、严尚群的心里虽然愤懑，但是他们现在不担心资金问题，他们与新时代公司签订了投融资合作协议，而且已经拿到定金，这是他这次拿地危机的转折点。

接下来只要把规划方案调整、报批结束，那么他们的后续资金就会进来。只要把剩余50%的土地出让金交完，办理好土地证，接下来有的是时间来对付陈立人。

五

赶在除夕的前一天，吴越、米灿终于被释放了。

之所以有这个结果，完全是因为上次媒体的一轮报道，把这件事情公开了。众目睽睽之下，沙洲市政府总不能显得太小家子气，所以为了展示领导胸怀，体现人情化执法，警方同意取保候审。

还有就是，沙洲公安局查了很多次，也没有发现吴越、米灿他们有诽谤市委书记梁文龙的证据和动机。这点为他们的行为减轻不少责任。

两人签完字，带好衣物用品走出看守所大门，发现有两辆车等在外面。一辆是米灿的路虎越野车，是由公司司机开来的。另一辆是红色宝马车，里面出来的竟然是蓝莓。

米灿大吃一惊，心想怎么蓝莓会来接人呢？

后来，蓝莓、杨雪与米灿有过一次交流的。那次米灿被公司的事情整得焦头烂额，唯恐蓝莓、杨雪给他添麻烦，所以他很丰富而翔实地提供了案例。蓝莓、杨雪听得很入神，认为米灿提供的素材既有故事，还有深刻的分析，收获很大。最后，当他把案例中主人公的年龄、职业还有诗人的身份亮出来时，蓝莓和杨雪都惊呆了，因为在沙洲市出版过诗集现在又在做传媒的老板，吴越是唯一的一位。蓝莓顿时脸色灰暗下来，而杨雪气得脸都红了。米灿当时就知道坏了，她们可能认识吴越。

看到蓝莓来接人，吴越也是吃了一惊。更让他惊讶的是，管俊生竟然跟蓝莓一起来了，而且还是坐着蓝莓的车来的。

米灿看到管俊生和蓝莓在一起，他知道蓝莓是来接吴越的，忙问："喂喂兄弟，你怎么跟这个主持人蓝莓很熟啊？"

吴越点点头，说道："唉，早就认识，没跟你们说。"

蓝莓倚着车门，没动身，只是远远地朝吴越笑了笑。

管俊生快步迎了上来，说："你可出来了。前一阵公司都快乱套了，幸亏你那个美女主持朋友，她找到我们公司，主动借给我们公司800万，才过了这个年……昨天才办完。"

"啊！"吴越大吃一惊。

六

到了车上，管俊生才把整个事情告诉他。

“嗨，兄弟，你这么进去两个月，公司都差点倒掉！“管俊生现在还是一副后怕的样子，说道：“刚开始几天是没问题的，公司运作很正常，但就是米总让我找媒体报道此事，结果大家都知道鲲鹏公司出事情了！这一来，公司一下子就乱套了。首先是下游企业在我们这儿有应收款的，本来还没到时候的，这个时候也来要钱了。而上游企业一看鲲鹏公司老板出事，也不敢随便把钱打给我们公司，都说除非你吴越到场，否则这个钱付得不明不白会出问题。还有很多客户，正好多了一个理由，暂时不付了。连法院查封账号的裁定都有好几个了，你说，要是把账号一封，要钱的人一起哄，那公司不就完了吗？我们所有人的工资奖金都会被冻结。”

“啊！有这么严重？”吴越虽然在看守所也在担心公司运营，但是没有想到会出现这个情况。

管俊生忙说：“你以为呢！差点翻船了。幸亏蓝莓及时赶到，否则现在公司已经没有了。”

蓝莓这时候在开车，听管俊生这么说，回头一笑：“也没这么大作用啦，就是到场调解了一下……”

“你这还不重要啊？”管俊生大声说道：“吴越，这次你要好好感谢蓝莓啊！你知道那几天公司里挤满了来要账的人，幸好蓝莓赶到，嘿嘿，那个名人效应立即就产生了。吴越，蓝莓当时几乎没有犹豫，就对所有要钱的人做了保证，你记住了啊，是书面的保证哦！明确保证，如果最后要不到钱的可以找她蓝莓要。所以，这么一来，马上就走掉了一批要钱的。”

吴越心里感动，忍不住看了一眼蓝莓，只见她还是稳稳地在驾着车，脸上微笑着，一副淡定的样子。

管俊生接着说：“但是，还是有些账是必须要付的啊，比如几家电视台的广告费，你这个不付就立马会产生问题啊，还有就是那些高速公路广告的季度付费、制作费，如果这个不给，他们会立即把我们客户的广告撤下来的。那就会惹大麻烦了！都到年底了，是销售旺季，我们客户的广告被撤了，你说明年还能合作吗？那欠他们欠我们的钱还会给吗？所以，蓝莓就开始往我们公司拿钱了。她自己拿钱不说，还从外面借了几百万，凑齐了800万，交到了我们手里。唉，兄弟，这些都是你不在场的事情啊！有了这个800万，我们几个也凑了几百万，总算把这个春节对付了！嘿，吴越，啧啧，这回蓝莓的人情你是还不清的了……”

管俊生是吴越大学同班同学，他是早就认识蓝莓的，所以他这么喋喋不休地说着危机的经过，同时大肆抬举蓝莓，看来是有目的的。

但即使这样，吴越真的已经非常感谢蓝莓了。他从没想到五年以后，自己还会跟蓝莓有这么个交集，还会欠她这么大一个人情！

于是，他叹了口气，说：“小莓，这次真的谢谢你，我没想到……”

蓝莓在驾驶位子上回头，看了吴越一眼，说道：“嗯，那你就好好想想怎么感谢我吧！”

吴越不再吭声。多年以后，突然欠下蓝莓这么大一个人情，该怎么还呢？

第二十二章　教诲人心

一

张天民听了无为大师的话，鼓起勇气去看望父母，征求他们意见。这是他出事以后的近两个月之内第一次回家。

这个家真是散了。自从谢丽和萌萌出事以后，张天民的老母亲一病不起。这个事情对老人家的打击是全方位的。儿媳妇和孙女儿，这么惨痛地走了，儿子也垮掉了，而且还背负着这么丑恶的名声，这要重新站起来，就难了。

张天民的父亲叫张天峰，那也是沙洲市东郊大青山街道的名人。20世纪80年代开始，这里出过很多建筑公司。这地方洼地山丘多，农业基础差，工厂也少。所以这个地方的人自古以来就肯吃苦，到处揽各种苦活累活脏活谋生，采石、跑车，拉煤，木工，等等，只要赚钱，这边的人都肯接。到了张天峰这一代，国内建设出现高潮，大青山这里能干活、肯吃苦的人就有了机会。他们最早是帮农村里面先富起来的那一帮人建新房，尤其是在南边那一带，大青山建筑工人是很有名的。这里的人抱团，干活速度快，质量也不错，就自发形成了包工头和工人。到80年代末，他们已经能够在城市里面接活了。先是在沙洲市接业务，都是一些小的厂房、办公楼和楼堂馆所，他们是草根出生，接了活就拼命干，速度和效率自然就高，远非当时的国有建筑企业所能比拟。几年以后他们的口碑就出来了，慢慢接一些大的业务，宾馆酒店办公楼都能做了。再后来房地产开发大规模崛起，他们的活就更多了。也是时势造人，大青山建筑就做起来了。最后在其他大城市都有他们的影子，出现了在省内国内都有知名度的企业。天风建筑是一个中型企业，张天峰不是最有钱的，但他是最早出来创业的一批人。张天峰带过一大批徒弟，不少成了大老板，比他做得还大。张天峰在行业中口碑不错，能帮助人，也不喜欢欠人钱。

张天民就是在这样的环境中长大，从小就不缺钱花，也喜欢交朋友，人品口碑都不错。

大青山建筑行业竞争也比较激烈，老板们呢，也喜欢比较，看看这家做好了，那家不行了，此起彼落，各领风骚。张天峰起步比较早，按说企业应该是大青山一带最靠前的一家，但老头子还是比较保守拘谨，所以天风建筑虽然有点名气，但其实也是一个中不溜的水平。所以张天峰对儿子张天民期望就很大。

张天峰总想着让张天民把天风建筑做大做强，最好坐上前面几把交椅。张天峰一步一步给自己的儿子规划好了，张天民大学读的是建筑工程专业，毕业以后就进入自己的公司，让他从工地上开始做起，一步一步成为管理人员。然后很快将他带入业务发展部，因为张天峰觉得，活干得好不是最关键的，关键是人要打得开来，要活络，要广交朋友。张天民就是按照这个发展理念，走上了他的人生之路。

但张天峰没想到，张天民业务没接多少，最后还酿成了这样大的灾祸。

张天民母亲这些天以泪洗面。想想可怜的媳妇、聪明可爱的孙女，简直是痛不欲生。张天峰一直在埋怨，公司要做那么大干嘛？钱够花就行了，一天到晚逼着儿子出去喝酒，交朋友接业务。现在好了，儿子成这样了。老妈子不断回想张天民小的时候，那时候是多可爱的一个孩子，老实憨厚，肯吃苦，干的活也不错。那时候张天民看见小姑娘脸还红，不会说特别多的话。

所以最大的罪魁祸首就是这个天风建筑，搞得家破人亡了。老太太这么一番埋怨，老头子心里也难受啊，也开始怀疑自己当年的想法是否错了？人这辈子匆匆几十年，跟人家竞争个啥呀？有点活干，有点钱赚，平平安安过日子多好啊！

有了这么个思想基础，所以张天民回来说想出家做和尚，这老两口竟然也没什么反对，尤其听说是赫赫有名的无为大师收他为弟子。这老和尚可不是一般的人啊！很多当官的，做大老板的，想见他一面都难。奇了怪了，他竟然肯收自己儿子为徒弟。

老两口心里都想答应。但想想这老张家从此就绝后了，创下了这么大的个家业就没人管了，这是一道迈不过去的坎。

张天峰就一个儿子一个女儿。女儿多年前就到国外留学了，学的是护理专业，那个专业在国外非常吃香，嫁给了一个老外，就留在那里了。女儿很有出息，工作生活都很稳定，但是老两口平时也在家里嘀咕，说这个女儿算是白养了。

原来他们都指望靠张天民来养老送终，这下好了，儿子也要出家了。虽说家里有些钱也不缺人照顾，但没一个子女在身边总是显得冷清啊！

还有眼前的事情。天风建筑搞了几十年了，公司虽然没有很大的发展，但也有100来号人。很多工程项目都在进行中，张天峰自己也过六十了，体力脑力都跟不上了，最近一年应收工程款越来越多，要做的工作也越来越多，本来指望张天民能够多分担一些。这下好了，儿子想彻底撂下了。

所以张天民开了这个口，老两口嘴上没有反对，但心里这道坎过不去。事情就僵在这了。

二

就在这么僵着的时候转机出现了，米灿来了。

米灿在看守所里将近一个月，算是彻底地反思了一下自己的过往生平，觉得自己实在太浑，从来就没有想到过后果。他挂念最多的就是张天民，想到这位兄弟现在的处境、心情，真是无比难受。

所以，他从看守所出来的第二天，就来看望张天民。米灿知道张天民所有的经历，知道张天民内心的痛苦。所以他第一时间表态支持张天民出家。

他也知道，出家修道，将相不能为，是真正的男子汉大丈夫做的。但眼前的问题怎么解决？

他想着想着最后想出了一招。就对张天峰说，叔叔啊，这个建筑工程以后也越来越不好做，你干脆把这个公司卖掉，而且卖给谁我都给你想好了！

张天峰一愣，他不是没想过，儿子出事以后，他知道天风建筑只能转让掉了，儿子张天民哪里还能接这个班？但他想了很久也不知道转给谁，因为在大青山一带，别的不多，就是建筑企业多。就是有人收，也给不了什么好的价钱。

于是，张天峰问："谁呢？"

米灿回答："我们公司啊，星辰集团许怀远！"

张天峰一听是星辰集团许怀远，立即觉得这个人不错！自己的队伍现在还在跟他干活呢，从来不拖欠工程款，人品好，做人低调客气。要把公司卖给他，一百个放心。这些跟了他很多年的员工兄弟，也会有一个好的出路。

但许怀远会收一个建筑公司吗？

米灿说，这事情包在我身上。别的事情不好说，这事情一定能够解决。为什么？张天民要出家，许怀远又是那么信佛，他能不赞成？另外无为大师要收张天民做弟子，无为大师发一句话，许大老板就是把星辰整个集团卖给你张天峰都可以。

三

米灿匆匆赶回星辰集团，向许怀远报告这件事情。

果然，许怀远一听张天民这个事情，连连点头。说："出家修道好啊，他前面虽然出了这么大个事，但现在有这样的因缘，这也是好福气啊。"

"但是米灿啊，我们星辰集团现在资金这么紧张，要收他这么一个公司也不容易。天风建筑的摊子说大不大、说小不小，而且我收购了这么个建筑公司，让谁来管理呢？他们的这个业务比我们的更具体，不好管。你看我们星辰自己以前也有建筑公司，后来为了聚焦在房地产业务上面，我把这个公司还卖了。现在我们再收一个回来，确实很勉强。严总是公司总裁，他也不一定同意啊！"

米灿听这个，觉得老板说的是事实。严尚群虽然是小股东，但是操的心一点也不比董事长少。按照许怀远的意思，过几年自己也出家修道去了，星辰集团这摊子就交给严尚群算了。那你许董事长从现在开始就得做减法啊，怎么又多一块很复杂的业务出来了呢？

严尚群对公司发展的战略是很清晰的，也很认真，不好拉拢。好马不吃回头草，突然要收一家建筑企业，他肯定不同意啊。

但米灿想试试。于是跑到严尚群办公室谈这事情。

严尚群是感觉突然，但也没有一下子拒绝。他想了半天，竟然说："嗯，米灿，这个未必不是一件好事。"

米灿没搞清楚他怎么会这样说，问："您意思是可以考虑？"

严尚群思考了一下，说："张天民是你死党兄弟吧？你也知道我和董事长是不会坑任何一个合作伙伴的吧？这样，我们可以考虑收天风建筑，但是我们有交易条件，你可以先跟他们沟通。一个条件是，我们不用现金收购，可以换股，比如用南都房产公司的股权换天风建筑的股权，所以他们现在拿不到任何现金；其二，他们还是要留一些股份在里面，等五年以后才可以全部退出。如果他们同意这样的条件，那就可以谈。"

说完，严尚群当场给许怀远打电话，说明他的意见。

"什么？你同意？"许怀远觉得奇怪，"尚群，你别多想啊。我虽然想帮助一下张天民，但在商言商啊，这事情将来搞不好了，你不要怨我啊。"

"哈哈，你放心。等他们条件出来，我再跟你掰开来细说。"

米灿把许怀远、严尚群的意思传达给张天峰、张天民父子。张天峰一听是用天风建筑的股权换房地产开发公司的股权，立即觉得划算。加上对星辰集团的信赖，认为什么条件都好谈。

接下来很快，互换财务报表，评估股权价值，然后就大差不差地签订了换股收购协议。

协议签完的当天，张天民正式拜别父母亲。

张天峰夫妇老泪纵横，拉着张天民的手不肯松开。老母亲大哭："天民，娘知道你心里苦，你现在除了这条路别的都不想了，我现在不拦着你。但是，将来你如果心里转过来了，想回来了，就不要顾虑……"

张天峰则摇摇手，大声说："儿子，走了这条路，就别想回头。我相信无为大师，你好好修。我听说了，一子出家，九族升天。你修好了，就可以让谢丽、萌萌都跟着升天，你一定要做到。我们老张家祖上积德了，要出一个得道高僧。"没想到张天峰能讲出这一番话来！

张天民此刻也是泪雨滂沱，悲喜交集，心中默念最多的一句话是“苦海无边，回头是岸”。

四

七天以后，张天民正式出家了。

无为大师最近十多年没收过弟子了，今天就张天民一个，所以只进行了一个简单的仪式。参加仪式的还有道真法师、道源法师等七位法师。

张天民受戒完成，站起来诵偈，随后搭衣展持具……

无为大师一脸悲悯说：“汝今善根缘分具足而决意出家，今后当须立丈夫志……”

无为大师说完，在场的其他七位法师开始唱念出家偈。

唱完偈，老和尚又说：“汝今舍俗，染衣出家，应当发心求道，严持净戒，上求佛道，下化众生。赐法名道明，字志坚。”

作为张天民的朋友，吴越、米灿还有其他一众好友参加了他的出家仪式。仪式结束，吴越看着原来多年的兄弟张天民在今天成了道明法师，心内无比激动，恭恭敬敬地上来合十、顶礼。

最后，老和尚神情严峻地说：“上面这些祖师，个个都是为法捐躯、九死一生，才得以证悟菩提。我问你，是否有坚定决心，像祖师们一样历经各种艰难困苦？”

张天民郑重点头，发誓说道：“我一定像祖师一样，舍生忘死修行悟道！”

老和尚炯炯有神地看着张天民的表情，听他说完，微笑点头。又告诫说：“道明，你此生获‘罪’甚多，它们将形成重重的困厄磨难，所以你需要逐一克服。我给你传授的内容将是最艰难却是最具功德的知识，你要做好准备。”

张天民想着自己前半辈子如此浑浑噩噩，直至酿成人间惨祸，自己只有用远超常人的修行努力才能弥补此生对谢丽和萌萌的欠缺。所以，在他现在看来，无论什么法门，只要能够达成目标，那是什么苦头也愿意吃的了。

于是，他说：“师父，您放心，我什么苦头都能吃，我都准备好了。”

“好好！”老和尚脸上终于露出放心的笑容，说道：“多年前，无相寺一直有主修头陀行的人，后来条件好了，修这个的人就少了。这些年，老衲一直想传下这个法门，现在可以由道明继续。”

吴越和米灿都听说过头陀行，知道这可不是一般的修法，极其艰苦。

道明听完介绍，虽然觉得确实很难，但是他现在的心态是越难越好。你想，他都差点要自杀了，还有什么难事能让他怕的？尤其是，他听说头陀行是最容易修道成功的，那就能更加快捷地帮到谢丽母女了。

无为大师给他做了一些减省，形成了一个简化版的头陀行。

老和尚说：“头陀行第一阶段重点在相，需要修持五年以上。五年以后，可以不著相，但其原来精神应当保留。十年之内，你必有很大的收获。”

张天民连连点头，纯是一副无畏的气概。

老和尚脸色欣然，说：“老衲年轻时候在南方修的就是这个法门，这个是真修。”

五

道明法师的出家仪式结束，老和尚还要另外召见吴越、米灿。两人跟着众人到知客堂，刚落座时，忽然一个女子进来了。吴越定睛一看，是小艾。

自从服下老和尚从深山里采集的中药后，小艾的身体越来越好了，小艾再也没有去医院检查过身体。她自从得了这个病，原来的工作也就丢了。本来想找吴越帮忙的，但吴越被抓进去几个月，好在她的英语底子很好，加上自己一直在英语教学一线。凭着这个能力，她很轻松找了家英语培训机构上班，算是稳定下来了。

这段时间，她也还在服中药，无为大师真是慈悲，一直在给她供药。好在上次在山里采药时现场教了几个人辨识此药材，所以后来就有人专门采集，寄到沙洲这边来。小艾也经常来寺里烧香拜佛，只是一直无缘见到老和尚。

后来疾控中心医院主动联系过她，发现她的身体状况已接近常人。虽然艾滋病毒并没有消除，但小艾已经没有了生死忧惧，心里不再想着这病，自然也就心态正常了。小艾对无为大师的感恩，以及对佛道的信仰也绝不比张天民差，她也很想出家修道。因为承受了这么大恩德，她很想留在无相寺，但无相寺里没有庵堂，所以她就一直来做义工。

小艾的到来解决了无相寺一个大问题。无相寺现在不仅在国内名声很大，在国外也有很多信众，所以寺院的网站、公众号一直想上一个英文版。另外就是每当有国外重要的访客过来，没有外语翻译。现在小艾来了，她不仅英语好，而且在外国语学院上大学时修过德语和日语。她来无相寺承担这方面的工作，就真正用上了。一段时间下来，小艾觉得自己可以在寺院专职，只要能养活自己就行了。于是跟道真法师提出请求，道真法师跟无为大师汇报，说有这么事情，得有老和尚决定。

按现在分工，无为大师早就不在管理寺院了，道真法师已经在主持工作，像招募一个人进来工作的事情可以由他自己说了算。但小艾是女性，年轻漂亮，身体里还有艾滋病毒招进寺院来对出家修行是否有妨碍，就需要权衡。老和尚听后说，找个时间一起见一下。

于是，选在张天民出家的日子，正好吴越、米灿都过来了，道真法师就让小艾一起过来拜见。

米灿是久闻小艾这个人，只是没有见过。今天这么一见，发现这个女子五官虽然不是特别精致，但有一种特殊气质，清新动人。唉，他这么年轻就把这个门堵上了，想想也有点可惜啊！

米灿只是一念对小艾产生了涟漪，一念之间才这么想吴越。但说来奇怪，就这么一个念头，好像让无为大师发现了。只见他正目光炯炯地看着米灿，米灿抬头遇上老和尚的眼光，顿时吓了一跳。心想，完了，老和尚是什么人？自己举心动念他都能知道，这下脸丢大了。

但老和尚好像知道他这个心思，莞尔一笑，眼光就转向了小艾。

小艾今天是第一次见无为大师，此刻见老和尚慈悲地看着她，如同见到了亲人一样，这段时间以来的痛苦、绝望、委屈、高兴……一刹那之间全部涌上来了。她跪下去，三叩首，哭出了声来。

无为大师弯下腰，扶起她来，说：“善哉善哉，你终于上路了，这就好了！”

就小艾进寺院工作之事，老和尚的意见是，小艾可以进无相寺工作，病毒不会无缘无故传染人，只要人的心性是无染的，那就会百毒不侵。只要工作所需，小艾可随处出入。但是，她毕竟要吃饭，寺院要给一份正常工资。小艾顿时满脸通红，哪里还能要工资？但老和尚说是两回事，身体变好了主要是自己的福德因缘。而为寺院工作，那就是劳动关系，应该付生活费用，而且要交社保。但小艾的工作区域要定下来，一般情况下就在客堂，给一个独立的办公室。

这样安排很圆满，众人欣喜，合十礼敬。

第二十三章　两个大坑

一

一系列风波过去了，许怀远和严尚群加紧催促人民路项目的规划方案。李光华被两人催得焦头烂额。

35亿的天价才把项目拿到手里，如今六个月过去了连规划方案还没通过，这个星辰集团的历史上是没有过的。就算现在规划通过，再设计施工图，然后迅速动工，那销售回笼资金也要到明年下半年了。此外，就算春节后能够施工，巨大的地下工程至少要半年时间才能结束。这个项目即使不按星辰集团一贯现房销售风格，可以预售，那开盘时间也得等到十月份了。

也就是说，星辰现在的对外融资起码得一年时间，为了保险起见，借款协议的时间要写两年，但约定可以提前还款。按照这种项目的周转率，一年的资金成本就达到2.45亿元，两年就是4.9亿元。所以，项目早动工一天，就是节省70万元。

严尚群把这个数字告诉李光华时，李光华说还有一两笔账没算。那就是自己现有的资金，其实很大一部分也是银行贷款，利息大概是每天50万元，然后还有公司整体的运营成本每天200万元，所以，项目每拖延一天的综合成本是300万元！

严尚群听完愣愣地看着李光华有十秒钟时间。一方面觉得眼前这小子确实思路清晰，目标感很强；另一方面是做这个项目的压力实在是太大，而且当初拿这个项目的时候，李光华在大街上是发挥了作用的。后来许怀远跟他说过，当时李光华建议来个泰山压顶击垮所有对手。现在的情形是，对手被击垮了，自己也已经累得不行。所以，严尚群对李光华那是爱恨交织，既想摸摸他的头以示鼓励，又想在他头上捶一拳出口恶气。

“那还不赶快做规划调整?”严尚群最后憋出这么一句话来。

但李光华把球踢了回来:“有个问题要请示，否则没法往下做!”

原来，新时代公司对这个项目的规划建议发过来了。他们的意思是，现在很担心这个项目跟政府的关系，所以除了严格达到用地指标要求之外，还要进一步增加项目亮点，增加政府的满意度。

严尚群问:“什么亮点呢?”

李光华说:“他们建议在那6万多平方米科创用地范围，上一栋350米以上的超高层建筑，作为沙洲南部副中心的一个地标。”

“啥？350米超高层建筑?”严尚群大吃一惊。

李光华说，他们的意思是，这个项目原规划住宅是20万平方米，购物中心约10万平方米，写字楼10万平方米，三块加起来40万平方米，那么开发用地的指标已经用完了。其余产业大楼都是科创用地，这方面市委书记梁文龙是很看重的，他本意就是要建立两个产业大厦，作为沙洲战略新兴产业的集聚地。在城市功能目标上是很高远的，所以他们建议索性建设一个超高层建筑，在城南副中心形成一个核心地标。通过这个，去跟市里面沟通，土地性质也想办法改成商务用地。这样政企关系就能够转换过来了。否则，整天的查账查税、抓人放人，这项目怎么运作啊?

严尚群听这个话，觉得这个新时代公司对项目很负责，而且对项目现在面临政商环境也是清楚的，他们当然会担心这个。于是两人赶到许怀远办公室，想共同商讨。

许怀远本来就觉得上次规划中，科创用地的建设指标没有用足，市里面的意见是有道理的。所以此刻听说除了用足之外，再增加两点，集中建设一栋超高层建筑，那也算是超出政府的满意度了。只是这栋超高层建筑，单方建设成本会增加每平方米5000元，5万平方米又得增加3亿元，这对现在的星辰集团来说，真可能是压垮集团的最后一根稻草。

三人正商量呢，徐冰给许怀远打来电话，说关于新时代公司的融资事宜，有新情况要汇报。许怀远赶紧让他过来。

徐冰传达了新时代公司的意见：其一，要增加一栋超高层建筑，彻底扭转星辰集团和政府的关系；其二，为了提供支持，他们可以再增加5亿元的投资额度，并整体降低融资成本，本金增加至22.5亿元，只收8%的利息，加上通道费用总共10%。

许怀远顿时站了起来，高兴地说："这是好事啊！超高层能够分割销售这样我们的资金还有富余，项目运作就完全没有问题了。"

李光华也很开心，打起了算盘："这栋超高层建筑矗立起来，对项目形象的整体拉动会很明显，加上原来的购物中心占地范围就可以扩大，索性做成一个街区式的建筑。我们增加的投入，其实只要提高销售价格，利润只有增加不会减少。

严尚群也脸色舒展开来了，一直边点头边思考，最后觉得无论如何这是一件好事。

徐冰继续说，他们新时代参与了很多地方政府的产业基金，所以对政府的需求很了解。据说，他们在文山市的时候，跟当时的市委书记梁文龙打过交道。所以，项目规划报批的事情他们已经在帮助协调，而这个超高层的想法真是和梁文龙初步沟通的结果，而且，他们在争取将可销售比例扩大到百分之八十，销售回笼资金就更多了。

李光华觉得很神奇，问："也就是说，按照这个思路调整规划，就能够被批准了？"

徐冰点头："对的！"

嗨，这个合作伙伴真是太好了！有钱有想法，还有人脉可以借助。也算是星辰集团半年以来听到的一个最好的消息。

二

就按照新时代公司的规划意见，星辰以最快速度把项目的规划方案重新出了。

李光华急忙安排把新的文本送到规划局去，赶快进行报批。果然，事情出奇的顺利，报批速度很快。因为之前专家评审会已经过了，星辰这次算是根据专家的反馈意见做了调整。而领导方面也满意，据说从规划局局长邢思源，到顶头上司陈立人都没有意见，一路绿灯。

规划局长老邢还说，梁书记对星辰这次的规划比较满意，明显跟之前的那次汇报状况不一样了。而且，梁文龙还关照发改委、科技局、经信委等部门也要充分关心这个项目。

许怀远有点晕，好像一夜之间变天了。

接下来的事情就是迅速安排地下的详细勘探工作，为施工图设计打下基础。之前，李光华已经邀请了沙洲市勘探设计院来做这个项目。一来因为他们在沙洲做的项目多，对沙洲各处的地下情况熟悉；二来也是为节省时间。

据勘探院的总工程师郁建华介绍，沙洲市中心地下15米就到硬质岩层，这些岩石是紫红色的花岗岩，质地坚硬，市中心的很多幢超高层建筑都是基于此上的。总体来看是没有什么问题的。具体到星辰这个地块上，地下情况有点特殊，初勘时大多数钻孔点要到18米才会到硬质岩层。而且从岩石样本来分析，好像不是花岗岩，但是硬度已经可以了。因为钻孔再也钻不下去了。

此外，初勘时也有一些问题没有解决，因为好多点下去都发现有流体，流量不多，需要在详勘中进一步明确。但是沙洲地勘院在市中心做的项目太多了，整个地下情况都比较了解，所以建筑设计院没有太在意地下情况能否对建筑的支撑。

但是，蹊跷的问题开始出现。

首先，详勘开始以后，在超高层写字楼的基础下面，地勘院在做大孔径钻探时，竟然在几个孔里都挖出了骷髅碎片。这很奇怪，连钻孔都能挖出来，那岂不是下面有很多骷髅？关键是，骷髅是在距地表10米以下，你说谁把棺材埋到地下10米的呢？而且，这些骷髅还是在坚土层、沙砾层以下，要挖到这么个深度，在古代更加不可能啊！

其次，初勘中发现的那些硬质岩石类的东西，几个月以后竟然演变成了流体！取样上来分析，发现它既不是水，也不是砂浆，更像液态化了金属。郁建华他们用不锈钢的管子搅和了一下，然后再拔出来，发现不锈钢的棒子竟然一点没沾上。

最后，郁总工程师发现原来确定的硬质岩层确实不是不是花岗岩，但硬度很高，受应力的强度超过花岗岩石。

“天！这是什么玩意儿？怎么还会从固体变成液体呢？但这种液体也没见过啊！”郁建华干了几十年的地勘工作，从来没见识过这些玩意儿。加上在这么深的地方挖出来这些骷髅，郁建华心里直发毛。

好在郁建华经验丰富，立即封锁了消息，因为这么蹊跷的事情发生在项目地块下面，那人家将来的房子还要不要卖啊？于是，他紧急通知甲方，所以，李光华和人民路项目公司总工张志等很快赶到了现场。

三

李光华到了以后，直愣愣地盯着一大堆骷髅碎片足有十分钟，也是百思不得其解。

“张工，怎么会有这么多骷髅呢？我们是不是碰到了古墓葬了？”他问。

张志是星辰集团的最有经验的总工了，已经在这个行业做了三十岁年了，所以许怀远才把他排到这个项目上来。此刻，他也茫然了：“古墓葬不是这样的，钻头下去会有墓室，有各种地下建筑的。再说，人民路与中央路的交叉口，从沙洲有城建历史以来都是市中心，没听说过那儿有墓葬啊！再说了，就是有墓葬也不可能挖通沙砾层，到下面去埋人啊？”

郁建华边踱步边分析：“是啊，都埋到沙砾层下面了，这肯定不是墓葬。”

张志忽然推测说：“有没有这个可能，这些骷髅还是在猿人时期留下的？”

李光华一听这话，顿时站起来，说：“对啊，有可能啊！沧海桑田，当初的浅层土壤就下去了、而沙砾翻上来了，所以这些骷髅跑到下面去了。”

郁建华摇头：“沙砾层是不可能翻到浅土层上来的，要这样就是垂直调换了，这不可能的。除非当初这里是一个山谷，山谷周边堆满沙砾，而山谷里有墓群，碰到强烈地震，有可能四周碎裂的石头倾泻下来，把这些尸骨掩埋在下面了。哦，对了，怪不得到了沙砾层以下，我们还挖出了一些黄土来，原来是这么回事！”

张志点头，问：“要是按这个推测，那这里原来就是一个山谷了？”

郁建华啧啧称奇，然后又摇头，说道：“不对啊！你们这个项目对面是时代商业中心高层写字楼，他们的地基离你们的也就五十米不到，他们那儿的很正常啊，没有往南面降坡啊！难道，你们这个项目的岩基是一个坑，突然下陷了？”

“坑？”李光华惊叫起来：“那这个项目的地下基础就复杂了，这个桩怎么打？”

张志忙转身问郁建华：“郁工，不对啊，你们初勘结论不是说在地下十八米就已经是中风化岩层了吗？如果这是一个坑的话，十八米深度应该碰不到硬质岩层吧？”

郁建华回道：“当时我们的钻头到这个深度已经下不去了，你想能抗受这个钻头的难道还不是硬质岩层吗？我们也做了取样，拿出来的几块石头硬度非常大，但是我们确实没有分析其构成因素。加上这个层面已经比周边深了三米多了，我们觉得下这个结论是没有问题的。”

最后，郁建华的意见是，需要彻底弄清楚地下状况，然后再重新设定勘探点位。他电话打到地勘院，要求明天从院里调一台地质雷达过来，通过发射天线向地下发射高频电磁波，通过接收天线接收反射回地面的电磁波。然后根据接收到电磁波的波形、振幅强度和时间的变化特征推断地下介质的空间位置、结构、形态和埋藏深度。

等后续工作安排完毕，李光华忽然招招手，把所有在场的几个人全部聚集，他悄悄地问：“郁总，你们勘探院现在有几个人知道骷髅这件事情？”

郁建华回答：“总共不超过10个人。”

李光华点点头，神情严峻地说：“郁总，你马上对你手下说，这些骷髅是正常现象，不值得大惊小怪。还有，进一步的勘探结果就我们现在三个人知道，绝对不能外传！如果让沙洲文物部门、地质部门知道有这么一个稀奇事情，那我们只好停工了。这将对我们造成重大的经济损失，我们要索赔的。郁总，你们能不能做到？”

郁建华一愣，稍微想了一下，点头：“我可以答应。所有消息都由你们星辰发布。我们只负责分析、研究。但是我们要增加勘探费用，李总你这个也要答应我们。”

李光华问：“增加多少？”

郁建华用心计算了一下，回道："两百万。"

李光华点头："好，我答应你，我会跟集团提要求，签订补充协议。"

这时，张志问："怎么弄？要不要告诉董事长和严总？"

李光华叹了口气："先就不要告诉了，董事长现在忙着夫人的病呢，你再跟他说这里发现骷髅，他会怎么想呢？严总那边我另找时间跟他汇报！"

四

一周后，地质雷达的结论出来了，果然在项目下面有一个天坑一样的下陷区。

郁建华带来一张CT扫描一样的图形，从构造图上看，就在地块中央，有一个5000平方米左右的下陷区。郁建华分析说，地面18米以下确实不是硬质岩层，就是那些似油似胶又掺和了金属粉末一样的东西，在下面凝冻了，硬度很高，甚至超过了花岗岩。这一层硬质物体的深度在5米左右。透过这一层才是真正的硬质花岗岩。

"我找了沙洲大学的地球物理系、化学系，他们都分析不出这是什么东西？因为一碰到空气就凝固，在高温下它们又还原成了原来的状态。所以，这个桩基能不能放在它上面，大家有争论。因为按照硬度肯定是可以的，所以能够承担这个荷载。但它又毕竟不是真正的低分化硬质岩层，如果地下条件变化，它软化下来，那整个项目都要倒塌掉的！"郁建华说完，两手一摊，说："唉，这些天我都快疯了。干了大半辈子的地勘工作，碰到天方夜谭了！"

张志摇摇头，大声反对："郁总，这个基础当然不能就放在这层硬物质上面的，建筑是百年大计、千年大计，真要出问题那还得了？"

郁建华无奈地说："我也知道啊！但是，将来总要打桩的吧？你说这个桩怎么透过这五米深的硬物质层？这5000平方米的大坑整个垫了这么一层，你们想想，这是多么麻烦的事情！"

"靠！真是世界之大无奇不有，还有这事！"李光华身体蹲了下去，双手抱住脑袋，哀叹说："唉，我现在也开始后悔……不该在拍卖会鼓动老板拿下这个地了。"

张志看李光华这么说，忙叫道："哥哥啊，你这个时候说这话有什么用？

你倒是快拿主意啊，你可一向是我的主心骨！财务部徐冰一直在催我们的方案报批呢！”

李光华猛地站起身来，说：“我们这个详勘更主要是为了出施工图的，对吧？它又不影响设计方案的报批。”说到这里，他大声叫郁建华：“郁工！”

郁建华让他吓了一跳：“哎呀，你别咋咋呼呼的。这事情怎么让我有一点害怕呢？我怎么有点像做梦呢？”

李光华拍了一下他的肩膀，把他拉到一边，笑眯眯地说：“郁工，你一定要帮我一个忙，忙你要是帮了，今后星辰集团所有项目的勘探就交给你了。”

郁建华表情呆滞，显然是沉浸在这个现象中，心不在焉地点头。

李光华一字一顿地说：“这个地下的现象你不能对任何人说！你要说出去，我一定找你拼命！因为，我马上要报规划，你们设计院权当不知道这事情，这个阶段你们是没有责任的。现在那家投资公司等着我的方案报批文件呢！”

郁建华听他这么说，目瞪口呆，忙点头答应。

按李光华的想法，规划方案可以先批，但中间这个坑先不动，所谓的350米高楼一直等下去就是了，反正也不是星辰不想动工，而且这部分的土地价格还便宜。

五

春节还有半个月了，过年的氛围已经很浓。

许怀远这几天一直在医院陪张红。张红的胃癌切除手术做完了，被切除了四分之三，只留下一点点了。许怀远从儿子许悠拍的手机照片上看到那个被切除的四分之三，感到非常心疼。人家都说胃是人的第二张脸，极容易受到心情的影响。张红这个半年来，一直在为许怀远担惊受怕。所以，许怀远认定，张红的胃癌跟他这次人民路项目的危机是有关联的。无为大师不也是说，张红事关他许怀远终身的福德吗？

许怀远脑海里始终浮现张红那个被切除的胃，四分之三没有了，他在这个病魔面前毫无办法！就算他许怀远这么雄厚的实力，他又如何能买回这个被切除的身体部件？眼下，张红虽然肿瘤是摘除了，但是生成这个癌细胞的系统还在，不知道今后会怎么样？余锦洲院长跟她说，一个月以后要做化疗，至少要做七次，否则是不放心的。唉，许怀远知道，这个七次化疗简直也是人间炼狱啊，到时候怎么熬过去啊？

从张红这个手术上，许怀远忽然真切地意识到，人对外物的执着真是毫无必要的。今年夏天在拍卖会上争夺地块，自己拼命举牌，无论如何都要拿下这个地块，现在想来真有点莫名其妙。自己整个一个大家子，现在几乎都在医院里守着张红，所有的心思都记挂在张红的身上，那个他名下的星辰集团对他们的生活有多大意义？为了一块地，自己跟陈立人还较上了劲，搞得满城风雨，最后把自己手下都弄看守所去了。

这些天，虽然许怀远一直在医院，但其实没他什么具体事情，自己一大家子都在，许怀远的两个姐姐、一个妹妹、一个弟弟，连同许怀远儿子一起在附近酒店包了几个房间，轮流过来陪护。搞得外甥曾欢都想过来伺候一下舅妈，却还挤不进来。所以，大姐二姐一直在劝许怀远忙活公司的事情去，没有必要挤在这儿。但许怀远坚持要待在医院，好像感到这个把一切放下来的状态很好，自己不想去招惹公司那么多事情。

在医院的走廊里踱步、在下面花园里散心的时候，他忽然好几次都觉得外面那个星辰集团跟自己关系也不是很大，他在设想，假如星辰集团哪一天没有了，他许怀远重新去过苦日子，估计自己也是没有问题的。最多，就是一个社会影响，一个面子的问题。

严尚群几乎每天会跟他通电话，把公司的事情跟他说说。许怀远对他是一百个放心。与这个老伙计搭档做事，让他省心不少，要不是有他顶了一半的事情，他许怀远会更加累。严尚群不但忠诚可靠，而且管理水平也已经炉火纯青了。这一年来，好几次大的事情上，其实尚群都是做了一个优于他许怀远的决策的。第一次是拿地，如果真按照严尚群设置的上限，今年不会背负这么大压力。第二次是降价回笼资金，他严尚群其实早已有准备，跟米灿也早就商量好了，就等着他许怀远拍板呢。事实证明，该跑就要跑，跑得快的人才能跑出来。短短两个月，三四线城市的楼盘哀鸿遍野，很多楼盘就是把价格拉到星辰一样的水平，也已经卖不动了。

所以，这次春节前的财务支出方案许怀远就让严尚群自己做主了，他自已这一阵实在是太累了，不想再操这个心了。

但许怀远的清净日子也就是一个星期，很快被打破了。因为，星辰集团年终的对外支付已经开始了。虽然他让严尚群做主，但是阻挡不了各路人马给他的电话。

首先是周达成那一块，他说已经做了很多工作，但是按照形象进度，各个建筑公司的结算金额加起来就是需要16亿元。可能他从徐冰那儿听来的，说新时代的那笔17亿元投资很快就会到账。所以，他非但没有按照上次会议要求的在13亿的基础上压缩至10亿元，反而增加了3亿元。严尚群气极，坚决要求他按照10亿元的目标去压缩，因为会上说好了的，不能随便超支。

周达成想不明白，认为严尚群在刁难他，明明就有大笔融资进来了，为什么还要压缩？那些钱总要支付的。

“不行！我们不能做寅吃卯粮的事情了，上次拿地已经上过一个当了。新时代的钱没到账，这多出来的6亿元一分也不会支出，而且你还要想办法去说服他们，让他们早准备。不能给他们太大期望……如果这个融资款到账，我大年三十也会把钱结了。但是，现在不行！”

好了，周达成做不通严尚群的工作，就给许怀远打电话，说严尚群太独断，有钱不给。最后还气呼呼地加了一句：“许董啊，严总还说你上次拿地是寅吃卯粮，他严尚群是绝不能犯这类错误的。你看，就这么绝！”

许怀远听完这个电话，心里起了波澜，但是他迅速恢复冷静。自己幸亏这段时间在医院给自己做了一个反思，否则说不定心里真会怪严尚群背后这么说他呢。他很快猜到，周达成有挑拨的意思，尚群那么有分寸的一个人，哪会说这个话呢？

于是，他直接说道：“达成啊，这次春节资金分配的事情，我是完全交给总裁严尚群做主的，我充分相信他。你想，我们马上还有一笔17.5亿元的资金要支出，万一人家资金到不了账呢？你作为公司高管，怎么不想想这里的风险？还有，尚群怎么可能会在背后说我呢？我还不了解他？”

周达成见许怀远没有上当，忙说：“呵呵，我也是急了一点，词不达意啊。严总只是说不能寅吃卯粮，没有说你。但是，这6亿元的口子，我怎么弄啊，我过不了这个年的！”

许怀远也很坚决，说：“你现在就按照10亿元的支付额度去商量，要快！过年资金都是一环套一环，现在沟通还来得及！不要老是把压力往集团这边揽，那个融资款万一到不了位呢？”

刚跟周达成通完电话，其他来讨“债”的合作伙伴也来电话了。看这样子，严尚群把关很严，都是按照最坏的准备在分配。

许怀远心内的紧张气氛被吊起来了，心想别真让新时代公司耽误了大事。于是他给徐冰打了一个电话。

“董事长，你好，找我有事？”徐冰的电话里传出纷纷扰扰的声音，估计也是忙得够呛。

许怀远问：“怎么样？你那边工作正常吗？”

徐冰回答道：“正常的，就是今年抓得很紧，供应商、建筑公司急得嗷嗷叫呢……”

许怀远听徐冰也是这样回答，心里暗暗好笑，这个尚群就是把关严谨，要论当家，他比自己还好。最后，他问：“新时代公司那边怎么样？最近有联系吗？”

徐冰心情轻松地说：“我刚刚还跟他们投资经理韩松电话了，他说只要把规划报批回复发过去，他们就过来办理股权过户手续，并同步办理资金到账。然后，我问了李光华，他说本周之内，规划批复一定拿下的。您就放心吧！”

许怀远听他这么说，心里顿时轻松下来。心想双方合作到这个程度了，一亿元的保证金也交了，新时代公司的投资肯定是没有问题的了。

接下来的一周时间，张红恢复得很不错，已经能够吃一些炖鸡蛋、粥汤之类的东西了。脸色呀比前一阵好看一点了。余院长、主治医生都说恢复不错，建议张红出院。

全家都很高兴，之前没有想到还能在春节前出院，这下可以回家过年了。于是全家张罗着办理出院手续，并开始整理东西。

但就在这时，最大的坏消息来了，是严尚群的电话：“怀远，大事不好……”

许怀远一听，心里一紧，忙问：“尚群，什么事情？”

严尚群电话里长叹一声，说道：“新时代公司刚刚通知我们，他们决定单方面终止协议……”

“啊！”许怀远大叫一声，脑子顿时有点发晕，问：“单方面终止协议，为什么？我们不是按照他们的要求改方案了吗？”

严尚群说：“他们没有说我们哪地方不对，只是说自己终止协议了。那个1.05亿元保证金也不要了！”

六

许怀远急匆匆赶到公司，赶紧召集严尚群、周达成、徐冰。

几个人一落座，许怀远不等徐冰开口就问：“新时代什么原因，是他们没钱了吗？为什么扔下亿元保证金就不管了？”

徐冰也是百思不得其解，挠着头说：“是上次来的那个女助理通知我的，说是由于他们自身的原因，所以决定终止与我们的合作。我打电话给他们沈总和投资经理韩松，两人都没接电话。”

周达成也慌了，估计他是才知道这个消息，跺脚说：“哎呀，刚才我还跟严总在发火呢，说有钱不给。还真出这样的事情了……啧，这怎么办啊？”

许怀远冷静下来，分析道：“如果他们是因为暂时没有资金给我们，那他们不会直接提出终止，我们也可以等他们春节后，无非是土地款的滞纳金让他们出嘛！但是，他们这是直接违约，保证金也不要了，这个事情有点古怪，肯定还有别的原因。”

严尚群忽然站起身来，慢慢推断说：“怎么我感觉这个事情就透着神秘呢？我总觉得这个事情好像太顺利了，虽然在最后签约的时候给我们出了一个难题，加了一层地下室，但是我们在整个的谈判过程中几乎没有碰到问题。大家看啊，他们总裁沈洋基本上也就是在第一次见面的时候，就把合作条款基本落实了，后来第二次来就直接签约了。签完就走了。我们对他们公司的情况一概不了解。本来，我这次是想去他们那儿签约的，但是他们主动过来了，就没给我这个机会。这个过程我觉得不对劲啊，好像很容易嘛……，”

徐冰听严尚群这么一说，也反应过来了，说道：“是啊，跟大多数资金方比起来，他们谈判很快，成本也很低。唯一的就是他们要的资料很多。不仅是集团的合并报表要看，连我们下面15个子公司的报表也要看，而且还要了我们各个项目的销售计划表。但这些提供完成后，他们很快就跟我们签框架性协议了。而且，他们好像对我们公司非常了解……”

严尚群右手往会议桌上一拍，叫道：“糟了，我们可能中圈套了，他们这是故意的。他们出这一个亿，就是为了让我们整个的融资工作停下来，让我们把所有其他可能的合作伙伴都回掉。而且，硬生生地让我们又加盖了一层地下室，甚至到最后，又来了一个超高层的想法，正常情况不会是这样的！等到我们把设计方案报批完成，已经退无可退了，他们才通知我们变卦！看看，在这个节骨眼上把我们撂下了……这是典型的跨国投行整人的套路！对，恒基集团，普罗西房地产基金……”

许怀远恍然大悟，顿时呆坐在椅子上。

周达成连连搓手，说道：“真是厉害，为了吊住我们，他们不惜扔下一个亿，真是厉害！”

徐冰这时候知道自己犯下天大的错误了，看几位领导急成这样，这才体会到米灿那几个月的焦虑心情。他一巴掌拍在桌子上，连哭音都有了：“唉！董事长、严总，我真该死啊……我怎么就没有想到这层……唉！”

会议室里一阵死寂，所有人都一言不发。连一向镇定的严尚群也瘫坐在沙发上，表情无比懊恼、愤怒。

许怀远轻叹一声，说道：“我们大家都上当了……看来我们做实业是可以，但是与这些跨国投行相比，我们就太弱了。”

严尚群也稍稍缓过劲来，说：“徐冰，你冷静下来！我们赶紧商量一下，我估计后天银行账户就会有问题，这帮家伙还会有后手，他们一定会在市场上造势，狠狠搞我们一把的！”

周达成吃惊地问：“啊，他们还会有后手？这帮孙子也太损了吧！”

徐冰一听这个，顿时醒悟过来，忙点头。

徐冰忙打开电脑，盘算资金。很快，他统计出了结果。至今为止，工程款才支付了11亿元多一点，其他供应商、服务商需要支付一个多亿元，员工年终奖需要支付5000多万元。目前账上还有10.5亿元，但是春节一过，三月初就有一笔信托到期，是4.8亿元，这个钱是不能动的。

许怀远问：“那也就是说，现在可以动用的钱就是7.7亿元？”

徐冰回答："是的。春节后的一个月销售会很冷，不能指望有多少回款，所以还信托的钱必须保留。"

许怀远摇摇头："唉，一个零头都不够啊！这样吧，我们还是交一个零头，凑满7.5亿元交给国土局，剩下10亿元年后再说吧。就是这样，每天也是10万元的滞纳金！"

严尚群赞同："好，就这样安排！另外，我建议账上还有的5.7亿元资金全部归集，就这几天打给信托公司，不要等到三月份了。我怕放在账上出现什么意外，万一涉及债务有人来查封我们的账户，那就麻烦了。集合信托牵涉面太广，要是爆出问题，我们就惨了！"

徐冰一听严尚群这个话，连连点头："对对对！我明天就跟信托说，明天就办。否则真是麻烦！"

许怀远也是点头，又问周达成："怎么样老周，你那工程口子，能关上门吗？还是你做工作，明天开始，账上就没钱了。"

周达成站起来，两手一摊，说："嘿，都什么时候了，我们自己都过不下去了……还要往外付钱？不可能啦！"

七

果然，第二天开始，各个银行得到了星辰集团资金链危机的消息。而且，不少银行还得到了一份书面报告，里面列举了星辰集团的资金缺口，一笔大账很清楚。其中列举了土地出让金17.5亿元，项目开工到正负零需要的6亿元，还有将来沉淀不卖的商业建筑造价30亿元，还大跃进式地要建一幢350米高楼……报告最后的结论是，星辰集团就此走上一条不归路，资金链会百分之百地断裂！

曾欢急急忙忙地给许怀远打电话，问："天哪，老舅啊，你们究竟得罪什么人了？怎么一天到晚炒作你们资金链危机啊？人家债台高筑、负债率百分之一百的企业都能活得好好的，你们怎么回事？我这儿有份报告，是分析你们资金状况的。我们大行长现在就要关注你们的账户……"

"什么？还有专门的分析报告？那不是有人存心想搞垮我们吗？"许怀远急火攻心，猛然站起身，差点把椅子都掀翻了。

曾欢说："我了解过了，凡是你们星辰有贷款的银行都收到过这个报告，我看是很专业的。来者不善，看样子就是想搞垮你们！"

许怀远愤怒地说："曾欢，你一定要查出究竟是谁？把报告发到你们银行的？"

很快，严尚群拿着一份书面报告赶到办公室。许怀远一看，报告的标题是《星辰集团，走上商业地产开发的不归路……》，估计就是曾欢说的那份报告。

许怀远迅速翻看了一下，果然跟曾欢说的一样，报告对星辰集团十分了解，做出的结论也很准，击中了星辰集团目前的核心问题。这份报告就连星辰集团的资产负债率也重新计算了一下，认为按照目前市场环境，星辰集团的整体资产要打个七折，加上目前人民路项目这个"流动性陷阱"，报告认为，星辰集团未来一年之后，资产负债率将达到100%以上。

严尚群长叹一声说："怀远，跟新时代打这一仗，我们完败！这个报告肯定是他们出的，而且从一开始跟我们接触就是抱了这个坑人的目的。"

许怀远想起来了，怪不得几次与那个沈洋目光对接，他都有点躲闪的样子，原来他心里有阴谋。

"怀远，他们太厉害！我们只能承认这一仗完全失败。但是，他们也不可能真就扔下这一个多亿的，所以，我在想，他们应该有后手的……"严尚群也抓起了下巴。

许怀远脱口而出，说道："对的，他们还是会从哪个地方找回这一个多亿的。我看，他们就是想看我们星辰集团破产，然后他们来分食我们的资产。除了这个，还有什么后手？休想！"

严尚群点头："对！现在基本可以断定，这是恒基集团，以及它背后的普罗西公司基金在想办法搞垮我们。估计整件事情都是他梁文龙的儿子在操作，而且，沙洲出台的商业地产新规估计也是他这个儿子的主意。好家伙，早就听人家说，梁文龙的儿子深藏不露，年纪轻轻就很有城府，现在看来，果然不假！"

许怀远一听，忙说："哦？是他儿子在指挥？那真是不可小视！那这个普罗西的目标岂不还是我们这个项目？"

“对！他们最后的目的，一定是最低折扣把我们的项目吞掉！”严尚群深思熟虑地说，“我们要想个对策……”

许怀远点了一支烟，开始思考。经过这么一搞，国内金融机构和各类投资公司是不敢再给星辰集团借款了。那出路在哪儿呢？

最后，他猛抽几口烟，又吐出来，说：“尚群，要不……我们不斗这个气了，就把这个项目转让掉吧！”

严尚群吃了一惊：“转让？怎么这么大拐弯？”

八

7.5亿元的出让金先交了，信托资金也提前还了，员工的工资奖金提成也发完了。等这一切处理完毕，星辰集团及各个子公司的账户上已经是弹尽粮绝了。最后，把几个集团高管们的年薪发完，已经是晚上7点了。

第二天是除夕，公司全部放假，就没人再上班了。

“坏了！我连自己过年的钱都没有准备！”许怀远这时才发现把自己给忘了。他忙打电话银行，询问自己的几张卡的情况。一通电话打完，发现完了，都没什么钱了。这阵子张红住院，刷了不少钱，借记卡内没有现金，几张信用卡也没有什么余额了。

“完了完了！把我自己给撂下了，你说说这老板过的什么日子？”许怀远苦笑道。

“哈哈！”严尚群也笑了，说：“你看，我们这一年到头到底是给谁忙的？怪不得你要信佛，这忙到最后都是空的嘛！”

许怀远两手一摊，说道：“过年我自己不要花什么钱，关键是初四开始，我们要去各地售楼处慰问的红包总要发的吧，那也要十多万吧？怎么就把这茬给忘了呢？”

春季期间，许怀远、严尚群两人作为大小股东，都要去各个售楼处进行慰问的，这是星辰集团十多年来铁打不动的规矩。而慰问是需要发红包的。可是，今年乌龙了，两人连这个钱都没有准备好。

严尚群看着许怀远，笑着说：“这个事情你来想办法，你是大股东，我是早已经没钱了，女儿在英国买套房子，把我的现金全用完了……”

“啊!”许怀远一听严尚群也没有现金，可真有点急了，说道:“嘿，不都是你在把家吗？要死了，你让我们这么大老板大过年的去跟人去借钱啊？这要让银行知道，不是又得关注我们账户?”

严尚群挠头半天，说:“这不行！要提前解决，真到春节再来筹钱，那还了得！我赶快来问问徐冰。”

电话打通，徐冰接电话，严尚群告诉他这个事情。徐冰一听也是哭笑不得，说道:“现在账上就是有钱，那也来不及了！这样吧，我来准备吧，明天我让出纳加一个班，准备好一百个红包，到时候你们每人拿五十个红包。另外，我用私房钱给你们准备每人10万元现金，打你们工行卡上。”嘿！他还存了私房钱！许怀远、严尚群是一点没有保留的了。

好了，最后的问题算是解决了。于是两人告别，各回各家。

九

车行驶在路上，许怀远终于松了一口气，心想，到此为止，今年这么难过的一个年也算是过去了！不管怎么样，接下来几天就可以好好休息一下了。张红出院才几天时间，也正好可以利用春节期间好好陪陪她，其他事情就暂时不想了!

但是，许怀远的座驾刚刚到达自己小区门口，忽然一堆人就围了上来。许怀远觉得很奇怪，不知道发生了什么事情，打开车窗想问一下。

车窗刚打开，这些人立即挤到窗口跟他说话:“许董，我们等你好久了，我们工资还没领到……这个年我们没法过啊!”

许怀远感到奇怪，问:“你们是哪儿来的？怎么到这儿来向我要钱?”

原来，这些人是承建星辰南都项目的建筑公司的，今年星辰给他们支付的钱不够，包工头自己跑回家过年了，给他们留了一个许怀远的住址。他们总共有两百多号人，工钱合计610万元!

“610万元?”许怀远倒吸一口冷气。要知道，他刚才跟严尚群为了二三十万元钱在苦恼呢。这已经是这一个年头的最后时间点了，突然冒出一个610万元来，简直是一个天文数字了。

这时，司机小刘下去跟他们商量，说让董事长先回家，然后再来处理这件事情。但是，这帮农民工不同意，说今天无论如何都要拿到钱！

许怀远气极，忙打电话给周达成，想问他怎么回事，竟然闹出这么一个结果来？但是，周达成电话不通。显然，这个老小子是应付不了局面而故意关机的。现在好了，作为老板，本来应该是丢卒保帅的，结果被所有的手下、合作伙伴们推到了前台，就在今天这样一个除夕的前夜，被一帮农民工堵在了自己门口。

许怀远忽然感到从没有过的疲劳和焦虑。他在心内暗叹，自己公司做这么大，竟然还会碰到这样被动的事情！这个所谓事业，要奋斗到何时才能真正无忧无虑？

怎么办？他一向是同情农民工兄弟的，他们一年到头在外用命博钱，是很不容易的。明天就是除夕了，几十个家庭都在等着这些过年的钱，这个钱是不能拖的。

于是，他打电话给李光华，因为南都新城项目原来一直是李光华在管的。

李光华在电话里一听有这个事情，气得破口大骂周达成和现任项目总经理吴国平。他在电话里说："董事长，你等着，我二十分钟到！"

很快，李光华气喘吁吁地赶到。工人们看到他，都是认识的，知道他是原来的总经理。于是，忙围住李光华要钱。

李光华一边退，一边朝司机小刘使眼色。司机小刘一看有机会，立即驾车进了小区。等工人们发现来阻止，已经来不及了。小区保安赶紧把大门关上，挡住了民工。

到了家中，许怀远急忙开始找人筹钱，但都到这个时候了，哪里还凑得出这么多钱？各路电话都遭到回绝，许怀远又急又恼地在客厅里骂人。

这时，张红慢慢地从二楼下来，吃力地说："怀远……我这有张存折，里面有九百多万元，你快拿去用。人家出来打工，都不容易……"

许怀远大吃一惊："啊！你怎么会有这个九百万的？"

张红慢慢走到客厅，在沙发上坐下，说："这些，都是平时你给家里的生活费，还有卖掉的那套老房子的钱，我把它们都攒起来了……唉，十几年了，就攒了这么多。”

许怀远如遭雷击一样的呆住！他从没想到，张红竟然能在日常家用支出上节省了九百万！他又一次想起无为大师跟他说的那句话，顿时有千言万语涌上心头，但一句话都说不出来……

第二十四章　退的智慧

一

春节过去了，新的一年又开始了。

上班的第一天，许怀远就做了一个决定，那就是把人民路项目转让。

他是在春节前的最后一个晚上下的决心。原因就是被农民工堵在小区门口，最后导致病中的张红颤颤巍巍地下楼来、拿出家里压箱底的一本存折的事情。

在那一刻，许怀远所有前进的决心全部掉头！似乎，他心内响起了“回头是岸”的声音，也就是到了这时，他才真正体会到这四字箴言的智慧和究竟。

他想，自己老婆胃癌切除手术刚做完十天，就逼得她把一生的积蓄拿了出来，为的就是支持他许怀远的所谓事业。这个所谓事业还有什么价值可言？这让许怀远无地自容，那一刻他眼睛开始潮湿……为了他这个宏大的目标，为了给自己十几年房地产开发来一个完美总结，竟然要付出家庭的安危、妻子的健康、生活的快乐。他有这个必要吗？他有这个权利吗？

后来他才知道，张红其实一直在为这个家庭的压箱底钱做准备，她说了一句让许怀远非常震惊的话，她说：“楼起得再高，总会有塌下来的一天。我不会帮你赚钱，公司的事情也帮不上忙，所以我就准备这个事情了！”

张红的回答让许怀远哭笑不得，但是也无话可说。如果是半年前张红说这个话，他会笑掉大牙！你想星辰集团已经拥有几十亿的资产净值了，还需要张红从日常家用的零花钱中抠出一笔钱来以防不测？

但是，他许怀远就偏偏留下这么一个大洞让张红给堵上了，而且是在除夕前一天的晚上，就在自己的家门口！

如果今天不是张红的这个救命的钱，那天结果就麻烦了！李光华五分钟不到就被农民工打破了头，他怕动静太大没叫120，自己赶紧打车去医院了。然后民工们给电视台也打电话了，电视台一听这个话题，立即派人前来采访，幸亏张红的救场，否则沙洲市的整个春节都会传播星辰集团资金链断了老板跑路的消息。那就是真正的悲剧了！

整个春节，他都在家里静坐思考。他把无为大师送给他的八个大字看了无数遍。老和尚说得多好，里面浸透了多少人生智慧，可惜他许怀远至今才有点明白。

二

节后上班第二天，就是集团中高层的年度会议。按照往常，这个年度会议是在春节前开的，但是因为这个春节前的一系列紧张事件，所以把它推迟到节后来开了。

会议之前，许怀远对集团的人事做了几个调整。首先是免除了周达成集团副总裁职务，改任为星辰南华都城的副总经理，降了整整一级。米灿继续担任集团营销中心总监，但增加一个集团总裁助理岗位，协助严尚群的总裁工作。

各项会议议程结束，许怀远最后做总结发言。首先，他表扬了一些管理干部能够真正面对困难，想尽一切办法帮助公司渡过难关，在这一点上他重点表扬了米灿，认为米灿虽然前期工作疏忽，但是后来用自己的最大努力在为自己的疏忽负责。同时他也不点名地批评了周达成的行为，既不能有效执行公司的工程预算计划，出了事情之后又不能完善处理，安抚好合作伙伴，自己一走了之。

“这是严重的不负责任的行为！”许怀远发言时仍心有余悸，他说：“作为一个集团高管，那是应该坚决守住自己一份职责、坚决堵住公司安全的每一个漏洞的，结果你一走了之，把公司老板推到了火坑里，把整个集团置于危险边缘。这是重大的失责!”

其次，他也检讨了自己去年的不理性决策，没有执行商定的价格上限而举牌拿地，导致星辰集团自去年下半年开始岌岌可危，在社会上也产生了很多的负面影响。

最后，他说:“多年来，我们总是在追求快速扩张，目标越来越远大，任务越来越繁重。我们总认为这是企业应该有的激情和战斗力，是星辰发展的唯一途径。但是，今后的行业发展将进入平稳期，开始进入比拼耐力、比拼精确化管理的时期，我们之前一味追求速度和增长的模式是要调整的。尤其是，做一个长远的企业，需要有各种意志品质，不仅仅是激情和勇于挑战的精神，我们还要懂得以退为进，要懂得忍让甚至是忍辱!还要习惯于被强大的对手战胜，被超越，等等。最关键的，我们不能以健康有序的生活为代价，因为星辰集团已经过了那种赌徒式的发展阶段。如果没有这些，我们的企业是不成熟的。因为任何事物的发展总是波浪式曲线成长的，我们总会有低谷和危机。至今为止，我们这个企业还没有真正吃过高速发展的亏，没有经受过太大的起起落落。而去年下半年开始，因为人民路项目，我们开始品尝了这种滋味，这也是一个必然要经历的状况，所以我们要及时总结，这个总结首先从我董事长开始……”

许怀远说到这里，与会的所有管理干部开始鼓掌。尤其是严尚群，他站起身来频频点头，热烈鼓掌。

三

会议结束后，他把李光华叫到办公室，他已经决定把人民路地块转让的决定告诉他，同时把项目转让的事情交给李光华来负责。

他知道，李光华是一腔热血地在做这个项目，现在突然告诉他项目要转让了，这下子一定会着急。

许怀远酝酿了一下措辞，说道:“光华啊，你知道我会议发言的意思了吗?考虑到星辰面临的实际状况，我和董事会决定还是转让这个地块。这不是我们不勇敢，也不是说真的一点出路也没有，就是后期融资还是有很大可能的，至少我们缺口10亿元是没有问题的。但为什么还要转让掉它呢？因为，我们想把星辰集团重新置于更为安全的区域，我们不想在这个行业正在发生变局的前夜，倒在了路上。小年夜那个晚上的情景你要看到了，如果我们坚持下去，我们还会不断面临这样的困境。所以，我们决定，暂时撤退！”

让许怀远奇怪的是，李光华的脸上好像是大松一口气的表情，一点也没有难受的样子，相反，他脸上充满了喜悦之情。只见他激动地站起来，说道：“董事长，你这个决定太好了！真是非常非常英明！我们这叫壮士断腕，急流勇退，是大丈夫所为……”

许怀远疑惑地看着他，叹口气，说：“嗨，你也用不着这么说吧，好像很高兴的样子。我们毕竟是无奈撤退，也是没有办法的事情。你知道为什么让你负责这个退出吗？因为这个地是我们两人一起拿下的，那我们就要对这件事负责。你是一个习惯于‘冲’的人，所以我想让你增加一个‘退’的经历。”

李光华忙点头：“我知道董事长良苦用心，真正的英雄要懂得进退。我想知道，你的转让价格底线是多少？”

许怀远没有什么犹豫，直接说道：“我的意思是不要恋战。我不设底线，你现在对外报价40亿元，30亿元以上均为有效报价。到时候选定几个买方，集中谈一次。你可以跟我和严总汇报，我们会商量回复的。”

李光华站起身来，说道：“好的，我一定会出色完成任务！”

许怀远和严尚群看着李光华现在这样的表现，觉得很奇怪。许怀远问：“哎，尚群，李光华这小子脑子进水了？怎么听说转让这个地块会这么高兴？”

严尚群也苦笑：“听说春节前在你们家门口，他被农民工砸伤头了？还去医院缝了十几针。唉，当初你们两个人一激动拿下这个地，结果你看，你痛苦了半年，李光华这小子头也被砸了。其实，我一直想砸他一下来着，这么冲动……”

许怀远听他这么说，忍不住哈哈大笑。

但李光华去执行这个转让的事情，是作为集团的掌门人和主要决策者，许怀远和严尚群还得为项目的未来做些预案。春节后一段时间，房地产销售回款肯定不会太好，所以欠下的10亿元土地出让金还是得想办法，不能完全指望项目转让。而且，在这种情况下转让，所有买家都会趁火打劫，那真是三个不值两个半，这么好的一块地只能卖个低价了。

严尚群这时候微微一笑，问许怀远："怀远，你知道去年底我为什么干脆利落地同意兼并天风建筑公司吗？要知道他们的摊子可不小，每年工程产值40多亿，应收账款总额有20亿元，现在净资产也有10亿元。"

许怀远这段时间一直太忙，没有认真琢磨这个并购的事情，现在正好问起："难道，你在这里还有玄机？"

严尚群这才详细汇报。原来，天风建筑20亿元的应收账款中，大部分是沙洲蓝湾营保障房的建设款，沙洲政府一直没有及时结算，导致天风建筑资金压力越来越大。但这个应收账款至今一直没有得到有效发挥。

"其实，这么多应收账款，是可以向一些特定的金融机构申请保理业务的。20亿元的应收账款，最起码能融资18亿元左右。当然，一旦融资回来，会给下游供应商一些应付款项。但总的来说，我们至少能够占用10亿元左右的现金流，可以拖上半年，直到人民路项目的住宅预售资金回笼。"严尚群说到这里，许怀远在座位上坐不住了，严尚群示意他先不激动，等他继续说完："这还不算，天风建筑集团对我们还有一个好处，就是除了刚才说的应收账款之外，他每年的产值也是一个融资手段，银行会对他们授信。但是之前，这些工程类企业没有抵押物，他们不像我们房地产开发企业，有的是资产。比如，人民路项目未来形成的购物中心等，都是银行认可的抵押物。"

许怀远明白了："知道了，我们增加了一个很好的融资壳。这个壳放在原来股东手里发挥不了作用，但是到了我们手里，就可以融资了。"

严尚群呵呵一笑："所以，我现在也真的有点信佛了。你看你当时真不是为了乘人之危、贪人家资产，人家也相信你，所以把公司的实际控制权让给我们了。人家到年底资金结算的时候，硬是没有麻烦我们一点点事情，自己独立干净地解决了。凭空给我们增加了这么多融资额度。"

许怀远听完，眯上眼睛，感慨万千。心想，自己这辈子，在任何危难的时候总是能够逢凶化吉，遇难呈祥。

四

李光华立即行动，开始准备资料。他的方案是主动出击，以最快的速度寻找到买家。

他从国土局了解到了去年参与拍卖人民路项目的所有公司，然后通过第三方投资公司去发布星辰集团有意转让项目的信息，此外，他再让第三方投资公司广泛邀请国内商业地产的主要企业参与。

这样做的结果是，星辰集团等于重新做了一次竞价招标，只不过这次的标的已经由净地变成了规划设计好的项目。

此外，既然普罗西公司基金作为主要力量的国际投行想吞并这个项目，所以李光华也直接以集团名义通知了恒基的子公司龙昌地产，也通知了他们的关联企业新时代集团。这样开宗明义，直接点名让他们来参与竞标，以示星辰的光明正大。

李光华的思路很不错，在面临多头竞争的情况下，多数买家的价格都不是太离谱。虽然他们都知道星辰集团有被迫卖地的原因，但大家都知道星辰集团后续是有资金保障的，不是说实在没钱做下去。所以，各个意向买家就无法趁火打劫了。

最后结果，大多数报价在32亿至35亿之间。蹊跷的是，龙昌地产也报了价格，是35亿元。对照去年拍卖会上的他们的最高报价，他们想原价买入。但是，他们有个条件，去年汇入星辰的1亿元要算作这次支付款项内。

李光华赶紧把各路买家的价格报给许怀远、严尚群。

许怀远听完报价，长叹一声，说道："我们忙一年，吃尽苦头，最后只是把当初的本金拿回来了。我卖谁都不会卖给他们的！"

严尚群也赞同，说道："我们便宜谁都不会便宜给他们！"

李光华忽然诡秘一笑，说道："你们不要这样小心眼！我现在心里的买家就是他们，我非常高兴地等待他们来签完合同，支付完转让费。然后我就开始我的计划。我可以保证，他们的损失一定会比我们更惨！"

许怀远、严尚群一愣，不约而同地说了一句："哦？你还有后招？"

李光华点头："哈哈，我一直留着一个绝招，叫'诺马斯坑人计划！'"

五

李光华后来从网上才知道，原来人民路项目地下岩基的这个事情有一个专门的名称，叫“诺马斯地坑现象”。这个现象的最早发现者是德国的一个叫威廉·诺马斯的地质学家，是地球物理学界很有名的专家。

诺马斯在20世纪50年代在欧洲地区好几个地方发现过这个现象，最早是在欧洲阿尔卑斯山下的一个叫洪堡的城市发现的，那儿有一个战火中毁坏的教堂需要重建，建筑工人为整个教堂打桩基。打桩基过程中发现，管桩进入地下5米以后就下不去了，加了很大压力之后，管桩也是无法继续深入。最后，地下勘探专家也是动用了地质雷达，雷达声波显示，项目基础下面有一层为不同寻常的物质，这层物质呈四方形，似乎独立嵌入了岩基。那时地质雷达还没有扫描成像技术，所以是花费了很大的劲才发现这是一个正方形的地下岩坑。在这个岩坑里也发现了一种流体，遇到空气就转化为坚硬的固体，但是它究竟是什么成分构成至今没有答案。此外，岩坑上方也发现有不同的骸骨。

后来，诺玛斯教授在美国、日本、中东地区都发现过这种现象，另外随着大量“CT”技术的运用，使得底下的这种状况能够通过图像的形式体现出来。这些岩坑的形状各有不同，有三角形、椭圆形、菱形、正方形，但至今为止没有一个标准的圆形。到了70年代，随着全球各地的城市化建设加速，这种现象又被发现，地球物理学界对这个现象也就见怪不怪了。

但是，因为这种现象，很多工程因此下马，造成很大损失。而对诺马斯地坑现象的研究也一直在继续，大家主要是集中在以下几个问题。这些深坑到底是怎么形成的？下面的流体到底是什么物质形态？究竟算液体还是固体？为什么在空气催化下变成异常坚固的东西？

很多科学家认为，这些深坑的形成时间应该在地球刚刚成形表面还没有水的时候，那时地球上都是岩石，没有大海湖泊，甚至没有土壤，因为土壤是需要岩石风化并有水的侵蚀才能形成的。于是很多科学家推断，这些几百甚至几千平方米不等的岩坑就是那时形成的。造成这个地坑的原因可能是宇宙中其他星球飞来的“生命”到地球上来开发，他们乘坐的飞行器在地球表面降落时，与地表当时滚烫的岩石猛烈碰撞，于是乎就有了这些印迹，地坑也随之而生。这个推断有点神奇，但它似乎能够解释这些岩坑的周遭为什么有一个光滑的切割面了吧。

科学家的推论都很神奇，因为目前的科学技术无法对它有一个公认的解释。所以，诺马斯地坑现象最后引起了宗教界人士的关注，他们介入之后发现了一个更为神秘的现象，他们发现，诺马斯地坑现象还夹带了一个最为神秘的事情，那就是这种现象总会伴随着一种莫名其妙的声音，但是这种声音是要到一定的地下距离后才会有的。最早发现的这种声音的是在20世纪70年代的日本，有个小镇居民挖了一个类似地窖的东西，想用来储存食物。好几次，在去存取食物时，地窖主人听见各种断断续续像唱歌又像哀号一样的声音，令人毛骨悚然。后来反复研判，发现是地下发出的声音。后来，这个地方没人敢住了，于是就用来建设工厂，但是在进行桩基工程的时候，发现这也是一种诺马斯地坑现象。

李光华自从上次发现地下有异之后，他一直在研究这个现象。他听说诺马斯地坑现象伴随有地下声音之后，他专门让人挖了一个四五米的土坑，然后把一个录音机放在坑里。他果然发现录音机里有似哭声又似唱歌的声音。这个声音在白天不是很清晰，等到了晚上的时候，会比较高，可能跟夜晚安静的背景有关系。

李光华这下慌了，他也开始觉得这个项目从拿完地开始就有点邪乎，这半年来星辰集团各方面的不利都是因为拿了这个项目。现在竟然还跟诺马斯地坑现象沾上了，要这样下去，岂不是会把星辰集团拖入更大的深渊？

作为项目总经理，李光华非常焦虑，虽然第一时间严密封锁了消息，但就怕纸包不住火，消息走漏出去，那就麻烦了。他整个春节都没有心思过，好几次他差点给许怀远打电话，想汇报这个事情，但想着春节期间，不要给老板添堵，所以想在春节上班后再说。

嘿，巧了！他正想汇报这种诺马斯地坑现象呢，没想到董事长上班第一个决定就是转让这个项目，而且还愿意低于原价五亿元。这让李光华也觉得神奇，他清楚自己老板，那是愈挫愈勇的性格，哪里肯退让？可不知哪根筋就扭对了，董事长忽然就决定不惜代价转让掉这个地块，看来这些做老板的冥冥之中真有神助！

六

一直在背后设置圈套的恒基集团终于出场了，在见面商谈了几次以后，双方终于签订了项目转让合同。星辰集团将新设项目公司100%的股权全部转让，恒基集团需要支付31亿元的股权收购价格。但是因为星辰集团至今为止只支付了25亿元，所以，龙昌只需要支付20亿元给星辰集团，其余的10亿元出让金由龙昌承担。

许怀远他们现在才知道，龙昌早在去年六月份就设立了一个基金，专门用来投资这个项目。没想到许怀远会突然杀出来把地抢走，所以普罗西公司基金和龙昌方面对许怀远都非常恼火，因为他们的基金已经开始募集了一小半，而且已经开始发生投资利息，再要解散这个基金，那是十分被动的。所以，他们才给星辰集团设了这么大一个圈套，甚至还支付了1.05亿元的保证金，就是志在必得，必须把项目从星辰集团手中再次抢夺过去！

很快，新时代基金通过国内的关联企业向星辰集团支付了20亿元整。这些资金陆续到账后，许怀远长长地舒了一口气，星辰集团一举扭转了困局，从那个陷阱中爬了出来。

严尚群也很高兴，说道："怀远，虽然我们白忙一年，但正因为当时把我们这么一逼，所以使我们加速各个楼盘的销售回笼，你看，我们基本上就撤出来了，而我们很多同行还陷在里面，可能就出不来啦！"

最高兴的是李光华，他的好心情是双重的，一方面是集团终于脱离困局，另一方面是后面还有好戏登场，他可以好好地看着这出戏往下演，而且还会深入参与这场好戏！他在这次的项目转让合同中，特别对转让标的加注了一条："双方悉知标的物所有现状，按照标的物现状确认股权转让价格……"这一条款等于是把星辰集团有关这个地块的信息披露责任都豁免掉了。

等听说20亿元资金已经全部到账，李光华才原原本本地把项目地下的复杂情况给许怀远、严尚群做了汇报。他把诺马斯地坑现象的主要情况都做了详细介绍。

许怀远、严尚群听完所有介绍，脸色疑惑，他们就像听一个传说中的故事一样。

许怀远竟然还问严尚群："尚群，今天是愚人节吗?"

严尚群一愣，摇摇头。然后许怀远转过脸来问李光华："光华啊，你说的这些都是真的?"

李光华也忙打开录音，让他们两人听声音。果然，里面断断续续发出沉闷的哀号一样的声音，有点像人的声音，但又不完全像。

许怀远听完，额头上汗也冒出来了，说道："好家伙！我们躲过一劫啊！这个玩意儿要传播出去，我们卖什么房子啊？不得把我们整个集团拖垮掉?"

严尚群非常震惊，呆坐在沙发上，一句话都说不出来。最后，突然大声责问道："李光华，你好大胆，出了这个事情你到现在才汇报！要是在我们转让之前有人知道了这个，那我们不都完了吗?"

许怀远也突然醒悟过来，跳起来大骂李光华："你小子作死哦，事情出了一个月了才听你说起，要是打仗，我们不被你坑得骨头都没了?!"

李光华一听，自己这么辛苦瞒他们，好像还不落个好。忙站起身来叫道："你们两个白眼狼，我不是……这不是怕你们担心吗？我要给你们汇报了，你们还有心思过这个春节吗?"说完，自己也觉得后怕，忍不住苦笑起来。

然后，三人都如释重负，哈哈大笑起来。

严尚群啧啧称奇，说道："嗨，这整个事情还真有点因果报应的意思。怀远，我也要赶快皈依佛门了，这世界上的事情，真是说不去清楚!"

许怀远心里忽然感恩，要不是无为大师那八个大字，他哪愿意把到嘴的肉给吐出去?

许怀远想到这里，便说："这件事情我们就随缘，到此为止了。李光华，既然他们替我们捧了一个烫手山芋过去，那我们就没有必要起哄了。所以，你还是继续保密下去，我们都不要说出去，现在看起来人家是替我们解套了，我们就不继续落井下石了。地下那些事情迟早会暴露出来的，也用不着我们去做什么。"

严尚群首先点头，表示赞同。李光华则不太理解，似乎不愿意接受这个建议，但看许怀远的眼睛盯着他不放，最后也答应了。

“但是，有一些人，我们不能饶过他们……”许怀远忽然说。

严尚群、李光华异口同声问：“谁啊？”

许怀远表情严肃，下定决心说：“陈立人！”

第二十五章　地下秘密

一

龙昌公司也发现人民路项目地下的复杂情况了。

他们之前不知道星辰集团已经对这个项目开始做详细勘探了，因为李光华压根就没想让他们知道这里的情况。李光华谎称春节临近，建筑规划方案又是刚刚通过，施工图设计还没开始，所以公司还没来得及做详细勘探。这样，以后恒基就没有理由指责他们对地块信息披露不充分。

恒基接手项目后，很快从沙洲其他房地产公司挖了不少人去，组建了团队。然后，公司立即启动地勘工程的对外招标。沙州地下勘探设计院郁建华对这个项目是避之唯恐不及，所以没有去投标他们的这个项目，最后由省地质勘探设计院中标。

郁建华、李光华两人现在成了诺马斯地坑现象的发烧友，两人几乎天天见面，一直在探讨这个现象的成因和解决方案。所以，龙昌公司的地勘工作一开始，他们两人便开始偷着乐，想着龙昌公司接下来会发生的惊奇、迷惑、失望，最后到绝望，他们是准备了看电视连续剧一样的心情在关注着进展。

两人经常在人民路项目对面的八楼的一个咖啡馆见面，居高临下可以看到工地现场的情况，两人还各自准备了一副望远镜。省地勘院刚进场，李光华就兴奋地说："郁工啊，今天他们的勘探点位应该定了吧，明天他们就下钻了……"

“嗯，明天他们就要大吃一惊了！啧啧！有好戏看了……”郁建华也很兴奋，他虽然没有李光华一样的幸灾乐祸，但是很想看看同行在面临这个问题时的表现。

果然，第二、第三天的时候，省地勘院也发现问题了，似乎也从地下挖出东西来了。工地上，项目经理不断在打电话，好像在跟什么人求援。然后，工地上来了好几拨人，蹲在地上，围在一起研究着什么。

但让郁建华奇怪的是，省地勘院似乎没有太多犹豫，也没有像他一样用到地质雷达之类的设备，他们好像是确认了地下基础是可靠的。因为一个星期以后，他们在全部几百个点上勘探了。

李光华奇怪，问郁建华：“他们什么意思？怎么就全部勘探了呢？”

郁建华嘿嘿一笑：“不知道，估计是他们把底下的那层东西当硬质岩层了，这也是我上次矛盾的地方。它们很硬，硬度甚至超过花岗岩，但是遇到空气又会融化，所以觉得这个是一种无名的岩石，可以做桩基支撑。”

李光华惊讶道：“你的意思是，他们准备出报告通过，然后就开始做施工图，再然后就开始打桩？”

郁建华长叹一声，说道：“真是无知者无畏啊！这个省院的专业水平真是够糙的，怪不得他们的业务始终做不大，你看他们这个决策……如果出现问题怎么办？就算是硬度很高，那也要对岩石样本做全面的分析检查嘛！”

李光华说：“他们打了这么多点，空气就更加快速地进入地下，下面这层硬物质就更快软化，液体化了……”

二

果然，一个月不到，龙昌公司开始正式打桩了。估计连施工图审查都还没有做完，只是计算了一下楼体的荷载，就确定桩型并开始桩基工程了。

地块的其他地方都没有问题，桩基都下去了。但是，在超高层建筑的基地下面，连续几根都打不下去！

然后，桩基公司换地方继续打，还是如此，桩基进入五六米，忽然就直线下坠。工地上的人焦头烂额，都不知道原因。一拨拨的人来了，又去了……最后，还是一筹莫展。

“哈哈！”李光华终于看到笑话了，说道：“这是典型的诺马斯地坑现象！虽然那层东西沉淀在地下十八米多，好像有个底，但实际上这十八米以下不知道还有多深。”

郁建华不知道诺马斯地坑现象还有个问题，惊奇地问：“那就是说，这下面就像一个黑洞一样的？”

李光华笑眯眯地说：“对啊！你以为呢？诺马斯地坑现象所到之处，很多工程都终止了。如果不是这样，我们会亏了五亿元把项目转让给他们？”

郁建华点头，说：“你们也真够坏的！”

李光华嘿嘿一笑，津津有味地说：“还有更恐怖的呢，他们还没有发现地下有声音。唉！这帮家伙真是笨得像猪，到现在还是浑浑噩噩的……”

该发现的还是会发现。首先是人民路项目桩基找不到支撑的消息开始传播，然后，人民路地下有恐怖声音的事情也传了出来。

因为都在同一个圈子，李光华、郁建华都听到了不少传闻。围绕这个事情，龙昌公司现在是高度紧张，想尽一切办法要把桩基完成，但是问题非但没有解决，反而更加严重了。

他们邀请了各路地质专家、声学专家来对地下情况进行诊断。很快，有地质专家把这个与诺马斯地坑现象联系起来了，认为下面存在深坑，那么就会有一层超常物质存在。

李光华、郁建华在对面的茶馆窗户上看到，恒基连外国专家都请来了，一行十几人来到现场。只见他们往桩空里灌东西，似乎想把下面的东西凝固开。但试了两个星期也没有效果。

人民路项目遭遇难题的事情，先是在沙洲房产建筑行业传开了，吸引了很多探索研究者。很多人认为地下可能有溶洞，所以地下气息经过的时候会发出声音。也有可能是下面这层超物质比较敏感，对地球深层的各种声音会有频率共振，所以会有奇怪的声音。

最后，有关人民路项目的消息全城传开，沸沸扬扬，越传越神，越传越诡异。要这么传下去，对项目是极其不利的，谁还敢买这里的房子啊？

许怀远、严尚群也在关注收集龙昌公司的信息，两人都说，要这样下去，龙昌公司的几十亿投资就会打水漂了。

到了六月份，距离恒基接盘四个月时间，龙昌公司传出也要转让项目的消息。李光华匆匆地来跟许怀远、严尚群报告。

“哈哈，真是报应！谁让他们费尽心计要抢这个地块的？这下好了，烂在手里了！”他说。

许怀远忍不住高兴，在自己宽大的办公室里轻松踱步，他非常庆幸自己的英明决定。“嗨，这个项目真是神奇，我们做了这么多年的开发，从没有过买地再卖地的经历。那时无相寺无为大师对我说，不要担心前程命运，要‘随缘得自在’。我还幸亏听他的人生箴言了！”

严尚群也感慨，说道：“嗯，看来我也要去拜一下大师了！”

许怀远一听，忙点头：“好啊！我一直想带你去呢，你也该改变一下你的思维方式了！”

于是，两人相约，明天是周六，一起去无相寺。

李光华在旁边听他们要去无相寺，忙说：“我也去一下……”

许怀远哈哈一笑：“你小子五六不信的，怎么突然就开窍了呢？”

李光华嘿嘿一笑，说：“我有件事，也想找一下老和尚！”

三

时间真的很快！距离上次见到无为大师已经快一年了。

按照以往，许怀远每年会来很多次，每次都会耐心等候拜见老和尚。但是，前面这一年，真是风起云涌，惊险重重，许怀远几乎都没能停歇过。等他最后奋力一搏，度过困厄，时间已经过去一年。唉！都说人生弹指一挥间，看来就是这个感觉吧！

今天是一个阴沉的天气，空气还有点闷热，但无相寺内的树木丛林、花草藤蔓却郁郁葱葱，透着一股子清新宜人的味道。许怀远一进寺院大门，那种沉静而又熟悉的檀香吸入肺腑，他内心立即轻松安定下来，刚才一路上全身那种燥热牵扯之感立即消失了。

他每次都是如此，只要迈入大门，他就会生起一种欢喜的心情，大概这就是一种缘吧。

“怎么样？一进入寺院，感觉就不同吧？”许怀远问严、李二人。

受许怀远的鼓舞，严尚群和李光华也立即轻松、自在起来。严尚群之前也来过多次，但从没有碰到过无为大师。他是一个严谨理性的人，除非能在道理上真正说服他，否则他是不会轻易相信什么的。所以，之前无论许怀远怎么劝他，他都没有宗教信仰。但此刻，见许怀远脸上自然而然地洋溢起一种快乐满足的神态，忽然很有感触。

“怀远，你看你，一进大门就是手舞足蹈的样子，真不错啊！我看，这大概就不是一个能用道理说清楚的东西，也不需要说明。是不是这样呢？”他问。

许怀远一听，立即竖起大拇指，说道：“尚群，你真厉害！你要是进入佛门，也绝对是一流行家！”

李光华也赞叹：“严总高论，你适合禅宗。董事长，您说是吧？”

许怀远一听，觉得这个小子也灵光得很，也嘉许了一番。

许怀远引导严、李二人在大雄宝殿上完香，拜完佛，然后打电话给道真法师，表示想约见无为大师，同时表示有意做些捐助，所以想了解一下最近寺里有什么需要捐助捐建的项目。

许怀远最近一直在感恩无相寺和无为大师，如果不是老和尚的教诲，他是不可能回头的，更不可能转让项目的。那最后结局就不可想象了！尤其是，李光华跟他说起人民路项目地下情况如此复杂后，他内心的感激更加踊跃。所以，这次他想好好地做一笔供养，为无相寺添加一些什么东西。

很快，道真法师从藏经阁里迎了出来，大声道：“阿弥陀佛！许董，欢迎大驾光临！”

许怀远看道真法师步履稳健，心想果然又是精进不少了！于是忙上前合十施礼：“阿弥陀佛！道真师父，您好！”

许怀远最近老听米灿在背后赞叹道真法师，说法师讲经论道说理透彻，非常了得，让他和吴越佩服得五体投地！许怀远心想，这两个小伙子轻易不肯服人的，他们能对道真法师五体投地，那这个师父肯定错不了。

他忙把道真法师介绍给了严尚群、李光华，说道：“你们注意啊，道真师父出家之前是沙洲大学哲学系的老师，二十年前就是沙洲大学最年轻的副教授了，要到现在，那就是博士生导师了。后来，他碰到无为大师，老和尚一见面就直接点明要他出家的！”

他这么一介绍，把严尚群、李光华吓了一跳，顿觉道真法师高深莫测。李光华立即毕恭毕敬，不敢乱说话，一直规规矩矩地听许怀远和道真师父在寒暄聊天。

道真法师一边寒暄，一边将他们三人引到祖师殿后面庭院。许怀远知道无为大师这时候还在诵经、打坐，预计要到十一点才能出来。

于是，大家一起在客堂等候。

李光华坐下来后，终于忍不住好奇，问：“道真师父，你研究哲学的，为什么入了佛门呢？是怎么回事呢？？你这个经验对我们很有参考价值！”

道真法师看了他一下，微微一笑：“很正常啊，我以前在大学哲学系教学，我现在还是从佛教角度研究哲学，从理论上看没有什么变化的。”

李光华听他这么一说，顿时就愣了，心里一直觉得佛教与迷信相关，现在竟然被当成哲学了。他继续问道：“请教师父，佛教里说的佛、菩萨、鬼这些，都是人看不见的东西，怎么研究啊？”这小子挺狡猾，他不正面说道真法师不对，只是暗含了一个观点，你研究人见都见不到的东西，怎么能称之为哲学呢？

道真法师哈哈大笑，看了一眼李光华，面向许怀远说道：“许董，你手下都是精英啊！”然后，他站起身来，走到李光华跟前，突然伸手抓向李光华脸面！

李光华根本就没有想到，温文尔雅的道真法师会突然对他下手，忙情不自禁地伸出右手格挡……

道真法师立即缩手，停住，然后回归到自己座位坐下来，微笑着问：“你刚才伸出右手的时候经过大脑思考了吗？”

李光华刚从惊讶状态中恢复过来，说道：“嗨，你这么突然伸手，我哪来得及想啊？”

道真法师又问：“那么，是什么让你伸出手臂来挡我的呢？”

李光华又是一愣：“哎，我大脑里有反应啊！”

道真法师呵呵一笑：“就是说，在你的日常思考判断之外，你大脑里还有一种东西，可以让你在危急关头不自觉地作出反应。是吗？”

李光华点头："应该是的。"

道真法师继续微笑着说："抛开我们平时的各类日常的思想判断，我们人人都有一个连你自己都无法测度的东西，你平时看不见它，你说这个可不可以成为哲学研究的对象？"

李光华说道："当然，这是很好的研究课题。就是本能或天性嘛！"

道真法师点头："我们有很多种科学分类，所有这些学科对什么都有过一些研究，但是我们对任何一个研究对象都没有把握。像人类大脑这种复杂的对象我们姑且不说，我们谈最简单的，比如一片树叶，我们能彻底了解它吗？我们看到的是一个表面，它里面绝大多数内容都是我们不了解的，用你的话来说，就是看不见的。但是，这不妨碍它可以成为科学研究的对象，是吗？"

李光华最后发现上当，自己被道真法师绕进去了，但是法师的逻辑无懈可击。他做了次深呼吸，想了半天，也无法反驳。

"科学是允许假定的，即使不能达到最后的真理，科学还是科学，因为它体现了人类认真追求知识、追求真理的态度。而佛教也是如此。"道真法师眼睛里闪出光芒。

这一番话，直把许怀远、严尚群、李光华浇了一个透心清凉，一扫疑惑。

李光华连连点头，直竖大拇指："谢谢法师教诲，受教受教！"

四

正在这时，客堂门口出现一个身影，一个年迈但矍铄的老和尚正在迈步进来。

许怀远叫一声师父，同时示意严、李两人，一起跪倒磕头。

老和尚呵呵笑道："你们不要跪拜我，我受大乘菩萨戒，不能随便接受人跪拜的，要拜就拜自己。"说完，老和尚走到中间坐了下来。

许怀远三人也落座。老和尚目光深湛，把三人都看了一下。然后，对许怀远说："许施主，看你现在神情，已经放下了心中块垒，可喜可贺。"

许怀远双手合十，回道："师父，您上次送我十个大字，我一直挂在书房。幸亏师父教诲及时，否则我这次就闯大祸了！"说到这里，许怀远把去年高价拿地，然后导致重重困厄，最后把地卖掉的情形简要说了一遍。

老和尚眼睛一会微闭，一会儿睁开，似乎在听，又似乎不在听。等许怀远说完，他眼睛睁开，说道："好啊，你最后关头，迷途知返。以后，就慢慢上路了。公司就像一种道场，与此相应，你们就应该有道心。什么叫道心？那就是无所住而生其心，要认识到，再大的公司，其兴也勃焉，其亡也忽焉。没有什么是长久的，不要执着。"

许怀远连连点头，然后说道："师父，为了表示感谢您，同时也是为了造福众生，我想给寺里做一个供养。"

老和尚一听他要供养，摇摇头说："唉，许施主，你就不要再供养了！寺里现在什么都有了，也没有要用钱的地方啦。这十方信众，每天有供养，要再增加，我们这些出家人就罪过大了。"

严尚群、李光华本来以为老和尚会很高兴地接受供养，哪知道他拒绝了。两人顿起崇敬心情，心想怪不得老和尚名满天下，原来是如此谦虚、慈悲。

许怀远急了，他是真心想供养老和尚和无相寺，忙转身向道真法师求助。

道真法师也是微笑着摇摇头，说道："许施主，之前我们寺里在重建几个大殿，需要用钱，现在大殿都修完了，用不着什么钱了。有一个去处，无相寺正在和国内的养老机构合作，将十万善款投入到这些养老机构中，能对贫病困难的暮年众生提供帮助。那也是学佛修行的功德。

许怀远听道真法师说起此事，连连点头。

老和尚听他这么一说，呵呵笑道："许施主，你不要着急。老衲不要你这次供养，那是因为你还有大福田要种。很快，你就会在红尘闹市里种大福田。"

许怀远一听，摸不着头脑，但是他知道老和尚是一向先知先觉，自己就等着吧。

这时，李光华忽然走到道真法师跟前，耳语一阵。道真法师脸色有点惊奇，显得有些为难，犹豫再三，不知道是否该答应。许怀远、严尚群知道这个家伙喜欢弄些花样，来之前还说找老和尚有事，不知道他葫芦里埋了什么药？

无为大师目注李光华，忽然伸出手掌，说道："你拿出来吧，老衲听一下！"

李光华大吃一惊，他哪里知道，无为大师练过耳根法门，丈室之内，蚊蚁之声也能听见。原来，李光华随身带来了之前在人民路地下录制的那些奇怪的声音，他想趁此机会让老和尚听一下是什么声音？

许怀远脸色愠怒，朝李光华说道："光华，你怎么可以这样？"许怀远知道，这些乱七八糟的事情最好不要近老和尚的身，他老人家是得道高僧，这些乱七八糟的东西最好少干扰他。

李光华很少见到老板这样脸色盛怒，吓得大气不敢出，忙说："好好，师父，算了算了！"

老和尚脸色平静如夷，和蔼如初，对李光华招招手："不要紧，我听听什么声音？"

道真法师忙示意李光华拿出来，于是李光取出手机，打开里面的录音。原来，他是事先选了几段清楚一点的，录到手机里了。

"……，……，……"时断时续、低沉悠长、如哀号，如歌唱的声音在客堂里响起。

室内除李光华之外，其他人都没有听过这段录音。此刻屋内很静，这些声音尖锐、低回，有点让人毛骨悚然。良久，老和尚脸色由阴转晴，露出笑容，说："这跟风吹树梢、鸟过留声一样，没事。佛法虽承认有六道众生，但也反对怪力乱神，强调因缘聚、因缘散，聚则有、散则无。"

五

陈立人的局面已经面临失控。

就在许怀远和他们这帮人在剧烈博弈的时候，陈立人和一干女人的绯闻开始在网上出现，这其中当然包括张倩。这个事情太可怕了！现在反腐倡廉抓得这么紧，这种绯闻是最要不得的，所以得赶快封杀消息。

陈立人也真够绝，为了迅速转移公众视线，同时也是为了让公安系统在封杀谣言时加大力度，陈立人要求张倩把梁文龙儿子参与人民路项目的事情在网上透露出去了。张倩情急之下，如救命稻草般地把这个消息捅了出去。她没有自己上网，而是通过她姑妈周海娟发送的。

果然，关于梁文龙的这个所谓内幕消息到了网上，就在网上迅速传播，宣传部门第一时间启动了网络清零。这个时候，陈立人再出面要求相关部门紧急处理，也就有了更充分的理由。

还有一个好处是，星辰集团和政府的矛盾也被转移成梁文龙和许怀远的矛盾了，而陈立人在要求规划局对人民路项目规划中围追堵截，也就有了更多底气。果然，规划方案将星辰集团未来的现金流层层压制，导致他们的资金压力成倍增加。而这个时候，陈立人再让新时代以金主的名义来商谈合作，进一步调整规划、增加项目的投资压力。最后，来了一记绝杀，新时代单方面停止合作，想彻底将星辰集团送上不归路。

陈立人一系列的业务指导，让张倩乐开了花，眼看着自己这边环环相扣，每一步都是在挖坑，最后成了一个又大又深的巨坑。果然，星辰集团最后被迫吐出了这个项目。

本以为到此地步，自己终于还是抓住了机会，可以大大赚上一笔。张倩不禁感慨自己多年的辛苦终于没有白费，自己的资源还是充分实现了效应。接下来就等着项目推进，自己稳稳当当地成为项目的业主，从此衣食无忧，光荣上岸。

但事情的进展根本没像自己预设的那样。先是她姑妈周海娟被市公安局抓了进去，原因就是在网上发布关于梁文龙儿子参与项目的内幕消息。周海娟虽然也是通过手下去一个偏僻的网吧里发送的这个消息，但现在的监控摄像头实在是太厉害了，发帖人很快被抓了。然后就是顺藤摸瓜，一级一级地找到了周海娟。赵一亭一看周海娟竟然干了这么糊涂的一件事情，把自己一直在若隐若现包装出来的政治背景给爆了出来！

赵一亭对周海娟等公司核心人员说的梁逸飞参与这个项目的事情，确实是有点线索的，梁文龙没有避讳儿子用自己的产业基金介入项目运作，甚至希望儿子能够在运作这个项目中赚到第一桶金，这些都是梁文龙默许的。因为梁文龙想得很直接，自己儿子不是靠着他梁文龙是市委书记，而是靠着他自己的本事在沙洲找到的机会，他没什么好回避的。但这个事情是不能被传播出来的，被传播出来后，那无论儿子怎么合理合法地市场化运作，这事就成了权力寻租！

这件事情只有有限的几个人知道，包括招商局长陈兆海、恒基集团老板周贤明和自己公司的周海娟。陈兆海是梁文龙秘书出身，去年南方招商引资会议上有两个方面达成的合作。其一是恒基集团参与人民路项目购物中心部分的投资和后期运营，梁文龙看中他们主要是为了解决原地块上工厂职工的安置，因为购物中心能够提供大量的劳动密集型岗位。还有就是梁逸飞的产业基金，主要就是为了那6万多平方米科创用地的产业导入、风险资本的引进。因为两项合作都是跟政府签约，所以他们被安排在同一次签约会上了。按照梁文龙的意思，就是给儿子创造一个机会，让他的产业孵化有一个物理载体，顺便也能利用一下他的资源，为儿子助一臂之力。所以陈兆海责无旁贷地牵线搭桥，促成了普罗西公司基金和沙洲政府的合作，并且作为普罗西公司引进产业资本的补偿条件，陈兆海通过会议纪要的形式约定了一些鼓励政策，包括土地的定向挂牌。

而这，就是赵一亭后来包装出来的政治背景。他心想，自己这次能够有这样的合作伙伴一起来拿地，真是千载难逢的机会，所以志在必得。拍卖会报名之前他就放风，暴露出这些所谓内幕，导致当时好多家参与竞拍的企业都临时退出了。

但这些不能明说的东西，结果让自己手下周海娟捅到了网上，赵一亭一方面是气愤周海娟无知，另一方面为表明态度，所以把周海娟辞退了。

这下好了，周海娟被行政拘留了15天后才被放出来。出来后就找到张倩，哭哭啼啼诉说委屈，更重要的是，接下来生活保障没着落了，责任就是张倩的了。

姑侄两人绝望之中还留着一个大的依托，那就是张倩投资到人民路项目里面的资金。她是通过自己隐形控制的公司将资金投入人民路项目的。她以往通过陈立人赚的钱，都已经通过业务经营的形式洗白、转移了，即使陈立人倒台，她也还保有一份优质的资产，就凭这个，她们老少两代人也能做到终身无忧。

但，做梦也没想到会冒出这么一个隐藏在地下10多米的巨坑！真不知道是什么报应？

六

更大的雷在后面，陈立人已经联系不上了！

张倩一直在给陈立人的私密手机打电话，但电话关机了。然后，张倩给陈立人的办公手机打电话，也是关机。没有办法，她给陈立人的办公手机发了短消息：有急事，速回电！

但是，陈立人无论电话还是短消息，都没有回复。

就在张倩如同惊弓之鸟的时候，忽然接到了曾志红的电话。

“张倩啊，陈立人的事情你知道了吗？”曾志红在电话里对陈立人直呼其名，完全没有了平时叫“陈市长”的恭敬口气。张倩一听，脑子发晕，猜测陈立人可能是发生大事情了！果然，曾志红说道：“张倩，陈立人已经被双规了，唉，真看不出来，一个博士学位的常务副市长竟然是这么一个德行！”

“啊，曾局，我不知道啊？什么情况？”张倩急忙问，腿开始发软。

曾志红电话里“哦”了一声，又叹了口气，说道：“嗯，难怪……我也才知道，不少人还不清楚。这半年来，一直有人在举报陈立人贪污腐化。这是实名举报，据说告发他的就是原来大湖市被他玩弄过的几个人，她们发现他在沙洲有了新欢以后不睬她们了，所以就吃醋妒忌，开始举报。她们提供了大量的照片、大量的证据，所以省纪委一直在背后调查。现在证据确凿，就被双规了，唉，这事情……网上都炸开了，你上网看看吧！”

张倩听完电话，尽管自己知道会有这么一个结果，但当它来临的时候，她还是觉得自己像在做梦一样。这个梦虽然毫无逻辑、如幻如真，但它分秒不差地紧逼过来，把张倩所有的希冀、追求以及一切美好生活的向往纷纷瓦解。

陈立人的绯闻虽然已经被各大网站、新闻平台查禁，但是很多社交“APP”里面还在传播，一直没有停止。

张倩这才知道，自己只是陈立人无数道菜肴里面的一种。

“哇！陈立人，你这个流氓、骗子……”张倩忍不住大哭。内心的屈辱、绝望、悲哀全部涌上心头，她一下子跌坐在地板上。

第二十六章　失而复得

一

人民路项目的桩基工程依然悬而未决，那十几根入土的桩最后不知去了哪里。

龙昌公司接手六个月了，项目没有一点进展，基金管理人十分焦虑。他们的钱大部分是海外募集过来的，募投管退每个阶段都是很精确的，到基金周期结束，那必须要准时兑付投资本金和利息的。

到十月份的时候，龙昌公司实在急了，竟然给星辰集团发律师函，说当初星辰集团故意隐瞒了地下情况，导致收购方对标的存在重大误解，所以可以按照法律，认定这个转让合同是无效的。呵呵，这个时候李光华当初特意增加的条款就发生作用了，“双方悉知标的物所有现状，按照标的物现状确认股权转让价格……”龙昌的律师顿时被这个条款噎回去了。

然后，他们觉得要使合同作废很难，但是可以提出索赔，认为星辰集团存在隐瞒的嫌疑，所以加了这个特别条款，他们认为这个还有点依据，所以向沙洲市仲裁委员会提出仲裁。

于是，双方在仲裁庭有过一次短兵相接。星辰集团这边吴律师提出：一方面，这个土地又不是星辰集团生产的，星辰集团是没有过错的。既然没有过错，又为什么要承担赔偿责任呢？另一方面，现在科学技术进步这么快，今天无法做到的事情，说不定明天就能够做到了，今年做不到的事情，说不定明年就能做到了。所以这个土地将来总是能够开发的，龙昌公司仲裁请求没有任何理由。最后，龙昌公司一看仲裁赢面不大，就撤出仲裁了。

又过去两个月，人民路项目还是没有动静。龙昌公司也绝望了，反正他们母公司有强大的实力，所以采取持久战，干脆撤出了大部分团队成员，只留下几个看守的员工与政府交涉。

沙洲市政府坐不住了，有关人民路项目搁置的传闻越来越多，项目越拖越被动，于是想尽快解决这个问题。

于是由新上任的主管城市建设的副市长出面，召集国土、规划、建设各管理部门，商量解决方案。最后结论是，创造条件，尽快完成这个项目。政府开出的条件是，可以增加项目的住宅部分面积，降低商业面积比例，这样可以大大增加可销售部分，减轻资金链压力。另外，考虑到这个项目是沙洲城市新地标，所以政府可以帮助培植市场，同意给所有进驻企业减免税收。最后，中间那个6万多平方米有诺马斯地坑现象的科创用地，可以暂时搁置，等未来技术成熟以后再建设。政府可以收回这块土地的使用权，退还土地出让金。同时，由政府出资先建设一个绿化广场。

与此同时，龙昌公司也急于解套，大幅度降低项目转让价格，从当初接手的35亿元一路降到了30亿元。

但即使这样，很多企业还是不敢轻易接盘，因为虽然住宅面积是增加了，但是因为地下恐怖声音的传言，老百姓谁敢买这里的房子啊！

龙昌公司最后缺乏耐心了，把转让价格从30亿元再度降到25亿元。但是，越是这样，行业内的公司更加不敢接手。

针对这样的趋势，沙洲市有两个人坐卧不安。一个是张倩，另一个是赵一亭。当初基金发起时，这两人是投资人，基金发生亏损首先由他们来赔付。他们两人加了10倍的杠杆，张倩出资1亿元，赵一亭出资2.5亿元，合起来3.5亿元，但是撬动了35亿元的资金总额。现在35亿元已经浮亏10亿元，他们两人的3.5亿元早就不够赔付了。这样下来，两人算是彻底破产了。现在沙洲的龙昌地产公司已经是恒基集团、普罗西公司的主要股东，赵一亭只留下1%作为经营性奖励的股权。

还有一个人日子也不好过，那就是梁文龙。围绕这个人民路地块，梁文龙做了多年的准备工作，无论从他当初的心愿、还是后面一系列的运作，应该说自己是问心无愧的。就算是儿子梁逸飞参与产业大厦的运营，那也是市场资源自由配置的结果。这些，在陈立人出事以后，梁文龙主动向上级组织汇报过了。后来，他对许怀远做的项目规划还是认可的，觉得自己一开始对这个人的行事作风不了解，所以才带有一些偏见。至于后来星辰集团把项目转让出来，恒基集团接盘，这个结果更是梁文龙乐于见到的。

但是，未承想这个项目的地下情况这么复杂，硬生生地要把他的计划给搅黄了！

现在普罗西公司基金遇到这个窘境，儿子梁逸飞没有向他提什么要求。儿子真是个好儿子，不给自己父亲任何压力，哪怕是换一个工作。儿子认为，这种意外因素是谁都预料不到的，普罗西公司为这个意外埋单，也很正常。

但普罗西公司在新加坡的代表处还是派人来到沙洲，想跟政府协商处理此事。主要的目标是，政府出面将人民路整个的地块收回！

二

又快要过年了，星辰集团一片祥和。最近大半年的日子太好过了。

首先是资金充足，去年因为人民路项目而进行的促销，因祸得福，使得星辰所有项目快速脱手，正好应了“现金为王”那句话。星辰把所有的银行贷款还掉，账上还有20多亿元的现金储备。这在当下，真是非常难得。

许怀远、严尚群一直都在关注着人民路项目的情况。到了普罗西公司将土地降价至20亿元的时候，严尚群开始动心思了，他过来找许怀远。

“怀远，人民路项目现在报价20亿元转让，才4000元楼面地价，这个价格连大学城的土地价格都不止啊！何况还有商铺可以销售。这真是机会啊！”

许怀远一听这个价格，心里也活动开了，分析道：“现在看来，各种不利条件都基本排除了，唯一让大家不愿意接手的原因就是地下的声音。其实，房子真正建起来以后，地下用厚一点的混凝土底板、混凝土挡墙这么一隔，这些声音就没了。”

严尚群忽然问道：“怀远，地下声音，老和尚是了解的，说不定他能够解决这些问题！”

许怀远这时才想起无为大师对他说的话，说他会在红尘闹市里种大福田。难道，老和尚说的就是这件事情？

于是，许怀远、严尚群带着米灿、李光华等人，再度拜访老和尚。

三

为了更有针对性，指明诺玛斯地坑的详细位置，李光华带了一套人民路项目的规划文本。这是已经报批过的文本，龙昌公司接盘后没有修改。

在无相寺的知客堂里，无为大师看了一眼桌上展开的项目规划鸟瞰图。图做得很漂亮，灯光效果，美轮美奂，有三大板块，分别为高端住宅、购物中心以及北侧的一座350米高的超高层建筑。

无为大师轻轻叹一声："楼太高了！"

李光华现在对无为大师也是十分敬仰，但听老和尚这么说，还是觉得有疑问："大师，这个地下应该都是岩石、地壳，承载力非常强大的……"

老和尚目光悲悯，对众人说道："我说的是人心。太多的贪嗔痴，纵有共业福报，但也不能旦夕之间消掉。所以，这么高的楼怎么盖得起来呢？总得给未来留点余地。"

许怀远等一干人都没有听得太懂，但总体意思是有些了解的。严尚群恭恭敬敬地说："大师，您是说，这个超高层建筑太耗费资源，而应该建生态节能建筑？"

听严尚群这么说，无为大师目光顿现和蔼之色，看着严尚群说道："善哉善哉，严施主说得对，要节能。"说到这里，老和尚伸出手指，在图上画了四个圈："把这座高楼去掉，改为五幢矮一点的小楼，中间做一个广场，像一朵莲花，就可以了。"

"啊！"李光华又张口结舌了，这样能行吗？就算是五栋楼，每栋四万多平方米，那也得二十几层，还是得打桩，可下面深不见底啊！

老和尚扫视了大家一下，站起身来，拿起一根正在炉里燃着的香，举起来，停住，说："你们看好了，这些烟在缭绕吧？是不是聚在一起很多啊？"

众人看那青色的烟雾，缭绕在香头上，确实比较密集。可是，大家还是不知道老和尚什么意思？

老和尚看大家眼光都已经聚集在他身上了，于是朝着香头上方那股子烟轻轻一吹，刚才缭绕聚集的烟雾顿时散了……

老和尚把香插回香炉，目光在众人脸上巡视一下，说道："你们看，最初是香，后来成了烟，最后烟也消失了，还有吗？诸法无自性，因缘和合而已。把那座高楼去掉，建五幢小楼，则地下的情况就可忽略不计了。你们懂了吗？"

他这一席话下来，许怀远顿时心里有底，他完全相信老和尚说的话，他说能打，那就能一定能打。

但李光华、张志他们几个人搔头摸耳，莫名其妙。他们看老和尚是一副笃笃定定的样子，老板许怀远也是信心满满，他们还是将信将疑。心想你们一个是高僧，一个是老板，只要动动嘴巴，我们是要动手操作的啊。这最后还是打不下去怎么办？于是两人转身看严尚群。

再看严尚群，发现他在旁边呆住了！

老和尚就这么一席话，竟然让严尚群全身冻住一般，一动不动。他虽然不知道老和尚究竟凭什么说这种话，但是老和尚刚才这个动作，以及一番话对他整个的世界观来说，简直是惊天动地、翻江倒海！他的脑子混混沌沌，如同有一样东西在里面左冲右突，最后他眼睛一亮，若有所悟，忙恭恭敬敬地上前给老和尚合十施了个礼，说道："谢谢师父开示，佛法真是妙法、大法！"

老和尚一看严尚群这个举动，脸露微笑，他转头看了许怀远一眼，连连点头，说："许施主，你有缘啊，严施主如此根性伶俐，真是善哉善哉！"

许怀远一听这话，心中高兴，他待严尚群一直是亦兄亦友，倚重有加。但是这个老兄之前一直对他信佛不怎么感冒，老是说他迷信。但是这两次严尚群跟无为大师接触交流，已经感受到了其中的奥妙。看他刚才那个状态，似乎有所醒悟，可能入门了，真是奇快无比！

他赶紧双手合十，对老和尚说道："谢谢师父。我们都听您的，就按照这个来跟政府沟通调整，看看能否重新拿下这个项目。如果我们拿下来，那么打桩的时候，师父出山能否帮助一下？"

老和尚脸上露出笑容，说道："可以。阿弥陀佛！"

四

许怀远和梁文龙终于见面了。这是他们第一次正式见面。

星辰集团想重新拿下人民路项目，并且将重点改为产业孵化和运营，真正实现民营房地产集团的转型升级。这个信息层层汇报，到了梁文龙这边的时候，他大为赞赏。于是决定约见一下许怀远，而且是他带领市委一帮领导主动来星辰集团拜访。

许怀远听闻这个消息，也是感慨万千。真是想不到，一年前自己和梁文龙迎头相撞，虽然是陈立人在里面搅和，但两人彼此之间还是存在误会的，所以“风风火火”地互掐了一阵。没想到，今天还能够有这么一个结果。

见面的这一天，星辰集团大楼上巨大的显示屏上打着一行大字：热烈欢迎市委领导莅临指导！办公楼大堂的入口则挂起鲜艳的欢迎横幅。许怀远和集团所有高管们都在楼下迎接，并引导梁文龙一行进入大楼。

参观了星辰集团的企业展览室，看到星辰集团历年来开发的品质楼盘，看到星辰集团做的一些公益捐助、希望小学等，梁文龙肯定了星辰集团在企业经营、社会事业方面的用心和成绩。

在星辰的会议室一落座，梁文龙就感慨地说：“唉！许总啊，我这个人呢，有点武断，这也是我的老毛病！我跟你说实话，我对房地产开发公司从来不感冒，我一直以为，你们不就是钻了政策的空子发了大财嘛！算哪门子能力？对国内经济有啥好处？我始终记住马克思说的话，资本家的每个毛孔里都有劳苦大众的血汗。”

许怀远也是感慨：“书记，我也说实话，我认为你说的大部分都是对的。虽然我们也辛苦，但这么快速地积累起财富确实有投机和侥幸在里面。所以，这么多年来我从不接受采访报道，从不宣传自己。就是拿地，我也不怕高价，因为地拿下来就能挣钱，地价就不能太低嘛！地价高了，政府收了土地钱还能投资做基础设施建设。”

“哈哈！想不到你这么自觉。看来，房价的飙升还是你们这些开发商有良心的表现啰？”梁文龙听他这么说，觉得好笑：“所以，你就一头扎进了人民路项目中来！还出了一个这么高的地价！”

许怀远立即表示歉意，说道：“书记啊，我这个人呢，也是一根筋。从来就是自信武断，只相信市场经济而不相信政府，所以一直不善于沟通汇报。这个毛病得改！”

两人轻松寒暄一阵之后切入正题。许怀远提出自己的三点想法。

其一，星辰集团先拿下这个项目，不管那6万多平方米土地地下的情况如何，人民路项目就是沙洲市副中心，是宝地，这一点无论如何都改变不了，星辰集团愿意拿下。

其二，为了进一步吸引高科技领军人才，同时也为体现财富取之于民、用之于民的理念，星辰集团愿意出资10亿元投入产业基金，专门用来扶持沙洲市高科技创业企业，而且政府可以参与这个基金的管理、项目筛选、产业政策的定制等。星辰集团不准备撤出这笔资金，可以一直滚动投资下去。

其三，星辰集团深刻理解产业资源的重要性，而且前期恒基集团和普罗西公司已经酝酿对接了一些高科技项目，星辰集团愿意合作，为他们落户沙洲创造条件。并且，为补偿他们前期在土地上的损失，我们可以在项目里额外给予10%的股份，作为给他们的补偿。

说完这三点，许怀远说：“你看，书记，我们也要体现沙洲人的胸怀！虽然他们这次是愿意亏本退出，但是作为沙洲的企业家，我们还是要体现合作的诚意。我们不占他们这个便宜，但是风险共担、利益共享。”许怀远把早已酝酿好的合作方案说了出来。

梁文龙听完，非常感动：“怀远老总啊，你能这么想这么做，真是出乎我的意料之外啊！你这个体现的不仅仅是沙洲人的胸怀，还是中国仁义服人的传统美德。呵呵，我为你感到骄傲，我们沙洲企业家的高度真不一般！”

话说到这个份上，企业和政府的共识就很容易达成了。双方气氛热诚友好，理性务实地商谈了其他一些方案、思路。最后，在热烈亲切友好气氛中，他们结束了沟通交流。

五

很快，省市两级新闻媒体报道这个新闻，星辰集团二度接手人民路项目，并跟恒基集团、普罗西公司合作，决心在人民路打造一个融精品住宅、新消费中心、高科技产业孵化器为一体的新型项目。

消息在各大媒体、网站上迅速传播的时候，星辰集团则立即集中精力，围绕人民路项目精心谋划、制定计划。他们把原来的规划设计做了一个大的调整。原来350米的超高层建筑被替换成了一个莲花型的五幢小楼，为了体现无为老和尚说的那个寓意，许怀远还在楼宇的外立面上费了很大的精力，以体现绿色、生态、吉祥的元素。五幢楼的中间，正好之前有家设计院提出的空间结构，因为当时经济技术指标没有充分实现，现在倒是派上用场了。当初他们的方案有个主题，叫作“星空”，在中心设置了一个很大的中庭。现在，星辰采用类似的思路，在中间留下了6400平方米的正方形城市广场。

最后方案出来，许怀远、严尚群眼睛一亮！

严尚群啧啧称奇，说道：“怀远，看来，这个地块早就安排好了，六朵莲花瓣，中间是一广场，广场上建一个花蕊，这事就齐了。”

方案定稿后，剩下来就是中间广场如何设计的问题了。在这个方面，许怀远、严尚群以及项目公司总经理李光华高度一致，认为这个要请无为大师来做主了，看看他老人家有什么想法？

六

很快，道真法师来星辰拜访许怀远他们，转述了无为大师的意思：中间这个广场要建一个莲花形状的塔，不要太大，10米高就行。但是用材要好，要大量镶金。

许怀远一听，老和尚肯定有他的用意。加上老和尚说过，项目二次开工打桩的时候，他会亲自来现场做法事。

沙洲建筑设计院把一个金碧辉煌的佛塔设计好了。

许怀远看到这个佛塔效果图，心里开始激动。他说，我要给佛塔全部鎏金，佛塔的用材也是要最好的。这个时候，他开始相信老和尚的话了，他说能建就一定能建，老和尚是什么境界？自已瞎怀疑个什么啊？否则，他怎么会在几个月前就说自己要在闹市中建一个道场呢？

沙洲市的那帮子领导也知道了，他们也一直对这个地块的神秘有点犯嘀咕，不知道如何解决？现在听说是无为大师建议造一个10米高的佛塔，心想这塔虽然不大，但要在市中心矗立起来，那是一个很好的文化景观！再要结合前面的传说，这就有了很多的故事，那以后这里不就是一个知名景点了?!这对以后的市中心服务业的拉动是非常有帮助的。所以，市里、区里开会，都表示创意很好，政府大力支持。宗教局很快就拿出了选址论证的报告，他们不知从哪儿找出了一个史料，说这里曾经是一个古寺，在南朝时曾经是知名丛林，现在算是复建。

佛塔的规划报批、施工图审查都很快进行。一路下来也就是两个月。最后，就是择日动工了。

七

马上要过年了，大家的一致意见是，把桩基先打下去！之所以这么急，其实就是大家非常关注这个桩基能不能打得下去的问题。

许怀远给道真法师打电话，想问一下动工日期如何定？道真法师电话里当场回复，说："师父早就想好了，腊八节打桩，时间是凌晨四点钟。但是，之前你们要把佛塔的图案多打印一些，置放在地头。腊八节当天，师父会过来诵经念咒。然后你们就开始。"

于是，许怀远、严尚群部署这个事情。

接下来几天，李光华安排手下策划好方案，开始系统执行。

腊八节前几天，佛塔效果出来了，大大小小做了很多写真板，放置在场地四周。动工仪式需要的场地平整完成，舞台也准备好，整个舞台的背景就是一幅万佛塔效果图。腊八节前一天，升空气球、标语、横幅、彩旗……全部到位。

李光华一边做这些事情，一边忍不住怀疑和好奇，这事情行吗?

八

腊八节那天，星辰集团没有做什么宣传，但是知名高僧无为大师要为万佛塔动工仪式揭牌的事情纷纷传开了。虽然时间定得很早，在凌晨四点，天还未亮的时候做法事。但是，现场还是涌来很多市民。

四点不到，无为大师披着一身红色袈裟来到现场。一众弟子大概二十几位出家师父随行，其中道真法师为上首。

老和尚先是一个人来到场地中央，朝向西方，合十，默念。现场嘈杂人声立即停止，寂静无声……所有人都能听见老和尚苍凉高远的声音。

五点钟，天还没有亮透，老和尚结束了他的念诵。他缓缓地转身，有弟子赶紧上去扶住，慢慢往回走。最后，老和尚直接坐车走了。许怀远、严尚群等想要过去慰问，都没有来得及。

近处的信众都说，老和尚往回走的时候，脸上是一种非常疲倦的神情。

老和尚走后，其余的和尚开始念诵经咒，一直到上午八点左右才离开。

但是，这些和尚一离开，不知是否巧合，天就下雨，而且是一场冬季罕见的瓢泼大雨，整整下了两个小时，周边的排水系统都来不及泄水。

这个情形让在场的信众有点迷糊：不是高僧做法事，都是要阳光普照的吗？怎么来了一场瓢泼大雨？还有无为老和尚满脸倦容是什么原因？

但是，十多天以后，沙洲地勘院的郁建华发现地下又回到原来的状况了——液态的物质重新凝固，硬度也恢复了。

这是什么原因呢？

李光华和郁建华百思不得其解，就因为老和尚的这个做法下大雨？这也总得有个道理吧？

最后还是严尚群给出了答案，是因为那场雨。

原来，严尚群在集团决定重新拿回这块地的时候就开始研究深坑，他没像郁建华、李光华一样自己研究资料，而是直接找顶级专家。他找的是日本的地质专家，因为日本在这方面的理论和案例很多。有专家在一个电视节目的采访中说，地坑的地下物质从固态演变为流体，最大的一个原因就是地下近乎真空隔绝的状态被打破了。地下这些凝固物质一接触空气，就软化液态化。原来因为要规划三百五十层的高楼，所以桩基的孔径、支护桩的密度和深度都非常厉害，所以空气很快就进去了。但后来楼层矮了，则桩基的深度、密度就下来了，结果不知什么原因下了一场大雨。这下好了！地下等于是被重新封装成一个密闭实体了，所以下面的液态状物质又凝冻了。

“真是神奇，还有这样的巧合……”李光华、郁建华持续了一年多的谜底，终于解开了一半。

第二十七章　不忘初心（大结局）

一

梁文龙很高兴。经历了两年时间，人民路项目终于正式启动了，随着桩基工程的顺利进行，其他各项工作也紧锣密鼓在准备。

这个项目有着不同寻常的意义。一则是民营房地产企业自觉启动战略转型，由建设转向运营，而且是向新零售、新产业、新科技的全面转型。二则是城市发展模式的转型，从土地财政转向综合的城市运营。三则是项目开发模式的创新，后来在星辰集团投入的10亿元基础上，沙洲市政府配套投入10亿元，省级财政投入10亿元，形成了一个产业基金。

因为这三点，梁文龙还受到了省委书记李思秋的积极评价。李思秋说，老梁啊，不错不错！听说你还亲自登门拜访一家多次得罪了你的民营企业，比我还有胸怀啊！

梁文龙一高兴，竟然又一次不请自到地给人民路项目取了一个名称——“未来之星”。他还用他豪迈但不甚专业的书法，用毛笔写下这四个字。

许怀远接到这四个字，感觉非常切合这个项目，又是领导的墨宝，对项目自然增色很多。

正好项目的营销中心也正式启用了，星辰集团举办了一场发布会，几件大事一起来。公布项目名称，宣布50亿元的未来之星产业基金正式启动，接受项目申报；还有就是住宅、商铺、写字楼销售预约正式开始。

这个项目从诞生至今满是故事，如今有这么一个结果，卷入这么多人物，在沙洲的各种项目里面也算是自带流量的了。

新闻发布会结束的第三天，忽然有更大的新闻爆出：梁文龙辞去沙洲市委书记职务，担任J省人大常委会副主任。

许怀远给梁文龙打电话祝贺时，梁文龙在电话里说："怀远啊，我是主动要求到人大的岗位上去重新创业的，经济发展需要法律制度啊，哈哈！"

二

米灿在集团营销总监的岗位上得到了锻炼，许怀远、严尚群增加了对他的信任。

米灿心理得意，但也不再忘形，依然勤勤恳恳地做好他的销售工作，有时间也经常会去无相寺看看张天民，现在的道明法师。

当年的三兄弟，一个出家了，一个潜心佛学，米灿自己也再不越那个雷池一步了。于是，他要把精力主要集中在一个女人身上，他在脑海里想了半天，锁定的对象是电视台的那个杨雪。这个小姑娘自打认识起一直在耍弄米灿，但是米灿被她耍着耍着产生了报复心理，然后这个报复心理又转化为征服心理。于是，米灿开始对她百折不挠地追求。

杨雪也是老大不小了，家里天天在催婚，也是周边人脉圈检索了一遍，最后觉得米灿之前虽然不靠谱，但今后应该会比较本分。加之他还算一个高薪白领人士，所以也没怎么拒绝。慢慢地，两人的关系似乎越来越紧密，似乎有牵手的意思了。这其中，有吴越和蓝莓重新交往的因素在里面。

眼看着米灿、杨雪慢慢修成正果，而吴越和蓝莓却似乎再也无法回到从前。吴越的学佛修行越来越专注，对成家立业的事情不再有兴趣。

杨雪看到蓝莓对吴越还是有心，而吴越却是不怎么上心，杨雪好几次她背着蓝莓对吴越猛烈开火："哎哟，吴总，你这几年一直在风流快活，是不是玩够了？你现在天天往无相寺跑，是前面的甜腻食物吃多了，现在想清清口，来玩高深的是吧？我们蓝莓姐可是出淤泥而不染，从来没有过绯闻。敢情你还瞧不上了是吧？"小姑娘红口白牙，说话就像冲锋枪里的子弹一样，把吴越搞得无话可说。

吴越现在才确信，蓝莓当年真的是无心之失的，其实她也是一个受害者！但整个过程中，蓝莓从没有做过多的辩解。况且，蓝莓已经知道他这么些年的风流韵事，但她从不问他，也从没有过评价。吴越觉得，自己在这方面的心胸还不如蓝莓。

这还不算，蓝莓对吴越的情分还在继续增加。上次她掏出来的八百多万中，不但有她多年来的积蓄，她还在外面借了两百多万。吴越后来把钱还给她的时候，蓝莓不要，说直接入股鲲鹏传媒，算是投资了。

原来梗在吴越心里的那个障碍已经得到解决。五年前吴越愤然而走，更多的是无法接受那种信念一样的东西被染污了的事实！这对一个极其理想化的人来说简直是永远无法消除的印记。也就是这个原因，这些年他不断地在外面瞎混。后来他深入接触佛法，没有必要执着。关键是，他懂得了人生充满各种瑕疵，各种污染。所以，原来被理想化的背景凸显起来的那个阴影，也就渐渐淡去。

但一个老的问题解决了，另一个新的问题产生了，而且这个其实不是问题，而是分野。好几次，吴越跟蓝莓探讨，说他可能会出家修行，暗示她不要把注意力集中在他身上。

蓝莓第一时间表明，她尊重吴越的意见，她很干脆：“吴越，我这辈子没有想过第二个男人，我心里只有你。虽然五年前你离开我，可是我从没有跟其他人谈过恋爱。这次我们重新相聚，我的要求不多，只需要互相之间互为认可心灵相通，做个亲人朋友一样的就行。”

蓝莓这么表态，反而增加了吴越的心理负担。他一方面想让内心真正安静下来；另一方面又觉得很多尘缘未了，比如蓝莓，比如远在老家的父母，还有自己的公司……如果自己生硬地将这些都切割掉，似乎不够圆融。

他该怎么做呢？

三

原来的张天民，现在的道明法师自出家后修行非常用功，似乎什么艰苦他就修什么，站桩、打坐……这些艰苦的经历一一尝试。

但因为修行用功太猛，加上谢丽和萌萌的事故一直未能从心里真正释怀，所以两个月不到就病了，而且数月未能起床。体重几乎轻了一半，道真法师试了很多种方法，最后还吃上了中药，但没有能够治愈张天民的病情。

最后，还是无为大师出手。

这一日，无为大师约道明在地藏殿见面。就在门口，老和尚指出了道明真正的病因。这段时间张天民因为亲人灾祸离世，意识中有一个强烈的禁欲念头，如同火盆上突然浇水，速度太快了。

老和尚和蔼地说："佛性在五蕴中，所以身体还是要保养好。"说完，老和尚给张天民传下一条经验，既能从根子上戒欲，又能循序渐进。

说来奇怪，无为大师在传授经验时，道明已经进入状态，发现拘执之身因这个发起而变得自由了，相当于从根源上转移了注意力，最后全身升起来一种特别舒服、柔和而又强大的气脉。

道明顿时感激，跪下磕头："师父，弟子感恩！"

无为大师说："我之前让你修头陀行，就是让你生起急迫的道心，截住妄想。所以，你近日生病我是早就预料的。现在我传你此法，你要毕生修持！你要切记，不能忘了我今天给你说的这番话！"

道明听老和尚这么说话，感觉他好像在最后交代他一样的，不禁心内凄然。

四

又忽一日，道真法师打电话给吴越，说无为大师请他来一下寺里，说有重要开示给他。

吴越感觉惊奇，老和尚怎么突然就想起见他了？忙约好一个中午的时间，来见无为大师。这回约好见面的地点不是在方丈室，而是弥勒菩萨的天王殿。

吴越现在感觉每次跟老和尚见面，都要接他几棒，搞得像斗智斗勇一样的。所以，去无相寺的路上一直在猜想会出现什么问题？

迈进无相寺大门，迎面第一个大殿就是天王殿，抬眼就能看到弥勒菩萨雍容华贵、包容天下的佛像。吴越心里嘀咕，今天见面的地点为何这么喜庆？

进了天王殿，吴越看一下手表，距离约定时间还有十分钟。于是就从弥勒菩萨开始，到韦陀尊者，四大天王，一一跪拜。

就这么一圈下来，吴越起身抬头时，发现已经有人进来了，是侍候无为大师的小沙弥。沙弥说，师公在方丈室等他。吴越这才明白，电话里约在天王殿见面，大概就是让吴越先来给弥勒菩萨磕头的。

进了方丈室，吴越就看到了老和尚还是在那张木椅上坐着。吴越还是在春节前见的老和尚，一个多月过去，此刻看他身体又瘦削了不少，精神似乎也有点疲乏。

吴越跪倒磕头，然后抬头看老和尚。老和尚合十还礼，这回好像没有再来雕琢他的意思了，看着吴越的眼神甚是蔼然。吴越接触到他的眼神，感觉老和尚是从一个遥远的距离看过来的，短短几米竟像是隔了此岸彼岸一样。真是奇了怪了，不知道这是怎么回事。

然后老和尚没等他开口，缓慢地说道："知道今天为什么会让你先给弥勒菩萨磕头吗？下劫的佛陀就是弥勒佛。"

吴越听他说起这番话，明白他的意思。双手合十，连连点头。

这并不是说一定要脱离家庭，跑到深山冷庙里专修。未来学佛修行会更多地在世间。工厂，写字楼，港口码头，俱是庙堂；商场，官场、生意场，都是道场。所以说，世出世间，纯是一心，不忘初心，方得始终。我华夏文明历经五千年而熠熠生辉，多少先贤圣哲铺就了此道，不能中断！如今，盛世重光已现，修道人要走出去，奔赴四海，播撒道种，要有担当，要有勃勃生气，不能枯坐道场。这个便是老衲我给你取名道心的原因。"

吴越听完这番话，知道老和尚是专门针对他的矛盾纠结所说的。顿时觉得心头极为敞亮，再无挂碍。

最后，老和尚从案头取出一副卷轴，慢慢展开来。吴越顿时一喜，今天老和尚对自己这么好，竟然要赠送自己书法。老和尚的书法作品那真是无价之宝啊！

但等老和尚把卷轴全部展开来后，吴越发现，这四尺整张而且已经装裱好了的卷轴上面竟然没写一个字！就一张洒金的上品宣纸。

宣纸左下角，盖一"释无为"的印章，右下角盖一"无为而已"的四字闲章。

五

清明节的前一天，无相寺传出噩耗：无为法师圆寂。

许怀远正在老家祭奠母亲，忽然接到道真法师电话，告诉他这个消息，许怀远立即大叫一声，险些晕厥。

“师父，师父啊……你怎么就走了呢？”许怀远号啕大哭，就在自家门口的空地上，许怀远朝向沙洲无相寺宝塔的方向跪倒。

其实，自从去年老和尚做完法事、从项目地块走后开始，许怀远心里就开始一阵阵发紧，好像有一种揪心的难受。他觉得，这种悲怆、痛苦比他老娘走还有过之而无不及，他知道可能有事情，但是不知道是什么事情。现在明白，原来是老和尚要走。

等许怀远带着星辰集团的十几个人赶到祖师殿时，老和尚的法体已经被金色的布帛盖起来了。

道真法师这才说，其实从那次李光华给他听了手机里的录音以后，老和尚就说，自己要走了。他说，现在无相寺法脉已经续下，他已经没有什么可以挂念的。

道真法师继续说道：“你知道，他在现场念念有词说的是什么吗？”

许怀远、严尚群摇摇头。

道真法师说：“师父在地块上主要是在发愿。一旦发愿，也就意味着他很快要走了。所以，回来后，他就开始交代各种后事。昨天，他说因缘已尽。然后，今天就说要走了。他这个走法，跟之前的圆明法师一样，身体好好的，突然跟大家告别，十几分钟就坐化了……唉，他是大菩萨，来去自如，我们拦都拦不住的……”

许怀远听说老和尚是如此走法，心里好受一些，再看道真法师，似乎也不是特别难过的样子。他知道，有道高僧圆寂，那是解脱无碍了，从道理上说，是喜事。所以，开始收敛自己的悲伤心情。

道真法师最后又说：“师父说，他要留一些遗物给你们，要安放在你们那个佛塔里面。”

严尚群忽然问：“遗物？是舍利吗？”

道真法师点头："是的，师父应该会有很多舍利的。到时候会供奉在你们新建的佛塔。这是他老人家亲口交代的。"

"师父……"许怀远喉咙哽咽，眼睛酸涩。

此时，祖师殿前面的广场上，各方来的信众开始排队绕行，大声念诵："南无本师释迦牟尼佛，南无本师释迦牟尼佛，南无本师释迦牟尼佛……"

许怀远的耳朵充满这些浑厚、虔诚的声音，心情沉痛而激荡。他的眼睛再一次潮湿。

六

吴越是在去往京海的高铁上听到米灿在电话那头大喊："吴越，无为老和尚圆寂了！"

吴越全身震颤，如遭电击。

良久，他慢慢从座位上站起来，一路扶着座位朝车厢顶头走去，脸上已是泪水滂沱……车厢里很多人都惊讶地看着他。

他来到两节车厢的连接处，双手合十，朝向南方沙洲的方向三拜，然后跪了下去，两手紧紧捂住自己的脸："师父……"

生死昼夜，水流花谢。此恩难酬，奉心尘刹。吴越想起老和尚对自己的种种眷顾和点化，真是无以言表，忽然想起老和尚的房间里有一首丰干禅师的《壁上诗》，于是默默吟诵："余自来天台，凡经几万回。一身如云水，悠悠任去来。逍遥绝无闹，忘机隆佛道。世途歧路心，众生多烦恼。兀兀沉浪海，漂漂轮三界。可惜一灵物，无始被境埋。电光瞥然起，生死纷尘埃。寒山特相访，拾得常往来。论心话明月，太虚廓无碍。法界即无边，一法普遍该……"

很久，吴越站起身来。此时的列车在高速奔跑，车厢略微有点摇晃，但他定定地站住，凝目向车窗外观看。

这里是北方的原野，仲春季节，山峦水道，绿草树木，一一入眼。铁路边上有一排电线杆，随着车辆的高速奔驰，它们一个个飞速而过，也如同一根一根棒子迎面打来……

吴越再看远处，很远很远的地方，似乎有一个中心点，奔跑着的世界正围绕它不断旋转……

后　记

年轻时候热衷文史哲，发表过一些文学作品、学术论文，自我感觉是有远大理想的文化青年。后来，受外部急功近利的环境影响，焦虑而虚荣，迷茫而失落。

读书期间，我曾经为了生活费写过100多万字的武侠小说。唉！自己感觉也很堕落，竟然为了小钱，成了一个写作机器。最痛苦的一次写作是为了凑学费，写一部古典题材的小说，写了一小半，实在不想写了，反复恳求换人。但出版计划已经定下来，没有人代替我写。最后硬着头皮写完交差，累得身心失调，得了写作恐惧症。

此后，我整整十五年没动过笔，一想到写东西就头疼，甚至影响到我做新闻采访的工作。很多次，我去采访人家，即使采访结束了也懒得写。人家在等我的采访见诸报端，我一拖再拖，很多都不了了之。采访对象中有的还是主管我们的领导，打电话到报社，说怎么光有采访没有报道啊！后来我离开了原工作岗位，怕文字写作也是一个原因。

我后来反思，真正的原因有两个。其一是觉得已经把写作看透了，觉得再怎么想象，就是那么点意义，写什么都是言之无物了，那机器化写作也就是必然的了。其二是自己清楚知道，时代在巨变，要融入时代、投身生活实践，才会重新找到那个“神”。而这，不是短期能完成的，对时代生活的感悟，对民族文化的深层次体验，得有一个过程。所以，我索性就“随波逐流”地生活吧！

后来我压根就抛弃了写作的梦想，从古到今各种著作太多了，哪会少你这一本，何至于非得挤进去安插一部你的作品？所以我将近十五年时间，一直在努力而辛苦地生活，回避文字。这其中，个人经历的磨难和痛苦也很多，真不知道怎么回事，稀奇古怪的事情都会找上门来，很有点像“天将降大任于是人也，必先苦其心志，劳其筋骨，饿其体肤，空乏其身”的感觉，但自己又明明是一个俗人，空自承担了这些。但既然已经白白受了这么些苦，自己总得找回点什么吧。

在不断经历这些的时候，有一个习惯慢慢养成了，那就是不断阅读文化经典，不断思考、反省、修正自己的初心。再进一步，我开始去深切体验、实证这些文化思想。而更加欣慰的是，我的身边有一群孜孜弘扬和实践传统文化的人士，跟他们一起学习和交流，砥砺前行。随着自己有越来越多的体验和收获，感恩的心情由衷生起。中国文化博大精深，那种深心求证妙契天然、小我大我最终无我的哲学精神和文化人格，真的是世界文明的宝库！这也算是当今世界解决人与自然、物质与精神以及文明冲突的大医良方。

我也发现，当今社会各个阶层、各领域，中国传统文化的优秀元素也越来越得以发挥。虽然有少许人心不古、丑陋卑劣的现象，但确实也有很多的企业家、政府官员、普通百姓都在修炼自己的身心，在寻找自己的初心，这种寻找是重新发掘真正的价值。我断言，属于我们的文化自觉、文化自信、文化再造已经开始！而且这将是具有全球意义的一次文化复兴和升级，它的意义会超过经济层面的改革开放，古老的中国文化也完全当得起文明翘楚的地位，在全球范围内实至名归。

《都市初心》这部作品，正是出于我的这样一种观察、这样一种心情。我首要目标是，记录这场千年嬗变中的一个片段，一群人的心灵成长；其次是通过这次写作，也使自己和读者获得一次反省、修正和完善；最后是写好一部小说，让它有足够的可读性，体现一定的艺术水准，更要对得起中国文字。

我的计划是写成一个系列，《都市初心》是我的第一部作品，主要是写主人公不忘初心，认识自我，管制欲望，从而达到驾驭身心，实现人情、事理、心性方面的圆融，最终为创造美好的都市幸福生活实现自己的人生价值。今后我还将继续写作，按照心灵提升和人格完善的层次、阶段，逐步在各个领域展开。第二部，我已经写了几章了，将更加精微、更深层次地演绎主人公们的心灵样貌。主旨是如何放下执着，打开自我，用无我的心地创建外部的生活境遇，最终实现内外一如的理想状态。第三部，我会有较多创新，将尝试彻底打破文学和哲学、现实和理想的边界，拟通过主人公极其现实但又极其玄远的经历，完成对其理想人格的描摹。

特别需要说明的是，小说的主人公没有一个是以现实中人物为原型或作为参照的，敬请各位读者、朋友不要对号入座。《都市初心》的主旨，是一种文化小说的写作，努力追求的是文以载道的理想，不是单纯靠人物故事和情节来吸引人，我不追求短期内有很多读者，但希望有越来越多的读者会喜欢我的作品。

非常感谢安徽师范大学出版社，为我的作品开辟了绿色通道，他们慧眼识珠，能够让我这系列的创作有了第一块基石。尤其是责任编辑房国贵老师，第一时间就认同我的作品，帮助各种出版事宜，善莫大焉，功莫大焉！

感谢著名文学评论家葛红兵先生为作品写序，他高屋建瓴地把握了我的创作动机，并予以赞赏鼓励。我还要特别感谢我的道友顾成荣兄，他帮助我对作品的学术义理作了研讨雅正，使作品更加完善，不至于误导读者。今后，我将孜孜以求，继续写作，完成我这个不大不小的志愿。

开　晓

二〇二〇年八月十二日于南京